제비뽑기

김 시 현

전문 번역가. 코맥 매카시의 『모두 다 예쁜 말들』, 『국경을 넘어』, 『평원의 도시들』, 『핏빛 자오선』을 비롯해, 『리시 이야기』, 『이중구속』, 『심문』, 『치명적 실수』, 『그레인지 코플랜드의 세 번째 인생』, 『약탈자들』, 셜리 잭슨의 『힐 하우스의 유령』 등을 우리말로 옮겼다.

The Lottery and Other Stories
by Shirley Jackson

이 도서의 국립중앙도서관 출판예정도서목록(CIP)은 서지정보유통지원시스템 홈페이지(http://seoji.nl.go.kr)와
국가자료공동목록시스템(http://www.nl.go.kr/kolisnet)에서 이용하실 수 있습니다.
CIP제어번호 : CIP2014037875

The Lottery and Other Stories

제비뽑기

셜리 잭슨

김시현 옮김

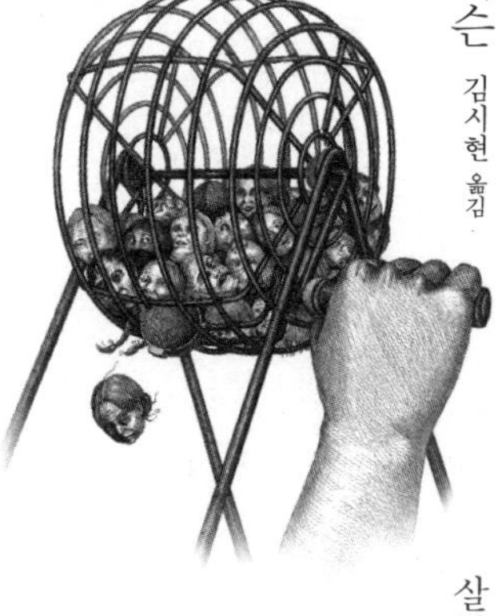

살무사의 피를 찍어 빗자루로 쓰다

엘릭시르

차례

/

어머니와 아버지께 바침

/

The Lottery and Other Stories

1927
1928
1929
1937
1938
1939
1947
1948
1949
1959
1960

I

The Lottery and Other Stories

The Lottery and Other Stories

Shirley Jackson

취중 대화

그는 그 집안과 친분이 있었고 혼자 부엌을 찾을 수 있을 만큼 집에도 익숙했다. 하지만 얼음을 가지러 가는 척하며 부엌으로 간 건 술을 깨고 싶어서였다. 거실 소파에서 퍼질러 잘 만큼 친한 사이는 아니었던 것이다. 사람들은 피아노 반주에 맞추어 〈스타더스트•〉를 불러댔고 여주인은 얇고 투명한 안경을 쓴 무뚝뚝한 젊은이에게 진지한 태도로 이야기를 늘어놓고 있었다. 그는 주저 없이 파티장을 벗어나 식당을 조심스레 지나쳤다. 네다섯 명이 딱딱한 식당 의자에 앉아 뭔가를 토론하고 있었다. 부엌문을 밀자 벌컥 열렸다. 하얀 에나멜 칠이 된 식탁 옆에 앉아 차갑고 깨끗한 식탁의 표면에 손을 얹었다. 초록색 무늬가 멋들어지게 새겨진 곳에 술잔을 내려놓

• **스타더스트** _ 미국에서 1920년대에 작곡되어 크게 유행한 대중음악.

고 고개를 들자 여자아이가 식탁 너머에서 그를 가늠하듯 바라보고 있었다.

"안녕. 이 댁 따님이지?" 그는 인사를 건넸다.

"아일린이에요." 그녀가 대꾸했다.

그가 보기에 여자애는 너무 헐렁하고 모양 없는 옷을 입고 있었다. 요즘 여자애들은 저렇게 입는가 보다 하고 막연히 짐작했다. 머리를 양쪽 귀 옆으로 땋아 늘어뜨린 여자아이는 어리고 풋풋했으며 치장은 하지 않았다. 스웨터는 자주색이었고 머리는 검은색이었다. "술을 입에도 안 댄 모양이네." 말하는 도중에야 여자애에게 할 말은 아니라는 생각이 들었다.

"커피를 마시고 있었죠. 한 잔 드릴까요?"

무례한 주정뱅이라면 뻔할 뻔자니 문제없이 다룰 수 있다고 자신만만해하는 태도에 그는 소리 내어 웃을 뻔했다. "고맙구나. 커피를 마시면 딱 좋겠어." 그는 눈의 초점을 맞추려 애쓰고 있었다. 커피는 뜨거웠다. 그녀가 앞에 잔을 놓으며 말했다. "블랙으로 드시겠죠." 그는 모락모락 피어오르는 커피 김을 얼굴과 눈에 쐬며 정신이 맑아지기를 빌었다.

"멋진 파티 같네요. 모두 즐거운 시간을 보내고 있나 봐요." 그녀가 무심한 어조로 말했다.

"멋진 파티란다." 커피는 데일 듯 뜨거웠다. 덕분에 큰 도움이 되었다고 알려주고 싶었다. 어지럼증이 싹 가셨던 것이다. 그는 미소를 지었다. "한결 낫군. 고마워."

"다른 방은 지금 무척 더울 거예요." 그녀가 위로하듯 말했다.

그가 껄껄 웃음을 터뜨리자 그녀가 눈살을 찌푸렸다. 하지만 계속 말을 잇는 것으로 보아 무례를 용서한 듯했다. "2층이 어찌나 푹푹 찌는지 잠시 내려와 앉아 있어야겠다 싶었죠."

"자고 있었니? 우리 소리에 깬 거니?"

"숙제를 하고 있었어요."

그는 여자애를 다시 보았다. 주의를 기울여 글씨를 쓴 습자 공책과 작문 숙제, 낡은 교과서가 펼쳐져 있는 책상에서 아이들과 함께 웃고 있는 그녀의 모습이 그려졌다. "고등학생이니?"

"졸업반이죠." 뭔가 반응을 기다리는 듯하더니 그녀가 말했다. "폐렴 때문에 일 년을 쉬어야 했어요."

그는 무슨 말을 해야 할지 난감했다. (남자친구에 대해 물어? 아니면 농구에 대해?) 그래서 집 앞쪽에서 아스라이 들리는 소리에 귀 기울이는 척했다. 그는 모호하게 말했다. "근사한 파티야."

"파티를 좋아하시나 보군요."

그는 대꾸할 말을 찾지 못해 빈 커피 잔만 응시했다. 스스로를 파티를 즐기는 사람이라고 믿고 있었다. 그런데 여자애는 약간 놀란 듯한 어조였다. 마치 검투사와 야수가 맞서 싸우는 잔인한 시합을 찬성한다거나 혼자 정원에서 미친 사람처럼 왈츠를 춘다는 말이라도 들은 듯한 태도였다. 그는 생각했다. 나는 저 애보다 거의 두

배나 나이가 많아. 하지만 얼마 전까지만 해도 숙제를 해야 했지. "농구를 하니?"

"아뇨." 그녀가 대답했다.

그녀가 먼저 부엌에 와 있던데다 이 집의 거주인이기 때문에 그는 자기가 대화를 이어야 한다는 사실이 짜증스러웠다. "무슨 숙제를 하고 있었니?"

"세상의 미래에 대해 쓰고 있었어요." 그녀가 빙그레 웃고는 말을 이었다. "바보 같죠? 정말 바보 같은 숙제예요."

"파티에서 사람들이 바로 그 이야기를 하고 있단다. 그래서 여기로 피신 왔지." 그녀는 그가 부엌으로 온 이유가 그 때문만이 아닐 거라고 생각하는 듯했다. 그는 재빨리 말을 이었다. "그래, 세상의 미래는 어떤 모습일 것 같니?"

"미래가 그다지 밝을 것 같지는 않아요. 이런 식으로 계속된다면 말예요."

"현대가 얼마나 흥미진진한 시대인데." 그는 여전히 파티장에 있는 양 말했다.

"글쎄요. 앞으로 어떻게 될지 모르니 그렇지 않을 수도 있죠."

그는 잠시 그녀를 바라보았다. 여자애는 신고 있는 새들 슈즈•의 신발 코를 멍하니 응시하며 한쪽 발을 앞뒤로 살랑살랑 흔들고 있었다. 그녀의 시선이 신발을 따라 움직였다. "열여섯 살짜리 여자애가 그렇게 생각하다니 정말 끔찍한 시대로구나." 그는 조롱하듯 말을 이을까 생각했다. 내가 네 나이 무렵이었을 때 여자애들은 그저 칵테일이나 남자친구와 나누는 애무에 대해서만 생각했지.

"열일곱 살이에요. 큰 차이가 있죠." 그녀가 고개를 들더니 미소를 지었다.

"내가 네 나이 무렵이었을 때……." 그는 지나치게 강조하며 말했다. "……여자애들은 칵테일이나 남자친구와의 애무에 대해서만 생각했지."

"그것도 문제예요. 아저씨가 어렸을 적에 사람들이 진정으로 무언가를 두려워했다면 현재가 이렇게 형편없지는 않을 거예요." 그녀가 진지하게 대꾸했다.

그는 의도한 것보다 더 날카로운 어조로 대답했다.('내가 어렸을 때라니!') 게다가 정말 관심이 있어서가 아니라 관대함 때문에 아이와 이야기를 나눈다는 어른의 방식으로 그녀를 바라보지도 않고 말했다. "우리도 두려워했단다. 열여섯 살이나 열일곱 살 때의 아이들은 누구나 두려움에 떨지. 그 나이에 꼭 지나쳐 가야 하는 관문 중 하나야. 남자애에게 관심이 쏠리는 것과 마찬가지로."

"세상이 어떻게 멸망할지 계속 상상하고 있어요." 그녀는 그의 뒤에 있는 벽을 바라보며 사뭇 부드러우면서도 단호한 어조로 말했다. "엠파이어 스테이트 빌딩보다도 교회가 먼저 무너질 거예요. 강가의 높다란 아파트들이 안에 사람이 있는 채로 서서히 물에 잠기겠죠. 그때 학교에서는 라틴어 수업을 하느라 카이사르의 책을

• **새들 슈즈** _ 구두끈 있는 부분만 다른 빛깔로 된 옥스퍼드 구두.

읽고 있을 거예요. 끝까지 읽지도 못하겠죠. 어쩌면 우리가 라틴어 수업에서 카이사르의 책을 읽은 마지막 사람들이 될지도 몰라요." 그녀는 묘하게 신나 보이는 기색으로 그의 얼굴을 쳐다보았다. "카이사르 책의 새 장을 시작할 때마다, 이 장이 우리가 끝내지 못할 그 장이 되는 것은 아닌지 궁금해하곤 해요."

"그건 좋은 소식이로구나. 카이사르라면 질색이었거든." 그는 가벼운 어조로 말했다.

"젊은이라면 누구나 카이사르를 싫어할 거예요." 그녀가 당연하다는 듯 말했다.

그는 잠시 기다린 후 입을 열었다. "그런 음울한 상상으로 머릿속을 채우는 건 다소 어리석은 짓 같구나. 영화 잡지를 하나 사서 보지 그러니."

"영화 잡지는 뭐든 공짜로 읽을 수 있을 거예요. 지하철이 서로 충돌하겠죠. 그러면 작은 잡지 가판대가 찌그러져버리고, 누구나 균일상점에서 사탕이나 잡지나 립스틱이나 가짜 꽃을 원하는 대로 집어갈 수 있을 거예요. 거리의 대형 상점에 걸려 있는 옷도 마음껏 입을 수 있을 테고요. 모피 코트도요." 그녀가 단호히 대꾸했다.

"주류 판매점 문이 활짝 열려 있길 빈다. 그러면 태연히 걸어 들어가 브랜디를 상자째 들고 나올 거야. 더이상 걱정거리라고는 없겠지." 그는 슬슬 성가신 기분이 들었다.

"사무실 건물은 산산이 무너져 돌더미가 될 거예요." 그녀는 눈을 커다랗게 뜨고 여전히 그를 똑바로 바라보며 말을 이었다. "정확히 언제 멸망할지 알 수 있다면 얼마나 좋겠어요."

"그래, 어떨지 짐작이 가는구나."

"그 후에는 세상이 완전히 달라질 거예요. 지금의 세상을 이루던 모든 것이 사라질 테니까요. 새로운 규칙과 생활 방식이 생겨날 거예요. 누구도 다른 사람에게서 숨을 수 없도록 집안에서 살면 안 된다는 법이 생길지도 모르죠."

"모든 열일곱 살짜리 여자애들은 학교에서 분별력을 키워야만 한다는 법이 생길지도 모르고." 그가 일어서며 말했다.

"학교는 완전히 사라질 거예요. 더이상 아무도 배우지 않을 거예요. 지금과 같은 세상으로 돌아가지 못하도록 막기 위해서죠." 그녀는 단호히 반박했다.

"그렇구나." 그는 살짝 웃으며 말했다. "무척 흥미로운 이야기인걸. 내가 그런 세상을 볼 만큼 살지 못할 것 같아 안타깝구나." 그는 걸음을 멈추고는 어깨로 식당으로 통하는 문을 밀었다. 어른다우면서도 가차없는 비판을 늘어놓고 싶은 마음이 굴뚝같았다. 하지만 그가 그녀의 말을 진지하게 듣고 있었으며, 그가 어렸을 적에 사람들이 그런 이야기를 하지 않았다는 것을 밝히게 될까 봐 꺼려졌다. 결국 그는 이렇게 말했다. "라틴어 공부하다 모르는 게 있으면 말하렴. 기꺼이 도와주마."

그녀가 피식 웃는 바람에 그는 충격을 받았다.

"밤마다 숙제를 하고 있어요." 그녀가 말했다.

거실로 돌아가니 사람들이 활기차게 돌아다니고 피아노 주위의 사람들은 이제 〈언덕 위의 집〉이라는 민요를 부르고 있었다. 여주인은 푸른색 양복 차림의 키가 큰 품위 있는 남자와 진지한 대화에 빠져 있었다. 여자애의 아버지와 마주치자 그는 말했다. "방금 따님과 무척 흥미로운 대화를 나누었습니다."

집주인이 재빨리 거실을 훑어보며 말했다. "아일린요? 어디에 있죠?"

"부엌에요. 라틴어 공부를 하고 있더군요."

"갈리아 에스트 옴니아 디비사 인 파르테스 트레스.• 그래요." 집주인이 무표정하게 말했다.

"대단히 남다른 학생 같습니다."

집주인이 유감스럽다는 듯 고개를 저었다. "요즘 애들이란."

유령 신랑

그녀는 잠을 푹 자지 못했다. 1시 30분에 제이미가 떠난 후 잠자리에 들었지만 쉽사리 잠이 오지 않았다. 잠들었다가도 몇 번이나 몸부림치다 깨어나 어스름을 응시하며 기억을 되뇌고 또 되뇌이며 열에 들뜬 꿈속으로 빠져들었다. 7시에 마침내 일어나 커피를 만들었다. 커피를 마시며 거의 한 시간을 보냈다. 식을 올리러 가는 길에 둘이 같이 본격적인 아침 식사를 하기로 되어 있었다. 이제 할 일이라고는 옷을 갈아입는 것뿐이었다. 그녀는 커피 잔을 씻고 침대를 정리한 뒤, 오늘 입기로 한 옷 너머로 창문을 유심히 보며 날씨가 좋을지 나쁠지 괜스레 걱정했다. 의자에 앉아 책을 읽다가 언니에게 편지를 쓰자고 생각했다. 가장 멋진 글씨로 이렇게 시작해

• **갈리아 에스트 옴니아 디비사 인 파르테스 트레스** _ '갈리아는 세 부분으로 나뉘어져 있다'는 뜻으로, 카이사르가 쓴 『갈리아 전쟁기』의 첫 문장이다.

보았다. “사랑하는 앤 언니, 언니가 이 편지를 받았을 쯤에 나는 유부녀가 되어 있을 거야. 재밌지 않아? 나조차도 믿기 어려워. 하지만 사연을 이야기하면 언니는 놀라 까무러쳐서는…….”

손에 펜을 쥐고 앉아 뒤를 어떻게 이을지 고민하던 그녀는 앞에 쓴 내용을 읽어보다가 편지를 찢어버렸다. 창문으로 가서 의심할 여지 없이 화창한 날씨라는 사실을 확인했다. 푸른색 실크 원피스를 입지 말아야 한다는 생각이 문득 들었다. 수수하다 못해 너무 평범해 보일 터였다. 부드러우면서도 여성스럽게 보이고 싶었다. 그녀는 초조해하며 옷장의 옷들을 하나하나 살피다 여름에 입었던 날염 원피스 앞에서 망설였다. 너무 유치해 보일지도 몰랐다. 목둘레에 주름 장식이 달려 있는데다 날염 원피스를 입기에는 너무 이른 계절이었다. 그래도…….

그녀는 옷장 문 앞면에 두 옷을 나란히 걸고 벽장이나 다름없이 좁은 부엌의 꼭 닫힌 유리문을 열었다. 커피포트를 버너에 올리고 불을 켠 다음 창가로 갔다. 하늘에는 구름 한 점 없고 햇살이 화사했다. 커피포트가 끓는 소리를 내자 부엌으로 돌아가 깨끗한 잔에 커피를 붓고 생각했다. 제대로 된 음식을 지금 먹지 않으면 두통이 생길 거야, 커피만 먹고 담배만 피워댈 뿐 아침 식사라고는 안 했으니. 자기 결혼식 날에 두통에 시달릴 수는 없었다. 욕실 수납장으로 간 그녀는 아스피린이 든 철제 갑을 꺼내 푸른색 핸드백에 넣었다. 날염 원피스를 입으면 갈색 핸드백으로 바꾸어 들어야 할 터였다.

하지만 갖고 있는 하나뿐인 갈색 핸드백은 누더기나 다름없었다. 그녀는 푸른색 핸드백과 날염 원피스를 하릴없이 번갈아 바라보다 푸른색 핸드백을 내려놓고 걸어가 커피 잔을 집어 들었다. 창가에 자리잡고 앉아 커피를 마시며 원룸을 유심히 둘러보았다. 이곳에서 첫날밤을 보낼 테니 모든 것이 완벽해야 했다. 침대 시트를 새로 가는 것을 깜박했다는 사실이 불현듯 떠올라 경악했다. 새로 빤 시트가 있었다. 그녀는 부랴부랴 움직여 옷장 제일 위의 선반에서 깨끗한 시트와 베갯잇을 꺼내고 침대에서 헌 시트를 벗겨내면서 왜 시트를 가는지 생각하지 않으려고 조심했다. 소파 겸용 침대에는 소파처럼 보이게 하는 커버가 씌워져 있었다. 금방 새 시트를 깔았다는 사실을 아무도 눈치채지 못하리라. 그녀는 헌 시트와 베갯잇을 욕실로 가져가 빨래 바구니에 넣고 욕실 수건 역시 던져 넣은 뒤 새 수건을 수건걸이에 걸었다. 돌아와보니 커피가 차갑게 식어 있었지만 개의치 않고 마셨다.

마침내 시계를 보니 9시가 지나 있었다. 그녀는 서두르기 시작했다. 목욕을 하고 새 수건으로 닦은 뒤 바구니에 집어넣고 다른 새 수건을 걸었다. 신중하게 옷을 차려입었다. 깨끗한 속옷을 골라 입었는데, 대부분 새것이었다. 전날 입었던 것은 가운까지 포함해 전부 빨래 바구니에 넣었다. 원피스를 입을 차례가 되자 옷장 문 앞에서 망설이게 되었다. 푸른색 원피스는 확실히 점잖고 깨끗했으며 결혼식에 꽤 잘 어울렸다. 하지만 제이미와 만날 때 몇 번이나 입었던 옷이라 막상 결혼식장에서는 식상해 보일 터였다. 날염 원피스는 무척 예쁜데다 제이미가 처음 보는 옷이었지만 계절에 너무 이른 차림이었다. 결국 결론을 내렸다. 오늘은 내 결혼식이니 내가 원하는 대로 입을 거야. 그녀는 옷걸이에서 날염 원피스를 벗겨냈다. 머리 위로 옷을 걸치자 신선하고 가벼운 촉감이 느껴졌다. 거울을 바라보는 순간, 목둘레의 주름 장식 때문에 목이 예뻐 보이지 않는다는 사실을 알게 되었다. 게다가 널따란 치마폭 때문에, 마구 뛰어다니거나 춤을 추거나 걸으면서 엉덩이를 실룩대는 여자가 입을 만한 옷처럼 보일 터였다. 거울 속 자신의 모습이 역겹기 짝이 없었다. 실제보다 더 예뻐 보이려고 애쓰는 것 같아. 단지 그이한테 잘 보이려고. 고맙게도 나와 결혼해주는 그이를 위해 한결 어려 보이려고 발버둥친다고 생각하겠지. 급히 원피스를 벗는 바람에 겨드랑이의 솔기가 찢어졌다. 낡은 푸른색 원피스는 편안하고 친숙했지만 너무 심심해 보였다. 그녀는 무엇을 입는지는 중요하지 않다고 스스로에게 단호히 말했다. 그러면서도 뭔가 다른 옷은 없을까 당황해하며 옷장을 살폈다. 제이미와 결혼식을 올리는 날 입기에 조금이라도 적절한 옷은 전혀 없었다. 근처 작은 옷가게에 얼른 가서 옷을 하나 사면 어떨까, 하는 생각이 순간 들었다. 하지만 이미 10시가 가까웠다. 머리를 손질하고 화장을 하기에도 빠듯했다. 머리 손질은 간단했다. 머리카락을 뒤로 모아 목덜미 위쪽에 틀어 올리면 그만이었다. 하지만 화장은 최대한의 멋 부리기와 최소한의 위장 사이에서 미묘한 균형을 맞추어야 해서 까다로웠다. 나쁜 안색이나 눈가의 주름을 눈속임으로 감춘다면 결혼식 날이라서 특별히 꾸민 듯 보일 터였다. 초췌한 주름투성이 몰골로 제이미와 결혼식을 올릴 수도 없었다. 어차피 너는 서른네 살이야. 그녀는 욕실 거울을 보며 무자비하게 말했다. 운전면허증에는 서른 살이라고 되어 있었다.

10시 2분이었다. 그녀는 옷도, 얼굴도, 집도 영 마음에 들지 않았다. 다시 커피를 데우고 창가 의자에 앉았다. 그리고 생각했다. 이제는 할 수 없어, 시간도 없는데 뭘 어떻게 하려고 애써봐야 헛일이야.

마음을 가라앉히고서 차분히 제이미를 떠올리려고 해보았지만 얼굴이나 목소리가 잘 기억나지 않았다. 사랑하는 사람은 오히려 잘 떠오르지 않는다니까, 하고 그녀는 생각하며 오늘과 내일이 아닌 더 먼 미래에 대해 상상해보았다. 제이미는 작가로서 명성을 굳히고, 그녀는 일을 그만두고, 지난주에 둘이 함께 세운 계획처럼 시골의 황금빛 집에서 사는 미래를. 그녀는 제이미에게 단언했더랬다. "예전에는 요리를 꽤 했었죠. 조금만 연습하면 에인절 케이크•를 제대로 구울 수 있을 거예요. 프라이드치킨도 맛있게 해줄게요." 제이미가 대충 흘려들으리라는 걸 알기에 그녀는 말했다. "홀런데이즈 소스••도 만들어줄게요."

10시 30분이었다. 그녀는 일어나 전화기로 걸어갔다. 번호를 돌리고 기다리자 금속성의 여자 목소리가 말했다. "……현재 시각

• **에인절 케이크** _ 달걀흰자로 만드는 고리 모양의 스펀지 케이크.
•• **홀런데이즈 소스** _ 버터, 달걀노른자, 식초로 만드는 소스.

은 10시 29분입니다." 반半의식적으로 시계를 일 분 전으로 돌린 그녀에게 어젯밤 현관문 앞에서 자신이 한 말이 생생히 떠올랐다. "그럼 10시에 봐요. 준비하고 있을게요. 정말 진심이죠?"

제이미는 복도를 걸어가며 껄껄 웃었다.

날염 원피스의 뜯어진 솔기를 꿰맨 다음 반짇고리를 옷장에 조심스레 두고 나니 11시였다. 그녀는 날염 원피스 차림으로 창가에 앉아 또 커피를 마셨다. 옷을 살 시간이 충분했다는 생각이 들었다. 하지만 이제는 늦었다. 그가 조만간 올 터였다. 뭔가를 바꾸려다가 처음부터 다시 시작해야 할지도 몰라 엄두가 나지 않았다. 집에는 새로운 인생의 출발을 축하하며 함께 먹으려고 신중하게 준비해둔 음식 외에는 먹을거리가 없었다. 새 베이컨, 열두 개들이 상자에 꽉 차 있는 달걀, 새 빵, 새 버터는 내일 아침 식사용이었다. 문 앞에 메모를 붙여 놓고 1층의 드러그스토어•로 가서 식료품을 사 올까 싶었다. 하지만 조금 더 기다려보기로 했다.

11시 30분이 되자 어지럽고 기운이 하나도 없어 식료품을 사러 나가야만 했다. 제이미한테 전화기가 있었다면 전화를 해볼 수 있을 텐데. 대신 책상을 열어 메모를 썼다. "제이미, 드러그스토어에 갔다 올게요. 오 분만 기다려요." 펜의 잉크가 새어 손가락에 묻는 바람에 그녀는 욕실로 가서 손을 씻은 뒤, 아까 바꾸어둔 새 수건으로 손을 닦았다. 메모를 문에 붙이고 모든 것이 완벽한지 한 번 더 집을 둘러본 다음, 문을 닫기만 하고 잠그지 않았다. 그가 올지 모르기 때문이었다.

드러그스토어에는 커피 외에는 먹고 싶은 것이 없었다. 그녀는 반쯤 마시다 말고 밖으로 나왔다. 제이미가 위층에서 기다리며 어서 출발하고 싶어 안절부절못하고 있으리라는 생각이 문득 들었던 것이다.

하지만 막상 집에 가보니 아까 떠났을 때 그대로 고요하기만 했다. 문의 메모에도 손댄 흔적이 없었다. 담배를 너무 피운 탓에 집 안 공기가 다소 퀴퀴했다. 창문을 연 그녀는 그 앞의 의자에 앉았다. 잠들었다가 문득 정신을 차려보니 12시 40분이었다.

그 순간 느닷없이 공포가 엄습했다. 방은 10시 이후로 손을 탄 흔적 없이 깔끔하게 만반의 태세를 갖추고 대기중이었다. 그런 모습을 직면할 준비가 안 된 상태에서 깨어난 탓이었다. 겁이 난 그녀는 서둘러야겠다 싶었다. 의자에서 벌떡 일어나 달리다시피 욕실로 가서 얼굴을 찬물로 씻고 새 수건으로 닦았다. 이번에는 다른 수건으로 갈지 않고 무심히 수건걸이에 걸었다. 수건은 나중에 갈아도 될 터였다. 모자 없이 날염 원피스 차림 그대로에 코트를 급히 걸친 후 옷과 어울리지 않는, 아스피린이 들어 있는 푸른색 핸드백을 손에 쥐고 현관문을 잠갔다. 이번에는 메모를 남기지 않았다. 그녀는 계단을 뛰어 내려갔다. 길모퉁이에서 택시를 잡아타고 제이미의 주소를 알려주었다.

그의 집은 지척이었다. 기운만 있었어도 걸어갔을 터였다. 택시

• **드러그스토어** _ 약국, 화장품, 식료품 등을 파는 상점. 20세기 초반에는 음료수와 간단한 요깃거리를 파는 카페의 역할도 했다.

안에 있자니 제이미의 집 앞까지 뻔뻔하게 택시를 타고 가 따져 묻는 것은 경솔한 짓이라는 생각이 퍼뜩 들었다. 그녀는 제이미의 집 근처 모퉁이에서 내려달라고 했다. 요금을 내고 택시가 떠날 때까지 기다린 후 걷기 시작했다. 집에는 처음 와보는 것이었다. 오래되었지만 쾌적한 건물이었다. 우편함이나 초인종에 그의 이름이 적혀 있지 않았다. 확인한 주소로는 이 건물이 분명했다. 결국 그녀는 '관리인'이라고 적혀 있는 초인종을 눌렀다. 일이 분 후 출입문 버저가 울리자 그녀는 문을 열고 어두운 복도로 들어섰다. 주저하고 있는데 끝 쪽의 문이 열리며 누가 말했다. "무슨 일이시죠?"

그 순간 그녀는 뭐라고 말해야 할지 모른다는 사실을 깨달았다. 그래서 집안의 빛을 등지고 열린 문가에 서 있는 사람을 향해 걸어갔다. 가까워지자 그 사람이 다시 말했다. "무슨 일이시죠?" 그녀는 셔츠 차림의 남자를 분명히 볼 수 있었지만, 그는 그녀가 잘 보이지 않을 터였다.

별안간 용기가 솟구쳐 말했다. "이 건물의 입주자와 만나려고 하는데 바깥에 이름이 적혀 있지 않아요."

"이름이 뭔가요?" 남자가 묻자 그녀는 대답을 해야만 한다는 것을 깨달았다.

"제임스 해리스. 해리스예요."

그는 잠시 침묵한 후 말했다. "해리스라." 그리고 불 켜진 현관 너머의 방을 향해 돌아서서 불렀다. "마지, 잠시 나와봐."

"왜 그래요?" 안쪽에서 목소리가 들리더니 푹신한 의자에서 일어나고도 남을 만큼 시간이 지난 후에 여자가 문가에 나타나 어둑한 복도를 응시했다. 남자가 말했다. "여기 숙녀분이 해리스라는 남자를 찾고 있어. 우리 건물에 살고 있다는데, 그런 사람이 있던가?"

"아뇨." 여자는 재밌어하는 어조였다. "여기에 해리스라는 분은 없는데요."

"죄송하게 됐군요. 주소를 잘못 아셨나 봅니다." 남자가 문을 닫으면서 나직한 목소리로 덧붙였다. "아니면 남자를 잘못 만났거나요." 남자와 여자가 깔깔거렸다.

문이 거의 닫히고 어둑한 복도에 홀로 남게 되었을 때 그녀는 가느다란 틈으로 새어 나오는 빛을 향해 말했다. "하지만 그 사람은 여기에 살고 있어요. 확실합니다."

여자가 문을 도로 살짝 열며 말했다. "보세요. 이런 일은 늘 일어나요."

"오해예요. 아무래도 잘못 아신 것 같네요." 삼십사 년간 축적된 자부심이 담긴 진지한 목소리로 그녀는 말했다.

"어떻게 생긴 사람이죠?" 여자가 지친 어조로 물었다. 문은 여전히 조금 열려 있었다.

"키가 큰 편에 금발이에요. 푸른색 양복을 자주 입고요. 작가랍니다."

"아, 혹시 3층에 살고 있지 않나요?"

"잘 모르겠군요."

"비슷한 사람이 있긴 해요. 푸른색 양복을 자주 입고, 한동안 3층에 살았죠. 로이스터 부부가 북부의 친척 집에 가 있는 동안 그 사람한테 집을 빌려주었어요." 여자가 생각에 잠겨 말했다.

"그 사람일 수도 있겠네요. 하지만……."

"거의 매일 푸른색 양복을 입고 다녔죠. 키가 큰지는 잘 모르겠네요. 한 달쯤 그 집에서 살았어요."

"한 달 전에는……."

"로이스터 부부에게 물어봐요. 오늘 아침 돌아왔거든요. 3B호예요."

그리고 문이 쿵 닫혀버렸다. 복도는 매우 어두웠고 계단은 더 컴컴했다.

2층에는 아득히 높은 천창에서 스며든 약간의 빛이 가물거렸다. 각 층마다 네 개의 현관문이 입을 꾹 다물고 고요하게 늘어서 있었다. 2C 앞에는 우유병이 하나 놓여 있었다.

3층에서 그녀는 일 분 정도 기다렸다. 3B의 문 너머에서 음악 소리가 흘러나오더니 목소리가 들렸다. 그녀는 마침내 문을 두드리고 또 두드렸다. 문이 열리자 음악 소리가 넘실거렸다. 이른 오후에 라디오에서 방송되는 교향곡이었다. "안녕하세요." 그녀는 현관의 여인에게 예의 바르게 인사했다. "로이스터 부인 되시나요?"

"그런데요." 여자는 실내복 차림에 어제의 화장을 지우지 않은 듯한 얼굴이었다.

"잠시 이야기 나눌 수 있을까요?"

"그럼요." 로이스터 부인은 그대로 선 채 대꾸했다.

"해리스 씨에 대해 여쭈어볼 것이 있는데요."

"어느 해리스 씨 말이죠?" 로이스터 부인이 심드렁히 물었다.

"제임스 해리스 씨요. 부인의 집을 빌려 지냈죠."

"아, 저런. 무슨 짓을 했는데요?" 로이스터 부인이 처음으로 눈을 뜨는 듯했다.

"아뇨. 그저 연락처를 알 수 있을까 해서요."

"아, 저런." 로이스터 부인이 되뇌더니 문을 활짝 열고 말했다. "들어오세요." 그리고 소리쳤다. "랠프!"

집안은 여전히 음악 소리가 가득했다. 소파와 의자와 바닥에 짐을 풀다 만 여행 가방들이 놓여 있었다. 모퉁이의 탁자 위는 먹다 남은 음식으로 어지러웠다. 젊은 남자가 그 앞에 앉아 있었는데 일순간 제이미처럼 보였다. 그가 일어나 다가왔다.

"무슨 일이시죠?" 그가 물었다.

"로이스터 씨." 그녀는 음악보다 큰 소리로 말하느라 애를 먹었다. "1층의 관리인 말로는 제임스 해리스 씨가 이 집에서 지냈다고 하던데요."

"네. 그게 그 사람 이름이 맞다면요."

"그 사람한테 집을 빌려주신 게 아니었나요?" 그녀는 놀라서 물었다.

"그 사람에 대해 전혀 모릅니다. 도티의 친구지요."

"내 친구가 아니에요." 로이스터 부인이 반박했다. "전혀 아니죠." 그녀는 탁자로 가 빵 한쪽에 땅콩버터를 발랐다. 그리고 한입 물더니 남편을 향해 빵을 휘저으며 불명료한 목소리로 말했다. "내 친구가 아니에요."

"망할 인간들 중에서 당신이 그자를 골랐잖아." 로이스터 씨가 말했다. 그리고 라디오 옆의 의자에서 여행 가방을 밀쳐내고 앉아 바닥에 놓인 잡지 하나를 집어 들었다. "나는 그자와 열 마디도 나누지 않았어."

"당신도 그 사람한테 빌려주는 데 동의했잖아요." 로이스터 부인이 빵을 한입 더 깨물기 전에 반박했다. "전혀 반대하지 않아놓고는."

"나는 당신 친구에 대해 한마디도 하지 않았어." 로이스터 씨가 말했다.

"그자가 내 친구였다면 주구장창 말을 늘어놓았겠죠. 뻔하지." 로이스터 부인이 험악하게 대꾸했다. 그리고 빵을 한입 깨물고는 말했다. "장담해요. 주구장창 늘어놓았을걸."

"그만해. 할말 못할 말은 가려야지." 로이스터 씨가 잡지 너머로 말했다.

"어련하실까. 밤이나 낮이나 저런 식이죠." 로이스터 부인이 땅콩버터 바른 빵을 들어 남편을 가리켰다.

로이스터 씨 옆의 라디오에서 쿵쿵대는 음악 외에는 침묵뿐이었다. 그녀는 라디오 소리 너머로 들리긴 할까 의심하면서 입을 열었다. "그럼, 그 사람은 떠났나요?"

"누구요?" 로이스터 부인이 땅콩버터 통을 바라보다 말고 고개를 들어 물었다.

"제임스 해리스 씨요."

"그 사람요? 오늘 아침 떠났을 거예요. 우리가 돌아오기 전에. 흔적을 하나도 남기지 않았더군요."

"완전히 떠난 건가요?"

"집안은 멀쩡했어요. 완벽했죠. 말했잖아요." 그녀가 남편을 향해 말했다. "집을 잘 보살필 사람이라고. 내가 사람 보는 눈 하나는 기가 막히지."

"운이 좋았던 것뿐이야." 로이스터 씨가 대꾸했다.

"전부 다 제자리에 있었죠. 우리가 떠났을 때 그대로." 로이스터 부인이 땅콩버터 바른 빵을 크게 휘두르며 말했다.

"지금 어디에 있는지 아시나요?"

"짐작도 못 하겠는걸요." 로이스터 부인이 활기차게 말했다. "하지만 아까 말한 대로 그 사람은 집안을 완벽한 상태로 두고 떠났어요. 왜요?" 부인이 느닷없이 물었다. "그 사람을 찾고 있는 건가요?"

"무척 중요한 일 때문이랍니다."

"여기 없어서 유감이네요." 로이스터 부인이 말했다. 방문객이 문을 향해 돌아서자 안주인이 예의 바르게 배웅을 나왔다.

"관리인이 보았을지도 모르겠군요." 로이스터 씨가 잡지를 보며 말했다.

그녀의 뒤로 문이 닫히고 다시 복도가 어두워졌다. 라디오 소리는 더이상 들리지 않았다. 계단을 반쯤 내려갔을 때 문이 열리더니 로이스터 부인이 계단을 향해 소리쳤다. "혹시 그 사람과 마주치면 누가 찾더라고 전해드릴게요."

이제 어떡하지? 거리로 나온 그녀는 고민했다. 이곳과 집 사이 어딘가에 있을 제이미를 두고 혼자 집으로 돌아갈 수는 없었다. 그녀가 인도에 어찌나 오래 서 있었는지 길 건너 건물의 어느 창문 밖으로 웬 여자가 상체를 내밀더니 고개를 돌려 방안의 누군가더러 어서 와보라며 소리쳤다. 결국 그녀는 충동적으로 옆 건물의 자그마한 고급 식료품점으로 들어갔다. 제이미의 집에서 그녀의 집으로 가는 방향에 있는 식료품점이었다. 자그마한 남자가 카운터에 기대어 신문을 읽고 있었다. 그녀가 들어오자 그가 고개를 들더니 카운터 안으로 들어가 손님을 맞을 준비를 했다.

냉장육과 치즈가 든 카운터의 유리 진열장 너머로 그녀는 머뭇머뭇 말했다. "바로 옆 건물에 살았던 남자를 찾고 있는데요, 혹시 아시지 않을까 싶어서요."

"건물 사람들에게 물어보지 그러세요?" 그가 실눈을 뜨고 그녀를 살펴보았다.

내가 아무것도 안 사서 저러는 거라고 생각하며 그녀는 말했다. "죄송합니다. 이미 물어봤는데 전혀 모르더군요. 오늘 아침 떠났다고 짐작만 할 뿐이고요."

"뭘 바라는 건지 모르겠군요." 그는 신문을 향해 살짝 다가가며 말했다. "옆 건물에 드나드는 사람을 살펴보려고 여기 있는 게 아닙니다."

그녀는 재빨리 말했다. "혹시 보시지 않았나 싶어서요. 그뿐이에요. 10시 조금 전에 이 앞을 지나갔을 거예요. 키가 큰 편이고, 푸른색 양복을 즐겨 입지요."

"매일 이 앞을 지나가는 푸른색 양복쟁이가 몇이나 되는지 아시나요? 내가 할 일 없이……."

"죄송합니다." 그녀가 문밖으로 나가는데, 그가 말했다. "아침부터 웬."

모퉁이를 향해 걸어가며 그녀는 생각했다. 그이는 분명 이 길로 갔을 거야, 우리집으로 가려면 이리로 가야 하니 다른 길로 갔을 리 없어. 그녀는 제이미에 대해 생각하려고 애썼다. 어디에서 길을 건넜을까? 그는 실제로 어떤 사람이었을까? 그의 집 바로 앞에서 길을 건넜을까, 아니면 길을 걷다가 중간에 내키는 대로 건넜을까, 아니면 모퉁이에서 건넜을까?

모퉁이에 신문 가판대가 있었다. 판매원이 그를 봤을지도 몰랐다. 그녀는 서둘러 다가가서 한 남자가 신문을 사고 한 여자가 길을 묻는 동안 기다렸다. 판매원이 바라보자 그녀는 말했다. "키가 크고 푸른색 양복을 입은 젊은 남자가 오늘 아침 10시쯤 이 앞을 지나가는 걸 혹시 보셨나요?" 그가 눈을 동그랗게 뜨고 입을 약간 벌린 채 빤히 바라보기에 생각했다. 농담이나 장난이라고 여기나 봐. 그녀는 간절하게 말했다. "무척 중요한 일입니다. 제발 제 말을 들어주세요. 절대 장난치는 것 아니에요."

"이봐요." 남자가 말문을 열자 그녀는 절실한 어조로 말했다. "그 사람은 작가예요. 이곳에서 잡지를 샀을지도 몰라요."

"그 사람은 왜 찾는 거죠?" 남자가 묻더니 그녀에게 빙그레 웃어 보였다. 그녀는 뒤쪽에 다른 남자가 기다리고 있으며, 판매원의 미소는 두 사람 모두를 향한 것임을 알아차렸다. "아무것도 아닙니다." 그녀가 떠나려고 하자 판매원이 말했다. "이봐요, 어쩌면 여기 들렀을지도 모르겠군요." 그는 무슨 일인지 뻔하다는 듯한 미소를 지으며 그녀의 어깨 너머 남자를 향해 시선을 보냈다. 그녀는 자신이 나이에 비해 지나치게 젊게 차려입었다는 사실을 느닷없이 통렬히 자각하고는 코트 옷깃을 재빨리 여몄다. 판매원이 대단히 사려 깊은 어조로 말했다. "그게 그러니까, 확실하지는 않지만 오늘 아침 친구분과 비슷한 사람이 왔던 것 같아요."

"10시 무렵에요?"

"10시 무렵이었죠. 키가 크고 푸른색 양복 차림이었습니다. 뭐, 놀랄 일은 아니지만요."

"어느 쪽으로 갔나요? 업타운 쪽으로요?" 그녀가 간절히 물었다.

"업타운 쪽이었죠." 판매원이 고개를 끄덕이며 맞장구쳤다. "업타운으로 갔습니다. 맞아요. 뒤쪽 손님, 뭘 드릴까요?"

그녀는 코트 옷깃을 꼭 여민 채 뒤로 물러났다. 기다리던 남자가 어깨 너머로 그녀를 돌아보더니 신문 판매원과 시선을 맞추었다. 그녀는 판매원에게 팁을 줄까 하고 잠시 고민하다가 두 남자가 웃어대자 부랴부랴 횡단보도를 건넜다.

업타운 쪽으로 간 게 분명하다고 생각하며 그녀는 길을 따라 걸어갔다. 여기서 길을 건너지 않고 여섯 블록을 내처 걷다가 우리집이 있는 거리로 꺾어 들어갔을 거야. 그래서 업타운 쪽으로 간 거야. 한 블록쯤 더 갔을 때 꽃집이 나왔다. 진열장이 결혼식장처럼 꾸며져 있었다. 오늘은 결혼식 날이니 그이가 나에게 줄 꽃을 샀을지 몰라, 하고 생각한 그녀는 안으로 들어갔다. 날렵한 몸매의 꽃집 주인이 미소를 지으며 상점 뒤쪽에서 나왔다. 혹시 꽃을 사려는 손님이라고 오해할까 봐 그가 입을 열기 전에 재빨리 말했다. "대단히 중요한 일로 어느 남자분을 찾고 있습니다. 오늘 아침 이곳에서 꽃을 샀을 가능성이 커요. 무척이나 중요한 일이랍니다."

그녀가 숨이 차서 말을 멈추자 꽃집 주인이 대꾸했다. "네, 어떤 꽃을 사셨지요?"

"모르겠네요." 그녀는 화들짝 놀라 말했다. "그는 한 번도……." 그녀는 말을 하다 말고 화제를 돌렸다. "키가 큰 편이고 푸른색 양복을 입었죠. 10시경이었답니다."

"그렇군요. 솔직히 안타깝게도……."

"대단히 중요한 일이랍니다. 아마 서두르고 있었을 거예요." 그녀는 도움이 될까 봐 덧붙였다.

"글쎄요." 그가 상냥하게 미소 지으며 자그마한 이를 드러냈다. "숙녀분을 위해 도와드리죠." 그가 탁자로 가서 커다란 장부를 펼쳤다. "꽃이 배달된 주소가 어떻게 되나요?"

"그게…… 배달을 보냈을 것 같지는 않아요. 본인이 직접 들고 갔을 겁니다."

"부인." 꽃집 주인은 불쾌한 기색이었다. 그의 미소에 비난이 스며들었다. "뭐라도 알아야 그 사람이 누군지……."

"이렇게 부탁드립니다. 기억을 떠올려보세요." 그녀는 사정했다. "키가 크고 푸른색 양복을 입었고 오늘 아침 10시쯤 들렀을 겁니다."

꽃집 주인이 눈을 감고 손가락 하나를 입에 댄 채 깊이 생각에 잠겼다. 그러더니 고개를 저었다. "아무 기억이 안 나는군요."

"어쨌든 감사합니다." 그녀는 낙담하여 말하고는 문을 향해 돌아섰다. 그 순간 꽃집 주인이 흥분하여 새된 목소리로 외쳤다. "잠깐만요! 잠깐만, 부인." 그녀가 돌아서자 꽃집 주인이 다시 생각에 잠기더니 마침내 말했다. “국화였나요?” 그가 미심쩍어하며 바라보았다.

“아, 아뇨.” 그녀의 목소리가 살짝 떨렸다. 그녀는 잠시 머뭇거리다 말을 이었다. “지금 상황에는 맞지 않는 꽃일 것 같아요.”

꽃집 주인이 입술을 앙다물고는 냉담하게 시선을 돌렸다. “물론 저로서는 어떤 상황인지 알 수가 없지요. 하지만 부인이 찾고 있는 남자분이 오늘 아침 국화 열두 송이를 사서 배달시키지 않고 들고 간 것만은 거의 확실합니다.”

“확실한가요?”

“그럼요.” 그가 단호히 말했다. “같은 사람이 분명합니다.” 그가 환하게 웃자 그녀도 미소를 지으며 말했다. “아, 정말 감사합니다.”

꽃집 주인이 그녀를 문까지 배웅해주었다. “코르사주가 예쁘지 않나요?” 그가 상점을 가로지르며 말했다. “빨간 장미? 치자꽃?”

“이렇게 도와주셔서 정말 감사합니다.” 문에 다다라서 그녀는 말했다.

“숙녀분은 꽃과 함께 있을 때 가장 아름다워 보이지요.” 그가 고개를 숙여 인사하더니 말했다. “난초는 어떤가요?”

“아뇨, 감사합니다.”

“그 젊은 남자분을 꼭 찾으시길 빕니다.” 그의 어조에는 심술이 어려 있었다.

그녀는 거리를 따라 걸으며 생각했다. 다들 이게 무슨 재미난 일이라도 된다는 듯이 여기는구나. 코트를 더욱 단단히 여미자 날염 원피스 밑단의 주름 장식만 밖으로 드러났다.

모퉁이에 경찰이 서 있는 것을 보고 생각했다. 경찰서로 가서 실종 신고를 하면 어떨까? 사람이 실종되면 경찰에 신고를 하잖아. 하지만 이내 다른 생각이 떠올랐다. 내가 얼마나 머저리처럼 보일까. 경찰서에서 이렇게 말하는 모습이 삽시간에 그려졌다. "네, 오늘 나와 결혼하기로 되어 있었죠. 하지만 그이가 나타나지 않았어요." 경찰 서너 명이 둘러서서 그녀의 날염 원피스와 지나치게 화려한 화장을 바라보며 서로 히죽대고 그녀는 더이상 할 말을 찾지 못하리라. 어찌 이렇게 말한단 말인가. "네, 바보처럼 보이겠지요. 이렇게 차려입고서 오늘 나와 결혼하기로 한 젊은 남자를 찾으려고 버둥대다니. 하지만 당신들이 나에 대해 모르는 것이 있어요. 겉으로 보이는 것이 전부가 아니에요. 내게는 재능과 유머가 있어요. 나는 숙녀예요. 남자를 행복하고 만족스럽고 생산적으로 만들어줄 확고한 인생관과 자존심과 애정과 섬세함을 갖추고 있죠. 보기보다 큰 힘이 있어요."

경찰서로 가는 것은 터무니없는 짓이었다. 더구나 자기를 찾아달라고 경찰에 신고했다는 소식을 듣는다면 제이미가 뭐라고 할 것인가. "안 돼, 안 돼." 그녀는 크게 소리 내어 말하고는 걸음을 서둘렀다. 지나가던 사람이 걸음을 멈추고 그녀를 돌아보았다.

그녀의 집에서 세 블록 떨어진 모퉁이에 구두닦이 노인이 보였다. 노인은 의자에 앉아 졸고 있었다. 그녀는 노인 앞에 멈춰 기다렸다. 얼마 후 눈을 뜬 노인이 미소를 보냈다.

생각도 하기 전에 말이 술술 나왔다. "저기, 귀찮게 해드려 죄송하지만, 어떤 젊은 남자를 찾고 있답니다. 오늘 아침 10시경 저쪽에서 이리로 왔을 거예요. 혹시 보셨나요?" 이어서 그에 대해 묘사했다. "키가 크고 푸른 양복 차림에 꽃다발을 들고 있었어요."

그녀가 말을 마치기도 전에 노인이 고개를 끄덕였다. "보았습니다. 친구분인가요?"

"네." 그녀는 자기도 모르게 미소를 지었다.

노인이 눈을 깜박이더니 말했다. "이렇게 생각한 기억이 나는군요. 저 젊은이는 여자친구를 만나러 가는 게 분명해. 젊은이는 누구나 여자친구를 만나러 가지." 그가 아량 넘치는 태도로 고개를 흔들었다.

"어느 쪽으로 갔나요? 이 길을 따라 곧장 갔나요?"

"그랬죠. 깨끗한 구두와 잘 차려입은 차림새에 꽃을 들고 무척 서둘러 갔어요. 여자가 있겠다고 생각했죠."

"감사합니다." 그녀는 동전을 주려고 주머니를 뒤졌다.

"그 여자친구는 그런 근사한 남자를 만나 무척 기뻤을 겁니다."

"감사합니다." 그녀는 다시 그렇게 말했다. 주머니는 텅 비어 있었다.

처음으로 그이가 기다리고 있다는 확신이 들었다. 그녀는 서두르며 세 블록을 걸어갔다. 날염 원피스의 치맛자락이 코트 아래에서 휘날렸다. 마침내 그녀의 집이 있는 블록에 다다랐다. 모퉁이에서는 집 창문이 보이지 않았다. 제이미가 기다리며 창문을 내다보고 있는지 아닌지 알 수 없었다. 그녀는 집으로 거의 뛰다시피 갔다. 1층 출입문에서 열쇠를 든 손가락이 파르르 떨렸다. 드러그스토어를 힐긋 보자 아침에 공황에 빠져 커피를 마시던 일이 떠올라 거의 깔깔 웃을 뻔했다. 집에 도착한 순간, 더이상 참을 수가 없어 아직 문도 안 열었건만 소리쳤다. "제이미, 나 왔어요. 얼마나 걱정했는지 몰라요."

집은 침묵 속에 텅 빈 채 기다리고 있었다. 창문으로 오후의 그림자가 길게 드리워졌다. 빈 커피 잔을 보고 일순 그가 기다리고 있다가 떠났나 싶었으나, 오늘 아침 자기가 마신 잔이었다. 방을 쭉 둘러보고 옷장과 욕실까지도 살폈다.

"보지 못했습니다. 꽃을 들고 있었다면 분명 눈에 띄었을 텐데, 그런 사람은 없었답니다." 드러그스토어 점원이 말했다.

구두닦이 노인은 잠이 들었다가 깨었을 때 눈앞에 서 있는 그녀를 보았다. "또 뵙는군요." 그가 웃으며 말했다.

"정말 확실한가요? 정말 그이가 이 길을 따라 올라갔나요?" 그녀가 다그쳤다.

"그 사람을 유심히 보고 있었죠. 여자친구를 만나러 가는 젊은이구나 싶어 집으로 들어가는 것까지 지켜보았죠." 노인은 그녀의 질문에 반박하고자 위엄을 잔뜩 품고 대꾸했다.

"어느 집요?" 그녀가 냉담하게 물었다.

"바로 저기요." 노인이 상체를 숙여 방향을 가리켰다. "바로 다음 블록이었죠. 빛나는 구두를 신고 꽃을 든 남자가 여자친구를 만나러 갔어요. 그녀의 집으로요."

"어느 집요?"

"블록 가운데에 있는 집이었죠." 노인이 그녀를 미심쩍은 표정으로 살피더니 물었다. "그런데 뭐 때문에 묻는 겁니까?"

그녀는 "감사합니다" 하고 말하지도 않고서 달리다시피 다음 블록으로 걸어갔다. 제이미가 혹시 밖을 내다보지는 않는지, 안에서 그의 웃음소리가 들려오지는 않는지 살피며 거리에서 서성였다.

어느 건물 앞에 한 여자가 유모차를 팔 길이만큼 앞뒤로 단조로이 밀었다 당겼다 하며 앉아 있었다. 유모차 안에 잠든 아기도 움직임에 따라 앞뒤로 움직였다.

이제는 질문이 술술 나왔다. "실례합니다만, 오늘 아침 10시쯤에 여기 건물 중 하나로 들어가는 젊은 남자를 못 보셨나요? 키가 크고 푸른색 양복 차림에 꽃다발을 들고 있었답니다."

열두 살가량의 남자아이가 옆에 멈춰 서서 듣더니 두 사람을 번갈아 골똘히 바라보다 이따금 아기를 힐끔거렸다.

"이봐요. 10시에는 아기를 목욕시키고 있었어요. 주변을 돌아다니는 낯선 사람들을 살필 시간이 있겠어요? 그럴 것 같나요?" 여자가 지친 기색으로 말했다.

"커다란 꽃다발을 든 사람요? 커다란 꽃다발을 든 남자 말이죠? 그 사람 봤어요." 소년이 그녀의 코트를 잡아당기며 물었다.

그녀가 내려다보자 소년이 무례하게 히죽거렸다. "어느 집으로 들어가던?" 그녀는 지친 어조로 물었다.

"이혼할 건가요?" 소년이 고집스레 캐물었다.

"숙녀한테 그런 질문을 하면 못써." 유모차를 흔들던 여자가 말했다.

"있죠, 그 사람을 봤는데요. 저리로 들어갔어요." 소년이 바로 옆 건물을 가리켰다. "내가 쫓아갔더랬죠. 그랬더니 이십오 센트를 주던걸요." 소년이 목소리를 으르렁대다시피 하며 낮추었다. "'오늘은 나한테 무척 중요한 날이란다, 꼬마야'라고 말하면서 돈을 줬어요."

그녀는 아이에게 일 달러짜리 지폐를 주었다. "어느 집이었니?"

"꼭대기 층요. 돈을 줄 때까지 쫓아갔는데 꼭대기 층으로 갔어요." 소년이 일 달러 지폐를 들고 그녀의 손이 닿지 않을 만큼 슬슬 뒷걸음쳤다. "이혼할 건가요?"

"꽃을 들고 있었니?"

"네." 소년이 새된 소리로 말했다. "이혼하려는 건가요? 아니면 약점을 잡으려는 건가요?" 녀석이 길을 달려가며 소리쳐댔다. "저 여자가 불쌍한 아저씨의 약점을 잡으려고 해요." 유모차를 흔들던 여자가 웃었다.

건물의 1층 출입문은 잠겨 있지 않았다. 문 주위에 초인종 버튼도 보이지 않고 거주자 명패도 없었으며 계단은 좁고 지저분했다. 꼭대기 층에는 문이 두 개 있었다. 오른쪽에 있는 첫 번째 문 앞에 구겨진 꽃다발 포장지와 매듭이 있는 종이 리본이 버려져 있었다. 무슨 단서라도 발견한 느낌이었다. 종이쪽지를 흘리면서 하는 술래잡기에서의 결정적 실마리 같았다.

문을 두드리자 안에서 목소리들이 들리는 듯했다. 불현듯 공포에 휩싸여 그녀는 생각했다. 제이미가 정말 여기에 있으면 어떡하지? 그가 문을 열면 뭐라고 말하지? 돌연 목소리가 잠잠해졌다. 다시 두드려보았지만 아스라이 웃음소리가 나는 듯한 기척 외에는 침묵뿐이었다. 그이가 창문에서 나를 본 거라고 생각했다. 길에 면한 쪽방인데다 아까 소년이 요란하게 떠들어대지 않았던가. 기다리다 다시 문을 두드렸지만 묵묵부답이었다.

결국 그녀는 다른 문으로 가서 노크했다. 손이 닿는 순간 문이 활짝 열렸다. 텅 빈 다락방이었다. 벽에는 욋가지가 훤히 드러나 있고 마룻널은 페인트칠되어 있지 않았다. 살짝 들어가 주위를 둘러보았다. 회반죽 포대와 낡은 신문지 더미가 가득했고 부서진 여행가방이 하나 놓여 있었다. 별안간 쥐가 움직이는 듯한 소리가 들리기에 살펴보니 바로 근처 벽 앞에 녀석이 웅크리고 있었다. 사악하기 짝이 없는 얼굴의 쥐는 바짝 경계하며 눈에 불을 켜고 그녀를 주시하고 있었다. 그녀는 비틀거리며 정신없이 도망가 문을 쾅 닫았다. 그 바람에 날염 원피스 옷자락이 걸려 찢어졌다.

다른 문 안에는 사람이 있는 것이 분명했다. 나지막한 목소리 사이사이로 가끔씩 웃음이 흘러나왔다. 그녀는 몇 번이나 그곳을 찾아갔다. 첫 주에는 매일 갔을 정도였다. 아침에 출근할 때도 저녁에 혼자 식사하러 가다가도 그곳에 들렀다. 하지만 아무리 자주 찾아간들, 아무리 요란하게 문을 두드린들 대꾸는 없었다.

어머니가 만드셨던 것처럼

무슨 일을 하든 빠르고 간결하게 움직이는 데이비드 터너는 버스 정류장에서 집을 향해 급하게 걸어갔다. 길모퉁이의 식료품점에 이르러 발걸음이 멈칫했다. 사야 할 것이 있었다. 버터가 떠올라 마음이 놓였다. 오늘 아침 이 길을 따라 버스 정류장으로 가는 내내 속으로 생각했더랬다. 버터, 오늘밤 퇴근하다 이 식료품점을 지날 때 꼭 버터를 사야 해. 그는 식료품점으로 들어가 줄을 서서 기다리며 선반에 진열된 통조림들을 살펴보았다. 그동안 보이지 않았던 돼지고기 소시지 통조림이 다시 놓여 있었고 콘비프도 있었다. 쟁반 가득 담긴 롤빵이 시선을 끌었다. 앞의 여자가 떠나자 점원이 그를 바라보았다.

"버터는 얼마인가요?" 데이비드는 신중하게 물었다.

"팔십구요." 점원이 태연히 대꾸했다.

"팔십구요?" 데이비드는 눈살을 찌푸렸다.

"그렇습니다." 점원이 데이비드 너머의 다음 손님을 바라보았다.

"백 그램 주세요. 그리고 롤빵 여섯 개도요." 데이비드가 말했다.

그는 식료품 봉지를 들고 가며 생각했다. 더이상 저기에서 물건을 사면 안 되겠어, 이 정도 단골이면 더 정중히 대해주어야 마땅한데.

우편함을 확인하니 어머니의 편지가 와 있었다. 그는 편지를 롤빵 봉지 위쪽에 쑤셔넣고 계단을 올라 3층에 들어섰다. 그 층에는 두 가구가 살았는데, 마샤의 집에는 불이 켜져 있지 않았다. 데이비드는 자기 집 문으로 걸어가 자물쇠를 열고 안으로 들어서며 전등 스위치를 눌렀다. 귀가할 때면 늘 그러하듯 집은 따뜻하고 아늑하고 다정해 보였다. 좁은 현관 홀에는 작고 깔끔한 탁자와 신중하게 고른 네 개의 의자가 놓여 있고 직접 칠한 연녹색 벽 앞에 자그마한 금잔화 화병이 장식되어 있었다. 현관 홀 너머에 있는 작은 부엌 뒤에 그가 책을 읽고 잠을 자는 큰 방이 있었다. 방의 천장 때문에 계속 골치를 앓고 있었다. 한쪽 구석에서 회반죽이 떨어져 내렸는데, 갖은 애를 써보아도 훤히 티 나는 것을 막을 수가 없었다. 오래된 연립 주택 건물이니 이 정도 회반죽이 떨어지는 건 어쩔 수 없다고, 어디에서 이만한 월세에 현관과 큰 방과 작은 부엌이 있는 집을 구할 수 있겠느냐고 데이비드는 항상 스스로를 위로했다.

식료품 봉지를 탁자에 올려놓고 버터를 냉장고에, 롤빵을 빵 상자에 넣었다. 빈 봉지는 접어서 부엌 서랍에 챙겨두었다. 현관 벽장에 코트를 걸고 그가 거실이라고 부르는 큰 방으로 가 책상 전등을 켰다. 내심 '매혹적인' 방이라고 여겼다. 그는 노란색과 갈색을 유난히 좋아했다. 책상과 책장과 보조 탁자는 물론이고 심지어 벽까지 직접 페인트칠했다. 그리고 온 도시를 이 잡듯 뒤져 마음에 꼭 드는 트위드 천 느낌의 황갈색 커튼을 구했다. 이 방을 보노라니 흡족하기 이를 데 없었다. 양탄자의 진갈색은 커튼 속에서 가장 짙은 색을 골라 뽑아낸 것 같았다. 가구는 거의 노란색이었다. 접이식 침대 커버와 전등 갓은 오렌지색이었다. 창턱에 늘어선 화분이 이 방에 딱 적당한 녹색을 가미했다. 요즘 데이비드는 보조 탁자에 놓을 장식품을 구하고 있었다. 나지막한 녹색 반투명 화병을 사서 금잔화를 꽂아두고 싶은 마음이 굴뚝같았지만 은식기와 마찬가지로 그가 감당하기에는 너무 비쌌다.

그는 이 방에 들어올 때마다 생애 최고의 집에서 살고 있다는 느낌을 만끽했다. 늘 그렇듯 이날도 그는 거실을 찬찬히 둘러보았다. 소파와 커튼과 책장을 바라본 뒤 보조 탁자에 예의 녹색 화병이 놓여 있는 모습을 상상하다 한숨을 쉬고 책상으로 향했다. 펜 꽂이에서 펜을 집어 들고 책상 서랍에서 꺼낸 말끔한 종이에 조심스레 적었다. "친애하는 마샤, 오늘 저녁 함께하기로 한 약속 잊지 마. 6시쯤 봐." 그는 "D"라고 서명한 뒤, 책상의 납작한 필통에서 마샤의 집 열쇠를 집어 들었다. 그는 냉장고나 전화기나 창문을 수리할 사람이 오거나 세탁물이 배달될 때마다 마샤가 집에 없는 탓에 집 열쇠를 맡아 갖고 있었다. 누군가 다른 사람이 문을 열어주어야 했지만 집주인은 비상 열쇠를 들고 3층까지 올라오는 것을 질색했다. 마샤가 자기도 데이비드의 집 열쇠를 챙겨두겠다고 하지 않은 이상 데이비드는 굳이 자기 집 열쇠를 건네줄 생각이 일절 없었다. 그의 집으로 들어올 수 있는 열쇠는 오직 하나뿐이며 바로 자신의 주머니 속에 안전히 들어 있다는 사실이 기뻤다. 아늑하면서도 멋진 집으로 들어올 수 있는 유일한 방법이 그 작고 단단한 열쇠인 덕분에 행복했다.

그는 현관문을 열어놓은 채 어둑한 복도로 걸어가 옆집으로 향했다. 그리고 그가 가진 열쇠로 옆집 문을 열고 전등을 켰다. 이 집은 기분 좋게 들어갈 만한 장소가 아니었다. 구조는 그의 집과 똑같았다. 현관, 작은 부엌, 큰 방. 옆집에 들어올 때마다 그는 집을 처음 보았을 때의 일이 떠올랐다. 집을 꾸미려면 얼마나 힘들까 하는 생각에 절망할 뻔했더랬다. 마샤의 집은 헐벗은데다 뒤죽박죽이었다. 그녀의 친구가 얼마 전 선물한 직립형 피아노가 현관 홀과 부엌에 걸쳐 비뚜름히 놓여 있었다. 현관 홀은 너무 좁고 방은 난장판이라 피아노를 제대로 놓을 공간이 없었던 것이다. 침대는 정돈되어 있지 않았고 바닥에 지저분한 빨랫감이 한 무더기 쌓여 있었다. 창문이 종일 열려 있었던 탓에 바닥에 종이들이 마구잡이로 나뒹굴고 있었다. 창문을 닫은 데이비드는 종이를 보며 망설이다 그대로 재빨리 방에서 나갔다. 그리고 피아노 건반 위에 편지지를 놓은 다음 밖으로 나가 문을 잠갔다.

그는 집으로 돌아가 즐겁게 저녁을 준비했다. 전날 저녁 요리해 둔 쇠고기찜이 냉장고에 거의 그대로 남아 있었다. 쇠고기찜을 아주 얇게 썰어 접시에 놓고 파슬리로 장식했다. 그가 가진 접시들은 소파 커버의 색과 비슷한 오렌지색이었다. 오렌지색 접시에 양상추 샐러드를 놓고 얇게 썬 오이를 더하니 유쾌한 기분이 살랑거렸다. 커피포트를 스토브에 올리고 튀김용 감자를 썰었다. 계획대로 요리를 마친 뒤 감자튀김 냄새를 빼려고 창문을 열었다. 그리고 기분 좋게 식탁 장식을 시작했다. 우선, 식탁보는 당연히 연녹색으로 골랐다. 깨끗한 녹색 냅킨 두 개를 놓았다. 오렌지색 접시와 세련된 찻잔 세트를 각각 알맞은 위치에 두었다. 롤빵 접시가 식탁 중앙에 놓이고 소금병과 후추병이 두 마리 녹색 개구리처럼 자리 잡았다. 싸구려 잡화점에서 산 유리잔에는 얇은 녹색 띠가 둘러져 있었다. 마지막으로 대단히 조심하며 은식기를 진열했다. 데이비드는 무리하지 않고 하나둘씩 은식기를 사서 세트를 완성해가고 있었다. 처음에는 일단 2인용을 장만했고 이제는 은식기로 네 명은 충분히 대접할 수 있었다. 하지만 아직 여섯 명을 대접하기에는 샐러드용 포크와 수프용 스푼이 부족했다. 그는 어떤 종류의 식사 자리에도 어울릴 수 있도록 차분하면서도 근사한 무늬의 제품을 골라 구입했고 매일 아침 식사 때마다 환희를 맛보았다. 반짝이는 은스푼으로 자몽을 떠먹고 자그마한 버터나이프로 토스트에 버터를 바르고 견고하고 묵직한 나이프로 달걀을 깨뜨린 뒤 설탕 전용 은스푼으로 설탕을 떠서 넣고 깨끗한 은스푼으로 커피를 저었다. 은식기는 모두 변색 방지용 상자에 담아 찬장 높은 곳의 전용 칸에 보관해두었다. 그는 조심스레 상자를 내려 2인분의 식기를 꺼냈다. 나이프와 포크와 샐러드용 포크와 파이용 포크와 스푼을 하나씩 늘어놓자 식탁에 호화로움이 넘실거렸다. 또한 특수 용도용 식기도 꺼냈다. 설탕용 스푼, 감자와 샐러드를 덜 때 쓸 대형 스푼, 고기용 포크와 파이를 덜 때 쓸 포크. 두 사람이 식사할 수 있을 만큼 충분히 은식기를 갖추어놓고 상자를 도로 찬장에 놓고는 물러나서 식탁을 꼼꼼히 살피며 청결함과 반짝임을 찬미했다. 그리고 거실로 들어가 어머니의 편지를 읽으며 마샤를 기다렸다.

감자튀김이 완성돼도 마샤는 감감무소식이었다. 그러다 벌컥 문이 열리더니 마샤가 고함과 신선한 공기와 어수선함과 함께 입장했다. 그녀는 늘씬한 미인이었고 목소리가 우렁찼다. 지저분한 레인코트 차림의 그녀가 말했다. "깜박한 것 아냐, 데이비. 늘 그렇듯 좀 늦었을 뿐이지. 오늘 메뉴는 뭐야? 화난 거 아니지?"

데이비드는 일어나 다가가 레인코트를 받아들었다. "너희 집에 메모를 남겨놨어."

"못 봤어. 집에 들르지도 않았거든. 뭔지 몰라도 냄새가 기가 막힌데."

"감자튀김이야. 식사 준비를 다 마쳤으니 먹기만 하면 돼."

"우와. 피곤해. 밖에 엄청 추워." 마샤는 의자에 털썩 앉아 두 다리를 앞으로 쭉 뻗고 두 팔을 늘어뜨렸다.

"아까 집에 올 때 기온이 점점 내려가더군." 데이비드는 식탁에 음식을 차렸다. 고기 접시, 샐러드 접시, 감자튀김 그릇. 그는 부엌과 식탁 사이를 조용히 오가며 마샤의 다리에 걸리지 않도록 조심했다. "내가 구입한 은식기를 아마 이번에 처음 보지." 그가 말했다.

마샤가 탁자를 휙 둘러보더니 스푼을 하나 집어 들었다. 그녀가 손가락으로 무늬를 더듬었다. "아름다워라. 이걸로 먹으면 엄청 기분 좋을 것 같아."

"자, 이제 먹기만 하면 돼." 데이비드는 식탁 의자를 당겨 그녀가 앉기를 기다렸다.

마샤는 항상 배가 고팠다. 그녀는 은식기를 보고 감탄하지도 않고 고기와 감자와 샐러드를 접시에 담더니 열광적으로 먹었다. "모든 게 아름다워. 음식도 맛나고, 데이비."

"마음에 든다니 다행이네." 데이비드는 손에서 느껴지는 포크의 촉감이 사랑스러웠다. 심지어 포크가 마샤의 입을 향해 움직이는 광경조차도 멋졌다.

마샤가 손을 커다랗게 저어댔다. "내 말은 여기의 모든 게 아름답다는 거야. 가구하며 모든 게. 어쩜 이렇게 집을 근사하게 꾸미고 요리까지 완벽하게 할 수 있지?"

"나는 이렇게 사는 게 좋아."

"나도 알아. 이렇게 살림하는 법을 어디서 배워야 할 텐데." 마샤의 목소리에 한탄이 어렸다.

"집을 보다 깔끔하게 정돈해야 해. 적어도 커튼은 달아야지. 그리고 창문도 닫아두고."

"늘 까먹는다니까. 데이비, 너는 세상 최고의 요리사야." 그녀가 접시를 밀쳐내고 한숨을 쉬었다.

데이비드는 행복감에 얼굴이 달아올랐다. "마음에 든다니 다행이야." 그는 또 그렇게 말하고는 웃었다. "어젯밤에 파이를 만들어 두었어."

"파이라." 마샤가 잠시 그를 쳐다보더니 말했다. "사과파이?"

데이비드가 고개를 젓자 그녀가 말했다. "파인애플?" 그가 또 고개를 저었다. 하지만 더이상 기다릴 수 없었기에 얼른 알려주었다. "체리야."

"어머 세상에!" 마샤가 일어나 그를 따라 부엌으로 가서 그가 빵 상자에서 조심스레 파이를 꺼내는 동안 어깨 너머로 바라보았다. "네가 처음 만든 파이인 거니?"

"전에 두 번 만든 적 있어. 이번이 지난번보다 훨씬 잘됐어." 데이비드는 덧붙였다.

그가 파이를 커다란 조각으로 잘라 깨끗한 오렌지색 접시에 담는 동안 그녀는 신이 나서 바라보다가 자기 몫의 파이 접시를 들고 식탁으로 가서 맛보고는 말없이 감탄의 몸짓을 해 보였다. 데이비드는 파이를 한입 먹고 비판적으로 말했다. "약간 새큼한 것 같아. 설탕이 다 떨어졌거든."

"완벽해. 새큼한 체리파이를 좋아해. 이보다 더 시큼한 걸 좋아하지."

데이비드는 식탁을 치우고 잔에 커피를 따랐다. 커피포트를 다시 스토브로 가져가는데 마샤가 말했다. "우리집 초인종이 울리고 있어." 그녀가 현관문을 열고 귀를 기울였다. 그녀의 집에서 초인종 울리는 소리가 그의 귀에도 들렸다. 그녀는 데이비드의 집에 있는 버저를 눌러 1층 출입문을 열었다. 저 멀리에서 묵직한 발이 계단을 오르는 소리가 들렸다. 그녀가 말했다. "집주인 같은데. 집세를 또 안 냈거든." 발소리가 꼭대기 층 계단참에 이르자 마샤가 소리쳤다. "누구세요?" 의자에 기대어 앉아 현관문 너머로 복도를 내다보다가 그녀가 말했다. "어머, 해리스 씨." 그리고 일어나 문으로 걸어가서 손을 내밀었다. "어서 들어오세요."

"그냥 잠깐 들렀답니다. 식사를 방해한 건 아닌지 모르겠군요." 해리스 씨는 덩치가 무척 거대했다. 그의 호기심 가득한 눈이 식탁 위의 커피 잔과 빈 접시들을 훑었다.

"염려 마요." 마샤가 그를 집안으로 끌어당기며 말했다. "여기는 데이비예요. 이분은 해리스 씨인데, 우리 사무실에서 함께 일하지. 여기는 데이비 터너예요."

"안녕하세요." 데이비드는 공손하게 인사했다. 남자가 그를 유심히 바라보더니 대꾸했다. "안녕하세요."

"앉아요, 앉아. 데이비, 해리스 씨한테도 커피 한 잔 내드리면 어떨까?" 마샤가 말하며 의자를 밀었다.

"번거롭게 그럴 것 없어요. 지나다 들른 것뿐이에요." 해리스 씨가 재빨리 말렸다.

데이비드가 커피 찻잔 세트를 하나 더 내놓고 변색 방지용 은식기 상자에서 스푼을 하나 꺼내는데 마샤가 말했다. "집에서 직접 구운 파이 좋아하시나요?"

"세상에. 집에서 직접 구운 파이가 어떻게 생겼는지도 기억이 가물가물하답니다." 해리스 씨가 감탄하듯 말했다.

마샤가 신이 나서 외쳤다. "데이비, 해리스 씨한테 파이 한 조각 대접해드리면 어떨까?"

데이비드는 아무 대꾸 없이 은식기 상자에서 포크를 꺼내 오렌지색 접시에 올려놓고 파이 한 조각을 담았다. 오늘 저녁을 어떤 식으로 보낼지 특별히 계획해둔 것은 아니었다. 날씨가 너무 춥지 않다면 둘이서 영화를 보러 갈 수도 있었다. 적어도 마샤에게 그녀의 집 상태에 대해 이야기할 수는 있었으리라. 해리스 씨는 의자에 자리잡고 앉아 있었다. 데이비드는 말없이 앞에 파이 접시를 내려놓았다. 해리스 씨는 찬미하듯 파이를 응시하더니 맛을 보았다.

그가 마샤를 쳐다보며 마침내 말했다. "세상에. 이런 맛이야말로 진짜 파이죠. 정말 기가 막힌 파이네요."

"마음에 드시나요?" 마샤가 겸손하게 물었다. 그리고 고개를 들어 해리스 씨의 머리 너머로 데이비드를 바라보며 미소 지었다. "제 평생 서너 번째로 구워본 파이거든요." 그녀가 말했다.

데이비드는 반박하려고 한 손을 들었지만 해리스 씨가 그를 돌아보며 단호히 말했다. "세상에 이보다 더 맛있는 파이를 먹어본 적 있나요?"

마샤가 짓궂게 말했다. "데이비는 그다지 마음에 들어 하지 않는 것 같아요. 데이비 입맛에는 너무 시큼하대요."

"난 새콤한 파이를 좋아한답니다. 체리파이는 원래 새콤해야 하죠." 해리스 씨가 데이비드를 미심쩍은 표정으로 바라보았다.

"해리스 씨 마음에라도 든다니 다행이네요." 마샤가 말했다. 해리스 씨는 파이를 남김없이 먹어치우고 커피를 다 마시더니 의자에 기대어 앉았다. "오늘 이렇게 들르길 정말 잘한 것 같습니다." 그가 마샤에게 말했다.

해리스 씨를 제거하고픈 데이비드의 열망은 어느 사이 저들 둘 다를 제거하고픈 충동으로 바뀌어 꿈틀거렸다. 그의 깨끗한 집과 깔끔한 은식기는 마샤와 해리스 씨가 지금 저렇게 얼빠진 시시덕거림이나 주워섬기라고 존재하는 것이 아니었다. 그는 식탁 위로 쭉 뻗어 있는 마샤의 팔 곁에서 거칠다고 할 만한 태도로 커피 잔을 부엌에 가져다두고 돌아와서 해리스 씨의 잔을 집어 들었다.

"그냥 둬, 데이비. 정말 괜찮아. 내일 내가 치우면 돼." 마샤가 다시 웃으며 고개를 들어 그의 얼굴을 바라보았다. 마치 데이비드가 같이 해리스 씨를 속이고 있는 동지라도 된다는 듯한 태도였다.

해리스 씨가 벌떡 일어났다. "그럼요. 치우는 건 나중으로 미루고 안으로 들어가 편히 자리잡고 이야기나 나눌까요."

마샤가 일어나 그를 거실로 안내하더니 함께 침대 겸용 소파에 앉았다. "들어와, 데이비." 마샤가 소리쳤다.

그의 어여쁜 식탁이 지저분한 접시와 담뱃재로 뒤덮여 있는 광경에 데이비드는 발을 옮길 수 없었다. 접시와 컵과 은식기를 부엌으로 가져가 싱크대에 차곡차곡 쌓았다. 설거짓거리가 쌓이고 지저분한 얼룩이 점점 굳어가리라는 생각을 차마 견딜 수 없어 앞치마를 두르고 조심스레 설거지를 시작했다. 그릇을 씻고 행주로 닦고 제자리에 두는 동안 이따금 마샤가 소리쳤다. "데이비, 뭐하고 있어?" 혹은 "데이비, 여기 와서 잠깐 앉지그래?" 한번은 이렇게 말했다. "데이비, 혼자서 설거지를 다 하면 내가 미안하잖아." 해리스 씨가 대꾸했다. "그냥 일하게 둡시다. 설거지가 재밌나 본데요."

데이비드는 깨끗한 노란 찻잔과 잔 받침을 선반에 놓았다. 이제 해리스 씨의 찻잔이 어느 것이었는지 식별할 수 없었다. 깨끗하게 늘어선 잔들 중 어느 것이 그자가 입을 댄 것인지, 마샤의 립스틱이 얼룩진 것인지, 데이비드가 부엌에서 마저 커피를 마시고 싱크대에 둔 것인지 구별되지 않았다. 변색 방지용 상자에 은식기를 담는 것으로 설거지를 마무리했다. 먼저 포크를 각 칸마다 두 개씩 포개어 놓았다. 훗날 은식기 세트를 모두 마련하고 나면 각 칸마다 포크가 네 개씩 들어갈 터였다. 이어서 스푼을 차곡차곡 포개어 깔끔하게 한 무더기로 쌓았다. 나이프는 상자 뚜껑에 있는 나이프용 끈에 모두 같은 방향으로 날이 놓이도록 깔끔하게 꽂았다. 버터 나이프와 서빙 스푼과 파이용 나이프도 제자리에 두었다. 사랑스럽게 반짝이는 은식기 위로 뚜껑을 덮고 상자를 도로 찬장에 놓았다. 행주를 짜서 행주 걸이에 걸고 앞치마를 벗는 것으로 설거지가 끝나자 천천히 거실로 들어갔다. 마샤와 해리스 씨는 침대 겸용 소파에 꼭 붙어 앉아 진지한 이야기를 나누고 있었다.

"아버지의 이름이 제임스였죠." 데이비드가 막 들어서는데 마샤가 말했다. 마치 논쟁을 종결시키려는 듯한 어조였다. 그가 들어오자 그녀가 돌아보며 말했다. "데이비, 혼자서 설거지를 다 하다니 정말 고마워."

"괜찮아." 데이비드는 어색하게 대꾸했다. 해리스 씨가 짜증난 기색으로 바라보고 있었다.

"내가 도왔어야 했는데." 마샤가 말했다. 침묵이 이어지자 그녀가 덧붙였다. "앉지그래, 데이비?"

데이비드는 그녀의 어조를 알아차렸다. 집주인이 손님에게 달리 무슨 말을 해야 할지 모르겠거나 손님이 너무 일찍 왔거나 너무 늦게까지 머무르고 있을 때 쓰는 어조였다. 그가 해리스 씨에게 써야 마땅한 바로 그 어조였다.

"제임스와 나는 지금……." 마샤가 말을 하다 뚝 멈추더니 깔깔 웃었다. "우리가 지금 무슨 이야기를 하고 있었죠?" 그녀가 해리스 씨를 돌아보며 물었다.

"별 얘기 아니었습니다." 해리스 씨가 말했다. 그는 여전히 데이비드를 응시하고 있었다.

"그럼." 마샤가 말꼬리를 흐렸다. 그리고 데이비드를 돌아보더니 활짝 웃으며 말했다. "그럼."

해리스 씨가 보조 탁자에서 재떨이를 집어 들어 자신과 마샤 사이의 소파에 놓았다. 그리고 주머니에서 시가를 꺼내더니 마샤에게 물었다. "시가 냄새를 싫어하시나요?" 마샤가 고개를 젓자 그가 시가의 포장지를 조심스레 풀고 끝을 물어뜯었다. "시가 연기는 식물에 도움이 되지요." 그가 시가를 문 채 탁한 목소리로 말하며 불을 붙였다. 마샤가 웃었다.

데이비드는 일어났다. 일순 이렇게 말할까 싶었다. "해리스 씨, 이만 가주시면……." 하지만 실제로 그의 입에서 나온 말에 마샤와 해리스 씨 둘 다 그를 돌아보았다. "이만 가볼게, 마샤."

해리스 씨가 일어나 진심으로 말했다. "만나서 정말 반가웠습니다." 그가 손을 내밀자 데이비드는 힘없이 악수했다.

"아무래도 이만 가보는 게 낫겠지." 그가 마샤에게 말하자 그녀가 일어나 대꾸했다. "이렇게 일찍 헤어지다니 아쉽네."

"할 일이 많아서." 데이비드는 의도한 것보다 너무 상냥하게 말을 했다. 마샤는 마치 공모자라도 된다는 양 미소를 짓더니 책상으로 다가가 말했다. "열쇠 잊지 마."

놀란 데이비드는 그녀의 집 열쇠를 받아들고 해리스 씨에게 작별 인사를 하고 현관문으로 갔다.

"잘 자, 데이비." 마샤가 소리치자 데이비드는 말했다. "멋진 저녁 식사를 대접해줘서 고마워, 마샤." 그리고 문을 닫았다.

그는 복도를 걸어가 마샤의 집으로 들어갔다. 피아노는 여전히 비뚜름히 놓여 있고, 종이는 여전히 바닥에 나뒹굴고 있고, 빨랫감은 흩어져 있고, 침대는 정돈되어 있지 않았다. 데이비드는 침대에 앉아 주위를 둘러보았다. 춥고 지저분했다. 자신의 따뜻한 집을 생각하며 비참함에 젖어드는데 복도 너머로 희미한 웃음소리와 의자 움직이는 소리가 들렸다. 이윽고 그의 라디오가 아스라이 웅웅거렸다. 지친 데이비드는 몸을 굽혀 바닥에서 종이를 집어 들었다. 그리고 하나둘 종이를 주워 모았다.

결투 재판•

어느 날 저녁, 하숙집으로 귀가한 에밀리 존슨은 가장 좋은 손수건 세 장이 화장대 서랍에서 사라진 것을 알아차렸다. 그녀는 범인이 누구인지, 무엇을 해야 하는지 알고 있었다. 그녀가 이 집에 이사 온 것은 육 주 전이었다. 그런데 지난 이 주 동안 자잘한 물건들이 종종 사라졌다. 손수건만 해도 여러 장 분실되었고, 싸구려 잡화점에서 구입한 자기 머리글자 모양 핀은 한두 번 달아보지도 못하고 사라졌다. 세트로 된 도자기 개 인형 중 하나와 작은 향수병도 사라졌다. 물건을 가져간 것이 누구인지는 알고 있었지만 이날 밤이 되어서야 조치를 취해야겠다는 결심이 섰다. 그동안은 사소한 물건이 좀 사라졌다고 해서 집주인에게 불평을 늘어놓는 것이 망설

• **결투 재판** _ 유럽 중세 시대에 결투로 시비를 가리던 재판 방식.

여졌다. 게다가 때가 되면 혼자 힘으로 해결할 방법이 떠오를 듯했다. 에밀리는 하숙집에서 온종일 지내는 사람이 저질렀을 거라고 처음부터 예상하고 있었다. 그러다 어느 일요일 아침 옥상에서 햇볕을 쬐고 내려오던 중 그녀의 방에서 나와 계단을 내려가는 누군가를 보고 방문객이 누구인지 확실히 알게 되었다. 이날 밤 그녀는 무엇을 해야 할지 아주 잘 알고 있었다. 코트와 모자를 벗고 짐을 내려놓았다. 타말레• 통조림을 핫플레이트로 데우는 동안 뭐라고 말할지 연습했다.

저녁 식사를 마친 그녀는 문을 잠그고 아래로 내려갔다. 바로 아래층 방의 문을 부드럽게 두드리니 "들어오세요" 하는 소리가 들린 듯해 "앨런 부인?" 하고 말하며 조심스레 문을 열고 안으로 들어갔다.

에밀리는 그 방과 자기 방이 거의 똑같다는 사실을 즉각 알아차렸다. 황갈색 이불이 덮인 똑같은 좁은 침대, 똑같은 단풍나무 화장대와 안락의자. 벽장은 그녀의 방과 반대쪽에 있었지만 창문은 거의 비슷한 곳에 나 있었다. 앨런 부인은 안락의자에 앉아 있었다. 예순 정도 되어 보였다. 나보다 두 배 이상 나이가 많다는 생각이 들었다. 에밀리가 문가에 서 있는 동안 노부인은 가만히 앉아 있었다. 앨런 부인의 깨끗한 백발과 깔끔한 질푸른 색 실내복을 바라보던 에밀리는 잠시 망설인 끝에 입을 열었다. "앨런 부인, 저는 에밀리 존슨이라고 합니다."

앨런 부인은 읽고 있던 잡지 《가정주부의 벗》을 내려놓고 천천히 일어났다. "이렇게 찾아오다니 무척 반갑군요." 그녀가 우아하게 말했다. "물론 당신을 여러 번 봤답니다. 그때마다 무척 유쾌해 보인다고 생각했죠. 이런 곳에서는……." 앨런 부인이 뒷말을 주저했다. "……좋은 사람을 만나기가 쉽지 않지요."

"저도 부인을 뵙고 싶었답니다."

앨런 부인이 자신이 앉아 있던 안락의자를 가리켰다. "여기 앉지그래요?"

"괜찮습니다. 그냥 앉아 계세요. 저는 침대에 앉겠습니다. 여기 가구가 무척 익숙하게 느껴지네요. 제 방 가구랑 똑같거든요." 에밀리는 빙그레 웃었다.

"안타까운 일이에요. 집주인에게 몇 번이나 말했지요. 방마다 똑같은 가구를 들여놓으면 사람들이 집처럼 편안하게 느끼기 어렵다고요. 하지만 집주인은 단풍나무 가구가 깔끔해 보이고 가격도 저렴하다며 의견을 굽히지 않더군요." 앨런 부인이 의자에 도로 앉으며 말했다.

"그래도 이 방은 한결 나은걸요. 잘 꾸며져 있어서 제 방보다 훨씬 좋아 보여요."

"나는 이곳에 십 년 있었지요. 여기 온 지 한 달쯤 되었나요?"

"육 주 되었답니다."

"집주인한테 얘기를 들었어요. 남편이 육군이라고요."

● **타말레** _ 옥수수 가루, 다진 고기, 고추로 만드는 멕시코 요리의 일종.

"네. 그리고 저는 여기 뉴욕에 일자리를 구했고요."

"우리 남편도 육군이었죠." 앨런 부인이 단풍나무 화장대 위의 액자들을 가리켰다. "물론 오래전 일이지만요. 그이가 눈을 감은 지 거의 오 년이 되어가네요."

에밀리는 일어나 액자를 향해 걸어갔다. 육군 제복 차림의 키가 큰 남자에게서 위엄이 넘실거렸다. 다른 사진들에는 아이들이 찍혀 있었다.

"대단히 비범해 보이시는 분이네요. 자녀분들 사진인가요?"

"안타깝게도 자식이 없답니다. 남편의 조카들 사진이죠."

에밀리는 화장대 앞에 서서 방안을 둘러보다가 창가로 걸어가 주르르 늘어선 화분을 바라보았다. "꽃도 있네요. 저는 꽃을 무척 좋아한답니다. 안 그래도 오늘 퇴근하면서 과꽃을 한 다발 사왔지요. 방의 칙칙한 분위기 좀 바꿔보려고요. 그런데 꽃은 너무 금방 시드는 게 문제예요."

앨런 부인이 말했다. "나는 그런 이유로 화분을 선호해요. 화병에 아스피린을 한 알 넣어보세요. 그러면 꽃이 한결 오래가지요."

"저는 꽃에 대해 잘 몰라요. 예를 들어, 화병에 아스피린을 넣으면 도움이 된다는 것도 몰랐어요."

"화병에 꽃을 꽂을 때 나는 늘 그렇게 해요. 꽃이 있으면 방 분위기가 한결 편안해지는 것 같아요."

에밀리는 한동안 창가에 서서 앨런 부인이 매일 바라보았을 광경을 살펴보았다. 맞은편 건물의 비상계단, 사선으로 뻗은 길의 일부. 그녀는 숨을 깊이 들이쉬고는 돌아섰다. "앨런 부인, 사실은 오늘 찾아온 데는 이유가 있습니다."

"나와 친구가 되는 것 말고 다른 이유요?" 앨런 부인이 웃으며 말했다.

"어떻게 해야 할지 난감한 상황에 처했거든요. 그렇다고 집주인한테 이야기하기도 꺼려지고요."

"집주인은 비상시에 별 도움이 되지 않지요."

에밀리는 다시 침대로 걸어가 앉아 앨런 부인을 진심 어린 표정으로 바라보았다. 이 얼마나 우아한 노부인이란 말인가. "사소한 일일 수도 있지만 누군가가 제 방에 침입했어요."

앨런 부인이 고개를 들었다.

"물건들이 사라졌고요. 손수건이나 값싼 장신구들요. 뭐, 중요한 물건은 아니에요. 하지만 누군가가 제 방에 들어와서 물건을 가져가고 있어요."

"그런 일이 있었다니 참으로 안타깝네요."

"저기요, 저는 괜히 문제를 일으키고 싶지는 않습니다. 그저 누군가 제 방에 들어온 것일 뿐 값비싼 물건은 없어지지 않았어요."

"그렇군요."

"얼마 전에야 물건이 없어지는 것을 눈치챘지요. 그런데 지난주 일요일에 옥상에서 내려오다가 제 방에서 나오는 사람을 보았습니다."

"그게 누구인지 아나요?"

"네, 압니다."

앨런 부인이 잠시 침묵을 지키더니 마침내 말했다. "왜 집주인한테 이야기하기 꺼려지는지 알겠군요."

"당연하지요. 이런 일이 더이상 일어나지 않길 바랄 뿐이에요."

"그렇게 생각하는 것도 무리가 아니지요."

"아시겠지만 이건 누가 제 방 열쇠를 갖고 있다는 뜻이에요." 에밀리는 간청하듯 말했다.

"이 집의 문들은 다 같은 열쇠로 열려요. 워낙 구식 자물쇠라."

"이런 일은 그쳐야만 해요. 안 그러면 어쩔 수 없이 조치를 취해야 합니다."

"그럼요. 이런 사태가 벌어지다니 참으로 안타깝네요. 이만 작별을 고해야겠어요. 피곤해서 일찍 자야 할 것 같아요. 이렇게 만나서 정말 즐거웠습니다." 앨런 부인이 일어났다.

"저도 마침내 부인을 만나서 정말 기뻤답니다. 다시는 이런 일이 없어야 할 텐데. 안녕히 주무세요." 에밀리는 문으로 걸어갔다.

"잘 자요." 앨런 부인이 인사했다.

다음날 저녁 에밀리가 퇴근하고 돌아와보니 싸구려 귀고리가 사라지고 없었다. 게다가 화장대 서랍에 넣어두었던 담배 두 갑도 보이지 않았다. 그날 저녁 그녀는 오랫동안 방에 홀로 앉아 생각에 잠겼다. 그리고 남편에게 편지를 쓴 뒤 잠자리에 들었다. 다음날 아침 일어나 옷을 입고 길모퉁이의 드러그스토어에 가서 공중전화로 사무실에 전화를 걸어 몸이 안 좋아 출근할 수 없다고 했다. 그리고 방으로 돌아갔다. 문을 살짝 열어놓고 거의 한 시간을 기다린 후에야 아래층 방문이 열리고 앨런 부인이 천천히 계단을 내려가는 소리를 들을 수 있었다. 노부인이 건물 밖으로 나갔을 만큼 시간이 흐르자 에밀리는 방문을 잠그고 방 열쇠를 쥔 채 앨런 부인의 방으로 갔다.

만약 누군가와 마주친다면 층을 착각하고 내 방인 줄 알았다고 둘러대면 그만이었다. 문을 열자 한동안은 정말 자신의 방에 들어온 듯했다. 침대는 깔끔하게 정돈되어 있고 창문의 블라인드는 내려져 있었다. 에밀리는 문을 잠그지 않은 채 창으로 가 블라인드를 올렸다. 방에 햇살이 환히 들이쳤다. 주위를 둘러보노라니 느닷없이 앨런 부인에 대한 친근감이 넘실거렸다. 노부인도 자신의 방을 보고 똑같이 느꼈겠지 싶었다. 모든 것이 깔끔하고 평범했다. 그녀는 우선 벽장을 살펴보았다. 안에는 앨런 부인의 짙푸른 색 실내복과 평범한 원피스 한두 벌이 다였다. 화장대로 간 에밀리는 앨런 부인의 남편 사진을 잠시 바라본 후 맨 위 서랍을 열고 안을 들여다보았다. 그녀의 손수건들이 그곳에 있었다. 깔끔하게 접혀 포개진 채로. 바로 곁에는 담배와 귀고리가 놓여 있었다. 서랍 구석에 자그마한 도자기 개 인형이 웅크리고 있었다. 모든 것이 여기 단정하게 정돈되어 놓여 있다고 에밀리는 생각했다. 위 서랍을 닫고 아래 서랍

두 개를 열었다. 둘 다 비어 있었다. 다시 맨 위 서랍을 열었다. 그녀의 물건 외에는 검은색 면장갑 한 켤레와 그녀의 손수건 아래 있는 평범한 흰 손수건 두 장, 그리고 크리넥스 티슈 한 상자와 아스피린이 든 자그마한 철제 갑 하나가 다였다. 아스피린은 화분 때문에 있지 싶었다.

손수건 개수를 헤아리는데 뒤에서 소리가 들려 돌아보았다. 문가에 선 앨런 부인이 말없이 그녀를 바라보고 있었다. 에밀리는 쥐고 있던 손수건들을 떨어뜨리고 뒤로 물러섰다. 얼굴이 달아오르고 두 손이 부들부들 떨렸다. 그녀는 생각했다. 똑바로 쳐다보며 저 여자한테 사정을 말해. "저기요, 앨런 부인." 하지만 더이상 할 말이 없었다.

"네?" 앨런 부인이 상냥하게 물었다.

에밀리는 자기도 모르게 앨런 부인의 남편 사진을 쳐다보았다. 실로 사려 깊어 보이는 남자였다. 두 사람은 함께 행복한 삶을 살았으리라. 그런데 지금 저 부인은 나와 똑같은 방에 살면서 서랍에 자기 소유의 손수건이라고는 달랑 두 장 갖고 있지.

"네?" 앨런 부인이 다시 말했다.

저 여자는 내가 무슨 말을 하기를 바라는 거지? 저런 숙녀 같은 태도로 무슨 말을 기다리는 거지? "여기에 왜 왔느냐면요……." 에밀리는 말을 하다 말고 주저했다. 내 목소리 역시 꽤나 숙녀처럼 점잔빼고 있구나, 하는 생각이 들었다. "두통이 너무 심해서 아스피린을 빌릴까 했습니다. 두통이 어찌나 지독한지. 부인이 방에 안 계신 것을 알았지만 양해 없이 아스피린을 빌려가도 부인이라면 이해하시겠지 싶었어요." 그녀는 재빨리 말했다.

"두통이라니 정말 괴롭겠어요. 나를 그렇게 친근하게 여겨주어서 정말 고마워요." 앨런 부인이 말했다.

"두통이 지독하지만 않았더라면 여기 이렇게 불쑥 들어오지는 않았을 겁니다."

"물론이죠. 이 일은 그냥 덮기로 해요." 앨런 부인이 화장대로 걸어와 서랍을 열었다. 에밀리는 앨런 부인이 손수건을 지나쳐 아스피린 갑을 집어 드는 모습을 바라보았다. "두 알을 먹고서 한 시간 푹 자고 나면 괜찮을 거예요." 앨런 부인이 말했다.

"감사합니다. 정말 친절하시군요." 에밀리는 문 쪽으로 걸어갔다.

"다른 도움이 필요하면 언제든지 말해요."

"감사합니다." 에밀리는 다시 인사하며 문을 열었다. 그리고 잠시 기다린 후 위층 계단을 향해 몸을 돌렸다.

"나중에 들를게요. 두통이 괜찮아져야 할 텐데." 앨런 부인이 말했다.

빌리지•의 주민

클래런스 양은 6번가와 8가의 모퉁이에 멈춰 서서 손목시계를 확인했다. 2시 15분. 예상보다 일찍 도착했다. 그녀는 웨일린으로 들어가 음료수 카운터에 자리 잡고 《빌리저••》를 핸드백과 스탕달의 소설 『파름의 수도원』 옆에 내려놓았다. 그 소설은 오십 쪽까지만 열광적으로 읽은 뒤 이제는 그저 겉멋으로 들고 다니는 책이었다. 주문한 초콜릿 밀크셰이크를 점원이 만드는 동안 담배 카운터로 걸어가 쿨스 한 갑을 샀다. 그리고 다시 음료수 카운터로 돌아와 담뱃갑을 뜯고 담배에 불을 붙였다.

서른다섯 살이 코앞인 클래런스 양은 그리니치빌리지에 십이 년째 살고 있었다. 북부의 소도시에서 자라다 스물세 살에 무용수가

• **빌리지** _ 뉴욕 맨해튼의 예술가 거주지역인 그리니치빌리지를 흔히 짧게 이르는 말. 작은 마을을 가리키는 말이기도 하다.

•• **빌리저** _ 뉴욕 맨해튼의 주간지. '빌리저'라는 말은 '빌리지의 주민'이라는 뜻을 갖고 있다.

되겠다는 부푼 꿈을 안고서 뉴욕으로 왔다. 당시에는 무용이나 조각이나 제책製册을 배우려면 그리니치빌리지로 와야 했다. 보통 젊은이들은 가족이 부쳐주는 돈으로 생활하면서 메이시스 백화점이나 서점에서 일해 돈을 모아 예술 교육을 받겠다는 야무진 계획을 세웠다. 클래런스 양은 다행히 속기와 타자 교육을 받은 덕에 석탄과 탄소 연료를 취급하는 회사에 속기사로 취직했다. 그리하여 십이 년이 흐른 지금 그녀는 그 회사에서 개인 비서로 일하며 그리니치빌리지의 공원 근처에 자리한 괜찮은 아파트에 살고 근사하게 차려입을 수 있을 만큼 충분히 돈을 벌고 있었다. 그녀는 아직도 여자 직장 동료와 이따금 무용 공연을 보러 갔다. 고향의 옛 친구에게 편지를 쓸 때면 자신을 '빌리지의 불사자'라고 표현하곤 했다. 클래런스 양은 이 문제에 대해 생각할 적에 고향에서는 누리지 못했을 좋은 일자리와 물질적 풍요를 떠올리며 자축하는 경향이 있었다.

그녀는 지금 회색 트위드 정장을 차려입고 빌리지의 보석점에서 산 수제 구리 브로치를 단 자신이 무척 근사해 보이리라는 확신에 차 있었다. 밀크셰이크를 다 마시고 다시 손목시계를 확인했다. 계산을 하고 6번가로 나와 씩씩하게 업타운 쪽으로 걸어갔다. 예상은 딱 맞아떨어졌다. 찾는 집이 6번가의 서쪽에 있었다. 그녀는 잠시 그 앞에 서서 자신이 현재 살고 있는 아파트와 그 건물을 비교하며 한껏 즐거움을 음미했다. 클래런스 양의 아파트는 치장 벽토로 장식한 현대적인 분위기의 벽돌 건물로, 그림처럼 아름다웠다. 하지만 이 아파트는 낡은 목재 건물이면서 앞문만 새로 달아 눈속임을 하고 있었다. 건물 위쪽을 보면 지난 세기에 지어졌다는 사실이 뻔히 드러났다. 클래런스 양은 주소를 《빌리저》의 광고와 비교한 뒤 출입문을 열고 우중충한 복도로 들어섰다. 로버츠의 집은 4B호였다. 클래런스 양은 한숨을 쉰 다음 계단을 올라갔다.

3층 층계참에서 잠시 휴식을 취하며 담배에 불을 붙이고 근사한 모습으로 그 집에 들어갈 준비를 했다. 4층에 이르러 4B호를 찾았다. 그 집 문 앞에는 타자기로 친 메모가 압정으로 꽂혀 있었다. 클래런스 양은 메모를 떼어내 전등 불빛에 비추어보았다. "클래런스 양. 잠시 자리를 비우게 되었습니다만 3시 30분경에는 돌아올 겁니다. 집에 들어가서 제가 돌아올 때까지 살펴보세요. 가구에는 모두 가격표가 붙어 있답니다. 대단히 죄송합니다. 낸시 로버츠."

시험 삼아 문을 열어보니 열려 있었다. 메모를 쥔 채 안으로 들어가 문을 닫았다. 방은 혼돈 그 자체였다. 책과 서류가 반쯤 찬 상자들이 바닥에 놓여 있고, 커튼은 떼어져 있고, 가구 위에는 짐을 꾸리다 만 여행 가방과 옷이 잔뜩 쌓여 있었다. 클래런스 양은 가장 먼저 창문으로 갔다. 4층이니 경치가 좋겠다 싶었다. 하지만 눈앞에는 지저분한 지붕만 보였다. 왼쪽 저 멀리 옥상을 정원으로 꾸민 고층 건물 하나가 눈에 띄었다. 언젠가 저런 곳에 살 거라고 생각하고는 방을 향해 돌아섰다.

부엌은 벽감이나 다름없는 좁은 공간이었다. 화구 두 개짜리 버너 아래 공간에 맞게 짜맞춰진 냉장고가 놓여 있고, 한쪽에 자그마한 싱크대가 자리했다. 요리를 별로 하지 않고 버너 청소도 한번 안 한 모양이라고 클래런스 양은 생각했다. 냉장고에는 우유 한 병과 코카콜라 세 병과 반쯤 찬 땅콩버터 한 통이 들어 있었다. 식사는 외식으로 때우는구나, 하고 생각했다. 식기장을 열었다. 유리잔 하나, 병따개 하나. 다른 유리잔 하나는 욕실에 있겠지. 커피 잔이 없는 것으로 보아 아침에 커피조차 끓이지 않는 모양이었다. 식기장 문 안쪽에 바퀴벌레 한 마리가 기어다녔다. 그녀는 부랴부랴 문을 닫고 방으로 돌아갔다. 욕실 문을 열고 힐긋 살펴보니 발이 달린 구식 욕조만 있을 뿐 샤워기는 없었다. 욕실은 지저분했다. 이곳에도 분명 바퀴벌레가 우글대리라 싶었다.

결국 클래런스 양은 짐이 어수선하게 놓여 있는 방을 향해 돌아섰다. 의자에서 여행 가방과 타자기를 치우고 모자와 코트를 벗고 앉은 뒤 담배에 불을 붙였다. 이 집에서 단 한 점의 가구도 사지 않겠다고 결론 내린 뒤였다. 의자 두 개와 침대 겸용 소파는 단풍나무로 짠 것이었는데, 클래런스 양이 보기에 빌리지의 현대적인 디자인이었다. 자그마한 탁자 겸 책장은 꽤 괜찮았지만 윗면에 기다랗게 긁힌 자국이 나 있는데다 유리잔 얼룩도 수두룩했다. 십 달러라고 적힌 가격표를 보고 저 정도 가격이면 새것을 열두 개는 사겠다고 중얼거렸다. 그녀는 석탄과 탄소 연료 회사에 대한 가벼운 분노를 느껴 자신의 조용한 아파트를 베이지색과 연한 황백색으로 꾸며

놓은 터였다. 그런데 이렇게 번득이는 단풍나무 가구를 집안에 들여 놓는다는 상상을 하니 하나만으로도 끔찍했다. 이 단풍나무 가구에 늘어져 앉아 럼 앤드 콕•을 마시다 아무데나 잔을 내려놓는, 서점의 단골인 젊은 빌리지 거주인의 모습이 삽시간에 머릿속에 그려졌다.

클래런스 양은 책을 좀 사면 어떨까 잠시 생각했지만 상자 위쪽에 놓인 책들은 대부분 미술 서적과 포트폴리오였다. 어떤 책은 안쪽에 '아서 로버츠'라고 적혀 있었다. 아서와 낸시 로버츠라, 멋진 젊은 커플이겠지 싶었다. 아서는 화가였다. 그렇다면 낸시는……. 클래런스 양은 책 서너 권을 살펴보다가 현대 무용 사진집을 발견했다. 혹시 낸시가 무용수일까, 하고 애정을 담아 상상했다.

전화가 울리자 방 맞은편에 있던 클래런스 양은 잠시 주저한 끝에 걸어가 전화를 받았다. 그녀가 여보세요, 하고 말하자 남자 목소리가 물었다. "낸시?"

"아닙니다. 그분은 댁에 안 계십니다."

"그럼 누구시죠?"

"저는 로버츠 부인을 만나려고 기다리는 중입니다."

"그렇군요. 저는 아티 로버츠라고, 낸시의 남편입니다. 그녀가 돌아오면 저에게 전화해달라고 전해주시겠습니까?"

"로버츠 씨, 그럼 저를 도와주실 수 있겠군요. 저는 가구를 보러 왔답니다."

"성함이?"

• **럼 앤드 콕** _ 럼에 콜라를 넣어 만든 칵테일.

"클래런스입니다. 힐다 클래런스. 가구에 관심이 있어서 왔죠."

"그렇군요, 힐다. 마음에 드십니까? 가구의 상태는 모두 좋답니다."

"아직 마음을 못 정했습니다."

"침대 겸용 소파는 새것이나 다름없어요." 아티 로버츠가 술술 말을 이었다. "제가 파리로 갈 기회를 얻게 되어 가구를 처분하는 것이죠."

"참으로 잘됐군요."

"낸시는 시카고의 가족에게 돌아갈 거랍니다. 그래서 짧은 시간 안에 가구를 팔고 물건을 정리해야 하는 처지가 되었죠."

"얼마나 어려울지 짐작이 가는군요."

"그럼, 힐다. 낸시가 돌아오면 같이 이야기해보세요. 아내가 아주 기쁘게 자세히 설명해줄 겁니다. 어떤 가구를 사더라도 만족하실 거예요. 좋은 가구라고 제가 보장하죠."

"그렇군요."

"낸시한테 전화하라고 전해주세요."

"꼭 그렇게 전하겠어요."

그녀는 작별 인사를 하고 전화를 끊었다.

의자로 돌아가 손목시계를 보았다. 3시 10분이었다. 딱 30분까지만 기다려야지. 그래도 안 오면 떠나는 거야. 무용 사진집을 집어 들어 스르르 페이지를 넘기다 어떤 사진에 시선이 꽂혀 다시 그 부분을 펼쳐보았다. 정말 오랜만에 보는 사진이었다. 마사 그레이엄• 이었다. 뉴욕에 오기 전 스무 살 때 자기 모습이 불현듯 떠올랐다. 그때 그녀는 그레이엄의 동작을 열심히 연습했더랬다. 클래런스 양은 사진집을 바닥에 내려놓고 일어나 두 팔을 들었다. 예전처럼 잘 되지는 않는구나, 어깨 부분이 걸려, 하고 생각했다. 어깨 너머로 책을 내려다보고 두 팔을 똑같이 하려고 애쓰는데 노크 소리가 나더니 문이 열렸다. 아서 또래로 짐작되는 젊은 남자가 들어와 미안하다는 듯이 문가에 서 있었다.

"문이 살짝 열려 있기에 그냥 들어왔네요." 남자가 말했다.

"네?" 클래런스 양은 두 팔을 내리며 말했다.

"로버츠 부인 되세요?" 젊은 남자가 물었다.

클래런스 양은 아무 대꾸도 않은 채 의자를 향해 자연스레 걸어가려고 애썼다.

"가구를 보러 왔습니다. 의자에 관심이 있어서 살펴볼까 싶은데요."

"그럼요. 가격표가 가구마다 붙어 있답니다." 클래런스 양은 말했다.

"제 이름은 해리스입니다. 뉴욕으로 이제 막 이사 왔죠. 그래서 집을 꾸밀 가구가 필요하답니다."

"요즘에는 적당한 가구를 찾기가 무척 어렵죠."

"이곳이 열 번째로 찾아온 십입니다. 서류함이랑 커다란 가죽

• **마사 그레이엄** _ 20세기 미국의 위대한 무용가이며 교사, 현대 무용 안무가.

의자를 찾고 있지요."

"안타깝게도……." 클래런스 양은 방을 손짓했다.

"압니다. 요즘에 그런 가구를 갖고 있다면 어느 누가 팔겠습니까. 저는 작가입니다."

"그래요?"

"아니, 작가 지망생이라고 해야겠지요. 일자리를 구하고 밤에 글을 쓸 거랍니다." 해리스는 둥글고 호감이 가는 얼굴을 갖고 있었는데, 이 말을 하는 순간 무척 즐겁게 미소 지었다.

"꿈을 꼭 이루실 수 있을 거예요."

"가족 중에 화가가 계신가요?"

"남편이요."

"행운아로군요." 해리스가 창가로 걸어갔다. "글을 쓰는 것보다 그림을 그리는 편이 언제나 더 쉽죠. 이 집은 제 집보다 훨씬 멋진걸요." 그가 창문을 내다보며 느닷없이 덧붙였다. "제 집은 벽에 난 구멍에 불과하죠."

클래런스 양은 뭐라고 말해야 할지 알 수 없었다. 그가 다시 몸을 돌리더니 호기심 어린 표정으로 그녀를 바라보았다. "부인도 화가인가요?"

"아뇨." 클래런스 양은 숨을 깊이 들이쉬었다가 말했다. "무용을 한답니다."

그가 유쾌하게 웃었다. "아까 들어왔을 때 눈치챘어야 했는데."

클래런스 양은 겸손하게 웃었다.

"무용을 하면 무척 멋질 것 같아요."

"무척 힘이 들죠."

"그렇겠지요. 지금까지 운이 좋았습니까?"

"별로요."

"제 생각엔 세상 모든 일이 그럴 것 같아요." 그가 방안을 돌아다니더니 욕실 문을 열었다. 그가 안을 힐긋 볼 때 클래런스 양은 몸을 움찔했다. 그가 아무 말도 없이 문을 닫더니 부엌문을 열었다.

클래런스 양은 의자에서 일어나 그의 곁에 서서 함께 부엌을 바라보았다. "요리를 별로 안 한답니다."

"이렇게 레스토랑이 많으니 당연하겠죠." 그가 문을 닫았고 클래런스 양은 의자로 돌아갔다.

"하지만 아침만큼은 외식을 할 수가 없답니다. 제 철칙이죠." 그가 말했다.

"그럼, 직접 요리해 드시나요?"

"노력중입니다. 저는 세상 최악의 요리사지만 외식보다는 나아요. 제가 필요한 것은 아내지요." 그가 다시 웃으며 문을 향해 걸어갔다. "찾는 가구가 없어서 안타깝군요. 여기에서는 혹시 찾을 수 있지 않을까 했는데."

"괜찮아요."

"살림은 완전히 그만둔 건가요?"

“모두 팔아치워야 하거든요.” 클래런스 양은 주저하다 결국 말했다. “아티가 파리로 간답니다.”

“저도 그럴 수 있으면 좋겠군요.” 그가 한숨을 쉬었다. “두 분 모두에게 행운이 깃들길 빌겠습니다.”

“해리스 씨도요.”

그가 나가자 클래런스 양은 문을 천천히 닫았다. 계단을 내려가는 발소리를 가만히 들은 다음 손목시계를 확인했다. 3시 35분이었다.

별안간 급히 낸시 로버츠의 메모를 찾아내 주변의 상자에서 연필을 꺼내 뒷면에 적었다. “친애하는 로버츠 부인, 3시 30분까지 기다렸답니다. 안타깝게도 제가 찾는 가구는 없더군요. 힐다 클래런스.” 연필을 손에 쥔 채 잠시 생각했다. 그러다 덧붙였다. “추신: 남편분께서 전화하셨는데, 부인께 전화 부탁한다고 했습니다.”

그녀는 핸드백과 『파르마의 수도원』과 《빌리저》를 챙겨 들고 문을 닫았다. 여전히 문에 꽂혀 있는 압정을 빼내어 도로 메모를 꽂았다. 그리고 돌아서서 계단을 내려가 자신의 아파트로 돌아갔다. 어깨가 욱신거렸다.

R.H. 메이시•와 보낸 시간

먼저 그들은 나를 다른 사람들에게서 분리해놓았다. 그곳에서 말을 튼 사람과 떨어뜨려놓았던 것이다. 복도에서 마주쳐 이렇게 말한 여자였다. "엄청 무섭네요. 그쪽도 그래요?" 내가 "그럼요" 하고 대꾸하자 그녀는 말했다. "나는 여성 속옷 부서예요. 그쪽은 어디예요?" 나는 잠시 생각한 후 대답했었다. "유리 섬유 부서요." 생각해낼 수 있었던 최선의 대답이었다. 그녀가 대답했다. "아, 그렇군요. 그럼 좀 있다 봐요." 하지만 그녀는 떠나가 나와 떨어진 후 두 번 다시 볼 수 없었다.

이어서 그들이 내 이름을 계속 불렀다. 부르는 곳이라면 어디든 나는 서둘러 걸어갔다. 그러면 그들이 말할 터였다. ('그들'은 항상 테

• **R.H. 메이시** _ 뉴욕 맨해튼에 위치한 메이시스 백화점의 창업자. 백화점의 제왕으로 불렸으며 그가 세운 메이시스 백화점은 2009년까지 세계에서 가장 큰 상점이었다.

일러드 정장 차림에 짧은 머리를 한, 놀라울 만큼 아름다운 젊은 여성들이었다.) "쿠퍼 양과 가요. 그러면 무슨 일을 할지 알려줄 거예요." 첫날 만날 모든 여자들은 쿠퍼 양이었다. 그리고 쿠퍼 양은 나에게 이렇게 말했다. "어디 부서죠?" 그 무렵 나는 이렇게 말해야 한다는 것을 깨닫고 있었다. "도서 부서입니다." 그러면 그녀는 대꾸했다. "아, 그럼 쿠퍼 양 소속이네요." 그러고는 그 여자를 불렀다. "쿠퍼 양?" 그러면 또 다른 젊은 여자가 다가왔다. 첫 번째 쿠퍼 양이 말했다. "13-3138은 당신 소속이에요." 그러면 쿠퍼 양이 물었다. "어디 부서인가요?" 쿠퍼 양이 대답했다. "도서예요." 그러면 나는 다시 그곳을 떠나 분리되었다.

이어서 그들이 나를 교육시켰다. 나는 어떤 교실에 떨어져 있었다. 한동안은 나 혼자뿐이었다(그토록 심하게 분리되었던 것이다). 이윽고 다른 젊은 여자 서너 명이 들어왔다. 하나같이 테일러드 정장 차림이었다. (나는 붉은색 벨벳 원피스를 입고 있었다.) 우리는 의자에 앉아 교육을 받았다. 그들은 R.H. 메이시라고 적힌 커다란 책을 하나씩 나누어 주었다. 책 안에는 작은 종이들에 이렇게 적혀 있었다. (왼쪽에서 오른쪽으로.) "매장. 참조 번호. 고객명. 회원 번호 혹은 고객 번호. 장부 번호. 수표 번호. 점원 번호. 부서. 날짜." '짜' 뒤에는 기다란 선이 그어져 있었는데, 선 위에 "님"이라고 적혀 있는 것으로 보아 이름을 쓰는 칸인 듯했다. 그리고 선 뒤로 "도서 번호. 분류. 가격. 총계"라고 적혀 있었다. 그리고 맨 아래에 "원본"이라고 적혀 있었다. 그리고 다시 "매장. 참조 번호"라고 나오더니 "노란색 선물 쿠폰을 여기에 붙이세요"라고 적혀 있었다. 나는 글자들을 주의 깊게 읽어보았다. 곧 쿠퍼 양이 들어와 메이시스 백화점 근무의 이점에 대해 잠시 언급했다. 그러고는 도서 판매에 대해 설명하고, 이어서 도로 지도나 복사지 등등에 대해 늘어놓았다. 나는 한동안 경청했다. 쿠퍼 양이 책 안의 작은 종이에 적으라고 하자 나는 옆자리의 여자를 베껴 적었다. 그것이 교육이었다.

마침내 누군가가 매장으로 간다고 말했다. 우리는 16층에서 1층까지 내려갔다. 교육생은 모두 여섯 명이었는데, 하나같이 '도서 안내원' 명찰을 달고서는 열심히 쿠퍼 양을 좇아갔다. '도서 안내원'이라는 게 뭔지 나는 도통 알 수 없었다. 쿠퍼 양이 나더러 특별 판매 카운터에서 일해야 한다고 말하며 『배우가 되고자 한 물개』라는 작은 책을 보여주었다. 내가 그 책을 팔아야 하는 모양이었다. 그 책을 반쯤 읽었을 무렵, 그녀가 다가오더니 부서로 돌아가야 한다고 했다.

시간기록계는 재미있었다. 나는 다양한 카드를 시간기록계에 넣으며 삼십 분을 서서 보냈다. 그런데 누가 다가오더니 모자를 쓴 채 시간기록계를 찍으면 안 된다고 했다. 그리하여 나는 시간기록계와 그 선도지를 향해 소심하게 고개를 까닥이고 자리를 떠나야 했다. 나는 내 사물함 번호가 1773이고, 시간 기록지 번호는 712이며, 현찰함 번호는 1336, 금전등록기 번호는 253, 금전등록기 서랍

번호는 K, 금전등록기 서랍 비밀번호는 872, 부서 번호는 13이라는 것을 알게 되었다. 나는 모든 번호를 받아 적었다. 그리고 그것으로 첫날이 끝났다.

둘째 날은 한결 나았다. 나는 정식으로 매장 직원이 되었다. 카운터 모서리에 서서 내 책이라는 듯 『배우가 되고자 한 물개』 위에 손을 얹은 채 고객을 기다렸다. 카운터 책임자는 13-2246이었다. 그녀는 내게 무척 친절했다. 그녀는 내게 세 번이나 점심을 먹고 오라고 했다. 나를 13-6454와 13-3141와 헷갈렸던 것이다. 점심식사 후 고객이 왔다. 그녀가 다가와 『배우가 되고자 하는 물개』 한 권을 집어 들더니 "이거 얼마죠?" 하고 물었다. 나는 대답하려고 했지만 고객이 말했다. "계정이 있어요. 이 책을 오하이오 주에 있는 고모님께 부칠 거예요. 계정에 있는 돈에서 삼십이 센트를 써서 책값을 낼게요. 물론 나머지는 제 계좌로 내고요. 이 책은 정가로 파나요?" 뭐라고 더 말했지만 그 이상은 기억이 안 난다. 아무튼 나는 자신감 있게 웃으며 말했다. "그럼요. 잠시만 기다려주세요." 나는 카운터 아래 서랍에서 작은 종이를 찾아냈다. 앞면에 "2부 사본, 3부 사본"이라고 커다랗게 적혀 있었다. 나는 고객의 이름과 주소, 그녀 고모의 이름과 주소를 적은 뒤 앞면에 조심스레 적었다. "배되물 1." 그리고 다시 고객을 향해 웃으며 무심코 말했다.

"칠십오 센트입니다." 그러자 그녀가 대꾸했다. "나는 계정이 있어요." 나는 크리스마스 쇼핑 기간에는 계정을 이용할 수 없다고 설명했다. 그러자 그녀가 칠십오 센트를 내기에, 돈을 받았다. 그러고는 금전등록기의 '미판매' 단추를 땡 하고 누른 다음 그 "2부 사본, 3부 사본"이라고 적힌 종이를 찢어버렸다. 달리 어떻게 해야 할지 알 수가 없었기 때문이다.

나중에 다른 고객이 와서 물었다. "앤 러더퍼드 그윈의 『그는 천둥처럼 온다』는 어디에 있나요?" 나는 대답했다. "의학 서적 코너에 있답니다. 여기에서 오른쪽으로 가시면 됩니다." 하지만 13-2246이 다가오더니 물었다. "그 책 철학서 아닌가요?" 고객이 그렇다고 하자 "이쪽으로 쭉 가셔서 사전 코너에서 찾으시면 됩니다." 고객이 떠나자 나는 13-2246에게 나만큼이나 찍기 실력이 대단하다고 말했다. 그러자 그녀가 나를 빤히 응시하더니 설명했다. 철학 서적과 사회과학 서적과 버트런드 러셀•은 모두 사전 코너에 있다고.

메이시스 백화점에서의 셋째 날 근무는 여태 시작되지 않고 있다. 둘째 날 밤에 퇴근하다가 계단을 구르는 바람에 스타킹이 찢어졌다. 그런데 소속 부서장한테 말하면 백화점에서 새 스타킹을 지급한다고 문지기가 일러주었다. 나는 다시 돌아가 쿠퍼 양을 만났다. 그녀는 말했다. "7층의 손해 사정 담당을 만나 이걸 줘요." 그녀는 자그마한 분홍색 종이를 건넸다. 종이 밑부분에 "매장. 참조 번호. 고객명. 회원 번호 혹은 고객 번호. 장부 번호. 수표 번호. 점원 번호. 부서. 날짜"라고 적혀 있었다. 쿠퍼 양은 '짜' 뒤의 줄에 이름 대신 13-3138이라고 적어주었다. 나는 그 작은 분홍색 종이를

• **버트런드 러셀** _ 20세기 영국의 논리학자이자 철학자.

받아서 내던지고 4층으로 가서 육십구 센트를 주고 직접 스타킹을 샀다. 그리고 내려가 고객용 출입구로 나갔다.

나는 메이시스 백화점에 긴 편지를 쓰고 내 숫자를 모두 더해, 메이시스 백화점의 총 직원 수인 만 천칠백으로 나눈 숫자로 서명했다. 그들이 나를 그리워나 할지 궁금하다.

그림에 대해 잘 모르는 사람이라면, 적당히 휘갈긴 것 같은 선이나 장난처럼 보이는 그림에 화가가 무슨 의미를 담았는지 상상하기는 힘들다. 그림의 기초 원리라든지 수학적 설계에 따라 형태를 의도했다는 말은 허튼소리가 될 뿐이다. 화법畵法을 배우지 못한 사람에게 그것은 되는대로 휘갈긴 낙서에 불과하다. 우리는 서로의 목적과 의도를 제대로 파악할 수 없다. 아주 사소한 문제에도 수많은 간계가 숨어 있기에, 명민한 종교 재판관조차 금방 속내를 밝히기는 힘든 것이다.

조지프 글랜빌•, 『사두키스무스 트리움파투스』

조지프 글랜빌_ 17세기 영국의 작가이자 철학자, 성직자로, 마법과 유령이 실재한다고 주장했다.

II

The Lottery and Other Stories

The ignorant Looker-on can't imagine what the Limner means by those seemingly rude Lines and Scrawls, which he intends for the Rudiments of a Picture, and the Figures of Mathematick Operation, are Nonsense, and Dashes at a Venture, to one uninstructed in Mechanicks. We are in the Dark to one another's Purposes and Intendments; and there are a thousand Intrigues in our little Matters, which will not presently confess their Design, even to sagacious Inquisitors.

Joseph Glanvil: *Sadducismus Triumphatus*

마녀

기차의 객차는 거의 비어 있다시피 해서 꼬마는 2인용 좌석을 독차지하고 있었다. 꼬마의 엄마는 복도 건너편 좌석에 아기와 함께 앉아 있었다. 아기는 한 손에 토스트 조각을, 다른 손에 딸랑이를 쥐고 있었다. 안전벨트를 차고 있는 터라 똑바로 앉아 주위를 둘러볼 수 있었는데, 그러다 서서히 옆으로 몸이 기울었지만 벨트 덕분에 쓰러지지는 않았다. 엄마가 돌아보고 딸을 바로 앉혔다. 꼬마 아들은 차창을 바라보며 쿠키를 먹고 있었고 엄마는 조용히 책을 읽었다. 꼬마가 질문을 하면 엄마는 고개도 들지 않고 대답했다.

"우리는 지금 강 위에 있어요. 여기는 강이고, 우리는 그 위에 있어요." 꼬마가 말했다.

"그렇구나." 엄마가 말했다.

"우리는 강 위의 다리에 있어요." 꼬마가 혼자 중얼거렸다.

객차의 몇 안 되는 다른 승객들은 다른 쪽 끝에 앉아 있었다. 그 중 한 명이 복도를 걸어오기라도 하면 꼬마는 돌아보며 인사했다. "안녕하세요." 그러면 승객은 보통 "안녕" 하고 대꾸해주었다. 때로는 기차 여행이 즐거운지 묻기도 했으며, 멋진 녀석이라며 칭찬을 하는 사람도 있었다. 하지만 꼬마는 이들이 성가셨다. 그래서 짜증스레 차창을 보았다.

"소가 있어요." 꼬마는 이렇게 말하거나 한숨을 쉬며 물었다. "얼마나 더 가야 해요?"

"조금만 더 가면 된단다." 그럴 때마다 엄마는 이렇게 대꾸했다.

아기는 혼자 조용히 딸랑이와 토스트를 갖고 놀았다. 엄마는 계속해서 딸랑이와 토스트를 다시 쥐여주었다. 한번은 몸이 너무 많이 기운 아기가 머리를 쿵하고 부딪혔다. 아기가 울음을 터뜨리자 한동안 엄마 쪽 자리에서 뒤척임과 소음이 이어졌다. 꼬마가 좌석에서 미끄러져 내려가 맞은편 자리로 달려가서 여동생의 발을 쓰다듬으며 울지 말라고 빌듯이 달랬다. 마침내 아기가 웃으며 다시 토스트에 집중했다. 꼬마는 엄마에게 막대사탕을 하나 받고는 창가 자리로 돌아갔다.

"마녀를 봤어요." 잠시 후 꼬마가 엄마에게 말했다. "저 밖에 늙고 못생기고 늙고 커다랗고 늙고 성질 나쁜 마녀가 있어요."

"그렇구나." 엄마가 말했다.

"늙고 못생기고 커다란 마녀한테 꺼지라고 했더니 꺼졌어요." 꼬마는 나직이 혼잣말을 이었다. "마녀가 와서 말했어요. '너를 잡아먹겠다.' 그래서 내가 '아니, 어림없어'라고 했어요. 내가 그 늙고 못된 마녀를 내쫓았어요."

객차 출입문이 열리고 어떤 남자가 들어오자 꼬마가 말을 멈추고 바라보았다. 백발에 유쾌한 얼굴을 한 초로의 노인이었다. 푸른색 양복은 오랜 기차 여행으로 살짝 주름져 있었다. 손에는 시가를 들고 있었다. 꼬마가 "안녕하세요" 하고 인사하자 노인이 시가를 흔들며 대꾸했다. "안녕, 꼬마야." 노인은 꼬마 바로 옆에 멈추더니 등받이에 기대어 내려다보았다. 꼬마는 고개를 뒤로 젖혀 올려다보았다. "창밖으로 뭘 보고 있니?" 노인이 물었다.

"마녀요. 늙고 못된 마녀요." 꼬마가 냉큼 대답했다.

"그렇구나. 마녀가 몇이나 있니?"

"우리 아빠도 시가를 피워요."

"모든 남자는 시가를 피운단다. 너도 언젠가 시가를 피울 거야."

"난 지금도 남잔데."

"몇 살인데?"

꼬마는 이 지겨운 질문에 잠시 회의적으로 노인을 바라보더니 대답했다. "스물여섯 살요. 팔백사십팔십 살요."

엄마가 책을 읽다 말고 고개를 들었다. "네 살이랍니다." 그녀는 아들을 향해 애정 어린 미소를 지었다.

"그래? 스물여섯이라." 노인이 꼬마에게 정중히 말했다. 그러고는 복도 건너편의 엄마를 향해 턱짓했다. "어머니시니?"

꼬마는 상체를 내밀어 바라보고는 대답했다. "네, 맞아요."

"네 이름이 뭐니?"

꼬마는 다시 회의적인 표정이 되었다. "예수예요."

"조니랍니다." 아이 엄마가 말했다. 그리고 어린 아들과 시선을 맞추고서 잔뜩 인상을 썼다.

"저기 저 애는 여동생이에요." 꼬마가 노인을 향해 말했다. "열두 살 반이죠."

"여동생을 사랑하니?" 노인이 묻자 꼬마가 응시했다. 노인은 좌석 옆에 서 있다가 앞으로 걸어와 꼬마 옆에 앉았다. "얘야, 할아버지 여동생 얘기를 들어볼래?"

노인이 어린 아들 옆에 앉자 걱정스레 고개를 들었던 아이 엄마는 다시 평화로이 책을 보았다.

"여동생 얘기를 해주세요. 마녀였나요?" 꼬마가 물었다.

"어쩌면." 노인이 대답했다.

꼬마가 신이 나서 깔깔거렸다. 노인은 등받이에 상체를 기대고는 시가 연기를 뿜었다. "옛날 옛날에 나한테도 꼭 네 여동생 같은 동생이 있었단다." 꼬마는 노인을 올려다보며 말 한 마디 한 마디에 고개를 끄덕였다. "동생이 어찌나 예쁘고 착한지 나는 세상 무엇보다도 그 애를 사랑했단다. 그래서 내가 어떻게 했는지 아니?"

꼬마는 더 열심히 고개를 끄덕였다. 어머니가 책에서 눈을 들고는 웃으며 귀를 기울였다.

"흔들 목마와 인형과 막대사탕 백만 개를 사주었단다. 그러고는 여동생을 붙잡아 두 손으로 목을 조르고 또 졸랐어. 죽을 때까지."

꼬마가 헉하고 숨을 들이쉬고, 아이 엄마는 웃음이 사라진 채 주위를 둘러보았다. 그녀가 입을 열려다 도로 다물었다. 노인은 말을 이었다. "그리고 머리를 잘라서는……."

"온몸을 토막 냈나요?" 꼬마가 숨죽여 물었다.

"머리와 손과 발과 머리카락과 코를 잘랐지. 그리고 몽둥이로 그 애를 때려 죽였단다."

"잠시만요." 아이 엄마가 끼어들었다. 그런데 그 순간 아기의 몸이 옆으로 기울었다. 엄마가 아기를 바로 앉히는 동안 노인이 말했다.

"그 애 머리를 쥐고 머리카락을 전부 쥐어뜯은 다음……."

"동생인데요?" 꼬마가 열렬히 물었다.

"내 동생을 말이다." 노인이 단호히 대꾸했다. "그 애의 머리를 곰이 갇혀 있는 우리에 넣었더니 곰이 전부 먹어치웠단다."

"동생 머리를 전부 먹었다구요?" 꼬마가 물었다.

아이 엄마가 책을 내려놓고 복도를 가로질러 왔다. 그리고 노인 옆에 서서 말했다. "이게 대체 무슨 짓인가요?" 노인이 정중하게 올려다보자 그녀는 말했다. "그만 가주시죠."

"나 때문에 무서웠니?" 노인이 꼬마를 바라보며 팔꿈치로 살짝 찔렀다. 노인과 꼬마는 웃음을 터뜨렸다.

"이 할아버지가 여동생을 토막 냈대요." 꼬마가 엄마에게 말했다.

"차장을 부르겠어요." 엄마가 노인에게 말했다.

"차장이 울 엄마를 잡아먹을 거예요." 꼬마가 말했다. "우리가 엄마의 머리를 토막 내는 거예요."

"네 동생 머리도 토막 내자." 노인이 말했다. 그리고 일어났다. 아이 엄마는 그가 떠날 수 있도록 물러서서 말했다. "이 객차에 두 번 다시 오지 마세요."

"울 엄마가 할아버지를 잡아먹을 거예요." 꼬마가 노인에게 말했다.

노인이 껄껄 웃어댔다. 꼬마도 깔깔 웃었다. 이윽고 노인이 아이 엄마에게 말했다. "그럼 이만." 그러고는 그녀를 지나쳐 객차에서 나갔다. 문이 닫히자 꼬마가 물었다. "이 낡은 기차를 얼마나 더 타고 가야 하나요?"

"조금만 더 가면 돼." 아이 엄마는 서서 꼬마를 바라보며 한마디해야겠다 생각하다가 마침내 말했다. "착하게 얌전히 앉아 있으렴. 막대사탕을 하나 더 줄게."

꼬마가 신이 나서 좌석에서 미끄러져 내려와 엄마를 따라 맞은편 자리로 갔다. 그녀는 핸드백에 들어 있는 봉지에서 사탕을 꺼내 아이에게 주고 물었다. "뭐라고 말해야 하지?"

"감사합니다. 그 할아버지가 진짜로 여동생을 토막 냈나요?"

"그냥 장난친 거란다." 아이 엄마는 서둘러 덧붙였다. "그냥 장난이야."

"그럴 거예요." 꼬마가 대꾸했다. 그리고 사탕을 가지고 돌아가서 좌석에 앉아 다시 차창을 내다보았다. "그 할아버지는 마녀일 거예요."

이탈자

아침 8시 20분이었다. 쌍둥이는 시리얼을 끼적거리고 있었다. 월폴 부인은 한쪽 눈으로는 시계를 확인하고 다른 쪽 눈으로는 조만간 스쿨버스가 지나갈 터일 부엌 창문 바깥을 살펴보았다. 학교에 지각하리라는 생각에 몹시 짜증이 치밀었다. 아이들더러 서두르라고 재촉하자니 마치 진흙땅을 걸어가듯 힘에 겨웠다.

"이러다 걸어가야겠다." 그녀는 험악하게 말했다. 이게 벌써 세 번째이리라. "버스는 기다려주지 않아."

"서두르고 있어요." 주디가 말하더니 우유가 가득찬 유리잔을 잘난 체 바라보았다. "잭보다 제가 더 빨리 먹고 있어요."

잭이 주디 쪽으로 자기 유리잔을 밀어 누구 우유가 더 많이 남았는지 정확히 비교해보았다. "아니잖아. 나보다 네가 더 많이 남았잖아."

"상관없다." 월폴 부인이 말했다. "상관없으니까, 잭, 어서 시리얼 먹어."

"처음부터 주디 것이 적었어요. 주디가 더 적지 않았나요, 엄마?"

7시에 울려야 할 자명종이 울리지 않았다. 월폴 부인은 2층 샤워기의 물줄기 소리를 들으며 재빠르게 계산했다. 오늘 아침 커피는 평소보다 늦게 끓었고, 삶은 계란은 조금 덜 익었다. 과일 주스를 따를 시간은 있었지만 마실 시간은 없었다. 주디든 잭이든 월폴 씨든, 누군가는 지각할 터였다.

"주디. 잭." 월폴 부인은 기계적으로 말했다.

주디는 땋은 머리가 단정하지 않았다. 잭은 손수건을 두고 갈 것이다. 월폴 씨는 짜증을 낼 게 뻔했다.

노랑과 빨강으로 칠해진 커다란 스쿨버스가 부엌 창문 너머 도로에 나타났다. 주디와 잭이 번개처럼 문으로 달려갔다. 시리얼은 다 먹지 못했고 책까지 잊고 갈 지경이었다. 월폴 부인은 부엌문까지 아이들을 쫓아가며 소리쳤다. "잭, 우윳값 받아가야지. 정오에 곧장 집으로 와." 그녀는 아이들이 스쿨버스에 타는 모습을 지켜본 뒤 재빨리 식탁을 치운 후 월폴 씨의 식사를 준비했다. 자신은 나중에야 아침을 먹을 수 있을 것이다. 9시 이후에야 숨을 돌릴 수 있으리라. 이는 곧 빨래를 늦게 널어야 한다는 것을 의미했다. 오후에 비라도 오면(그럴 가능성이 컸다) 오늘 마른 빨래를 구경하기란 불가능했다. 남편이 부엌에 들어서자 월폴 부인은 애써 말했다. “잘 잤어요, 여보?” 그는 바라보지도 않고 대꾸했다. “응.” 월폴 부인의 마음은 끝맺지 못한 문장으로 가득했다. ‘다른 사람의 기분은 어떨지 생각도 안…….’ 하지만 그녀는 인내심을 발휘하며 남편의 아침을 차렸다. 반숙 달걀, 토스트, 커피. 월폴 씨는 신문을 읽느라 여념 없었다. 월폴 부인은 말이 목구멍까지 차올랐다. ‘나는 아침 먹을 시간도 없었다는 걸 당신은 눈치 못 채겠지만…….’ 그녀는 되도록 살며시 그릇을 식탁에 놓았다.

삼십 분이 지체되긴 했으나 모든 일이 순조롭게 흘러가고 있을 때 전화가 울렸다. 월폴네는 공동선을 사용하고 있었기 때문에 월폴 부인은 보통 전화가 두 번 울려야만 정말 자기 집에 걸려온 것이라고 생각했다. 하지만 아침 9시가 되기도 전에, 월폴 씨가 식사를 반도 채 먹기 전에 난입한 전화벨 소리는 견딜 수가 없었다. 월폴 부인은 마지못해 수화기를 들었다. “여보세요.” 그녀의 어조는 험악했다.

“월폴 부인.” 목소리가 들리자 그녀는 대꾸했다. “네?” 여자 목소리였다. “아침 일찍 전화 드려 죄송하지만 저는…….” 월폴 부인이 처음 듣는 이름이었다. “네?” 월폴 씨가 커피포트를 스토브에서 집어 들어 두 번째 커피를 따르는 소리가 들렸다.

“혹시 개를 키우시나요? 갈색과 검은색이 섞인 사냥개요.” 목소리가 이어졌다. 개라는 말에 "네"라고 대답하기 직전, 월폴 부인은 시골 마을에서 개를 소유한다는 것이 가리키는 수많은 사실들을 떠올렸다. (육 달러나 들여 난소 제거 수술을 했다는 것, 개가 밤늦게까지 버릇없이 짖어댄다는 것, 시커먼 형체가 쌍둥이의 이층 침대 옆 깔개에 누워 자며 끊임없이 경계한다는 것, 이 집에서 개가 스토브나 현관 베란다나 지역신문 구독만큼이나 필수불가결한 존재로 여겨진다는 것. 이런 것들을 모두 넘어 레이디 월폴이라 알려진 이 개는 잭 월폴이나 주디 월폴만큼이나 소중했다. 조용하고, 영리하고, 한없이 순했다.) 아무리 생각해봐도 알지도 못하는 여자가 자신만큼이나 짜증 섞인 목소리로 이처럼 이른 시간에 전화한 이유를 상상할 수 없었다.

"네." 월폴 부인은 퉁명스럽게 대꾸했다. "개를 키우는데 왜 그러시죠?"

"갈색과 검은색이 섞인 커다란 사냥개요?"

레이디 월폴의 어여쁜 무늬와 특이한 얼굴. "네." 월폴 부인의 목소리에 다소 짜증이 어렸다. "네, 우리 개가 맞아요. 왜 그러시죠?"

"녀석이 우리 닭을 죽였어요." 전화 목소리에는 만족감이 감돌았다. 월폴 부인은 궁지에 몰린 기분이었다.

월폴 부인이 몇 초간 침묵을 지키자 목소리가 말했다. "듣고 계세요?"

"말도 안 돼요." 월폴 부인이 대꾸했다.

그러자 목소리가 신이 나서 늘어놓았다. "오늘 아침에 부인 댁 개가 우리 닭들을 쫓아다녔죠. 8시쯤에 닭이 시끄럽게 굴기에 남편이 나가서 뭐가 문제인지 살펴보았어요. 닭 두 마리가 죽어 있었고, 갈색과 검은색이 섞인 커다란 사냥개가 닭을 쫓아다니고 있었어요. 그이가 막대를 휘둘러 개를 내쫓았죠. 그리고 살펴보니 두 마리가 더 죽어 있지 뭔가요." 목소리가 잘라 말했다. "그이는 엽총을 들고 밖으로 나가지 않아서 다행이라고 했어요. 만약 그랬더라면 부인 댁 개가 이 세상에 더이상 살아 있지 못했을 테니까요. 내 평생 이런 난장판은 처음 본답니다. 피며 깃털이 사방에 흩어져 있었다구요."

"그게 왜 우리 개라고 생각하시죠?" 월폴 부인이 기가 죽어 물었다.

"부인의 이웃인 조 화이트 씨가 마침 우리집을 지나다가 남편이 개를 쫓아내는 광경을 보았죠. 그분이 그러더군요. 부인 댁 개라고요."

화이트 영감은 월폴네 집에서 한 집 건너 이웃이었다. 월폴 부인은 항상 그에게 친절하게 대했다. 지나가다가 현관에 나와 있는 그를 보면 상냥하게 안부를 물었고, 올버니에 산다는 손자들의 사진에도 예의 바르게 관심을 보였다.

"그렇군요." 월폴 부인은 갑자기 태도를 바꾸었다. "부인께서 확신하신다면야. 하지만 저는 우리 레이디가 그랬다고 믿을 수가 없답니다. 얼마나 얌전한 녀석인데요."

월폴 부인의 주장에 수화기 저편의 목소리가 부드러워졌다. "인타까운 일이에요. 이런 일이 벌어지다니 얼마나 마음이 아픈지. 하지만…….” 목소리가 의미심장하게 말꼬리를 흐렸다.

“당연히 피해 보상은 하겠습니다.” 월폴 부인은 재빨리 말했다.

“아뇨, 아뇨.” 목소리가 거의 사과하듯 대꾸했다. “그러지 마세요.”

“하지만 당연히…….” 월폴 부인은 당황하여 말했다.

“개 말인데요. 개는 뭔가 조치를 취하셔야 할 것 같아요.” 목소리가 말했다.

불현듯 피할 수 없는 공포가 월폴 부인을 휘감았다. 일진이 사납기 그지없었다. 아직 커피도 못 마신데다, 전에는 상상도 못 했던 지독한 상황에 직면해야 했다. 전화 속 목소리가 “뭔가”라고 말하는 순간, 그 어조만으로 월폴 부인은 공포에 질렸다.

월폴 부인은 마침내 말했다. “어떤 조치 말씀인가요? 그러니까 제 말은, 제가 어떻게 하길 바라시나요?”

전화선 너머에서 짧은 침묵이 이어지더니 목소리가 재빨리 말했다. “저도 잘 모르겠어요, 부인. 일단 개가 닭 피에 맛을 들이면 막을 수 없다는 소문을 듣긴 했지만요. 말했다시피, 피해 보상 같은 건 전혀 필요 없답니다. 죽은 닭들은 지금 깃털을 뽑아 오븐에 집어넣었지요.”

월폴 부인은 목이 조여오는 느낌에 잠시 눈을 감았다. 목소리는 전혀 흔들리지 않고 계속되었다. “저희는 그저 개를 잘 살피라는 말씀만 드릴 수 있을 뿐이죠. 이해하시겠지만 닭을 죽이는 개를 마을에 둘 수는 없지 않겠어요?”

상대방이 어떤 대답을 기다리는 것인지 깨달은 월폴 부인이 대꾸했다. “그럼요.”

“그럼…….” 목소리가 말했다.

월폴 부인은 남편이 자신을 지나쳐 문으로 가는 모습을 전화기 앞에 선 채 바라보았다. 그가 살짝 손을 흔들자 그녀는 고개를 끄덕였다. 그는 늦었다. 그녀는 남편에게 시내 도서관에 들러달라고 부탁할 생각이었지만 나중에 전화로 부탁해야겠다 싶었다. 월폴 부인은 전화기에 대고 날카롭게 말했다. “우선, 우리 개가 그랬는지부터 확인해야겠어요. 정말 우리 개가 그랬다면 두 번 다시 문제를 일으키지 않도록 하겠다고 약속드리죠.”

“부인 댁 개가 맞답니다.” 목소리에 시골 사람 특유의 고집이 배어 있었다. 싸움을 원한다면 상대를 제대로 골랐다고 암시하는 듯한 어조였다.

“이만 끊겠습니다.” 월폴 부인은 이렇게 화난 태도로 전화를 끊는 것이 실수임을 알았다. 끝없이 사과를 거듭해 통화를 이어가며 머저리 닭을 그토록 아끼는 벽창호 머저리 여편네한테 레이디의 목숨을 애걸했어야 했다.

월폴 부인은 수화기를 내려놓고 부엌으로 갔다. 잔에 커피를 따르고 토스트를 구웠다.

커피를 마신 다음 대책을 고민하겠어, 하고 속으로 굳게 선언했다. 토스트에 버터를 듬뿍 바르고 몸의 긴장을 풀기 위해 의자 등받이에 등을 문지르며 어깨를 늘어뜨렸다. 아침 9시밖에 안 되었는데 밤 11시가 된 기분이 들었다. 바깥에서 환히 빛나는 태양을 보아도 기운이 나지 않았다. 빨래는 내일로 미루겠다고 결심했다. 화요일에 빨래하는 것을 심각한 치욕으로 느낄 만큼 그녀는 시골 마을에서 오래 살지 않았다. 그들은 여전히 도시 사람이었다. 앞으로도 영원히 도시 사람이리라. 닭이나 죽이는 개를 키우는 인간들, 화요일에 빨래하는 인간들. 시골 사람에게는 지극히 평범해 보이는, 날씨와 먹을 것과 땅만으로 제한된 세계에서 자기 힘으로 살아가지 못하는 인간들. 쓰레기 처리, 문과 창문의 방수, 에인절 케이크 굽기 등등 여러 상황에서 월폴 부인은 어쩔 수 없이 도움을 구해야만 했다. 시골에서는 필요한 일을 대신 해줄 '사람 찾기'가 대단히 어려웠다. 따라서 월폴 부부는 도시에서라면 수위나 관리인이나 가스 회사 직원한테 맡기면 그만인 일을 가지고 이웃과 이야기하며 조언을 얻는 데 진작부터 익숙해져 있었다. 월폴 부인은 싱크대 아래에 놓인 레이디의 물그릇을 힐긋 보고 자신이 이루 말할 수 없이 우울하다는 사실을 깨달았다. 일어나 재킷을 걸치고 스카프를 쓰고 옆집으로 향했다.

옆집에 사는 내시 부인은 도넛을 튀기고 있다가 열린 문가에 선 월폴 부인을 보고 포크를 흔들며 소리쳤다. "들어와요. 지금 스토브에 달라붙어 있는 신세라서요." 월폴 부인은 내시 부인의 부엌으로 들어가며, 자기 집 싱크대에 쌓여 있을 설거짓거리가 떠올라 고통스러웠다. 내시 부인의 실내복은 충격적일 만큼 깨끗했는데, 부엌 또한 막 청소한 듯했다. 내시 부인에게는 도넛을 튀기면서도 난장판을 만들지 않는 재주가 있었다.

내시 부인은 월폴 부인에게 고개를 끄덕이고는 다른 인사말도 없이 곧장 말했다. "우리집 남자들은 점심 때 그날 튀긴 도넛을 먹는 걸 무진장 좋아해서요. 늘 충분히 만들어놓으려고 하지만 항상 모자라다니까요."

"저도 도넛을 만들 수 있으면 좋을 텐데 말예요." 월폴 부인이 말했다. 내시 부인은 포크로 식탁 위에 놓인 따뜻한 도넛 더미를 상냥하게 가리켰다. 월폴 부인은 도넛 하나를 집어먹으며 생각했다. 이걸 먹으면 소화가 안 될 텐데.

"도넛을 만드는 즉시 전부 입으로 들어가버리는 것 같아요." 내시 부인이 튀기던 도넛을 살펴보더니 잠시 한눈을 팔아도 된다는 사실에 기뻐하며 도넛을 하나 집어 스토브 옆에 선 채로 먹기 시작했다. "무슨 일 있어요? 좀 수척해 보이네요."

"솔직히 말씀드리자면, 우리 개 때문에요. 누가 오늘 아침에 전화해서 우리 개가 닭을 죽였다잖아요."

내시 부인이 고개를 끄덕였다. "해리스 씨네 닭을 죽였다고 알고 있어요."

물론 이미 알고 있었겠지, 하고 월폴 부인은 생각했다.

"있잖아요." 내시 부인이 스토브를 돌아보며 말했다. "닭을 죽이는 개의 버릇을 고치는 방법은 없다고 하더라고요. 우리 오빠도 개를 키웠는데, 그 개가 그만 양을 죽였지 뭐예요. 그 습성을 없애려고 별짓을 다했는데도 소용이 없었죠. 일단 피 맛을 보면 그걸로 끝이랍니다." 내시 부인이 튀김 솥에서 막 완성된 황금빛 도넛을 들어올려 기름이 빠지도록 갈색 종이에 내려놓았다. "개들은 죽여놓고 먹지도 않아요. 그냥 습성 때문에 죽이는 거죠."

"어떻게 해야 할까요? 무슨 방법이 없을까요?"

"시도는 해볼 수 있겠죠. 가장 먼저 해야 할 최선의 조치는 개를 묶어두는 거예요. 튼튼한 쇠사슬로 단단히 묶어두세요. 그러면 적어도 한동안은 닭을 죽이지 못할 거고, 그러면 부인도 레이디를 죽일 필요가 없잖아요."

월폴 부인은 마지못해 일어나 다시 스카프를 썼다. "상점에 가서 쇠사슬을 사야겠어요."

"시내 상점에 갈 건가요?"

"애들이 점심 먹으러 오기 전에 장을 봐야 해서요."

"상점에 가도 도넛은 사지 마요. 나중에 한 접시 갖다줄게요. 튼튼한 쇠사슬로 고르세요."

"고마워요." 월폴 부인은 말했다. 환한 햇살이 내시 부인의 부엌문을 넘어와 넘실거렸다. 도넛 접시들이 놓인 튼튼한 식탁과 기분 좋은 튀김 냄새는 내시 부인이 자부심을 갖고 살아온, 안전한 삶의 방식을 상징하는 듯했다. 그녀는 개가 닭을 죽이는 바람에 생겨난 혼란이나 도시 사람들이 느끼는 공포와 전혀 인연이 없었다. 집을 청결하게 유지한다거나 하는 삶의 방식에 대해 어찌나 확신이 넘치는지 월폴 가족에게 기꺼이 한 움큼 떼어주려고 할 정도였다. 도넛을 가져다준다거나 월폴 부인의 지저분한 부엌을 못 본 척해주면서. "감사합니다." 월폴 부인이 다시 말했지만 뭔가 부족한 대꾸였다.

"톰 키트리지에게 좀 있다 구이용 돼지고기를 사러 갈 거라고 전해주세요. 다 팔지 말고 남겨두라고요."

"그럴게요." 월폴 부인이 문가에서 주저하자 내시 부인이 그녀를 향해 포크를 흔들었다.

"나중에 봐요." 내시 부인이 말했다.

화이트 영감이 현관 베란다에 나와 앉아 볕을 쬐고 있었다. 그녀를 보더니 활짝 웃으며 소리쳤다. "개를 더이상 못 키우게 됐군요."

월폴 부인은 생각했다. 상냥하게 대해야 해, 시골 기준으로 보면 저 영감이 나쁜 놈도 아니고, 배신자도 아니야. 누구나 닭을 죽이는 개에 대해 한마디씩 하겠지. 그렇다고 저렇게 기뻐할 필요는 없을 텐데. 그녀는 되도록 유쾌하게 말하려고 애쓰며 대꾸했다. "안녕하세요, 화이트 씨."

"총으로 쏴 죽였소? 부군한테 총이 있던가?"

"안 그래도 무척 걱정이랍니다." 월폴 부인은 현관 베란다 앞의 인도에 서서 화이트 씨를 올려다보며 증오가 얼굴에 드러나지 않도록 분투했다.

"그런 개를 키우려면 여간 고역이 아니지."

적어도 나를 탓하지는 않네, 하고 월폴 부인은 생각했다. "무슨 다른 방법은 없을까요?"

화이트 씨가 생각에 잠기더니 말했다. "닭을 죽이는 습관을 없앨 수도 있을 거요. 죽은 닭을 개의 목에 매다는 거지. 아무리 흔들어도 빠지지 않게."

"개의 목에요?" 월폴 부인이 묻자 화이트 씨가 이빨이 빠진 부분이 다 드러날 정도로 활짝 웃어 보이며 고개를 끄덕였다.

"처음에 개는 흔들어서 죽은 닭을 떨쳐내려고 하겠지만 그러다 안 되면 죽은 닭을 갖고 놀 거요. 그러다 슬슬 귀찮아지겠지. 개가 데굴데굴 굴러다니면서 죽은 닭을 떼어내려고 해도 어림없어. 그러면 개가 죽은 닭을 물어뜯어 떼어내려고 하겠지만 역시나 소용없지. 죽은 닭을 떨쳐낼 수 없다는 걸 깨달으면 개는 평생 이걸 달고 살아야 한다는 생각에 겁을 먹을 거요. 꼬리를 다리 사이에 넣고 낑낑대겠지. 목에 매달린 닭은 점점 더 끔찍해지고."

월폴 부인은 쓰러지지 않으려고 베란다 난간에 한 손을 올렸다. "그런 다음에는 어떻게 하나요?"

"음, 들은 바에 따르면, 죽은 닭이 썩으면 썩을수록 개는 그 닭을 더더욱 보고 느끼고 냄새 맡는다오. 결국 닭을 증오하게 되지.

하지만 죽은 닭을 떨쳐낼 수는 없소."

"그러면 개는요? 레이디 말예요. 얼마나 오랫동안 죽은 닭을 목에 매달고 있어야 하죠?"

화이트 씨가 열광적으로 말했다. "썩어서 저절로 떨어질 때까지 그냥 두면 된다오. 음, 닭 머리가……."

"그렇군요." 월폴 부인은 말허리를 잘랐다. "효과가 있을까요?"

"장담할 수는 없지. 나야 직접 해본 적이 없어서." 닭을 죽이는 개는 한 번도 키워본 적이 없다는 듯한 어조였다.

월폴 부인은 불쑥 일어나 자리를 떴다. 화이트 씨만 아니었더라면 레이디가 닭을 죽인 사실이 드러나지 않았으리라는 생각을 떨쳐낼 수가 없었다. 월폴 부부가 도시 사람이라서 화이트 씨가 악의적으로 레이디를 범인으로 지목한 것은 아닐까 하고 잠시 고민했다. 하지만 이 동네 사람이 개에 대해 위증을 한다는 것은 있을 수 없으리라는 생각이 들었다.

식료품점에 들어가니 손님이 거의 없었다. 철물 코너에 남자가 있고, 정육 코너에 다른 남자가 카운터에 기대서서 상점 주인인 키트리지 씨와 이야기 나누고 있었다. 가게 맞은편에 있던 키트리지 씨가 월폴 부인이 들어오는 것을 보더니 소리쳤다. "안녕하세요, 월폴 부인. 날씨가 참 좋지요."

"멋진 날씨예요." 월폴 부인의 대꾸에 상점 주인이 말했다. "개가 그런 짓을 하다니 참으로 안타깝네요."

"어떻게 해야 할지 모르겠어요." 월폴 부인이 말했다. 상점 주인과 이야기하던 남자가 사려 깊은 눈길로 그녀를 바라보더니 다시 상점 주인을 바라보았다.

"오늘 아침 해리스 씨네 닭이 세 마리 죽었다는군." 상점 주인이 설명하자 남자는 엄숙하게 고개를 끄덕이고는 말했다. "소문은 들었습니다."

월폴 부인은 상점을 가로질러 정육 코너로 가서 말했다. "내시 부인이 구이용 돼지고기를 다 팔지 말고 남겨두라고 전해달라더군요. 좀 있다 사러 올 거예요."

"제가 그쪽으로 가니 도중에 들러서 갔다 드리죠." 주인 곁에서 있던 남자가 말했다.

"그러면 되겠군." 상점 주인이 맞장구쳤다.

남자가 월폴 부인을 바라보며 물었다. "총으로 쏴 죽일 건가요?"

"그러지 않으면 좋겠어요. 가족 모두 그 개를 무척 좋아하거든요." 월폴 부인은 간절히 말했다.

상점 주인과 남자가 한동안 서로를 바라보더니 주인이 상황에 맞는 말을 했다. "닭을 죽이는 개를 그냥 놓아두어서는 안 됩니다, 월폴 부인."

남자가 거들었다. "어차피 누가 사슴 사냥용 총알을 박아 넣어 집으로 돌아오지 못하게 될 거예요." 주인과 남자가 껄껄 웃어댔다.

"습성을 없앨 방법은 없나요?" 월폴 부인이 물었다.

"물론 있죠. 총으로 쏴 죽이면 됩니다." 남자가 말했다.

"녀석의 목에 죽은 닭을 매달아놓거나요. 어쩌면 효과가 있을지도 모르죠." 주인이 말했다.

"그런 이야기를 들은 적이 있어요." 남자가 동의했다.

"정말 효과가 있었나요?" 월폴 부인이 간절히 물었다.

남자가 느리지만 단호하게 고개를 저었다.

"저기요." 상점 주인이 카운터에 팔꿈치 하나를 얹고서 말했다. 그는 대단한 수다쟁이였다. "우리 아버지가 키우던 개 중에 달걀을 먹곤 하는 녀석이 있었습니다. 닭장에 들어가 달걀을 깨서 핥아먹는 통에 달걀의 반은 그 녀석 차지였죠."

"골치 아픈 일이죠. 달걀 먹는 개라니." 남자가 말했다.

"골치 아프고말고." 주인이 맞장구쳤다. 월폴 부인은 자기도 모르게 고개를 끄덕였다.

"결국 아버지는 더이상 참을 수 없었죠. 달걀의 반이 개밥이 되어버리니. 그래서 달걀 하나를 이삼일간 스토브 뒤에 두었죠. 달걀이 푹 썩는 동시에 엄청 뜨거워지도록 말예요. 냄새가 고약했어요. 그때 나는 열두세 살이었습니다. 아버지가 개를 부르자 녀석이 달려왔어요. 내가 녀석을 붙잡고 아버지가 녀석의 입을 벌려 썩은 내가 하늘까지 찌를 듯한 뜨거운 달걀을 쑤셔넣었죠. 그러고는 녀석이 입을 못 벌리게 아버지가 단단히 움켜쥐었어요. 개는 달걀을 삼키는 수밖에 없었죠." 상점 주인이 과거를 회상하듯 고개를 저으며 웃었다.

"개가 두 번 다시 달걀에 입을 안 댔겠군요." 남자가 말했다.

"달걀이라면 아예 쳐다도 안 보던걸요." 주인이 단호히 말했다. "앞에 달걀을 내려놓으면 귀신이라도 본 양 걸음아 나 살려라 하고 도망갔죠."

월폴 부인은 물었다. "개가 그 뒤로 어떻게 대하던가요? 예전처럼 가까이 오던가요?"

상점 주인과 남자 둘 다 그녀를 바라보았다. "그게 무슨 뜻이죠?" 주인이 물었다.

"여전히 친근하게 대하던가요?"

"글쎄요." 상점 주인이 생각에 잠겼다. "아뇨." 마침내 그가 선언했다. "불러도 가까이 오지 않았어요. 뭐, 원래 별로 예뻐하지도 않았지만요."

"방법이 하나 있는데 한번 시도해보세요." 남자가 불쑥 월폴 부인에게 말했다. "정말 개의 습성을 없애고 싶다면 시도해볼 만한 방법입니다."

"어떤 방법이지요?"

"일단 개를 붙잡으세요." 남자가 상체를 앞으로 숙이며 한 손으로 손짓했다. "그리고 병아리가 있는 암탉과 함께 닭장에 집어넣으세요. 녀석이 호되게 당하고 나면 두 번 다시 닭 근처에는 안 갈 거예요."

상점 주인이 껄껄 웃자 월폴 부인은 당황하여 주인과 남자를 번갈아 바라보았다. 남자는 웃음기 없이 그녀를 응시하고 있었다. 활짝 뜬 노란 눈이 꼭 고양이 같았다.

"그러면 어찌되는데요?" 그녀는 망설이며 물었다.

"암탉이 개의 눈을 할퀴겠죠. 개는 다른 닭을 두 번 다시 볼 수 없을 겁니다." 상점 주인이 간단명료하게 말했다.

월폴 부인은 어지럼증이 밀려들었다. 무례하게 보이지 않으려고 어깨 너머로 미소를 보내면서 재빨리 정육 코너에서 벗어나 상점의 다른 쪽 끝으로 갔다. 상점 주인은 정육 코너의 카운터 옆에 선 남자와 계속 수다를 떨었다. 잠시 후 월폴 부인은 상점 밖으로 나갔다. 집으로 돌아가 점심때까지 누워 있어야겠다 싶었다. 장은 나중에 보면 되니까.

막상 집에 가니 식탁을 치우고 설거지를 마치지 않고는 누워 쉴 수가 없었다. 집안일을 끝내자 점심 준비할 시간이 가까워져 있었다. 식료품 선반 옆에 서서 갈등하고 있는데 문가의 햇살을 시커먼 뭔가가 가로질렀다. 레이디가 돌아온 것이다. 그녀는 가만히 레이디를 바라보았다. 아침 내내 풀밭에서 다른 개들과 즐겁게 뛰놀다 온 양 얌전하고 순한 모습이었다. 하지만 다리 곳곳이 피로 얼룩져 있었다. 레이디가 열심히 물을 핥았다. 순간 월폴 부인은 개를 꾸짖을까 싶었다. 개가 고의로 저지른 일이 끔찍한 고통을 불러왔으니 녀석을 붙잡고 두들겨 패야 마땅할 듯했다. 레이디처럼 예쁜 개가 집에서는 잔혹한 살인 본능을 감추고 있었다니. 하지만 레이디가 스토브 곁의 늘 앉는 자리로 조용히 걸어가 엎드리자 월폴 부인은 무력하게 몸을 돌려 식료품 선반에서 아무 캔이나 집어 들어 식탁으로 가져갔다.

레이디는 스토브 옆에 조용히 엎드려 있었다. 그러다 아이들이 점심을 먹으려고 요란하게 들어오자 번쩍번쩍 뛰어올라 쌍둥이를 환영했다. 자신이 주인이고 아이들이 손님인 듯한 태도였다. 주디가 레이디의 귀를 잡아당기며 말했다. "다녀왔습니다, 엄마. 레이디가 무슨 짓을 했는지 알아요? 녀석, 너 사고 한번 제대로 쳤구나. 너는 총에 맞아 죽게 될 거야."

월폴 부인은 다시 어지럼증이 밀려들어 접시를 얼른 식탁에 내려놓고 말했다. "주디 월폴."

"엄마, 레이디가요, 총에 맞아 죽을 거예요." 주디가 말했다.

아이들은 이해를 못 하는 거야. 죽음이 뭔지 전혀 모르잖아. 월폴 부인은 스스로를 다독이며 분별 있게 행동하려고 애썼다. "앉아서 점심 먹으렴, 애들아." 그녀는 침착하게 말했다.

"하지만 엄마……." 잭이 주디의 말허리를 잘랐다. "레이디가 죽을 거예요, 엄마."

아이들은 요란하게 식탁에 앉아 냅킨을 펼쳐서 보지도 않고 음식을 찔러댔다. 둘 다 수다 떨 생각밖에 없었다.

"셰퍼드 씨가 뭐라고 했는지 알아요?" 잭이 음식을 입에 가득

넣은 채 단호히 물었다.

"있죠, 그 아저씨가 뭐라고 했는지 말해줄게요." 주디가 거들었다.

셰퍼드 씨는 근처에 사는 상냥한 이웃으로, 아이들에게 동전을 주거나 남자아이들을 데리고 낚시하러 가곤 했다.

"레이디가 총에 맞아 죽을 거라고 했어요." 잭이 말했다.

"못이 빠졌잖아. 못에 대해 얘기해야지." 주디가 말했다.

"참, 못." 잭이 말을 이었다. "있죠, 엄마. 셰퍼드 아저씨가 그랬는데요. 레이디의 목걸이에다……."

"튼튼한 개목걸이를 써야 한댔어요." 주디가 말을 잘랐다.

"그리고 길고 굵은 못을 사서 목걸이에 박아 넣어야 한댔어요."

"목걸이 전체에다요." 주디가 말했다. "내가 말할게, 잭. 망치로 목걸이에다 못을 주르르 박는 거예요. 못이 목걸이 안쪽에 튀어나오게요."

"헐렁한 목걸이를 골라야 해." 잭이 끼어들었다. "이 부분은 내가 말할 거야. 헐렁한 목걸이를 레이디의 목에 채우면……."

"이렇게요." 주디가 한 손을 자기 목에 대고 목이 졸리는 듯한 소리를 냈다.

"아직 아냐." 잭이 반박했다. "아직 아냐, 멍충아. 먼저 길고 길고 긴 밧줄을 구해야지."

"진짜 기다란 밧줄요." 주디가 강조했다.

"밧줄을 목걸이에 묶은 다음, 목걸이를 레이디에게 채우는 거예요." 잭이 말하는 동안 레이디는 바로 곁에 앉아 있었다. 잭이 상체를 숙여 말했다. "진짜 날카로운 못을 박은 목걸이를 네 목에다 채워줄게." 그러고는 녀석의 정수리에 뽀뽀했다. 레이디는 애정이 듬뿍 담긴 눈으로 아이를 응시했다.

"그리고 레이디를 데리고 닭이 있는 곳에 가는 거예요. 닭을 보여주고 레이디를 풀어놓아요." 주디가 말했다.

"그러면 레이디가 닭을 쫓아갈 거예요." 잭이 말했다. "닭에 바짝 가까워지면 우리가 밧줄을 휙 다아아아앙기……."

"그러면……." 주디가 다시 목이 졸리는 듯한 소리를 냈다.

"못 때문에 레이디의 머리가 댕강 잘리는 거죠." 잭이 극적으로 이야기를 마쳤다.

둘 다 깔깔 웃어댔다. 레이디는 두 아이를 번갈아 바라보며 헐떡거렸는데, 마치 따라서 웃는 듯했다.

월폴 부인은 그들을 바라보았다. 두 아이는 튼튼한 손과 햇볕에 그을린 얼굴로 함께 웃어댔다. 다리가 여전히 피로 얼룩져 있는 개는 아이들과 함께 웃고 있었다. 그녀는 부엌문으로 가서 시원한 초록 언덕을 내다보았다. 오후의 부드러운 산들바람에 사과나무가 흔들렸다.

"네 머리가 똑 하고 잘려나가는 거야." 잭이 말했다.

햇살이 드리운 모든 것이 조용하고 사랑스러웠다. 평화로운 하늘, 부드럽게 이어지는 언덕 능선. 월폴 부인은 별안간 거친 손이 자신을 내리누르고 날카로운 못들이 목을 파고드는 듯한 느낌에 눈을 감고 말았다.

당신 먼저, 친애하는 알퐁스

윌슨 부인이 오븐에서 생강 쿠키를 막 꺼내려는데 밖에서 조니가 누군가와 이야기하는 소리가 들렸다.

"조니." 그녀는 소리쳤다. "늦겠다. 어서 들어와서 점심 먹으렴."

"잠깐만요, 엄마." 조니가 대꾸했다. "먼저 들어가세요, 친애하는 알퐁스."

"먼저 들어가세요, 친애하는 알퐁스." 다른 목소리가 말했다.

"아뇨, 먼저 들어가세요, 친애하는 알퐁스." 조니가 말했다.

윌슨 부인은 문을 열었다. "조니, 당장 들어와서 점심 먹어. 밥 먹고 놀면 되잖니."

조니가 그녀를 따라 느릿느릿 들어왔다. "엄마, 같이 점심 먹으려고 보이드를 데려왔어."

"보이드?" 윌슨 부인은 잠시 생각했다. "보이드는 처음 만나는 것 같은데. 초대를 했으니 어서 들어오라고 하렴. 점심 준비는 다 됐어."

"보이드!" 조니가 소리쳤다. "어이, 보이드. 들어와!"

"금방 들어갈게. 이걸 내려놓아야 해."

"서둘러. 안 그러면 우리 엄마가 성질을 부릴 거야."

"조니, 그건 네 친구에게도, 이 엄마에게도 무례하기 짝이 없는 말이야. 여기 앉으렴, 보이드."

그녀는 보이드가 앉을 자리를 가리키며 돌아보다가 그 아이가 흑인임을 알았다. 조니보다 키는 작지만 동갑인 듯했다. 아이는 불쏘시개용 나무를 한아름 안고 있었다. "이걸 어디에 놓을까, 조니?" 아이가 물었다.

윌슨 부인은 조니를 돌아보았다. "조니, 보이드한테 뭘 시킨 거니? 이 나무는 다 뭐니?"

"죽은 일본인이에요." 조니가 태연히 대답했다. "땅에 놈들을 세워놓고 탱크로 짓뭉갤 거예요."

"안녕하세요, 윌슨 부인?" 보이드가 인사했다.

"안녕, 보이드. 조니가 시킨다고 그 많은 나무를 들고 다니면 어떡하니? 여기 앉아서 점심 먹으렴, 너희 둘 다."

"왜 보이드가 나무를 들고 다니면 안 돼요, 엄마? 이건 그 애 나무인걸요. 재네 집에서 가져온 거예요."

"조니, 어서 점심 먹으렴." 윌슨 부인은 말했다.

"아무렴요." 조니가 스크램블드에그 접시를 보이드에게 내밀었다. "먼저 드세요, 친애하는 알퐁스."

"먼저 드세요, 친애하는 알퐁스." 보이드가 말했다.

"먼저 드세요, 친애하는 알퐁스." 조니가 말했다. 그러고는 둘이서 낄낄거렸다.

"배고프지, 보이드?" 윌슨 부인이 물었다.

"네, 아주머니."

"조니 신경쓰지 말고 먼저 먹으렴. 조니는 음식 투정이 심하단다. 그러니 너라도 실컷 먹으렴. 네가 마음껏 먹어도 될 만큼 음식은 충분하단다."

"감사합니다, 아주머니."

"자 먹읍시다, 알퐁스." 조니가 말하더니 스크램블드에그의 반을 보이드의 접시에 덜어 주었다. 보이드가 가만히 바라보는 동안 윌슨 부인은 토마토 스튜를 보이드의 접시 옆에 놓았다.

"보이드는 토마토를 먹지 안해요. 그렇지, 보이드?" 조니가 말했다.

"'않아요'라고 해야지, 조니. 그리고 네가 토마토를 좋아하지 않는다고 해서 보이드도 그런 건 아니야. 보이드는 뭐든 잘 먹을 거야."

"절대 그렇지 않아요." 조니가 스크램블드에그를 휘저으며 말했다.

"보이드는 이다음에 자라서 열심히 일할 수 있도록 튼튼한 어른이 되고 싶을 거야. 보이드의 아버지는 분명 토마토 스튜를 먹을걸."

"우리 아버지는 먹고 싶은 건 뭐든 먹어요." 보이드가 말했다.

"우리 아빠도 그래." 조니가 말했다. "때로는 먹을 것 못 먹을 것 안 가리고 다 먹어. 그래봐야 덩치도 작으면서. 벼룩도 못 죽일 거야."

"우리 아빠도 덩치가 작아." 보이드가 말했다.

"그래도 너희 아버지는 분명 튼튼하실 거야." 윌슨 부인은 주저했다. "아버지가…… 일을 하시니?"

"그럼요." 조니가 대답했다. "보이드의 아버지는 공장에서 일해요."

"거 봐라. 공장에서 일할 수 있을 만큼 보이드 아버지는 튼튼한 거야. 온갖 물건을 들어서 옮기려면 힘이 좋아야 하거든."

"보이드의 아버지는 그런 일을 안 해요. 현장 주임이거든요."

윌슨 부인은 낭패감을 느꼈다. "어머니는 무슨 일을 하시니, 보이드?"

"우리 엄마요?" 보이드가 놀라서 물었다. "우리를 돌봐주세요."

"아, 그럼 일은 안 하시니?"

"왜 일하겠어요?" 조니가 달걀을 입안 가득 넣은 채 말했다. "엄마도 일 안 하잖아요."

"토마토 스튜 정말 먹고 싶지 않니, 보이드?"

"아뇨, 괜찮습니다, 아주머니." 보이드가 말했다.

"아뇨, 괜찮습니다, 아주머니. 아뇨, 괜찮습니다, 아주머니. 아뇨, 괜찮습니다, 아주머니." 조니가 따라서 되뇌었다. "보이드의 누나는 일할 거예요. 선생님이 될 거예요."

"누나가 꿈을 갖고 있다니 훌륭하구나, 보이드." 윌슨 부인은 보이드의 머리를 쓰다듬고 싶은 충동을 억눌렀다. "누나가 무척 자랑스럽겠어."

"그런 것 같아요." 보이드가 대답했다.

"다른 형제는 어떠니? 다들 최선을 다해 노력하고 있겠지."

"저랑 진 누나밖에 없어요." 보이드가 말했다. "어른이 되었을 때 뭐가 되고 싶은지 전 아직 모르겠어요."

"우리는 탱크 운전사가 될 거예요. 나랑 보이드요." 조니가 말했다. "부웅." 그리고 탱크랍시고 냅킨 고리를 식탁 맞은편으로 느닷없이 힘차게 미는 바람에 보이드의 우유 잔이 넘어질 듯하자 윌슨 부인이 잔을 얼른 낚아챘다.

"봐, 조니." 보이드가 말했다. "여기가 참호야. 내가 널 박살내주겠어."

윌슨 부인은 오랜 경험에 따라 재빨리 선반에서 생강 쿠키를 꺼내 탱크와 참호 사이에 조심스레 놓았다.

"자, 마음껏 먹으렴, 보이드. 배부르게 먹는 모습을 보고 싶구나."

"보이드는 많이 먹어요. 하지만 나를 따라오려면 멀었어요. 내가 쟤보다 훨씬 커요."

"훨씬 크지 않아. 달리기는 내가 더 잘하잖아."

윌슨 부인은 숨을 깊이 들이쉬었다. "보이드." 그녀가 부르자 아이 둘 다 바라보았다. "보이드, 조니한테 작아서 못 입는 옷이 좀 있단다. 겨울 코트도 한 벌 있고. 물론 새 옷은 아니지만 여전히 입을 만하지. 너희 어머니나 누나가 입어도 될 만한 원피스도 서너 벌 있고. 너희 어머니가 수선을 하면 여러모로 유용하게 쓸 수 있을 거야. 너희 가족한테 선물을 줄 수 있어 참으로 기쁘구나. 네가 가기 전에 커다랗게 보따리를 하나 싸놓을 테니 점심 먹고 나서 조니랑 같이 곧바로 너희 어머니께 갖다 드리면……." 그녀는 보이드의 당혹스러운 표정을 보면서 말꼬리를 흐렸다.

"저희도 옷이 많지만 아무튼 감사합니다." 보이드가 말했다. "그리고 우리 엄마는 바느질을 잘 못해요. 필요한 건 뭐든 사면 그만이라서요. 그래도 감사합니다."

"헌옷 들고 다닐 시간은 없어요, 엄마." 조니가 말했다. "오늘 애들이랑 탱크 놀이해야 해요."

윌슨 부인은 생강 쿠키 접시를 식탁에서 들어올렸다. 보이드는 쿠키를 하나 더 집으려다 멈추었다. "이 세상에는 너 같은 아이들이 많단다, 보이드. 누군가가 친절한 마음에 옷을 주면 무척 고마워할걸."

"엄마 뜻이 정 그렇다면 보이드가 옷을 가져갈 거예요, 엄마." 조니가 말했다.

"아주머니를 화나게 만들 생각은 없었습니다." 보이드가 말했다.

"어머, 화난 게 아냐, 보이드. 그저 너한테 실망한 거지. 그뿐이야. 그럼 이제 그 일에 대해서는 더이상 말하지 말자."

그녀는 식탁에서 접시를 치우기 시작했다. 조니는 보이드의 손을 잡고 문 쪽으로 당겼다. "안녕, 엄마." 조니가 말했다. 보이드는 잠시 가만히 서서 월슨 부인의 등을 바라보았다.

"먼저 나가세요, 친애하는 알퐁스." 조니가 문을 열어 잡고서 말했다.

"너희 엄마 아직도 화났니?" 보이드가 나직이 묻는 소리가 윌슨 부인에게 들렸다.

"몰라." 조니가 대꾸했다. "가끔씩 성질을 부린다니까."

"우리 엄마도 그래." 보이드가 주저하다 말을 이었다. "먼저 나가세요, 친애하는 알퐁스."

찰스

유치원 입학 첫날, 아들 로리는 코듀로이 멜빵바지와 턱받이에서 벗어나 푸른색 청바지와 벨트를 착용했다. 이날 아침 나는 아들이 옆집 누나와 함께 출발하는 모습을 보며 내 인생의 한 시기가 지나갔음을 실감했다. 달콤한 목소리의 아가가 긴 바지를 입고 으스대며 걷는 어린아이로 바뀐 것이다. 모퉁이에서는 걸음을 멈추고 나한테 손을 흔들어야 한다는 것도 잊어버리고 아들은 그대로 가버렸다.

아들은 같은 식으로 집으로 돌아왔다. 현관문을 벌컥 열고 모자를 바닥에 던지더니 느닷없이 요란하게 외쳤다. "집에 아무도 없어요?"

점심을 먹으며 아이는 아버지에게 버릇없이 대꾸하고 여동생의 우유를 엎지르더니, 하느님의 이름을 함부로 입에 올리면 안 된다고 선생님이 당부했다고 말했다.

"오늘 유치원은 어땠니?" 나는 애써 태연한 어조로 물었다.

"좋았어요." 로리가 대답했다.

"뭘 배웠니?" 아이 아빠가 물었다.

로리가 아빠를 차갑게 바라보았다. "아무것도 안 배웠어요."

"뭐라도, 뭐라도 배웠을 텐데." 나는 말했다.

"선생님이 어떤 남자애 엉덩이를 때렸어요." 로리가 빵에 버터를 바르며 말했다. "못되게 굴어서요." 아이는 입에 빵을 가득 넣은 채 웅얼거렸다.

"무슨 짓을 했기에? 누구였니?" 나는 물었다.

로리는 생각했다. "찰스였어요. 못된 애예요. 선생님이 그 애의 엉덩이를 때리더니 구석에 서 있으라고 했어요. 뭘 몰라도 한참 모르는 녀석이었죠."

"무슨 짓을 했기에?" 나는 다시 물었다. 하지만 로리는 의자에서 미끄러져 내려와 쿠키 하나를 집더니 아빠가 말하는 중이었는데도 식탁을 떠났다. "여기 봐야지, 아들."

다음날 점심때 로리는 식탁에 앉자마자 말했다. "찰스가 오늘도 말썽을 부렸어요." 아이가 활짝 웃으며 말을 이었다. "오늘 찰스가 선생님을 때렸어요."

"세상에 맙소사." 나는 하느님을 언급하지 않으려고 신경쓰며 말했다. "또 엉덩이를 맞았겠구나."

"그럼요. 위를 봐요." 아이가 아빠에게 말했다.

"왜?" 아이 아빠가 고개를 올리며 물었다.

"아래를 봐요. 내 엄지를 봐요. 아이고, 바보 나셨네." 로리가 미친듯이 깔깔거렸다.

"찰스가 왜 선생님을 때렸니?" 나는 재빨리 물었다.

"선생님이 그 애더러 빨간색 크레용으로 칠하라고 했는데 찰스는 초록색 크레용을 원했거든요. 그래서 선생님을 때렸죠. 선생님은 찰스의 엉덩이를 때리더니 아이들한테 절대 찰스하고 놀지 말라고 했어요. 그래서 다들 그렇게 했죠."

셋째 날인 수요일에 찰스는 시소로 여자애 머리를 내리쳐 피가 나게 했다. 선생님은 쉬는 시간에도 그 아이를 밖에 못 나가게 했다. 목요일에 찰스는 이야기 시간 내내 구석에 서 있어야 했다. 바닥을 발로 계속 쿵쿵거린 벌이었다. 금요일에는 분필을 던졌다가 칠판을 사용할 권리를 박탈당했다.

토요일에 나는 남편에게 말했다. "유치원 분위기가 너무 어수선한 것 같지 않아요? 말썽쟁이가 있는데다 문법도 엉망으로 가르치고, 찰스가 다른 아이들한테 악영향을 주는 것 같아요."

"곧 괜찮아질 거야." 남편은 달래듯 말했다. "세상을 살아가다 보면 찰스 같은 사람과 부딪히게 마련이야. 나중에 만나는 것보다 지금 만나는 편이 나을지도 몰라."

월요일에 로리는 집에 늦게 돌아온 대신 새 소식을 가득 안고 왔다. "찰스!" 아이는 언덕을 올라오며 소리쳤다. 나는 현관 계단에서 초조하게 기다렸다. "찰스!" 로리는 언덕을 올라오는 내내 외쳐댔다. "찰스가 또 사고를 쳤어요!"

"어서 들어오렴." 나는 아들이 가까워지자 말했다. "점심을 준비해두었단다."

"찰스가 무슨 짓을 했는지 알아요?" 아들이 나를 따라 들어오며 따지듯 물었다. "찰스가 고래고래 소리를 지르니까 학교에서 1학년 형을 우리 선생님한테 보내서 찰스를 조용히 시켜달라고 말했어요. 그래서 찰스는 유치원이 끝난 후 남아야 했죠. 다른 아이들도 그 애를 보려고 전부 남았어요."

"그래서 어떻게 되었는데?"

"그냥 가만히 앉아 있던걸요." 로리가 대꾸하며 식탁 의자에 기어올라 앉았다. "안녕, 꼰대 아빠."

"찰스가 오늘은 방과후에 남아야 했대요." 나는 남편에게 말했다. "그래서 다른 아이들도 다 남아 있었대요."

"찰스는 어떻게 생겼니? 성은 뭐니?" 남편이 로리에게 물었다.

"나보다 덩치가 커요. 지우개가 하나도 없고요. 재킷을 입은 꼴을 못 봤어요."

월요일 저녁은 입학 후 처음으로 학부모 회의가 있었다. 하지만 아기가 감기에 걸리는 바람에 참석할 수 없었다. 찰스의 어머니가 어떤 사람일지 못내 궁금했다. 화요일에 로리가 불현듯 말했다. "오늘 선생님 친구가 유치원에 왔어요."

"찰스의 어머니니?" 남편과 나는 동시에 물었다.

"아아아뇨." 로리가 깔보듯 대꾸했다. "어떤 남자였는데, 우리한테 운동을 시켰어요. 손을 발가락에 대야 했죠. 봐요." 녀석이 의자에서 미끄러져 내려와 몸을 숙여 손을 발가락에 댔다. "이렇게요." 그리고 진지하게 의자로 돌아가서는 포크를 집어 들며 말했다. "찰스는 운동도 안 했어요."

"그럴 수도 있지." 나는 진지하게 말했다. "찰스가 운동을 싫어했던 거니?"

"아아아뇨. 찰스가 너무 못되게 구는 바람에 선생님 친구가 운동을 하지 말라고 했어요."

"또 못되게 굴었어?" 나는 물었다.

"녀석이 선생님 친구를 걷어찼거든요. 선생님 친구가 찰스더러 아까 내가 한 것처럼 손을 발가락에 대라고 하니까 찰스가 그 아저씨를 걷어찼어요."

"유치원에서 앞으로 찰스를 어떡할 것 같니?" 남편이 물었다.

로리는 짐짓 어깨를 으쓱했다. "유치원 밖으로 내던지겠죠."

수요일과 목요일은 변함없었다. 찰스는 이야기 시간에 고함을 치고 어떤 남자아이의 배를 때려 울렸다. 금요일에 찰스는 또 방과 후에 남았고 다른 아이들도 덩달아 남았다.

유치원에 입학하고 세 번째 주가 되었을 때 찰스는 우리 가족 사이에 유명인으로 자리잡았다. 아기가 오후 내내 울면 찰스처럼 군다는 소리를 들었고, 로리가 장난감 수레를 진흙으로 가득채워 부엌에서 끌고 다니면 찰스가 따로 없다는 꾸중을 들었다. 심지어 남편조차도 전화선에 팔꿈치가 걸려 전화기와 재떨이와 화병이 탁자에서 떨어지자 이렇게 말했다. "찰스라도 다녀간 것 같은걸."

세 번째 주와 네 번째 주에 찰스는 다소 나아진 듯했다. 로리는 세 번째 주 목요일 점심 때 진지하게 보고했다. "찰스가 오늘 착하게 굴어서 선생님이 사과를 주었어요."

"뭐라고?" 내가 반문하자 남편이 조심스레 덧붙였다. "정말 찰스가 그랬니?"

"네, 찰스가요. 아이들한테 크레용을 나눠주고 수업이 끝난 후 책을 정리했죠. 선생님이 찰스를 조수로 삼겠다고 했거든요."

"그래서 어떻게 되었니?" 나는 기가 막혀 물었다.

"선생님 조수를 했어요. 그게 다예요." 로리는 어깨를 으쓱했다.

"로리가 말한 찰스 얘기가 정말일까요?" 그날 밤 나는 남편에게 물었다. "전혀 그럴 것 같지 않은데."

"두고 보면 알겠지." 남편이 냉소적으로 말했다. "그런 아이가 얌전하게 굴 때는 속으로 다른 꿍꿍이를 품고 있을 가능성이 커."

하지만 남편의 생각은 틀린 듯했다. 일주일 내내 찰스는 선생님의 조수 노릇을 착실히 해냈다. 매일 수업 용품을 나눠주고 정리했다. 아무도 방과후에 남을 필요가 없었다.

어느 날 저녁 나는 남편에게 말했다. “학부모 회의가 다음주에 있어요. 찰스의 엄마를 꼭 만나볼 거예요.”

“찰스한테 무슨 일이 있었는지 물어봐. 정말 궁금하군.” 남편이 대꾸했다.

“나도 정말 궁금해요.”

그 주 금요일에 상황은 원래대로 돌아갔다. “오늘 찰스가 무슨 짓을 했는지 알아요?” 로리가 점심 식탁에 앉아 따지듯 물었다. 목소리에 살짝 경외감이 어려 있었다. “어떤 여자애한테 무슨 말을 하라고 시키는 바람에 그 애가 그 말을 했어요. 선생님이 그 애의 입을 비누로 씻고 찰스는 깔깔 웃어댔죠.”

“무슨 말이었기에?” 남편이 생각 없이 묻자 로리가 대답했다. “너무 나쁜 말이니까 귓속말로 할게요.” 아이가 의자에서 내려와 아버지에게 다가갔다. 그가 고개를 숙이자 로리가 신이 나서 속삭였다. 남편의 눈이 휘둥그레졌다.

“찰스가 정말 그 애한테 그런 말을 하라고 시켰니?” 남편이 경이롭다는 듯 물었다.

“그 애가 두 번이나 말했어요. 찰스가 두 번 말하라고 시켰거든요.”

“찰스는 어떻게 되었니?” 남편이 물었다.

“아무 일도 없었어요. 녀석이 크레용을 나눠주면서 그렇게 시켰거든요.”

월요일 아침에 찰스는 여자애는 그냥 두고 자기가 직접 나쁜 말을 몇 번이나 내뱉었는데 그때마다 비누로 입을 씻어내야 했다. 녀석은 분필도 던졌다.

그날 저녁 학부모 회의에 참석하러 가는데 남편이 문까지 배웅하며 말했다. "회의 끝나면 찰스 어머니더러 같이 차를 마시자고 집으로 초대해. 직접 보고 싶어."

"그 여자가 와야 할 텐데." 나는 기도하는 심정으로 말했다.

"올 거야. 찰스 어머니가 안 오면 학부모 회의를 제대로 했다고 할 수가 없지."

회의 시간에 나는 다른 학부모들을 살펴보며 초조하게 앉아 있었다. 하나같이 편안한 아줌마 얼굴을 하고 있었다. 누가 찰스라는 비밀을 감추고 있는지 궁금했다. 하지만 아무도 그렇게 초췌해 보이지가 않았다. 회의 시간에 그 누구도 일어나 아들의 버릇없음을 사과하지 않았다. 찰스라는 이름은 언급조차 없었다.

회의가 끝나고 로리의 담임 선생님을 찾아갔다. 그녀는 찻잔과 초콜릿케이크 접시를, 나는 찻잔과 마시멜로케이크 접시를 들고 있었다. 우리는 서로를 조심스럽게 대하며 미소 지었다.

"선생님을 정말 뵙고 싶었답니다. 로리 엄마예요."

"우리 모두 로리에게 관심이 무척 많답니다." 그녀가 말했다.

"아이가 유치원에 가는 걸 정말 좋아해요. 항상 유치원 얘기를 하지요."

"적응하는 데 살짝 문제가 있었지요. 첫 주에 특히요." 그녀가 깐깐하게 말했다. "하지만 이제는 조수 노릇을 참 잘한답니다. 이따금 실수를 하긴 하지만요."

"로리는 보통 굉장히 빨리 적응하는데요. 아무래도 유치원에서 찰스의 영향을 받는 것 같아요."

"찰스요?"

"네." 나는 깔깔 웃으며 말했다. "찰스 때문에 선생님 손이 열 개라도 모자랄 것 같아요."

"찰스요?" 그녀가 반문했다. "우리 유치원에는 찰스라는 아이가 없는데요."

리넨에 둘러싸여 보내는 오후

편안한 가구를 갖춘 길고 시원한 방은 쾌적했다. 커다란 창 밖에 심어진 수국이 바닥으로 기분 좋은 그림자를 드리웠다. 방에 있는 모두가 리넨 옷을 입고 있었다. 여자애는 분홍색 리넨 원피스에 널따란 푸른색 벨트를 차고 있었다. 케이터 부인은 갈색 리넨 정장에 커다란 노란색 리넨 모자를 쓰고 있었다. 여자애의 할머니인 레넌 부인은 하얀 리넨 원피스를 차려입었다. 케이터 부인의 아들인 하워드는 푸른색 리넨 셔츠와 반바지 차림이었다. 여자애는 할머니를 바라보며 『거울 나라의 앨리스』 같다고 생각했다. 그 책에서 신사들은 모두 흰 종이로 지은 옷을 입었다. 나는 분홍색 종이옷을 입은 신사라고 아이는 생각했다. 레넌 부인과 케이터 부인은 같은 동네에 살며 이틀에 한 번꼴로 만나긴 했지만 오늘 만남은 정식 방문이었다. 두 사람은 차를 마시고 있었다.

하워드는 기다란 방 끝에 있는 피아노 의자에 앉아 있었다. 방에서 가장 큰 창의 바로 앞이었다. 아이는 〈유머레스크•〉를 신중하고 침착하게 연주하고 있었다. 나도 작년에 저걸 연주했는데, G장조였지, 하고 여자애는 생각했다. 레넌 부인과 케이터 부인은 여전히 찻잔을 쥔 채 하워드를 바라보며 피아노 연주에 귀를 기울였다. 그러다 이따금 서로를 바라보며 미소 지었다. 나도 마음만 먹으면 지금 연주할 수 있는데, 하고 여자애는 생각했다.

하워드가 〈유머레스크〉 연주를 마치자 피아노 의자에서 미끄러져 내려와 여자애에게 다가오더니 곁에 품위 있게 앉았다. 녀석은 어머니가 또 연주하라고 시킬지 아닐지 기다리고 있었다. 여자애는 생각했다. 저 애는 나보다 크지만 내가 더 나이가 많아, 나는 열 살이지, 나더러 피아노를 연주하라고 하면 싫다고 해야지.

"정말 연주를 잘하는구나, 하워드." 여자애의 할머니가 말했다. 납처럼 무거운 침묵이 잠시 내려앉았다. 이윽고 케이터 부인이 말했다. "하워드, 레넌 부인이 너한테 말씀하시잖니." 하워드가 중얼중얼하며 무릎 위에 놓인 손을 바라보았다.

케이터 부인이 레넌 부인에게 말했다. "아이가 피아노 레슨을 그럭저럭 따라가는 것 같아요. 연습하는 건 싫어하지만 그래도 꽤 잘 따라가고 있답니다."

"해리엇은 피아노 연습을 무척 좋아한답니다." 여자애의 할머니가 말했다. "몇 시간이나 피아노 앞에 앉아서 곡을 지어내고 노래를 하지요."

"음악에 진짜 재능이 있나 보네요. 우리 하워드는 더 잘할 수도 있을 텐데 게으름을 부리는 건 아닌지 종종 걱정이 돼요."

"해리엇." 레넌 부인이 여자애에게 말했다. "케이터 부인을 위해 연주하지 않겠니? 네가 직접 작곡한 곡을 연주해보렴."

"몰라요." 여자애가 대꾸했다.

"알고 있지 않니, 얘야." 할머니가 말했다.

"네가 작곡한 곡을 무척 듣고 싶구나, 해리엇." 케이터 부인이 거들었다.

"몰라요." 여자애가 대꾸했다.

레넌 부인이 케이터 부인을 바라보더니 어깨를 으쓱했다. 케이터 부인은 고개를 끄덕이며 입 모양으로 말했다. "수줍어서 저래요." 그러고는 하워드를 자랑스레 돌아보았다.

여자애의 할머니는 힘주어 미소를 지으며 말했다. "해리엇, 네 곡을 들려드리고 싶지 않다 하더라도 네 특기는 음악이 아니라고 케이터 부인에게 고백해야 할 것 같구나. 다른 방면으로 정말 잘하는 걸 보여드려야 옳지 않겠니." 그녀가 케이터 부인을 돌아보며 말을 이었다. "해리엇이 시를 쓴답니다. 얘더러 시를 암송해보라고 할게요. 손녀라서 제 눈에 그렇게 보이는 건지는 몰라도……." 그

• **유머레스크** _ 유머가 있으며 약간 변덕스러운 성격을 가진 19세기 기악곡.

녀가 겸손하게 웃었다. "……분명 그렇겠지만요. 그래도 제가 보기에 시가 무척 괜찮답니다."

"어머, 세상에!" 케이터 부인이 감탄했다. 그러고는 신이 나서 해리엇을 바라보았다. "어머, 얘야. 네가 시를 짓는지 미처 몰랐구나! 정말 들어보고 싶어."

"케이터 부인을 위해 네 시 중 하나를 암송해보렴, 해리엇."

여자애는 상냥하게 미소 짓는 할머니를 바라보았다가, 상체를 내밀고 있는 케이터 부인을 바라본 다음, 입을 벌린 채 기쁨에 눈을 반짝이고 있는 하워드를 보았다.

"없어요." 여자애는 말했다.

"해리엇." 할머니가 말했다. "기억이 안 난다 해도 적어둔 게 있잖니. 글을 보면서 읽어도 케이터 부인은 전혀 개의치 않으실 거야."

하워드가 소파에서 몸을 웅크리며 깔깔 웃어댔다. "시라니!" 엄청나게 유쾌한 기분이 녀석에게 점차 밀려들다가 결국 그를 덮친 듯했다. "해리엇이 시를 쓰다니." 녀석이 동네 아이들한테 모조리 떠들어댈 게 분명해, 하고 여자애는 생각했다.

"하워드가 샘을 내나 봐요." 케이터 부인이 말했다.

"아유." 하워드가 대꾸했다. "나는 절대 시를 안 쓸 거야. 네가 아무리 괴롭혀도 절대 시는 안 써."

"나 역시 마찬가지야." 여자애가 말했다. "시를 썼다는 건 거짓말이야."

침묵이 오래 이어졌다. 이윽고 "어머, 해리엇!" 하고 할머니가 슬픈 목소리로 말했다.

"할머니에 대해 그렇게 말하면 못써!" 케이터 부인이 거들고 나섰다.

"어서 사과하렴, 해리엇." 할머니가 말했다.

"얘야, 사과해야 마땅하지 않겠니." 케이터 부인이 말했다.

"못되게 굴려고 한 건 아니었어요. 죄송해요." 여자애가 중얼거렸다.

할머니가 엄한 목소리로 말했다. "자, 이제 시를 꺼내서 케이터 부인에게 읽어드리렴."

"시가 없어요. 정말이에요, 할머니." 여자애는 절망적으로 대답했다. "정말이에요. 시가 하나도 없어요."

"나한테 있단다." 할머니가 말했다. "책상 맨 위 서랍에 있으니 꺼내 오렴."

여자애는 잠시 주저하며 할머니의 굳은 입과 찌푸린 눈을 살펴보았다.

"하워드더러 가져오라고 하죠, 레넌 부인." 케이터 부인이 말했다.

"좋아요." 하워드가 벌떡 일어나 책상으로 달려가 서랍을 열었다. "어떤 종이예요?" 녀석이 소리쳤다.

"봉투에 들어 있단다." 할머니가 엄격한 목소리로 말했다. "갈색 봉투에 '해리엇의 시'라고 적혀 있지."

"여기 있네요." 하워드가 봉투에서 종이들을 꺼내 살펴보았다. "봐요. 해리엇의 시예요. 별에 대해 썼어요." 녀석이 깔깔대며 종이를 쥔 채 엄마에게 달려갔다. "봐요, 엄마. 해리엇이 별에 대한 시를 썼어요."

"레넌 부인에게 드리렴, 얘야. 봉투를 먼저 열어본 것은 무척 무례한 행동이란다."

레넌 부인이 봉투와 종이를 받아들더니 해리엇 앞에 내밀었다. "네가 읽을래, 아니면 내가 읽을까?" 친절한 어조로 묻자 해리엇은 고개를 저었다. 할머니가 케이터 부인을 향해 한숨을 쉬더니 첫 번째 종이를 집어 들었다. 케이터 부인이 어서 듣고 싶다는 듯 상체를 내밀자 하워드는 그녀의 발치에 앉아 무릎을 감싸고서 얼굴을 허벅지에 눌렀다. 웃지 않으려고 그러는 것이었다. 할머니가 목청을 가다듬더니 해리엇을 향해 미소를 짓고는 읽기 시작했다.

"저녁별.

저녁 그림자가 길어지고
어둠이 바짝 모여들면
모든 밤의 생명이 소리를 내지요.
바람이 고독의 소리를 빚고요.

나는 첫 별이 뜨기를 기다립니다.
은처럼 반짝이는 빛을 찾지요.
푸른색과 초록색 황혼이 사방에 드리우면
고독한 별 하나가 위엄 있게 빛을 발한답니다."

하워드는 더이상 참을 수가 없었다. "해리엇이 별에 대해 시를 썼대요!"

"어머, 정말 멋지구나, 해리엇!" 케이터 부인이 말했다. "참으로 잘 썼는걸. 얘야, 이렇게 좋은 시를 썼으면서 왜 그렇게 수줍어하는지 모르겠구나."

"거 보렴, 해리엇." 레넌 부인이 말했다. "케이터 부인이 마음에 든다잖니. 이런 작은 일을 두고 그렇게 고집을 부리다니 미안하지도 않니?"

녀석이 동네 애들한테 다 까발릴 거야, 하고 해리엇은 생각했다. "제가 쓴 게 아니에요."

"뭐, 해리엇!" 할머니가 소리 내어 웃었다. "그렇게 겸손해할 필요 없어, 얘야. 정말 훌륭한 시란다."

"책에서 베낀 거예요. 책에서 그 시를 보고 베껴서는 할머니한테 드리면서 내가 쓴 시라고 말한 거예요."

"네가 그런 짓을 하다니 말도 안 돼, 해리엇." 케이터 부인이 어리둥절해하며 말했다.

"정말이에요." 해리엇은 고집스레 주장했다. "책에서 베낀 거예요."

"해리엇, 솔직히 말하렴." 할머니가 말했다.

해리엇은 하워드를 바라보았다. 녀석이 감탄해 마지않는 눈길로 응시하고 있었다.

"책에서 베낀 거야." 해리엇은 녀석을 향해 말했다. "저번에 도서관에서 그 책을 봤어."

"저 애가 그런 짓을 했다고 말하다니, 기가 막히네요." 레넌 부인이 케이터 부인에게 말했다. 케이터 부인은 고개를 절레절레 저었다.

"책 제목은……." 해리엇은 잠시 생각했다. "제목은『가정 시집』이었어요. 정말 그랬죠. 나는 책에 있는 시를 단어 하나 안 바꾸고 베꼈어요. 내가 지은 게 아니에요."

"해리엇, 정말이니?" 할머니가 물었다. 그러고는 케이터 부인을 돌아보았다. "남의 시를 해리엇의 시인 양 읽어서 정말 죄송해요. 설마 애가 속였을 줄은 상상도 못 했답니다."

"아, 아이들이 다 그렇죠." 케이터 부인이 비난조로 말했다. "관심과 칭찬을 바라면서 정작 노력은 하지 않으려고 들지요. 해리엇이 일부러 속이려고 한 건 아니라고 믿어요."

"일부러 그랬어요." 해리엇이 말했다. "내가 그 시를 썼다고 모두를 속일 셈이었어요. 그래서 일부러 내가 썼다고 말했어요." 아이는 걸어가 할머니의 힘없는 손에서 종이를 빼내었다. “이제 더이상 이건 필요 없겠네요.” 아이는 종이를 등뒤로 쥔 채 모두에게서 멀어져갔다.

꽃으로 꾸며진 정원

시어머니와 며느리인 두 위닝 부인은 버몬트 주에 있는 낡은 저택에서 거의 십일 년을 함께 살며 서로 무척 닮아갔다. 여자들이 같은 부엌을 쓰고 같은 방식으로 집안일을 하며 친하게 지내다 보면 이런 일이 곧잘 일어난다. 결혼 전 탤벗이라는 성을 썼던 젊은 위닝 부인은 검은 머리를 짧게 치긴 했지만, 이 고장에서 가장 유서 깊은 집안인 위닝가의 일원으로서 현재 굳건히 자리잡고 있었다. 그녀의 머리는 시어머니처럼 관자놀이 부분부터 회색으로 변해가고 있었다. 두 사람 다 이목구비가 뚜렷하고 손이 날랬다. 때때로 함께 설거지를 하거나 완두콩 깍지를 까거나 은식기를 광낼 때면 손이 어찌나 똑같이 빠르게 움직이는지 마음보다 서로의 손이 먼저 통하는 듯했다. 유아용 의자에 앉은 딸아이와 시어머니 사이에서 아침 식사를 할 때면 자신들이 뉴잉글랜드 벽지에 그려진 전형적 그림처럼 보이리라는 생각을 젊은 위닝 부인은 종종 했다. 플리머스록이나 콩코드 다리를 배경으로 한 어머니와 딸과 손녀.

추운 날 아침이면 으레 그러하듯 이날도 그들은 맛있는 음식과 깔끔한 주방이 빚어내는 유쾌한 분위기와 석탄 스토브의 따스한 열기를 떠나고 싶지 않아 괜히 꾸물거리며 널따란 부엌에서 커피를 마셨다. 둘이 가만히 앉아 있는 동안, 한참 전에 아침 식사를 끝낸 딸애는 아기를 위해 꾸며진 방의 귀퉁이에서 조용히 놀고 있었다. 셀 수도 없이 많은 위닝가의 아이들이 바로 저 자리에서 예의 그 묵직한 나무 상자에서 꺼낸 거의 똑같은 장난감을 가지고 놀았더랬다.

"봄이 올 기미도 없네요." 젊은 위닝 부인이 말했다. "추위라면 진절머리가 나요."

"겨울은 추워야 제 맛이지." 시어머니가 대꾸했다. 그러고는 갑자기 빠르게 움직여 접시를 쌓음으로써 휴식 시간이 끝나고 노동 시간이 시작되었음을 암시했다. 젊은 위닝 부인은 즉각 일어나 거들면서도, 시어머니가 너무 늙어 다른 사람보다 먼저 움직일 수 없게 되기 전까지는 절대 안주인의 권력을 내놓지 않으리라고 생각했다. 벌써 천 번은 이런 생각을 했으리라.

"그 아래의 오래된 집에 누가 이사와주길 바라고 있어요." 젊은 위닝 부인은 냅킨을 들고 식료품실로 가다 말고 멈춰 서서 간절한 어조로 덧붙였다. "봄이 되기 전에 누구든 오면 정말 좋을 텐데." 젊은 위닝 부인은 그 이웃집을 사서 자식들과 함께 살 집을 남편이 직접 손보게 하고픈 소망을 오래전 품었었다. 하지만 이제는 시댁 집안이 대를 이어 살아온 언덕 위의 저택에 익숙해져 그 작은 집에는 크나큰 애정만이 남아 있었다. 화목한 젊은 부부가 들어와 살면 좋겠다는 소망이 간절했다. 사람들이 새집을 끝내 찾지 못해 낡은 집을 사는 건 요즈음의 일이다 보니 그 집은 팔린 지 얼마 지나지 않았다. 그 소식을 들은 뒤부터 그녀는 새 이웃이 언제 들어오나 싶어 매일 살펴보곤 했다. 집 굴뚝에서 연기가 피어오르지는 않는지 아침마다 뒤편 베란다에서 확인했다. 매일 상점에 가느라 언덕을 내려갈 때면 괜히 그 집 앞에서 꾸물거리며, 안에서 희미한 기척이라도 들리지 않는지 촉각을 곤두세웠다. 그 집은 일월에 팔렸으니 이제 두 달이 다 되어갔다. 웃자란 정원을 뒤덮고 있는 눈과 텅 빈 창문 앞을 장식한 고드름 덕에 집이 많이 낡아 보이지 않고 예뻐 보이긴 했으나, 여전히 쓸쓸히 텅 비어 있었다. 오래전 위닝 부인이 이 집에서 살겠다는 희망을 완전히 단념한 후로는 아무도 거들떠보지 않는 듯했다.

위닝 부인은 냅킨을 식료품실에 갖다 놓고는 부엌 달력을 한 장 찢고 행주를 골라 싱크대 앞의 시어머니에게로 갔다.

"벌써 삼월이에요." 그녀가 낙담해서 말했다.

"어제 상점에서 들었는데, 이번 주에 저 집을 페인트칠할 거라던데.” 시어머니가 말했다.

“그럼 누가 이사 들어오겠네요!”

“집이 작으니 안을 칠하는 데 이 주도 안 걸릴걸.” 늙은 위닝 부인이 말했다.

하지만 사월이 다 되어가는데도 새 이웃은 나타나지 않았다. 눈이 대부분 녹아 거리에서 녹다 만 얼음이 강을 이루며 흘러내렸다. 진흙탕이나 다름없는 땅을 걸어가자니 끔찍했다. 회색 하늘은 우중충했다. 한 달 후면 나무와 땅에 신비한 첫 초록이 돋아날 터였다. 하지만 사월의 대부분은 추위와 비와, 심지어 눈으로 범벅될 것이 뻔했다. 그 집은 안까지 페인트칠되었고, 새 벽지로 도배까지 마쳤다. 현관 계단은 손을 보았고, 깨진 창문에는 새 유리가 끼워졌다. 회색 하늘을 배경으로 여기저기 지저분한 눈더미도 남아 있었지만 집은 한결 깔끔하고 견고해 보였다. 날씨가 좋아지면 페인트공이 집 바깥도 칠할 터였다. 집 앞에 멈춰 선 위닝 부인은 이 집의 미래 모습을 상상하며, 오래전 이곳에서 살기를 바랐을 때 꿈꾼 모습과 비교해보았다. 그녀는 현관 앞에서 장미가 자라는 걸 보고 싶었다. 어쩌면 꿈이 실현될 것 같았다. 그녀가 계획했던, 갖가지 색깔이 풍성한 깔끔한 정원도. 흰색으로 칠해진 집 바깥도 상상했었는데 이 꿈 역시 실현될 것 같았다. 집이 팔린 이후 안에 들어가보지 않았지만 작은 방과 부엌을 아직도 생생히 기억하고 있었다. 정원과 마주한 작은 방들의 창문에는 화사한 커튼을 달고 상자형 화분을 놓으면 근사하리라. 부엌은 노란색으로 칠하고 싶었었다. 2층 침실은 비스듬한 천장에 서까래가 드러나 있었다. 위닝 부인은 축축한 인도에 서서 그 집을 한참 바라보다 천천히 상점으로 내려갔다.

며칠 후 식료품점 주인에게서 마침내 새 이웃에 대한 첫 소식을 들었다. 대가족인 위닝 집안이 한 끼 식사에 먹어치울 햄버거용 다진 고기 두 근을 포장해 끈으로 묶으면서 그가 활기차게 말했다. "새 이웃 만나보셨나요?"

"이사 왔나요?" 위닝 부인이 물었다. "우리 아랫집에요?"

"오늘 아침에 여기 왔던걸요. 아이 엄마랑 조그마한 남자애랑요. 좋은 사람들 같았어요. 남편은 죽었다더군요. 부인이 숙녀처럼 보였답니다."

위닝 부인은 이 고장에서 태어났다. 지금의 식료품점 주인 아버지가 그녀에게 풍선껌과 감초를 팔 때 현재의 주인은 고등학교에 다니고 있었다. 그녀가 열두 살이고 현재의 주인이 스무 살일 때 위닝 부인은 이 남자랑 결혼하면 좋겠다는 소망을 한동안 남몰래 품었었다. 그는 중년의 뚱보 남자가 되었다. 그녀를 여전히 헬렌이라고 부르고, 그녀도 그를 여전히 톰이라고 부르지만, 이제 그녀는 위닝 집안 사람이었으며 고기가 질기거나 버터가 너무 비쌀 때면 아무리 그러고 싶지 않아도 그에게 잔소리를 늘어놓아야만 했다. 그가 새 이웃을 묘사하는 데 쓴 '숙녀'라는 말은 '여자'나 '사람'과는 다른 의미임을 그녀는 알아챘다. 그는 다른 고객들에게 두 위닝 부인을 언급할 때 '숙녀'라는 표현을 썼다. 그녀는 주저하다 물었다. "여기에서 살 작정이라던가요?"

"한동안은 여기에서 지내야 할걸요." 식료품점 주인이 담담히 말했다. "일주일 치 식료품을 사 갔으니."

위닝 부인은 꾸러미를 들고 언덕을 올라가는 내내 그 집에 이사온 흔적이 있는지 유심히 살폈다. 집 입구에 이르자 걸음을 늦추되 너무 빤히 쳐다보지 않도록 주의했다. 굴뚝에서는 연기가 피어오르지 않았고, 이사중이라면 근처에 보일 법한 가구도 보이지 않았다. 하지만 꽤 오래 탄 듯한 차가 집 앞의 길에 세워져 있었다. 위닝 부인은 창문을 통해 사람을 볼 수 있지 않을까 생각했다. 그러다 별안간 충동에 못 이겨 몸을 돌려 현관으로 걸어갔다. 한동안 망설인 끝에 계단을 올라 문으로 갔다. 한 팔에 식료품 봉지를 든 채 두드리자 문이 열렸다. 그녀는 자그마한 남자아이를 내려다보았다. 그녀 아들과 또래로 보여 내심 기뻤다.

"안녕." 위닝 부인이 인사했다.

"안녕하세요." 꼬마 애가 가만히 바라보았다.

"어머니 계시니? 혹시 이사하느라 도움이 필요하지 않을까 싶어서 들렀단다."

"이사는 마쳤어요." 꼬마 애가 문을 닫으려는 찰나, 집안 어디에선가 여자 목소리가 들렸다. "데이비? 누구랑 이야기하니?"

"우리 엄마예요." 꼬마 애가 말했다. 여자가 꼬마 뒤에서 나와 문을 좀더 활짝 열고는 물었다. "무슨 일이시죠?"

"저는 헬렌 위닝이라고 해요. 두 집 건너 이웃이죠. 혹시 도움이 필요하지 않을까 싶어서 들렀답니다."

"감사합니다." 여자는 미심쩍어하며 대꾸했다.

나보다 젊어, 서른 살 정도겠지, 하고 위닝 부인은 생각했다. 그리고 미인이었다. 식료품점 주인이 왜 그녀를 두고 숙녀라고 했는지 알 수 있었다.

"이 집에 사람이 들어와 살다니 정말 잘됐어요." 위닝 부인은 수줍게 말했다. 아이 엄마의 머리 너머로 좁은 현관 복도가 보이고, 그 너머로 널따란 거실이 보이고, 왼쪽의 부엌문과 오른쪽의 계단이 보였다. 계단의 우아한 난간이 새로 페인트칠되어 있었다. 현관 복도는 담녹색이었다. 위닝 부인은 문가의 여인을 향해 우정 어린 미소를 지으며 생각했다. 집을 제대로 꾸몄어. 어쩜 이렇게 잘 꾸며 놓았지? 예쁜 집이 뭔지 아는 게 분명해.

잠시 후 새 이웃도 미소 지으며 말했다. "들어오시겠어요?"

안으로 들어올 수 있도록 아이 엄마가 물러서자 위닝 부인은 자신이 너무 나대며 밀어붙인 것은 아닌가 하는 걱정이 불현듯 솟았다. "제가 괜히 폐를 끼치는 건 아닌지 모르겠네요." 그녀는 아이 엄마를 돌아보며 자기도 모르게 말했다. "오래전 이 집에서 살고 싶다는 꿈을 꾸었었거든요." 내가 왜 이런 말을 하는걸까? 머리에 떠오르는 대로 말한 것은 실로 오랜만이었다.

"내 방을 보여줄게요." 꼬마 애가 재촉하자 위닝 부인이 웃으며 내려다보았다.

"아줌마한테도 너만 한 아들이 있단다. 이름이 뭐니?"

"데이비." 꼬마 애가 말하며 엄마에게 바짝 다가섰다. "데이비 윌리엄 매클레인."

"우리 아들 이름은 하워드 탤벗 위닝이란다." 위닝 부인이 진지하게 말했다.

꼬마 애는 어찌해야 할지 모르는 듯 엄마를 올려다보았다. 위닝 부인은 그토록 오랫동안 꿈꿔온 이 작은 집에서 웬일인지 어색하고 거북해져서 말했다. "너는 몇 살이니? 우리 하워드는 다섯 살이란다."

"나도 다섯 살이에요." 꼬마 애는 마치 처음으로 나이를 인식했다는 듯한 어조였다. 아이가 다시 엄마를 바라보자 그녀가 정중하게 청했다. "저희가 집을 어떻게 꾸몄는지 들어와보시지 않겠어요?"

위닝 부인은 담녹색 현관 복도에 놓인, 다리가 날씬한 탁자에 식료품 꾸러미를 내려놓았다. 그러고는 매클레인 부인을 따라 거실로 들어갔다. 거실은 L자 모양이었고 창문이 위닝 부인이 꿈꾸었던 그대로 화사한 커튼과 네모난 화분으로 꾸며져 있었다. 거실에 들어서는 바로 그 순간, 위닝 부인은 집이 제 주인을 만났다는 기분 좋은 안도감에 휩싸였다. 벽난로의 징직 받침대부터 탁자 위의 책까지 모든 것이 위닝 부인이 십일 년 전 꿈꾸었던 모습과 비슷했다. 격식과 품위가 살짝 부족하긴 했지만 그래도 마음에 들었다. 벽난로 선반에는 데이비의 사진이 어떤 남자의 사진 옆에 놓여 있었는데, 아이 아버지 사진인 듯했다. 나지막한 커피 테이블에는 근사한 푸른색 장식 그릇이 놓여 있었다. L의 모퉁이에 설치한 선반에는 오렌지색 접시가 주르르 늘어서 있고, 단풍나무 탁자와 의자는 광을 내 반짝거렸다.

"참 멋지네요." 위닝 부인이 말했다. 내 집이 될 수도 있었다는 생각이 들었다. 그녀는 문가에 서서 다시 말했다. "더할 나위 없이 멋져요."

매클레인 부인이 벽난로 근처의 나지막한 안락의자로 걸어가더니 팔걸이에 걸쳐져 있던 부드러운 푸른색 천을 집어 들었다. "커튼을 만드는 중이랍니다." 그녀가 손가락 끝으로 푸른색 장식 그릇을 쓰다듬었다. "이 푸른색 그릇은 어디에 살든 늘 거실의 중앙에 둔답니다. 커튼도 같은 푸른색으로 하려고요. 아직 안 오긴 했지만 융단도 비슷한 톤의 푸른색 무늬가 들어 있어요."

"데이비의 눈과 잘 어울리겠어요." 위닝 부인이 말했다. 매클레인 부인이 다시 미소를 지었는데, 그러고 보니 그녀의 눈하고도 잘 어울릴 터였다. 위닝 부인은 마법에라도 걸린 양 자기도 모르게 물었다. "부엌은 노란색으로 칠했나요?"

"네." 매클레인 부인이 놀라며 대답했다. "보시겠어요?" 그녀가 오렌지색 접시를 지나 L자형 거실의 모퉁이를 돌아 부엌으로 안내했다. 늦은 아침 햇살이 깔끔하게 페인트칠된 벽과 빛나는 알루미늄 가구를 비추었다. 위닝 부인은 전기 커피포트와 와플 팬과 토스터를 보며 생각했다. 이 여자는 요리하느라 고생은 않겠구나, 게다가 식구도 둘뿐이고.

매클레인 부인이 말했다. "정원을 꾸며놓으면 거의 모든 창문에서 정원이 보일 거예요." 그녀는 커다란 부엌 창문을 가리키며 덧붙였다. "정원을 무척 좋아한답니다. 날씨만 풀리면 온종일 정원을 꾸미며 지낼 거예요."

"정원을 꾸미기 딱 좋은 집이죠." 위닝 부인이 맞장구쳤다. "예전에는 이 집이 아름다운 정원으로 동네에서 손꼽혔다고 들었어요."

"그럴 줄 알았어요. 집의 사방에 꽃을 심을 거예요. 아시겠지만 이런 시골집은 그럴 수 있어서 참 좋아요."

아, 아무렴 잘 알죠, 하고 위닝 부인은 아쉬워하며 생각했다. 위닝 저택의 옆면에 늘어선 금련화 대신에 그녀가 가질 수도 있었을 단정하고 매혹적인 정원. 공들여 정원을 가꾸어보았지만 위닝 저택 주위로는 꽃이 잘 피지 않았다. 거대한 단풍나무가 마당 전체에 그늘을 드리운 탓이었다. 그 나무는 집이 처음 지어졌을 때부터 이미 키가 컸었다.

매클레인 부인은 2층 침실도 노란색으로 칠해놓았다. 비스듬한 천장에 서까래가 드러나 있는 작은 침실 두 개는 녹색과 장미색으로 칠해져 있었다. "침실을 전부 꽃 색깔로 칠했죠" 하고 그녀가 유쾌하게 말하자 위닝 부인은 위닝 저택의 근엄하고도 촌스러운 침실을 생각하며 한숨을 쉬었다. 그러고는 처마 아래 창문 앞에 긴 의자를 갖다 놓다니 멋진 아이디어라고 칭찬했다. 데이비의 침실은 녹색이었는데 작은 침대가 창문 가까이 놓여 있었다. 아이가 위닝 부인에게 진지한 어조로 말했다. "오늘 아침에 보니 침대 바로 옆에 고드름 네 개가 매달려 있었어요."

위닝 부인은 예의범절에 어긋날 만큼 그 집에 오래 머물고 있었다. 집주인은 즐거워하고 있었으나 위닝 부인의 방문은 정중한 첫인사를 벗어나 저급한 호기심으로 비칠 수 있었다. 그렇긴 해도 위닝 부인을 집밖으로 내몬 것은 햄버거용 다진 고기 두 근과 위닝가 남자들의 점심 식사 준비를 진작 했어야 한다는 죄책감이었다. 위닝 부인은 현관에 서 있는 매클레인 부인과 데이비에게 작별의 손짓을 하며 아이에게는 와서 하워드랑 놀라고, 아이 엄마에게는 함께 차를 마시자고 초대를 했다. 시어머니한테 물어보지도 않고서. 모자는 조만간 점심을 먹으러 가겠다고 응답했다.

위닝 부인은 마지못해 저택으로 돌아가 빗장이 질러져 있는 현관문은 그냥 두고 뒷문으로 걸어갔다. 겨울이면 온 가족이 뒷문으로 드나들었다. 그녀가 부엌에 들어서자 시어머니가 고개를 들더니 짜증난 어조로 말했다. "식료품점에 전화를 걸었더니 한 시간 전에 떠났다고 하더구나."

“그 오래된 집에 잠시 들렀거든요.” 위닝 부인은 설명했다. 그러고는 식료품 꾸러미를 식탁에 내려놓고 재빨리 물건을 꺼냈다. 도넛은 접시에 놓고, 햄버거용 고기는 상할세라 부랴부랴 프라이팬에 얹었다. 그녀가 코트와 스카프를 벗지도 않고 최대한 빨리 식사를 준비하는 동안 시어머니는 식탁에 앉아 빵을 썰면서 말없이 며느리를 주시했다.

“코트를 벗으렴.” 마침내 시어머니가 말했다. “아범이 곧 올 거야.”

12시 무렵 온 집이 떠들썩해지며 부엌 바닥이 진흙투성이가 되었다. 가장 나이 많은 하워드인 위닝 부인의 시아버지는 밭에서 돌아와 말없이 모자와 코트를 어두운 현관 복도에 걸고 난 다음에야 부인과 며느리와 이야기를 나누었다. 젊은 하워드인 위닝 부인의 남편은 트럭을 헛간에 세워두고 와서 부인에게 고개를 끄덕여 보인 뒤 어머니에게 가서 인사를 했다. 가장 어린 하워드인 위닝 부인의 아들은 유치원에서 돌아와 주방으로 뛰어들며 소리쳤다. “점심 어딨어요?”

아기는 음식을 고대하며 은색 컵을 유아용 의자에 콩콩 부딪쳐댔다. 그 컵은 가장 나이 많은 하워드 위닝인 시아버지의 어머니가 쓰기 시작한 컵이었다. 위닝 부인과 시어머니는 식탁에 신속하게 접시를 놓았다. 긴 세월 덕분에 두 사람은 마지막 하워드가 들어오고 나서 언제 음식을 내놓아야 할지 정확히 알고 있었다. 위닝가의 삼대는 최소한의 시간을 들여 말없이 효율적으로 식사했다. 다들 빨리 돌아가고 싶어 했다. 밭으로, 제분소로, 장난감 전기 기차로. 설거지로, 바느질로, 낮잠으로. 위닝 부인은 아기에게 밥을 먹이는 한편, 시어머니가 손짓으로 지시하기를 기다렸다. 그런데 먹을 음식과 잠잘 침대를 제공받는 대신 위닝가의 눈과 입을 가진 또 다른 하워드를 낳았을 뿐이라는 사실이 여느 때보다 새삼스레 가슴 깊이 사무쳤다.

식사 후 남자들은 일하러 가고 아이들은 침대로 갔다. 아기는 낮잠을 자고 하워드는 크레용과 색칠놀이 그림책을 갖고 놀았다. 위닝 부인은 시어머니와 함께 바느질을 하며 아랫집의 모습을 묘사했다.

"한마디로 완벽해요." 그녀는 자기도 모르게 말했다. "어디 하나 안 예쁜 곳이 없다니까요. 커튼을 달고 집을 다 꾸미고 나면 점심 식사에 우리를 초대하겠다고 했어요."

늙은 위닝 부인이 대꾸했다. "블레이크 부인한테 들었는데 교통사고로 남편을 잃었다더구나. 그 여자한테 자기 명의의 돈이 좀 있었나 봐. 아들의 건강을 생각해서 시골에 살기로 한 모양이야. 블레이크 부인 말이, 아이가 아파 보이더래."

"정원을 무척 좋아한대요." 위닝 부인의 바늘은 한동안 손에 들린 채 멈추어 있었다. "집 주위로 커다랗게 정원을 꾸밀 거래요."

"일꾼이 필요하겠구나." 노부인이 웃음기 없는 어조로 말했다.

"대단히 웅장한 정원이 되겠어."

"푸른색 장식 그릇을 갖고 있는데, 어찌나 아름다운지. 어머님도 보면 맘에 들어 하실 거예요. 은처럼 반짝이거든요."

"어쩌면." 노부인이 잠시 침묵한 후 말을 이었다. "어쩌면 조상이 오래전 이곳에서 살았는지도 모르겠구나. 그래서 여기에 정착하기로 한 거겠지."

다음날 위닝 부인은 그 집 앞을 천천히 지나갔다. 다음날에도, 다음다음날에도. 다음다음다음날에도. 사흘째 날에 매클레인 부인이 창가에서 손을 흔들었다. 나흘째 날에는 인도에 데이비가 나와 있었다. "우리 아들을 만나러 언제 올래?" 그녀가 묻자 아이가 진지하게 바라보더니 대답했다. "내일요."

매클레인 모자가 이사 오고 사흘째 날에 옆집에 사는 버턴 부인이 갓 구운 사과파이를 가지고 방문했다. 그러고는 노란색 부엌이며 번득이는 전기 부엌 용품에 대해 온 동네에 떠들고 다녔다. 매클레인 부인이 보일러를 처음 틀 때 도와준 이웃 남자의 부인은 새 이웃이 아주 최근에 남편을 잃었다는 소식을 전했다. 주민 중 몇몇이 거의 매일 매클레인 모자를 방문했다. 젊은 위닝 부인이 그 집 앞을 지나칠 때면 창문에 익숙한 얼굴이 종종 보였다. 그들은 매클레인 부인과 함께 푸른색 커튼을 창문에 대보고 있었다. 수선된 현관 계단에서 매클레인 부인이 이웃과 이야기 나누고 있을 때면 위닝 부인은 손을 흔들어 보였다. 매클레인 모자가 그 집에 들어오고 일주일쯤 지났을 때 우연히 식료품점에서 마주쳐 함께 언덕을 올라가며 데이비의 유치원 문제에 대해 논의했다. 매클레인 부인은 아들을 어지간하면 유치원에 보내고 싶어 하지 않았다. 위닝 부인은 물었다. "하루 종일 아들을 보살피다 보면 갑갑하게 느껴지지 않나요?"

"저는 같이 있는 게 좋답니다." 매클레인 부인이 활기차게 말했다. "아들은 저의 좋은 친구거든요."

위닝 부인은 매클레인 부인이 홀어미라는 사실을 떠올리며, 괜한 말을 생각 없이 뱉었구나 하고 후회했다.

날씨가 따뜻해지며 나무와 젖은 땅에 초록의 징후가 어른댈 무렵, 위닝 부인과 매클레인 부인은 한결 친해져 있었다. 그들은 식료품점에서 거의 매일 만나 함께 언덕을 올라갔다. 데이비는 두 번 방문해 하워드의 장난감 전기 기차를 가지고 놀았다. 하루는 매클레인 부인이 아들을 데리러 왔다가 드넓은 부엌에서 함께 커피를 마셨다. 그동안 아이들은 식탁 주위를 뛰어다녔다. 위닝 부인의 시어머니는 이웃을 만나러 가고 없었다.

"정말 오래된 집이네요." 매클레인 부인이 시커먼 천장을 올려다보며 말했다. "저는 오래된 집이 좋아요. 안전하고 따뜻하게 느껴지거든요. 많은 사람들이 이곳에서 완벽한 만족을 누리고 실용성도 체감했겠죠. 새 집에서는 그런 느낌을 받을 수 없어요."

"음울하고 낡은 집이죠." 위닝 부인이 대꾸했다. 장미빛 스웨터와

찰랑이는 금발머리로 부엌을 한결 화사하게 만드는 매클레인 부인을 결코 흉내낼 수 없으리라 생각하며 말했다. "당신 집 같은 데서 살 수만 있다면 세상 그 무엇도 아깝지 않을 거예요."

"저도 그 집이 정말 좋아요. 이렇게 행복했던 적은 없는 것 같아요. 이웃분들이 하나같이 친절하시고, 집도 마음에 쏙 들고요. 어제 튤립을 잔뜩 심었답니다." 그녀가 웃어댔다. "뉴욕의 아파트에 살 때, 다시 튤립을 심는 모습을 상상하며 앉아 있곤 했는데."

위닝 부인은 아이들을 바라보았다. 하워드가 머리 반은 더 크고 힘도 더 좋지만, 데이비는 작고 약하더라도 엄마를 깊이 사랑했다. 그녀는 말했다. "데이비한테도 여기가 잘 맞는 것 같네요. 뺨에 혈색이 돌아요."

"데이비가 이곳을 무척 좋아해요." 매클레인 부인이 동의했다. 데이비가 자기 이름을 듣고 다가와 엄마의 무릎에 머리를 얹었다. 그녀는 자기처럼 금발인 아들의 머리를 쓰다듬었다. "이제 그만 집에 가자꾸나, 데이비."

"꽃이 하루 사이에 꽤 컸을 거예요." 데이비가 말했다.

차츰차츰 하루가 기적적일 만큼 길고 따뜻해졌다. 매클레인 부인의 정원이 질서 정연하게 빛을 띠어갔다. 꽃은 여전히 자그마하고 불확실하긴 했지만 여름이 끝날 무렵에는 화사하게 피어날 터였다. 앞으로 십 년 동안 여름마다 그러하리라.

"예상보다 잘 자라고 있어요." 매클레인 부인은 정원 입구 앞에 서서 위닝 부인에게 말했다. "세상에 이렇게 식물이 잘 자라는 곳은 없을 거예요."

데이비와 하워드는 여름방학이 시작된 후 매일 함께 놀았다. 하워드는 하루 종일 자유였다. 녀석은 때때로 데이비의 집에서 점심을 먹었다. 둘은 함께 그 집 뒷마당에 야채를 심었다. 위닝 부인은 아침에 상점에 갈 때 항상 매클레인 부인 집에 들러 같이 갔다. 데이비와 하워드는 장난을 치며 먼저 내려갔다. 아이들은 함께 우편물을 받아 와서는 언덕을 올라오며 같이 읽었다. 돌아오는 길 내내 매클레인 부인과 함께 걷다 보면 위닝 부인은 저택에 훨씬 기분 좋게 돌아갈 수 있었다.

어느 날 오후 위닝 부인은 하워드가 쓰던 유모차에 아기를 태우고 매클레인 부인과 두 아이들과 함께 시골길을 오랫동안 산책했다. 매클레인 부인이 야생 당근을 뽑아 유모차에 넣었다. 아이들은 누룩뱀을 발견하고는 집으로 가져가려고 했다. 언덕을 올라갈 때 매클레인 부인이 아기와 당근이 든 유모차를 함께 밀었다. 언덕 중간에서 잠시 휴식을 취하던 매클레인 부인이 말했다. "봐요, 여기에서도 우리집 정원이 보여요."

언덕 꼭대기 언저리가 색색으로 물들어 있었다. 그들이 정원을 바라보며 서 있는 동안 아기가 당근을 유모차 밖으로 던졌다. 매클레인 부인이 말했다. "여기에 서서 정원을 보니까 기분 좋네요." 그러더니 물었다. “저 예쁜 아이는 누구죠?”

위닝 부인이 바라보고는 깔깔 웃었다. “정말 잘생긴 아이죠? 빌리 존스랍니다.” 그녀는 매클레인 부인의 시선으로 그 아이를 바라보려고 내심 애썼다. 열두 살쯤 된 그 아이는 길 건너편 담장에 조용히 앉아 두 손으로 턱을 괸 채 데이비와 하워드를 말없이 응시하고 있었다.

“꼬마 조각상 같아요.” 매클레인 부인이 말했다. “어쩜 저런 갈색인지. 다가가서 저 아이 얼굴을 보고 싶어요.” 그녀가 아이를 자세히 보려고 걸어가자 위닝 부인이 쫓아갔다. 매클레인 부인이 물었다. “저 아이의 엄마 아빠는…….”

“존스네 아이들은 흑백 혼혈아랍니다.” 위닝 부인은 서둘러 말했다. “하지만 다들 참 예쁘게 생겼죠. 저 집 딸을 봐야 하는데. 존스네는 마을 변두리에 살죠.”

하워드의 목소리가 여름 공기를 뚫고 그들에게까지 또렷이 들렸다. “깜둥이. 깜둥이. 깜둥이 새끼.”

“깜둥이.” 데이비가 따라하며 깔깔거렸다.

매클레인 부인이 헉하고 놀라더니 말했다. “데이비.” 그 목소리에 데이비가 걱정스레 돌아보았다. 위닝 부인은 친구의 그런 목소리를 처음 들었기에 덩달아 사태를 주시했다.

“데이비.” 매클레인 부인이 다시 부르자 데이비가 천천히 다가왔다. “방금 뭐라고 했니?”

위닝 부인이 말했다. "하워드, 빌리를 괴롭히면 못써."

"저 아이한테 가서 사과하렴." 매클레인 부인이 말했다. "당장 가서 사과해."

데이비는 엄마를 울 듯한 눈으로 바라보더니 인도 가장자리로 가서 거리 맞은편을 향해 소리쳤다. "미안해요!"

하워드와 위닝 부인은 불안해하며 기다렸다. 길 건너편에서 두 손에 괴고 있던 머리를 든 빌리 존슨이 데이비를 바라보았다가 매클레인 부인을 한참 응시했다. 이윽고 소년은 다시 턱을 두 손에 괴었다.

느닷없이 매클레인 부인이 소리쳤다. "얘야, 잠시 이리 와주지 않겠니?"

위닝 부인은 화들짝 놀라 매클레인 부인을 바라보았다. 길 건너 소년이 꿈쩍도 않자 위닝 부인이 새된 목소리로 외쳤다. "빌리! 빌리 존스! 당장 이리 오지 못해!"

소년이 고개를 들어 그들을 바라보더니 천천히 담장에서 내려와 길을 건넜다. 그들에게서 이 미터쯤 떨어진 곳에 멈춘 소년은 가만히 기다렸다.

"안녕." 매클레인 부인이 상냥하게 인사했다. "이름이 뭐니?"

소년이 잠시 그녀를 보았다가 위닝 부인을 바라보았다. 위닝 부인이 말했다. "이 애는 빌리 존스예요. 어른이 물으면 대답을 해야지, 빌리."

"빌리." 매클레인 부인이 말했다. "우리 아들이 너한테 욕을 해서 미안하구나. 어린아이라서 자기가 무슨 말을 하는지도 모르고 그런 거야. 얘도 미안해하고 있단다."

"괜찮아요." 빌리는 여전히 위닝 부인을 주시하며 대꾸했다. 소년은 낡은 청바지와 찢어진 흰 셔츠 차림에 맨발이었다. 피부와 머리카락은 금빛이 도는 짙은 황갈색이었다. 머리는 살짝 고수머리였다. 외모가 정원의 조각상 같았다.

"빌리." 매클레인 부인이 말했다. "우리집에 와서 일하지 않을래? 돈을 벌 생각 없니?"

"좋지요." 빌리가 대답했다.

"정원 일 좋아하니?" 매클레인 부인의 질문에 빌리는 진지하게 고개를 끄덕였다. 매클레인 부인은 열광적으로 말을 이었다. "정원 일을 도와줄 사람이 필요한 참이었단다. 네가 하면 딱 맞겠구나." 그녀는 잠시 기다린 후 물었다. "내가 어디에 사는지 아니?"

"그럼요." 빌리가 대답했다. 그러고는 위닝 부인을 바라보던 눈길을 돌려 매클레인 부인을 응시했다. 그의 갈색 눈에서는 아무 표정도 보이지 않았다. 소년이 다시 위닝 부인을 바라보았다. 그녀는 거리 위쪽의 하워드를 살펴보고 있었다.

"잘됐구나." 매클레인 부인이 말했다. "그럼 내일 올래?"

"좋아요." 빌리가 대답했다. 그리고 잠시 그대로 선 채 매클레인 부인을 바라보다 위닝 부인을 보더니 길 건너로 달려가서는 아까 앉아 있던 담장 위로 단번에 뛰어올라 앉았다. 매클레인 부인은 소년을 찬미하듯 바라보았다. 그리고 위닝 부인을 향해 미소를 짓고 유모차를 밀어 다시 언덕길을 올랐다. 매클레인 부인의 집에 거의 도착할 무렵 마침내 매클레인 부인이 입을 열었다. "본인 잘못도 아닌 일을 두고 아이들이 괴롭히는 것을 보면 견딜 수가 없어요."

"존스네는 이상한 사람들이죠." 위닝 부인이 기다렸다는 듯 말했다. "아버지는 잡역부로 일하는데, 아마 본 적이 있을 거예요. 있죠……." 그녀는 목소리를 낮추었다. "애들 엄마는 백인이에요. 이 고장 출신이죠." 그녀는 신참내기에게 더욱 확실히 알려주어야겠다 싶어 말을 이었다. "빌리가 두 살쯤 되었을 때 백인 남자랑 눈이 맞아서 자식들을 버리고 도망갔죠."

"가엾은 아이들." 매클레인 부인이 말했다.

"걔들은 괜찮아요." 위닝 부인이 설명했다. "당연히 교회에서 돌봐주고 있지요. 아무렴요. 사람들이 물건을 나눠줘요. 딸은 이제 일할 만큼 나이가 찼고요. 열여섯 살이죠. 그런데……."

"그런데요?" 매클레인 부인이 물었다.

위닝 부인은 주저하다 말했다. "사람들 입에 자주 오르내려요. 알잖아요. 그 엄마에 그 딸인 법이니. 그리고 빌리보다 두 살 많은 아들이 하나 더 있어요."

시골집 앞에서 걸음을 멈추자 매클레인 부인이 데이비의 머리를 쓰다듬고는 말했다. "그런 불운 속에서 살다니, 가엾어라."

"아이들은 욕을 하기 마련이에요. 어른이 막을 방도가 없죠."

"저런……. 가엾어라."

다음날 점심 설거지를 마치고 그릇을 치우는데 늙은 위닝 부인이 심상한 어조로 말했다. "블레이크 부인 말이, 네 친구 매클레인 부인이 존스네 아들을 도와줄 방법을 여기저기 묻고 다닌다는구나."

"정원 일을 도와줄 사람이 필요한 모양이에요." 위닝 부인은 나직이 대꾸했다. "정원이 저렇게 넓으니 혼자 하기는 무리죠."

"그래서가 아닌 듯한데. 어멈이 그 집에 대해 이야기한 거냐?"

"그 집 애들이 불쌍한 모양이에요." 위닝 부인은 식료품실 안쪽에서 대답했다. 일부러 시간을 들여 접시를 차곡차곡 쌓으며 마음을 정리했다. 매클레인 부인이 그런 짓을 해서는 안 되는데, 하고 생각은 하면서도 이유를 설명해줄 마음은 나지 않았다. 나한테 먼저 묻고 그랬어야지, 하고 마침내 결론을 내렸다.

다음날 함께 상점에 다녀오는 길에 위닝 부인은 매클레인 부인 집에 들렀다. 두 사람이 노란색 부엌에 앉아 커피를 마시는 동안 아이들은 뒷마당에서 놀았다. 사과나무 사이에 그물 침대를 걸면 어떨까 논의하는 아이들 목소리 사이로 부엌문 두드리는 소리가 들렸다. 매클레인 부인이 문을 열자 웬 남자가 서 있기에 그녀는 정중하게 말을 걸고 대답을 기다렸다. "무슨 일이시죠?"

"안녕하세요." 남자가 인사하며 모자를 벗고 고개를 끄덕였다.

"정원 일을 해줄 사람을 찾으신다고 빌리한테 들었습니다."

"왜……." 매클레인 부인은 불안해하며 위닝 부인을 힐긋 돌아보았다.

"저는 빌리의 아버지입니다." 남자가 말하더니 뒷마당을 향해 턱짓했다. 매클레인 부인이 바라보니 빌리 존스가 팔짱을 낀 채 사과나무 아래 앉아 발치의 풀을 응시하고 있었다.

"처음 뵙겠습니다." 매클레인 부인이 부적절하게도 그렇게 인사했다.

"정원 일을 해줄 사람을 찾으신다고 빌리한테 들었습니다." 남자가 말했다. "그런데 여름에 정원을 돌보는 건 저 나이 때 아이가 하기에는 벅찰 듯해서요. 날씨도 좋은데 밖에 나가 마음껏 뛰놀아야지요. 제가 정원 일을 하고 있으니 대신 이 일을 하면 어떨까 싶었습니다. 아직 사람을 못 구하셨다면 말이죠."

그는 덩치가 컸으며, 빌리와 많이 닮았다. 다만 아들의 머리는 살짝 곱슬거렸는데 아버지의 머리는 무척 고불고불했다. 모자를 항상 쓰는지 이마에 모자 자국이 나 있었다. 또한 빌리의 피부가 황금빛 갈색이라면 아버지의 피부는 더욱 짙어서 청동색처럼 보였다. 그가 움직이자 빌리와 같은 우아함이 드러났다. 그의 눈 역시 아들처럼 속내를 알 수 없는 갈색이었다. "이곳 정원을 돌보면 즐거울 것 같습니다." 존스 씨가 주위를 둘러보며 말했다. "아름다운 정원이 될 수 있을 것 같군요."

"이렇게 찾아와주다니 친절하시네요." 매클레인 부인이 말했다. "일손이 간절히 필요한 참이었답니다."

위닝 부인은 존스 씨 앞에서 말하기가 거북해 가만히 앉아 있었다. 그녀는 생각했다. 나한테 먼저 물었어야지, 이런 말도 안 되는 일이……. 존스 씨는 아무 말 없이 정중하게 기다리고 있었다. 매클레인 부인이 말하는 동안 갈색 눈으로 가만히 응시하고 있었다. "듣고 보니 빌리 또래의 아이가 하기에는 힘든 일이 많을 것 같네요. 심지어 나한테도 벅찰 때가 자주 있으니. 그래서 도와줄 사람이 있으면 좋겠다고 바라고 있던 참이었어요."

"마침 잘됐군요. 어지간한 일은 제가 다 할 수 있을 겁니다." 존스 씨가 빙그레 웃었다.

"그럼 그렇게 하기로 하죠. 언제부터 일을 시작하시겠어요?"

"지금 바로는 어떻습니까?"

"어머, 잘됐네요." 매클레인 부인이 열광적으로 대꾸하고는 어깨 너머로 위닝 부인에게 말했다. "잠시만 기다려주세요."

매클레인 부인은 문 옆의 선반에서 정원용 장갑과 챙이 널따란 밀짚모자를 집어 들었다. "날씨가 정말 좋지 않나요?" 그녀는 존스 씨한테 물으며 정원으로 내려갔다. 그는 그녀가 지나갈 수 있도록 물러섰다.

"이제 그만 집에 가봐라, 빌." 존스 씨가 집의 옆으로 돌아가며 소리쳤다.

"아, 그냥 여기 있으라고 하면 어떨까요?" 매클레인 부인이 물었다. 그들은 더이상 위닝 부인에게 보이지 않았지만 목소리는 여전히 들렸다. "정원에서 놀면 되죠. 여기를 좋아할지도……."

한동안 위닝 부인은 정원을 바라보며 앉아 있었다. 모퉁이에서 존스 씨가 매클레인 부인을 따라가고 있었다. 느닷없이 문 너머에서 하워드의 얼굴이 나타났다. "안녕, 엄마. 밥 먹을 때 되지 않았어요?"

"하워드." 위닝 부인이 나직이 부르자 아이가 문으로 들어와 다가왔다.

"집에 먼저 가 있으렴. 엄마는 좀 있다 갈게."

하워드가 반발하려고 했지만 그녀가 덧붙였다. "지금 바로 집에 가렴. 식료품 봉지도 가지고. 네가 들 수 있다면 말이야."

하워드는 자신이 강하다는 것을 보여주고 싶어서 식료품 봉지를 끄집어 내렸다. 아이의 어깨는 아버지와 할아버지와 마찬가지로 벌써부터 떡 벌어져 있었는데, 무게를 견디느라 힘이 팽팽히 들어갔다. 이윽고 아이가 균형을 잡았다. "나 힘 엄청 세지요?" 아이가 의기양양해하며 물었다.

"대단하구나. 엄마도 금방 갈 거라고 할머니한테 전하렴. 매클레인 부인한테 작별 인사를 하고 가야 해서 조금 기다려야 한단다."

하워드는 부엌 밖으로 사라졌다. 아이가 식료품 봉지를 들고 끙끙거리며 걸어가는 발소리가 열린 현관문과 계단에서 들려왔다. 위닝 부인이 일어나 부엌문 옆에서 기다리고 있는데 매클레인 부인이 돌아왔다.

"벌써 가실 건 아니죠?" 재킷을 걸친 위닝 부인을 보고서 매클레인 부인이 소리쳤다. "커피도 아직 다 안 드셨잖아요."

"하워드를 쫓아가야 해요. 아이가 먼저 가버렸거든요."

"혼자 두고 나가서 죄송해요." 매클레인 부인은 문가의 위닝 부인 곁에 서서 정원을 바라보았다. "정말 멋지지 않나요?" 그러고는 행복하게 웃었다.

그들은 함께 현관문으로 걸어갔다. 푸른색 커튼이 완성되어 달려 있고, 푸른 무늬가 들어간 융단이 바닥에 깔려 있었다.

"안녕히 계세요." 위닝 부인이 현관 계단에서 인사했다.

매클레인 부인이 미소를 지었다. 그리고 위닝 부인의 시선을 쫓아가다가 존스 씨를 보았다. 셔츠를 벗어버린 강인한 등이 햇빛에 반짝였다. 그는 집 옆쪽의 웃자란 잔디를 낫으로 베고 있었다. 빌리는 근처의 덤불 그늘에 누워서는 회색 아기 고양이와 놀고 있었다.

"이 마을에서 가장 멋진 정원으로 가꿀 거예요." 매클레인 부인이 자랑스레 말했다.

"오늘이야 어쩔 수 없겠지만, 다음에 또 저 사람을 고용할 건 아니죠?" 위닝 부인이 물었다. "당연히 오늘이 마지막이겠지만요."

"어머, 왜요?" 매클레인 부인이 관대한 미소를 지으며 묻자 위닝 부인은 기가 막힌다는 듯 그녀를 바라보고는 돌아서서 걸었다.

당혹감과 분노에 휩싸인 채 언덕을 올라갔다.

하워드는 집까지 식료품을 무사히 가져다 놓았고, 시어머니는 식사를 차리고 있었다.

"하워드 말이, 매클레인 집에서 자기를 먼저 보냈다고 하더구나." 시어머니가 말하자 위닝 부인은 짧게 대답했다. "너무 늦을 것 같아서요."

다음날 아침 상점에 가던 위닝 부인은 그 집 옆에서 낫을 능숙하게 휘두르고 있는 존스 씨를 발견했다. 빌리 존스와 데이비가 현관 계단에 앉아 그를 바라보고 있었다.

"안녕, 데이비." 위닝 부인이 소리쳤다. "어머니는 장을 볼 준비가 되었니?"

"하워드는 어디 있어요?" 데이비가 꿈쩍도 않은 채 물었다.

"할머니랑 같이 집에 있단다." 위닝 부인은 밝게 대꾸했다. "어머니는 준비되셨니?"

"빌리 형이랑 내가 먹을 레모네이드를 만들고 있어요. 정원에서 같이 먹을 거예요."

위닝 부인은 재빨리 말했다. "그럼, 내가 급해서 먼저 가니 나중에 보자고 어머니한테 전해주렴." 그녀는 부랴부랴 언덕을 내려갔다.

상점에서 해리스 부인과 마주쳤다. 그녀의 모친은 거의 사십 년 전에 위닝 부인의 시어머니 밑에서 일한 적이 있었다.

"헬렌." 해리스 부인이 말했다. "흰머리가 해마다 느네요. 이제 장보는 일도 그만둘 때가 되지 않았나요."

위닝 부인은 몇 주 만에 처음으로 매클레인 부인 없이 혼자 식료품점에 온 것이었다. 그녀는 수줍게 미소 지으며, 아무래도 휴가가 필요한 것 같다고 대답했다.

"휴가라! 부인들 대신 남편들한테 집안일을 맡기는 거예요. 어차피 하는 일도 없잖아요." 해리스 부인이 크게 깔깔대며 고개를 저었다. "하는 일도 없죠. 위닝 집안 남자들이란!"

위닝 부인이 그만 가려는데 해리스 부인이 물었다. 웃음에 갑작스럽고 날카로운 호기심이 스며 있었다. "그 잘 차려입은 친구는 어디 갔나요? 보통 같이 오잖아요. 안 그래요?"

위닝 부인이 점잖게 미소를 짓자 해리스 부인이 다시 웃으며 말했다. "그런 신발을 신다니 기막히지 않아요? 내 생전 그런 신발은 처음 봤어요!"

그 여자가 또 웃고 있는 동안, 위닝 부인은 정육 코너로 가서는 돼지 어깨살이 들어올 가능성에 대해 식료품점 주인과 논의했다. 그러면서 내심 생각했다. 다른 사람들도 해리스 부인처럼 말하겠지? 동네 사람들이 매클레인 부인에 대해 그런 식으로 말하는 걸까? 그 여자는 동네의 조롱거리가 된 걸까? 위닝 부인이 매클레인 부인을 생각할 때면 조용한 집과, 부드러운 색채와, 정원에 있는 어머니와 아들이 떠올랐다. 매클레인 부인의 신발은 녹색과 노란색이 섞인 플랫폼 샌들•이었다. 위닝 부인의 튼튼한 흰색 옥스퍼드 구두 옆에 놓는다면 확실히 이상해 보이리라. 하지만 집이며 정원에 대한 취향은 그렇게 흠잡을 데 없는데……. 해리스 부인이 그녀 뒤로 와서 깔깔대며 말했다. "그 여자는 대체 무슨 생각이래요? 존스를 일꾼으로 들이다니."

위닝 부인은 집으로 돌아가는 길에 데이비네 집 앞을 급히 지나쳤다. 아무도 보이지 않았다. 집 앞에서는 시어머니가 돌아오는 그녀를 지켜보고 있었다. "오늘은 일찍 왔구나. 매클레인이 어디 갔나 보지?"

위닝 부인은 분개하며 이렇게만 말했다. "해리스 부인의 농담 때문에 상점에서 도망치다시피 나왔지 뭐예요."

"그 집 남자들도 못 고친 루시 해리스의 버릇을 우리라고 별수 있겠니?" 시어머니가 말했다. 그들은 함께 집의 뒷문을 향해 걸어갔다. 젊은 위닝 부인은 문득 나무 아래 잔디가 초록빛으로 멋지게 물들었고, 집 옆에 심어둔 금련화가 화사해진 것을 알아차렸다.

"할말이 있단다, 헬렌." 시어머니가 마침내 말했다.

"네?"

"매클레인 부인 이야기야. 너랑 친하잖니. 그러니 유색인 남자를 집에 들이는 문제에 대해 네가 이야기해주어야 하지 않겠니."

"저도 그렇게 생각해요."

• **플랫폼 샌들** _ 앞굽과 뒷굽이 두툼한 샌들.

"제대로 말을 해준 거니? 그 사람들에 대해?"

"자세히 말했어요."

"그자는 매일 그 집에 드나들어. 셔츠도 안 입고 일을 하지. 심지어 집안에도 들어가고."

그날 저녁, 매클레인 부인의 옆집에 사는 버턴 씨가 제분소에 새로 지붕을 이는 문제 때문에 하워드 위닝을 만나러 왔다. 그때 위닝 부인은 거실 탁자 앞에서 시어머니와 나란히 바느질을 하고 있었다. 버턴 씨가 느닷없이 그녀를 돌아보더니 살짝 목소리를 높여 말했다. "헬렌, 친구인 매클레인 부인에게 전해주면 고맙겠어요. 그 집 아이가 우리집 텃밭에 들어오지 못하게 해달라고요."

"데이비가요?" 위닝 부인이 자기도 모르게 물었다.

"아뇨." 버턴이 대답했다. 위닝 집안 모두가 젊은 위닝 부인을 응시하고 있었다. "다른 아이 말입니다. 흑인 아이요. 우리집 뒷마당을 제 집인 양 뛰어다니죠. 그 때문에 미칠 지경이랍니다. 그런 애들은 다른 사람의 재산에 피해를 입히기 일쑤지요. 잘 아시겠지만요." 그가 위닝가의 남자들을 돌아보며 덧붙였다. "그런 꼴을 보면 얼마나 열불이 치미는지 말 안 해도 아시죠." 침묵이 이어지자 버턴 씨가 무겁게 몸을 일으키며 말했다. "그럼, 이만 가보겠습니다."

위닝 가족은 문까지 배웅을 나갔다가 조용히 자기 일로 돌아갔다. 위닝 부인은 생각했다. 무슨 조치를 취해야만 해. 사람들이 이제 곧 나를 외면하기 시작할 거야. 나한테 말을 전해달라고 다른 사람한테 부탁하겠지. 그녀가 고개를 드니 시어머니가 바라보고 있었다. 두 사람은 동시에 재빨리 시선을 낮추었다.

위닝 부인은 다음날 아침 평소보다 일찍 상점으로 갔다. 매클레인의 집이 가까워지자 그녀와 하워드는 길을 건너 맞은편 인도에서 언덕을 내려갔다.

"데이비를 보러 안 가요?" 하워드가 묻자 위닝 부인은 태연한 어조로 대답했다. "오늘은 안 가, 하워드. 이따 오후에 아버지가 너를 데리고 제분소에 가실지도 모르겠구나."

그녀는 거리 맞은편의 매클레인 집에서 일부러 시선을 피한 채 하워드를 따라 서둘러 걸어갔다.

그날 이후로 위닝 부인은 상점이나 우체국에서 이따금씩 매클레인 부인과 마주쳤다. 두 사람은 유쾌하게 이야기를 나누었다. 일주일쯤 지나자 그 집을 그냥 지나치는 것이 조금도 당혹스럽지 않게 되었다. 심지어 한두 번은 대놓고 쳐다보기도 했다. 정원은 아름답게 변해갔다. 보통은 존스 씨의 떡 벌어진 등이 덤불 사이로 보였다. 빌리 존스는 데이비와 함께 현관 계단에 앉아 있거나 잔디밭에 누워 있었다.

어느 날 아침 위닝 부인이 언덕을 내려가는데 데이비 매클레인과 빌리 존스의 이야기 소리가 들렸다. 아이들은 함께 덤분 속에 들어가 있었다. 위닝 부인의 귀에 익은 데이비의 새된 목소리가 말했다. "빌리 형, 오늘 나랑 같이 집을 짓지 않을래?"

"좋아." 빌리가 대답했다. 위닝 부인은 좀더 들을 셈으로 속도를 늦추었다.

"나뭇가지로 커다란 집을 짓는 거야." 데이비가 신이 나서 말했다. "집을 다 짓고 나면 거기서 점심을 먹어도 되는지 엄마한테 물어봐야지."

"나뭇가지만 가지고는 집을 지을 수 없어." 빌리가 말했다. "목재와 판자도 있어야 해."

"의자랑 탁자랑 접시도." 데이비가 동의했다. "벽도 있어야지."

"의자 두 개를 가지고 나와도 되는지 엄마한테 물어봐. 그러면 정원 전체가 우리집이 될 수 있어."

"쿠키도 얻어 올게. 우리 엄마랑 형 아빠한테 우리집에 놀러오라고 초대하자."

위닝 부인이 인도를 따라 걸어가는 동안 아이들의 고함 소리가 들렸다.

그녀는 대단히 공정하다는 양 스스로에게 말했다. 인정해야 해. 그자가 정원을 꽤 잘 돌보고 있다는 건 인정해야 해. 이 동네에서 가장 멋진 정원이야, 빌리가 제 집인 양 그 집을 드나들고 있지만.

길고 무더운 여름으로 접어들자 이날이 저날 같고, 저날이 이날 같아졌다. 가벼운 소나기가 내린 것이 어제였는지 그제였는지 구분이 가지 않았다. 위닝 가족은 저녁 식사 후 마당에 나와 쉬었다. 따뜻한 어둠 속에서 위닝 부인은 때때로 기회를 포착해 남편 옆에 앉아 팔을 쓰다듬었다. 하워드는 엄마에게 달려와 머리를 무릎에 얹는 법이 없었다. 위닝가에서는 형식적인 애정 표현을 넘어선 행동을 상상조차 할 수 없었다. 하지만 적어도 그들은 명망 있고 견고한 가족이었고, 그녀는 그 점으로 스스로를 위로했다.

더운 날씨가 계속되자 위닝 부인은 땡볕 아래 기나긴 언덕길을 힘들게 올라가는 것을 미루고자 상점에서 점점 더 오래 꾸물거리기 시작했다. 식료품점 주인이나 동네의 젊은 주부나 시어머니의 친구들과 수다를 떨었다. 날씨 이야기, 제대로 된 수영장을 마련하기를 꺼리는 시청 이야기, 가을 개학 전에 마무리해야 하는 일 이야기, 수두 이야기, 학부모회 이야기. 어느 날 아침 버턴 부인과 마주치자 남편과 더위와 아이들의 여름철 놀이에 대해 수다를 떨었다. 그런데 버턴 부인이 말했다. "참, 조니가 토요일에 여섯 살 생일 파티를 할 거랍니다. 하워드도 올 수 있나요?"

"어머, 잘됐군요." 위닝 부인은 아이의 깨끗한 하얀 반바지와 남색 셔츠와 잘 포장된 선물에 대해 생각했다.

"아이들을 딱 여덟 명만 초대했죠." 버턴 부인은 자식의 생일 파티를 계획하는 편안하고 자애로운 어머니다운 어조로 말을 이었다. "아이들은 당연히 저녁 식사도 같이 할 거예요. 그러니 하워드를 3시 30분쯤에 보내세요."

"멋진 파티가 될 것 같네요. 이 소식을 들으면 아이가 기뻐할 거예요."

"파티는 대부분 야외에서 진행할 것 같아요. 날씨가 이러니. 그리고 집안에서 게임을 서너 가지 하고 저녁을 먹을 거예요. 되도록 번잡하지 않게 하려고요. ……저기 있죠." 버턴 부인이 주저하며 손가락으로 커피 캔 뚜껑의 가장자리를 쓰다듬었다. "있죠, 이런 질문해도 될지 모르겠네요. 매클레인가의 아이를 초대하지 않을 건데 괜찮나요?"

위닝 부인은 일순 가슴이 아렸다. 잠시 마음을 진정시킨 후에야 밝게 대답할 수 있었다. "아무 문제 없죠. 누구를 초대할지는 파티 주최자 마음이죠. 왜 그런 걸 물으시나요?"

버턴 부인이 웃었다. "그 애가 오지 않으면 속상해하실까 봐요."

뭔가 나쁜 일이 일어났어. 사람들이 나에 대해 뭔가를 알면서 말은 하지 않고 있어. 겉으로만 아무 일도 없는 척하고, 전에는 이런 일이 한 번도 없었는데. 나는 위닝 집안 사람이잖아? 그녀는 목소리에 유서 깊은 위닝 집안의 무게를 실어 말했다. "세상에, 내가 왜 속상해하겠어요?" 내심 걱정이 되었다. 내가 너무 심각하게 받아들였나? 태연히 넘겨야 했을 일을 너무 안달해버렸나?

버턴 부인은 당황하여 커피 캔을 선반에 내려놓더니 다른 선반을 유심히 살피며 말했다. "제가 괜한 말을 했나 보네요."

위닝 부인은 뭔가 더 말해야 한다고, 자신의 위치를 굳건히 할 결정타를 날려야 한다고, 그래서 적어도 버턴 부인이라도 앞으로는 저딴 식으로 말하지 못하게 해야 한다고 생각했다. 자기가 뭔데 감히 나한테 '이런 질문해도 될지 모르겠네요' 따위를 나불대며 질문을 하는 건가 싶었다. 위닝 부인은 단어 하나하나에 무게를 실으며 신중하게 말했다. "그 여자는 아무래도 빌리의 계모가 되고 싶은 모양이에요."

버턴 부인이 확인을 하려는듯 위닝 부인을 바라보더니 얼굴을 찡그리며 말했다. "세상에, 헬렌!"

위닝 부인은 어깨를 으쓱한 뒤 미소를 지었다. 버턴 부인도 빙그레 웃었다. 위닝 부인이 말했다. "그 집 꼬마를 생각하면 참 안됐어요."

버턴 부인이 맞장구쳤다. "정말 귀여운 아이인데 말이에요."

"그 애랑 빌리는 요즘 종일 붙어 있는 것 같아요." 위닝 부인이 말을 하고 고개를 드는데 매클레인 부인이 진열장 통로 끝에서 바라보고 있었다. 그녀가 이야기를 들었는지 아닌지 알 수 없었다. 한동안 위닝 부인은 가만히 응시하다가 다정한 어조로 인사했다. "좋은 아침이네요, 매클레인 부인. 아이는 어디에 있나요?"

"좋은 아침이네요, 위닝 부인." 매클레인 부인이 대꾸하더니 통로를 지나 가버렸다. 버턴 부인은 위닝 부인의 팔을 잡고는 표정을 유지하려고 열심히 애를 썼지만 참을 수가 없어 끝내 둘 다 웃음을 터뜨리고 말았다.

그 일이 있고 얼마 안 있어 위닝가의 단풍나무 아래 잔디는 여전히 싱싱한 초록빛을 띠고 있는 반면 매클레인 부인의 정원은 더위에 허덕이고 있다는 사실을 위닝 부인은 상점에 가는 길에 알아차렸다. 꽃들이 아침 햇살 아래 비실거렸다. 더이상 싱싱하고 화사한 빛을 발하며 곧게 서 있지 못했다. 잔디는 살짝 누레지고, 매클레인 부인이 희망에 차 심었던 장미 덤불은 눈에 띄게 죽어가고 있었다. 존스 씨는 여전히 침착한 태도로 열심히 일하는 듯했다. 때로는 몸을 숙여 흙을 손으로 파내거나 집 옆에 똑바로 서서 덩굴시렁을 설치하거나 나뭇가지를 치고 있었다. 하지만 창문의 푸른색 커튼은 생기 없이 축 늘어져 있었다. 매클레인 부인은 상점에서 위닝 부인과 마주치면 여전히 미소를 지었다. 그러던 어느 날 그 집 정원 출입문 앞에서 마주치자 매클레인 부인이 잠시 주저하더니 말했다. "잠깐 들어오시지 않겠어요? 시간이 되시면 우리 이야기나 좀 나누어요."

"그러지요." 위닝 부인은 예의를 차려 대답한 뒤 매클레인 부인을 따라 걸어갔다. 정원길 가장자리의 덤불은 여전히 꽃이 화사했지만, 왠지 매력을 잃은 듯 보였다. 마치 여름의 열기 때문에 대지의 생기가 증발해버린 듯했다. 익숙한 거실에 들어서자 위닝 부인은 등받이가 높은 딱딱한 의자에 앉아 예의를 지키느라 등을 꼿꼿이 폈다. 매클레인 부인은 안락의자에 평소처럼 앉았다.

"데이비는 잘 지내나요?" 위닝 부인이 마침내 물었다. 매클레인 부인이 도통 대화를 시작할 기미를 보이지 않았기 때문이다.

"아주 잘 지낸답니다." 매클레인 부인은 데이비에 대해 말할 때면 늘 그러하듯 미소를 지었다. "빌리랑 같이 뒷마당에서 놀고 있어요."

침묵이 이어지자 매클레인 부인이 커피테이블 위의 푸른색 그릇을 응시하며 물었다. "묻고 싶은 것이 있는데요. 대체 뭐가 문제일까요?"

위닝 부인은 그러한 질문에 대비해 몸에 긴장을 풀지 않고 있던 터였다. "무슨 말인지 잘 모르겠군요." 자신의 목소리가 꼭 시어머니 같았다. 그러고는 시어머니처럼 나도 이 상황을 즐기고 있구나 하고 깨달았다. 하지만 이런 깨달음에도 불구하고 자기도 모르게 말이 나왔다. "무슨 문제라도 있나요?"

"물론이죠." 매클레인 부인은 푸른색 그릇을 응시하며 천천히 말했다. "처음 이사 왔을 때만 해도 이웃들이 모두 친절했죠. 다들 저와 데이비를 맘에 들어 하고, 돕고 싶어 하는 것 같았어요."

위닝 부인은 생각했다. 저런 말을 하다니, 다른 사람들이 자기를 좋아하는지 아닌지 얘기해서는 안 돼. 태도가 형편없군.

"정원 꾸미기도 순조로웠고요." 매클레인 부인이 기운 없이 말했다. "그런데 이제는 사람들이 말도 안 섞으려고 해요. 전에는 울타리 너머로 버턴 부인에게 '안녕하세요' 하고 인사하면 부인이 가까이 다가와 함께 정원에 대해 이야기하곤 했죠. 그런데 이제는 '안녕하세요'라고만 대답하고 집안으로 들어가버려요. 아무도 우리한테 웃지도 않고 말도 붙이지 않죠."

위닝 부인은 생각했다. 끔찍해라, 어린애처럼 투정이나 부리다니, 원래 주는 대로 받는 법인데. 매클레인 부인에게 다가가 손을 잡고서 다시 예전으로 돌아와 좋은 사람들의 일원이 되라고 간청하고 싶은 마음이 간절했다. 하지만 의자에 그대로 앉은 채 몸에 더욱 힘을 주고 말했다. "오해하신 게 분명해요. 그런 비슷한 이야기는 들은 적도 없는걸요."

"확실한가요?" 매클레인 부인이 고개를 돌려 그녀를 바라보았다. "존스 씨가 여기에서 일하기 때문이 아니라는 게 확실한가요?"

위닝 부인은 턱을 약간 쳐들고 말했다. "존스 때문에 동네 사람들이 무례하게 굴 이유가 뭐 있겠어요?"

매클레인 부인은 그녀를 문까지 배웅했다. 둘 다 다음주에 대해 갖가지 계획을 세우며 이야기를 나누었다. 함께 수영을 하고, 함께 소풍을 하고. 위닝 부인은 언덕을 내려가며 생각했다. 뻔뻔하기도 해라, 유색인을 탓하다니.

여름이 끝날 무렵, 심한 폭풍이 찾아와 길었던 여름에 종지부를 찍었다. 세찬 바람과 거센 빗줄기를 밤새 마을에 퍼부어대며 가차없이 나무를 휘갈기고 어린 관목과 꽃을 냉혹하게 뽑아 내쳤다. 마을 이쪽에서는 창고가 번개에 맞고 저쪽에서는 전선이 끊겼다. 날이 밝자 위닝 부인은 뒷문을 열었다가 마당에 단풍나무 산가시들이 흩어져 있는 것을 보았다. 잔디는 땅바닥에 납작 눌린 듯했다.

시어머니가 뒤에서 다가왔다. "대단한 폭풍이네. 소리 때문에 잠에서 깼니?"

"한 번요. 아이들이 어떤지 보러 갔죠. 3시쯤이었을 거예요."

"나는 그 뒤에 깼단다. 나도 아이들을 보러 갔지. 둘 다 잠들어 있더구나."

그들은 함께 몸을 돌려 안으로 들어가 아침을 준비했다.

그날 위닝 부인이 상점으로 가다가 매클레인의 집에 거의 이르렀을 무렵 정원에 서 있는 매클레인 부인이 보였다. 바로 옆에 존스 씨도 서 있었다. 빌리 존스와 데이비는 그림자가 드리워진 현관 베란다에 있었다. 그들은 모두 버턴 씨네 나무에서 떨어져나와 정원 한가운데에 떡하니 버티고 있는 거대한 나뭇가지를 말없이 바라보고 있었다. 장미 덤불이 거의 뭉개진데다 찬란하던 튤립 화단까지 짓눌려 있었다. 위닝 부인이 걸음을 멈추고 바라보는데 버턴 부인이 현관 베란다로 나와 폭풍의 피해 상황을 살펴보았다. 매클레인 부인이 소리쳤다. "안녕하세요, 버턴 부인. 댁의 나무의 일부가 우리집에 와 있네요."

"그렇군요." 버턴 부인이 대꾸하고는 휙 뒤돌아 집으로 들어가 문을 단호히 닫아버렸다.

매클레인 부인은 한동안 가만히 서 있더니 일말의 희망이라도 찾는 듯한 눈길로 존스 씨를 올려다보았다. 두 사람은 서로를 한

참 응시했다. 이윽고 매클레인 부인이 말했다. 그녀의 또렷한 목소리가 폭풍으로 인해 깨끗해진 공기를 뚫고 선명히 들려왔다. "이만 포기해야 할까요, 존스 씨? 도시로 돌아가 정원은 완전히 단념하고 살아야 할까요?"

존스 씨가 낙담한 듯 고개를 저었고, 매클레인 부인은 어깨를 늘어뜨리고 천천히 걸어가 현관 계단에 앉았다. 데이비가 다가와 곁에 앉았다. 존스 씨는 화가 나서 거대한 가지를 움켜쥐더니 흔들어대며 끌고 가려고 했다. 그가 한껏 힘을 쓰자 어깨가 팽팽히 긴장했다. 하지만 나뭇가지는 정원에 찰싹 달라붙어 살짝밖에 움직이지 않았다.

"그냥 두세요, 존스 씨." 매클레인 부인이 마침내 말했다. "이사 들어올 사람이 알아서 치우겠죠!"

존스 씨는 여전히 나뭇가지를 끌었다. 별안간 데이비가 벌떡 일어나 소리쳤다. "저기 위닝 부인이 있어요! 안녕하세요, 위닝 부인!"

매클레인 부인과 존스 씨가 돌아보더니 매클레인 부인이 손을 흔들며 소리쳤다. "안녕하세요!"

위닝 부인은 한마디 말도 없이 몸을 휙 돌려 대단히 위엄 있게 언덕길을 오르기 시작했다. 유서 깊은 위닝의 저택을 향해.

도러시와 할머니와 해군들

예전에는 샌프란시스코에 시원한 바람이 살랑살랑 불며 바다의 생기와 소금기를 대기에 퍼뜨리는 기간이 해마다 있었다. 아마도 삼월 말이었으리라. 바람이 불기 시작하면 얼마 후 마켓 스트리트와 밴 네스 스트리트와 카니 스트리트는 멋진 장소로 변신했다. 또한 함대가 항구에 들어왔다. 금문교가 세워지기 전이었는데 골든게이트 해협을 둘러보면 전함이 보였다. 항공모함과 구축함이었으리라. 한번은 잠수함을 본 적도 있다. 하지만 당시 도러시와 나에게 군함은 다 똑같아 보일 뿐이었다. 용도에 맞게 회색으로 칠해진 배들은 바다에 조용히 늘어서 있었고 거리는 해군으로 북적거렸다. 그들은 해군 특유의 걸음걸이로 걸으며 상점 진열창을 구경했다.

함대가 왜 입항했는지는 모르겠다. 할머니는 연료 보급 때문이라고 확신했다. 아무튼 첫 바람이 불고 나면 도러시와 나는 괜한 자의식에 서로 바짝 붙어 걸으며 말할 때도 목소리를 낮추었다. 함대에서 오십 킬로미터나 떨어진 곳에 살았는데도 바다를 등지고 걸을 때면 저 뒤에 정박해 있는 군함의 존재가 느껴졌다. 바다 쪽을 볼 때면 오십 킬로미터 너머의 해군들 얼굴을 볼 수 있기라도 한 양 실눈을 뜨곤 했다.

해군들 때문이었다. 어머니는 우리에게 해군을 쫓아다니는 여자의 유형에 대해, 할머니는 여자를 쫓아다니는 해군의 유형에 대해 말해주었다. 도러시의 어머니에게 함대가 들어왔다고 우리가 알리자 그녀는 진지하게 말했다. "너희 둘 다 해군 근처에 얼씬도 해선 안 돼." 도러시와 내가 열두 살쯤이었을 때 함대가 들어오자 어머니는 우리를 세워놓고는 뚫어져라 쳐다보더니 할머니를 돌아보며 말했다. "이렇게 어린 여자애들끼리 밤에 영화를 보러 간다니 맘이 안 놓여요." 그러자 할머니가 말했다. "말도 안 돼. 그자들은 반도 깊숙이까지는 안 들어와. 해군에 대해서는 내가 잘 알지."

도러시와 나는 일주일에 딱 하루만 저녁에 영화를 보러 갈 수 있었다. 게다가 열 살짜리 남동생을 반드시 동행해야 했다. 처음 우리 셋이 영화를 보러 갔을 때 어머니는 도러시와 나를 바라보더니 남동생을 가늠하듯 살펴보았다. 동생은 빨간색 곱슬머리였다. 어머니가 뭔가를 말하려고 하더니 할머니를 바라보고는 마음을 바꾸었다.

우리는 벌링게임에 살았다. 정원에 야자나무를 심을 수 있을 만큼은 샌프란시스코에서 멀지만, 또한 도러시와 내가 매년 임포리엄 백화점에서 봄 코트를 살 수 있을 만큼은 샌프란시스코에서 가까웠다. 도러시의 어머니가 딸에게 코트값을 주면 도러시는 우리 어머니에게 그 돈을 맡겼다. 어머니의 직권으로 도러시와 나는 같은 코트를 입었다. 도러시의 어머니가 건강이 안 좋아 샌프란시스코까지 쇼핑하러 갈 수가 없었기 때문이다. 더구나 도러시와 나를 데리고 간다는 것은 불가능했다. 그 결과 매년 바람이 불기 시작해 함대가 들어오면 얼마 지나지 않아 도러시와 나는 이번 외출을 위해 특별히 간직해둔 깃털 같은 실크 스타킹을 신고, 판지 핸드백에 거울과 행운의 동전을 넣고 시폰 손수건을 한쪽에 늘어뜨리고는 어머니 차의 뒷좌석에 올랐다. 어머니와 할머니는 앞좌석에 앉았다. 그리고 샌프란시스코와 함대를 향해 출발했다.

우리는 늘 아침에 코트를 구입하고는 피그앤휘슬에서 점심을 먹었다. 도러시와 내가 초콜릿 소스와 호두가 뿌려진 초코 아이스크림을 먹는 동안 할머니는 올리버 삼촌에게 전화해 론치•에서 보자고 약속을 잡았다. 그 배는 우리를 함대로 데려다줄 터였다.

올리버 삼촌과 함께 가는 것은 그가 남자인데다 전쟁에서 전함의 무선 통신사로 근무했기 때문이었다. 아직 해군에 있는 폴 삼촌(할머니가 알기로 그는 '산타 볼리타'나 '보니타'나 어쩌면 '카멜리타'라는 전함을 타고 있었다)을 알 만한 사람들에게 그를 아는지 물어보기에 올

• **론치** _ 항구 내에서 연락 또는 교통 수단으로 이용되는 작은 배.

리버 삼촌이 적합하기 때문이기도 했다. 우리가 배에 오르자마자 할머니는 문득 생각났다는 양 말하곤 했다. "저기 보렴, 장교 같은데. 올리, 저 사람한테 가서 폴을 아는지 물어보렴."

올리버 삼촌은 자신도 한때 해군이었던 만큼 해군이 도러시와 나한테 특별히 위험하다고 생각하지는 않았다. 어머니와 할머니까지 동행하고 있으니. 그는 배를 사랑했다. 그래서 우리와 함께 가서 전함에 오르자마자 우리를 두고 다른 데로 가버렸다. 우리가 깨끗한 갑판을 조심스레 걸으며 구명정을 불안한 눈으로 바라보는 동안 올리버 삼촌은 애정 어린 손길로 회색 배를 쓰다듬다가 무선 통신실을 찾아갔다.

론치에서 만나면 올리버 삼촌은 보통 도러시와 나에게 아이스크림 콘을 하나씩 사주었다. 그러고는 론치를 타고 가는 동안 갖가지 배를 가리키며 이름을 알려주었다. 대개 그는 론치를 모는 해군과 대화를 나누곤 했다. 그러다 어느 순간 겸손하게 말했다. "저도 한때 해군이었죠. 1917년에요." 그러면 해군은 존경을 담아 고개를 끄덕였다. 론치가 전함에 도착해 계단을 오를 때면 어머니가 도러시와 나에게 속삭였다. "치마를 잘 잡으렴." 도러시와 나는 한 손으로는 난간을 잡고, 다른 한 손으로는 치마 앞쪽을 단단히 움키었다. 항상 할머니가 가장 먼저 앞장섰고, 그다음이 도러시와 나였고, 어머니와 올리버 삼촌이 뒤를 따랐다. 갑판에 도착하면 어머니가 도러시나 나의 팔을 잡았고, 할머니가 나머지 한 명의 팔을 잡았다.

우리는 구경할 수 있는 곳은 놓치지 않고 구석구석 살피며 천천히 걸음을 옮겼다. 다만 맨 아래 갑판은 할머니가 걱정을 해서 가지 않았다. 우리는 선실과 갑판과 현창을 진지한 태도로 구경했다. 할머니는 갑판을 보면 무조건 선미라고 했고, 좌현과 우현을 구별하지 못했다. 특히 우현이 맨 위 갑판을 의미하며, 가장 높은 돛대가 항상 북극성을 향한다고 믿었다. 우리는 대개 포를 구경했는데, 포들 간의 차이점은 전혀 알지 못했다. 아마 가벼운 농담이었겠지만, 올리버 삼촌은 포가 항상 장전되어 있다고 할머니한테 장담했다. "반란을 대비해서죠."

전함에는 구경꾼으로 항상 바글바글했다. 올리버 삼촌은 소년과 젊은이 들로 에워싸인 채 무선 통신이 어떤 식으로 이루어지는지 설명하는 것을 좋아했다. 자신이 1917년에 무선 통신사로 활약했다고 말하면 누군가가 반드시 이렇게 물었다. "SOS 신호를 보낸 적도 있나요?" 그러면 올리버 삼촌은 엄숙하게 고개를 끄덕인 다음 말했다. "아직 이렇게 살아서 그 이야기를 할 수 있지."

삼촌이 1917년에 대해 이야기하고 어머니와 할머니와 도러시가 난간 너머 바다를 바라보고 있을 때, 어머니와 비슷한 옷차림을 한 여자를 따라서 나 혼자 배 아래로 내려갔다. 그 여자가 뒤돌아보는 순간 어머니가 아니라는 사실을 깨달았지만 길을 잃은 뒤였다. 정신만 차리면 호랑이한테 잡혀가도 산다는 할머니의 말을 떠올리며 가만히 주위를 둘러보았다. 띠 장식이 잔뜩 달린 군복을 입은 키

큰 남자가 눈에 띄었다. 선장이지 싶었다. 선장이라면 분명 도와주리라 생각되었다. 그는 매우 친절했다. 나는 길을 잃었고, 어머니와 할머니와 친구 도러시와 올리버 삼촌은 멀리 떨어져 있을 텐데 혼자 돌아가기가 무섭다고 설명했다. 그는 가족을 찾도록 도와주겠다고 하고는 내 팔짱을 끼고 길을 안내했다. 오래지 않아 우리는 나를 찾아 부랴부랴 걸어오고 있는 어머니와 할머니와 마주쳤다. 도러시도 최선을 다해 두 사람을 쫓아왔다. 할머니가 나를 보더니 달려와 팔을 쥐고는 선장에게서 떼어내 나를 흔들어댔다. "너 때문에 십 년은 감수했다." 할머니가 말했다.

"그냥 길을 잃은 것뿐입니다." 선장이 말했다.

"제때 찾아서 다행이군요." 할머니가 말하며 나를 끌고 어머니 쪽으로 뒷걸음쳤다.

선장은 고개를 숙여 인사하고는 가버렸다. 어머니가 나의 다른 팔을 잡고 흔들어댔다. "너는 부끄러운 줄도 모르니?"

도러시는 나를 진지하게 응시했다.

"하지만 저 사람은 선장이라……." 나는 입을 열었다.

"자기가 선장이라고 말했을지는 몰라도 그냥 병사야." 할머니가 말했다.

"병사라고!" 어머니가 소리치더니 우리를 도로 항구로 데려다 줄 론치가 있지는 않은지 옆쪽을 돌아보았다. "올리버한테 가서 다 봤으니 그만 가자고 해요." 어머니가 할머니한테 말했다.

그날 저녁에 생긴 일 때문에 그 해를 마지막으로 함대 구경을 할 수 없었다. 우리는 올리버 삼촌을 늘 그러하듯 집에 데려다주고는 저녁을 먹으러 메리고라운드로 갔다. 함대를 구경한 후에는 언제나 샌프란시스코에서 저녁을 먹은 뒤 영화를 보고 저녁 늦게 벌링게임으로 돌아갔다. 늘 메리고라운드에서 식사했는데, 음식이 컨베이어 벨트를 타고 지나가면 얼른 집어야 했다. 도러시와 내가 좋아했기에 그곳으로 가긴 했지만, 함대 다음으로 샌프란시스코에서 위험한 장소였다. 음식을 집었다가 다 먹지 못하면 벌금으로 십오 센트를 내야 했기 때문이다. 벌금만큼 도러시와 내 용돈이 깎였다. 그 마지막 해 저녁에 도러시와 내가 사십오 센트를 잃은 건 모카크림 디저트 탓이 컸다. 도러시가 그 음식에 코코넛이 가득차 있으리라는 사실을 몰랐던 것이다. 도러시와 내가 고른 영화는 좌석이 꽉 찬 듯했다. 하지만 출입문 앞의 안내원은 할머니에게 빈자리가 아직 많이 있다고 말했다. 어머니가 다시 줄을 서서 환불받기 싫다고 해서 할머니는 일단 들어가서 빈자리가 있는지 찾아보자고 했다. 빈자리 두 개를 발견한 할머니가 도러시와 나더러 어서 가서 앉으라고 재촉하기에 가서 앉았다. 영화가 시작되고 꽤 지난 후 도러시의 옆자리에 있던 두 사람이 나가버렸다. 우리는 할머니와 어머니를 찾아 두리번거렸다. 도러시가 갑자기 팔을 잡더니 으르렁대듯 말했다. "저기 좀 봐." 해군 두 명이 빈자리에 앉으려고 좌석을 따라 다가오고 있었다. 어머니와 할머니가 막 다른 쪽 끝에 나타났을 때 해군은

이미 빈자리에 도착해 있었다. 할머니가 소리쳤다. "저 애들 근처에 앉지 마요." 하지만 간발의 차로 늦었다. 몇 줄 떨어진 곳에 두 자리가 비자 어머니와 할머니는 거기에 앉는 수밖에 없었다.

도러시는 의자가 허락하는 한 나한테 바짝 붙어 앉아서는 내 팔을 붙잡았다.

"그 사람들은 뭘 하고 있어?" 나는 속삭였다.

"그냥 앉아 있어." 도러시가 설명했다. "어떡해야 하지?"

나는 조심스레 상체를 숙여 도러시 너머를 보았다. "신경쓰지 마. 아무 일 없을 거야."

"너야 쉽게 그렇게 말하겠지. 네 옆에 앉은 게 아니잖아." 도러시가 비극적 어조로 말했다.

"나는 네 바로 옆자리야. 그 정도면 무척 가까운 거야." 나는 논리적으로 말했다.

"그 사람들은 뭘 하고 있어?" 도러시가 물었다.

나는 다시 상체를 숙였다. "영화를 보고 있어."

"참을 수가 없어. 집에 가고 싶어."

공포가 동시에 우리 둘을 압도했다. 우리가 통로를 따라 달려가는 것을 다행히 어머니와 할머니가 보고 밖에서 따라잡았다.

"저자들이 뭐라고 했니?" 할머니가 따지듯 물었다. "안내원한테 신고하겠어."

어머니는 도러시더러 옆 건물의 카페로 가서 핫 초콜릿을 한 잔씩 사줄 테니 진정하라고 권했다. 카페에 들어가 자리를 잡자 우리는 어머니와 할머니한테 괜찮으니 걱정 말라고, 핫 초콜릿 대신 초콜릿 선디를 먹겠다고 했다. 도러시가 막 기운을 되찾으려고 할 때 카페 문이 열리더니 해군 두 명이 들어왔다. 도러시가 할머니의 의자 뒤로 단번에 펄쩍 뛰어 숨더니 몸을 숙인 채 할머니의 팔을 붙잡고는 울부짖다시피 말했다. "저자들이 나를 못 잡아가게 하세요."

"우리를 따라왔나 봐요." 어머니가 긴장해서 말했다.

할머니가 도러시를 두 팔로 감쌌다. "가엾어라. 우리가 같이 있으니 안전해."

도러시는 그날 밤 우리집에서 자야 했다. 도러시가 나와 함께 있을 거라고, 실용적이고 따뜻한 회색 트위드 프린세스코트를 샀다고 도러시의 어머니에게 알리라며 남동생을 보냈다. 도러시는 그해 내내 그 코트를 입었다.

쇼스에 거주하는 토머스 스튜어트의 미망인인 마거릿 잭슨은 판사가 마법과 관련해 심문한 결과 다음과 같이 자백했다. ……사십 년 전쯤 폴록쇼크로프츠에서 땔감을 모으고 있을 때 검은 남자가 찾아왔다. 그녀는 머리부터 발끝까지 그에게 굴복했다. 그녀가 세례를 받지 않기로 한 직후의 일로, 그녀를 품은 악령의 이름은 로카스였다. 또 1월 3일인지 4일인지의 밤 그녀는 침대에 어떤 남자가 함께 누워 있는 것을 느끼고 잠을 깼다. 그녀의 남편은 이십 년 전에 죽었지만 그녀는 남편이라고 생각했다. 그 남자는 금방 사라졌다. 이 자리에서 선언하노니 그자가 바로 악마이다.

조지프 글랜빌, 『사두키스무스 트리움파투스』

III

The Lottery and Other Stories

The Confession of Margaret Jackson, relict of Tho. Stuart in Shaws, who being examined by the Justices anent her being guilty of Witchcraft, declares. . . That forty years ago, or thereabout, she was at Pollockshaw-croft, with some few sticks on her back, and that the black Man came to her, and that she did give up herself unto the black Man, from the top of her head to the sole of her foot; and that this was after the Declarant's renouncing of her Baptism; and that the Spirit's name, which he designed her, was Locas. And that about the third or fourth of January, instant, or thereby, in the night-time, when she awaked, she found a Man to be in bed with her, whom she supposed to be her Husband; though her Husband had been dead twenty years, or thereby, and that the Man immediately disappeared: And declares, That this Man who disappeared was the Devil.

Joseph Glanvil: *Sadducismus Triumphatus*

담화

의사는 유능하고 품위 있어 보였다. 아널드 부인은 그의 외모만 보고도 은근히 위로가 되어 불안이 조금 가라앉는 듯했다. 담배에 불을 붙이느라 상체를 숙였을 때 그녀가 손을 떤다는 사실을 의사가 눈치챘지 싶었다. 변명하듯 미소를 지었지만 의사는 진지하게 바라보기만 했다.

"뭔가 당혹스러운 일이 있었나 봅니다." 의사가 근엄한 어조로 말했다.

"무척 당혹스러운 일이었죠." 아널드 부인은 천천히 지적으로 말하려고 애썼다. "주치의이신 머피 선생님이 아니라 이곳으로 온 것도 그 때문이고요."

의사가 살짝 이마를 찌푸렸다. 아널드 부인은 말을 이었다.

"남편 때문이에요. 제가 불안해하고 있다는 것을 그이한테 굳이 알리고 싶지 않거든요. 머피 선생님은 꼭 알려야 한다고 생각할 것 같았어요."

의사가 고개를 끄덕이긴 했으나 의미 있는 행동처럼 보이진 않았다.

"무엇이 문제인 것 같습니까?"

아널드 부인은 숨을 깊이 들이쉬었다. "선생님, 자신이 미쳐가는 중인지 아닌지 어떻게 알 수 있지요?"

의사가 고개를 들었다.

"너무 바보 같은 질문이었나요? 이런 말을 하려던 게 아니었습니다. 차근차근 설명하기가 어렵네요."

"정신이상은 생각보다 훨씬 복잡한 질병입니다."

"복잡하리라 확신합니다. 제가 정말 확신할 수 있는 것은 그뿐이지요. 정신이상은 제가 말씀드리고자 하는 많은 문제 중 하나에 불과해요."

"무슨 말씀이신지?"

"그게 바로 제 문제랍니다, 선생님." 아널드 부인은 의자에 등을 기대고는 핸드백 아래에서 장갑을 꺼내 조심스레 핸드백 위에 얹었다. 그러다 다시 장갑을 집어 핸드백 아래에 놓았다.

"툭 터놓고 편하게 말씀하십시오."

아널드 부인은 한숨을 쉬었다. "다른 사람들은 다 이해하는 듯합니다. 그런데 저는 모르겠어요. 저기요." 그녀는 말하는 내내 상체를 내민 채 한 손을 움직였다. "사람들이 살아가는 방식이 이해가 안 돼요. 예전에는 세상이 너무나 단순했죠. 어렸을 때 저는 다른 사람들이 사는 세계에서 함께 살았어요. 야단법석 없이 세상사가 순조로이 흘러갔지요." 아널드 부인은 의사를 바라보았다. 그는 또 이마를 찌푸리고 있었다. 그녀는 목소리를 살짝 높여 말을 이었다. "저기요. 어제 남편이 출근길에 신문을 사려고 했답니다. 그이는 늘 《타임스》를 사요. 항상 같은 곳에서 삽니다. 그런데 어제 신문 판매상이 우리 남편이 살 《타임스》를 따로 남겨두지 않았다네요. 그이는 퇴근해 저녁을 먹으면서 계속 투덜댔죠. 생선이 탔다고, 디저트가 너무 달다고요. 자리에서 꼼짝도 않고 저녁 내내 혼잣말을 했어요."

"다른 곳에서 살 수도 있었을 텐데요. 시내에서는 교외보다 신문이 더 오래 남아 있는 경우가 많답니다."

"아뇨." 아널드 부인이 단호하면서도 느린 어조로 말했다. "처음부터 다시 시작하는 편이 좋겠군요. 제가 어렸을 때는……." 그녀가 말을 뚝 그쳤다. 이내 다시 말하기 시작했다. "저기요, 정신신체의학•이나 국제카르텔이나 관료의 중앙집권화와 같은 말이 옛날에도 있었나요?"

"글쎄요."

• **정신신체의학** _ 정신적 요인이 신체적 질환에 깊은 관련이 있음을 강조하며 연구하는 의학의 한 분야.

"그게 대체 무슨 뜻일까요?"

의사가 다정하게 말했다. "예를 들자면, 문화양식이 급속히 붕괴되는 국제적 위기에……."

"양식, 국제적 위기." 아널드 부인이 조용히 흐느끼기 시작했다. "그이는 신문 판매상이 그이 몫의 《타임스》를 남겨놓지 않을 권리가 없다고 했죠." 그녀가 히스테리를 부리며 손수건을 찾아 주머니를 더듬거렸다. "그러고는 지자체 수준의 사회적 계획이니 순이익에 대한 부가세니 지정학적 개념이니 디플레이션적인 인플레이션이니 말하더군요." 아널드 부인의 목소리가 통곡하듯 높아졌다. "그이가 정말로 디플레이션적인 인플레이션이라고 말했답니다."

"아널드 부인." 의사가 책상을 돌아 다가왔다. "이런 식으로는 도움이 되지 않는답니다."

"그럼 뭐가 도움이 되죠? 저를 제외한 모두가 정말 미쳐버린 걸까요?"

의사가 엄격한 어조로 말했다. "아널드 부인. 스스로 마음을 다잡으세요. 현대와 같은 카오스적 시대에는 현실로부터의 소외가 종종……."

"카오스적." 아널드 부인이 일어나며 말했다. "현실로부터의 소외." 의사가 말릴 틈도 없이 그녀는 문을 열었다. "소외." 그녀가 말하며 밖으로 나갔다.

엘리자베스

자명종이 꺼지기 직전까지 그녀는 햇볕이 뜨겁게 내리쬐는 정원에 누워 있었다. 그녀를 에워싼 푸르른 잔디밭이 시선 닿는 곳까지 뻗어 있었다. 자명종 소리 때문에 짜증이 났다. 그 소리는 처리해야 할 일이 있다는 알림이었다. 그녀는 강한 햇볕 속에서 꾸물꾸물 움직이면서도 자신이 깨어 있다는 것을 알았다. 눈을 뜨니 밖에 비가 내리고 있었다. 하얀 창틀 너머의 하늘이 잿빛이었다. 몸을 돌려 초록 잔디밭에 얼굴을 파묻으려 했지만 아침의 습관이 그녀를 들어올려 비 오는 우중충한 현실로 끌고 갔다.

8시가 확실히 지나 있었다. 시계가 그렇게 말했다. 난방기에서 따각따각 소리가 나기 시작했고, 이 층 아래인 거리에서 출근하는 사람들의 소음이 들려왔다. 그녀는 마지못해 이불 밖으로 발을 빼 바닥을 디디며 침대 가장자리에 걸터앉았다. 일어나서 욕실용 가운을 걸쳤을 쯤에는 평소와 다름없는 일상이 시작되었다. 매일 자명종이 울리면 처음에는 반사적으로 저항하지만 그 순간이 지나면 샤워, 화장, 옷 입기, 아침 식사라는 단계를 차곡차곡 밟으며 하루의 시작을 열게 된다. 그러다 보면 푸른 잔디밭과 뜨거운 태양을 잊어버리고, 점심 식사와 저녁 식사를 기대하게 되었다.

비가 오는데다 중요한 날이 아니었기에 그녀는 옷도 되는 대로 입었다. 깡마른 그녀에게 회색 트위드 정장은 너무 묵직하고 맵시없어 보이겠지만 상관없었다. 푸른색 블라우스는 아무리 입어도 편해지지 않았다. 자기 얼굴을 잘 알기에 화장을 하면서 유심히 살펴보는 것이 즐겁지 않았다. 오후 4시쯤이면 창백한 야윈 뺨에 혈색이 돌고 살이 붙으리라. 검은 머리 때문에 립스틱은 너무 자주색으로 보이고, 푸른색 블라우스를 입었음에도 눈은 불그레하게 보일 터였다. 거의 매일 그러하듯, 이날 아침에도 거울 앞에 서서 그녀는 생각했다. 금발이었으면 좋았을 텐데. 그 이유가 하나둘 나기 시작한 흰머리 때문이라는 사실은 깨닫지 못했다.

그녀는 원룸을 재빨리 한 바퀴 돌았다. 특별한 이유가 있어서라기보다는 단순한 습관이었다. 한 칸짜리 집에서 사 년 넘게 사는 동안 그녀는 이 집의 온갖 모습을 알게 되었다. 그녀가 숨을 곳이 필요할 때면 집은 따뜻하고 다정하게 맞이하는 척했다. 그녀가 느닷없이 잠에서 깰 때면 집은 어둠 속에서 그녀를 우뚝 내려다보았다. 오늘 아침처럼 뒤죽박죽 난장판일 때면 집은 어서 그녀를 내쫓고는 쉬고 싶어 했다. 그녀가 전날 밤 읽다 만 책이 보조 탁자 위에 그대로 엎어져 있었다. 책 옆의 재떨이는 지저분했다. 오늘 아침 세탁소로 가져가려고 벗어놓은 옷은 의자 등받이에 걸쳐져 있었다.

그녀는 코트를 걸치고 모자를 쓴 채로 침대를 재빨리 정리했다. 시트가 주글주글하든 말든 덮는 이불만 똑바로 펴놓았다. 세탁소에 보내려던 옷은 도로 옷장에 집어넣었다. 그러면서 생각했다. 오늘밤 정리정돈을 하고 욕실 청소도 해야겠어. 집에 돌아오면 뜨거운 물에 몸을 푹 담그고 머리를 감은 뒤 손톱 손질을 해야지. 현관문을 잠그고 계단을 내려가며 이어 생각했다. 오늘 상점에 들러 가구용 덮개와 커튼을 만들 화사한 천을 사와야겠어, 저녁마다 짬을 내서 만들면 아침에 눈을 떴을 때 집이 저렇게 우중충해 보이지는 않을 거야. 노란색, 노란색 접시를 사서 벽에 주르르 늘어놓는 거야. 건물 출입문에 이르렀을 때 그녀는 비꼬듯 생각했다. 《마드무아젤》 같은 잡지에서 본 것 같은 활기차고 젊은 직장인 여성과 그녀의 원룸. 사람을 즐겁게 해줄 줄 아는 활기차고 젊은 직장인 남성에게 잘 어울리겠어. 한쪽 벽에 책장을 만들 만한 재료가 있으면 좋을 텐데. 다른 쪽 벽에는 단순하면서도 우아한 셰러턴 양식의 책상을 놓는 거야. 펼치면 열두 명이 앉아도 될 만큼 널찍한 식탁으로 변신하는 책상 말이야.

그녀가 출입문 앞에서 장갑을 끼며 어서 비가 멎기를 비는데 계단 옆의 문이 열리더니 여자가 말했다. "거기 누구시유?"

"스타일 양이에요. 앤더슨 부인?"

노부인이 문을 활짝 열고 머리를 내밀었다. "그쪽 바로 위층 남자인가 했네. 스키를 문밖에 두었다고 한소리 할 생각이었거든. 그 스키 때문에 다리가 부러질 뻔했지 뭐유."

"밖에 안 나가도 되면 얼마나 좋을까요. 이렇게 날씨가 나쁘다니."

노부인이 집에서 나와 출입문으로 다가왔다. 문에 달린 커튼을 한쪽으로 젖히더니 두 팔로 몸을 감싼 채 밖을 내다보았다. 그녀는 지저분한 실내복 차림이었다. 스타일 양의 회색 트위드 정장이 느닷없이 깨끗하고 따뜻해 보일 정도였다.

"벌써 이틀째 그 작자를 잡으려고 벼르고 있었다우. 어찌나 조용히 들고 나는지." 노부인이 낄낄거리며 스타일 양을 힐끔거렸다. "어젯밤에는 그쪽 남자친구를 잡을 뻔했지 뭐유. 그 사람도 워낙 조용히 내려오잖아. 때마침 누군지 알아보았기에 망정이지." 노부인이 또 낄낄거렸다. "남자는 다 계단을 조용히 내려오나 봐. 뭐가 무서워서 그러는지."

"나가야 한다면 나가는 수밖에 없겠지요." 스타일 양은 그렇게 말해놓고도 일 분이나 문 앞에서 주저하다가 비와 인파 속으로 들어갔다. 그녀는 꽤나 조용한 거리에 살고 있었다. 시간이 지나면 아이들이 서로 소리쳐댔고, 날씨가 좋을 때면 거리의 악사가 찾아왔다. 하지만 비가 오니 모든 것이 지저분해 보였다. 그녀는 장화를 싫어했다. 우아하고 날씬한 발을 드러낼 수 없기 때문이다. 이런 날씨에는 천천히 걸으며 웅덩이에 빠지지 않기 위해 조심해야 했다.

평소보다 늦은 시간이라 모퉁이의 드러그스토어에는 서너 명만 카운터에 앉아 있었다. 등받이 없는 의자에 앉은 그녀는 제때 출근하는 것을 포기하고 점원이 오렌지주스를 갖다주기를 참을성 있게 기다렸다. "안녕, 토미." 그녀는 우울한 어조로 말했다.

"안녕하세요, 스타일 양. 날씨가 형편없네요."

"집안에 틀어박혀 있으면 딱 좋을 날씨지?"

"아침에 출근하는데 침대에 누워 있을 수만 있다면 오른팔이라도 내주고 싶은 심정이었다니까요. 비를 막는 법이 제정되어야 한다고 봐요."

토미는 작고 못생겼지만 민첩했다. 그를 바라보며 스타일 양은 생각했다. 나와 전 세계 모든 사람들처럼 저 사람도 아침에 일어나 출근해야 하는구나. 비는 아침에 일어나 출근하는 것을 방해하는 수백만 가지 장애 중 하나에 지나지 않는구나.

토미가 말을 늘어놓았다. "눈은 상관없어요. 더운 것도 괜찮아요. 하지만 비는 정말 질색이죠."

누군가가 부르자 그는 냉큼 돌아서더니 카운터의 다른 쪽 끝으로 춤추듯 걸어가 말을 줄줄 늘어놓았다. "끔찍한 날씨예요. 안 그래요? 플로리다에 살면 얼마나 좋을까요."

스타일 양은 오렌지주스를 마시며 아침에 꾸었던 꿈을 떠올렸다. 꽃과 온기의 기억이 날카롭게 마음을 후벼파는 듯하더니, 밖에서 차갑게 쏟아지는 비의 기세에 눌려 사그라들었다.

토미가 커피와 토스트를 가지고 돌아왔다. "아침에 기운을 차리는 데 커피만 한 건 없지요."

"고마워, 토미." 그녀는 무덤덤하게 말했다. "참, 희곡은 잘돼가고 있어?"

토미가 고개를 번쩍 들었다. "있죠, 완성했어요. 안 그래도 말하려던 참이었는데. 희곡 전체를 완성해서 그저께 부쳤답니다."

재미있군, 하고 그녀는 생각했다. 드러그스토어의 점원이 희곡을 쓰다니, 다른 사람들처럼, 나처럼 아침마다 일어나 먹고 일하면서도. "잘됐네." 그녀는 말했다.

"친구한테 소개받은 에이전시에 보냈죠. 친구 말이, 자기가 아는 최고의 에이전시라고 했어요."

"토미, 그냥 나한테 보여주지 그랬어?"

그는 웃으며 그녀를 위해 들고 있던 설탕병을 내려다보았다. "저기요, 친구 말이 스타일 양은 나 같은 유형의 작가는 원하지 않는다고 하더라고요. 자기한테 재능이 있는지 없는지 확신하지 못하는 소도시 출신 사람들을 좋아한다고요." 그가 초조하게 말을 이었다. "나는 잡지 광고에 원고를 보내는 사람이 아니잖아요."

“그렇군.”

토미가 카운터 너머로 몸을 내밀었다. “마음 상해하지 마세요. 제 말뜻 아시죠. 이쪽 업계야 스타일 양이 저보다 훨씬 잘 아시잖아요.”

“마음 상하지 않았어.” 그녀는 토미가 다시 부랴부랴 멀어지는 것을 보며 생각했다. 기다려, 로비한테 말하겠어, 두고 봐, 음료수 판매원이 로비더러 머저리 얼간이라 했다고 일러주겠어.

토미가 반쯤 가다 말고 그녀에게 말했다. “있죠. 얼마나 오래 기다려야 할까요? 에이전시에서 원고를 읽는 데 얼마나 걸리나요?”

“이 주. 어쩌면 더 길 수도 있고.”

“그렇겠죠. 커피 더 드시겠어요?”

“아니, 괜찮아.” 그녀는 의자에서 일어나 상점을 가로질러 계산대로 가며 생각했다. 그쪽에서 희곡을 살 거야, 거리 맞은편의 햄버거집으로 단골을 옮겨야겠어.

다시 빗속으로 나가는데 마침 그녀가 타야 할 버스가 길 건너편에 멈춰 섰다. 그녀는 신호등을 무시하고 달려가 버스에 우르르 몰려든 사람들 사이를 비집고 들어갔다. 토미와 희곡 때문에 일어난 분노의 힘으로 사람들을 힘껏 밀치자 한 여자가 돌아보며 말했다. “대체 뭐하는 짓이에요?” 스타일 양은 복수심에 그 여자의 옆구리를 팔꿈치로 찧고 먼저 버스에 올랐다. 요금을 내고 마지막 남은 빈자리에 가서 앉았다. 뒤에서 여자의 목소리가 들렸다. “누구든 밀쳐내면 그만이라고 생각하는 인간들은 자기가 뭐 대단한 사람이라도 된 줄 아나 봐." 누구 이야기인지 다른 승객들이 눈치챘나 싶어 둘러보았다. 그녀 옆의 창가 자리에 앉은 남자는 출근길 버스 승객 특유의 지친 표정으로 앞만 쳐다보고 있었다. 앞자리의 두 여자는 차창 너머 지나가는 남자를 보고 있었다. 그 여자는 바로 옆의 통로에 서서 계속 말하고 있었다. "세상에서 자기 일만 중요하다고 여기는 작자들이지. 아무나 막 밀쳐도 상관없는 줄 알고." 다른 승객들은 아무도 귀담아듣고 있지 않았다. 축축하고 북적대는 버스에서 불편해할 따름이었다. 하지만 그 여자는 같은 이야기를 계속 늘어놓았다. "다른 사람은 버스에 탈 권리도 없다고 생각하는 거지."

그녀는 버스에 승객이 몰려들어 여자가 통로에서 밀려날 때까지 옆자리의 남자 너머로 차창을 응시했다. 내릴 때가 되자 그녀는 여자를 그렇게 밀쳐버린 일 때문에 일순 겁이 났다. 하차 문 근처에서 있던 그 여자가 얼굴을 기억하기라도 하겠다는 듯 뚫어져라 쳐다보았다. "말라빠진 노처녀 같으니." 여자가 크게 말하자 주변 승객들이 깔깔 웃어댔다.

스타일 양은 모멸감 가득한 얼굴로 조심스레 내려서 떠나가는 버스를 바라보았다. 여자는 여전히 차창으로 그녀를 빤히 주시하고 있었다. 스타일 양은 사무실이 있는 낡은 건물을 향해 빗속을 걸어가며 생각했다. 저 여자는 오늘 아침 누구든 걸리기만 해봐라 하고 벼르고 있었던 거야, 뭐라고 반박을 했더라면 좋았을 텐데.

"안녕하세요, 스타일 양." 엘리베이터 안내원이 인사했다.

"안녕하세요." 그녀는 창살형 문이 달려 있는 철제 엘리베이터로 들어가 뒷벽에 기대었다.

"날씨가 형편없죠." 안내원은 잠시 기다린 뒤 문을 닫았다. "외출하기 좋은 날이 아니네요."

"그러게요." 그녀는 계속 생각하고 있었다. 그 여자한테 한마디 하는 거였는데, 그냥 그렇게 보내는 게 아니었어, 이런 기분 나쁜 사건으로 하루를 시작하다니, 쏘아붙여서 의기양양한 기분을 누렸어야 했는데, 하루를 제대로 시작했어야 했는데.

안내원이 말했다. "다 왔습니다. 한동안은 밖에 나가지 않아도 되겠네요."

"천만다행이죠." 그녀는 엘리베이터에서 내려 사무실을 향해 걸어갔다. 복도 안쪽에 켜져 있던 전등이 문 위에 있는 '로버트 삭스 문학 에이전시'라는 글씨를 도드라지게 만들었다. 제법 활기차 보이네, 하고 그녀는 생각했다. 로비가 일찍 온 모양이었다.

그녀는 거의 십일 년 동안 로버트 삭스 밑에서 일하고 있었다. 검은 머리의 날씬한 스무 살 아가씨였던 그녀는 깔끔한 외모와 보통 정도의 야망을 지니고 크리스마스에 뉴욕으로 왔다. 두 손으로 핸드백을 꼭 쥐고 지하철을 두려워하며 구인 광고를 보고 찾아갔다가 로버트 삭스를 만났다. 아직 살 집을 찾기도 전이었다. 문학 에

이전시에서 조수를 구한다는 광고를 우연히 보고 수줍어하며 사람들한테 길을 물었는데 그 누구도 엘리자베스 스타일에게 그 일은 시간을 바칠 만한 일이 아니라고 말해주지 않았다. 문학 에이전시는 로버트 삭스와 영리한 말라깽이 남자가 운영하고 있었는데 말라깽이가 엘리자베스를 대놓고 싫어했다. 이 년 후 로버트 삭스가 독립하자 그녀는 따라갔다. 로버트 삭스라는 이름은 문과 수표에 드러나 있지만 엘리자베스 스타일은 사무실에 숨어 편지를 쓰고 기록을 정리할 뿐이었다. 훤히 보이는 곳에 어떤 파일을 두는 게 좋을지 로버트 삭스에게 논의를 빙자한 지시를 받을 때만 이따금 밖으로 나왔다.

팔 년 동안 두 사람은 이곳이 쏟아지는 업무로 눈코 뜰 새 없이 바쁜 사무실처럼 보이도록 많은 시간을 들였다. 바꿔 말하면 사장이 너무 바빠서 고객들의 목적에 부합하도록 단장하지도 못한 처참한 공간처럼 보였다. 사무실 문을 열면 작년에 황갈색으로 칠한 좁은 접견실이 나왔다. 접견실이라고 해봐야 갈색 리놀륨 바닥에 싸구려 크롬 의자 하나와 갈색 의자 하나가 놓여 있고, 자그마한 책상 위로 꽃병이 그려진 액자가 걸려 있을 뿐이었다. 작은 책상은 일주일에 닷새간 오후에만 근무하는 생기 없는 월슨 양이 코를 훌쩍이며 전화를 받을 때 앉는 곳이었다. 월슨 양의 책상 너머로 문이 두 개 있었지만, 로버트 삭스의 바람과는 달리 건물 깊숙이까지 뻗어 있는 널찍한 사무실이라는 분위기를 전혀 풍기지 못했다. 왼쪽 문에는 '로버트 삭스'라고 적혀 있고, 오른쪽 문에는 '엘리자베스 스타일'이라고 적혀 있었다. 자갈 무늬 유리문을 통해 맞은편 벽의 좁은 창이 어슴푸레 보일 만큼 방은 작았다. 덕분에 두 방을 합쳐보아야 접견실보다 넓지 않다는 것이 뻔히 드러났다. 삭스 씨와 스타일 양의 사생활을 보호해주는 것이라고는 벽처럼 보이게 페인트칠한 비버보드• 칸막이뿐이라는 점도 알 수 있었다.

엘리자베스 스타일은 아침마다 사무실에 들어가며 뭔가 개선할 수 있다고, 사무실을 한결 보기 좋게 꾸밀 방법이 있으리라고 생각했다. 베니션블라인드, 패널, 로버트 삭스가 출판사에 판매한 것처럼 보일 최신 도서와 고전 도서를 효율적으로 꽂은 책장 등등. 아니면 보조 탁자에 값비싼 잡지를 놓는다거나. 윌슨 양은 라디오가 있으면 좋겠다고 했지만 로버트 삭스는 묵직한 카펫 위에 견고하게 자리잡은 책상들과 수많은 비서를 갖춘 고급스러운 사무실을 원했다.

이날 아침 사무실은 평소보다 활기차 보였다. 밖에 여전히 비가 내리기 때문이거나, 전등이 벌써 켜져 있고 난방기가 작동하기 때문인 듯했다. 엘리자베스 스타일은 자기 방으로 가서 문을 열고 말했다. "안녕, 로비." 사무실에 아무도 없으니 비버보드 칸막이가 벽인 척할 필요가 없었다.

"안녕, 리즈. 이리로 좀 오지 않겠나?"

"코트 좀 벗고요." 방 모퉁이의 좁은 옷장에 코트를 넣으려면

• **비버보드** _ 목재 섬유로 만든 가벼운 건축 자재의 브랜드.

책상 뒤로 비집고 들어가야 했다. 책상에 우편물이 놓여 있었다. 편지 네다섯 통과 원고인 듯한 두툼한 봉투. 그녀는 편지를 주르르 늘어놓으며 특별히 관심을 기울일 것은 없다는 사실을 파악한 뒤 방에서 나갔다. 곧장 로비의 방문을 열었다.

그는 집중하는 척하느라 책상 위로 고개를 푹 숙이고 있었다. 살짝 대머리의 기운이 감도는 정수리가 그녀를 향하고 있었다. 두툼한 둥근 어깨가 창문의 아래쪽 반을 가렸다. 그의 방은 그녀의 방과 거의 똑같았다. 이 에이전시를 통해 꽤 성공한 몇 안 되는 작가들 중 한 명의 사진이 담긴 액자 하나와 자그마한 서류함 하나. 사진에는 "더없이 깊은 감사를 담아 밥에게 드립니다, 짐"이라고 서명되어 있었다. 로버트 삭스가 열의에 찬 작가들과 일 이야기를 할 때 행복한 예로 들기 좋아하는 사진이었다. 문을 닫자 책상 앞에 비스듬히 놓인 딱딱한 손님용 의자까지는 한 걸음뿐이었다. 그녀는 의자에 앉아 발을 쭉 뻗었다.

"오늘 아침 출근하다가 발이 다 젖었지 뭐예요." 그녀가 말했다.

"날씨 한번 지독하지." 로비가 고개도 들지 않고 대꾸했다. 그는 그녀와 단둘이 있을 때면 평소에 모아놓았던 다정함을 목소리에 그대로 풀어놓곤 했다. 지치고 걱정스러운 표정을 보이는 것도 꺼리지 않았다. 그는 고급스러운 회색 양복을 입고 있었다. 나중에 다른 사람들과 함께 있을 때면 골프 선수처럼 보이리라. 레어로 잘 구운 로스트비프를 먹고 미녀를 좋아하는 골프 선수.

"날씨 한번 지독해." 그가 거듭 말하더니 고개를 들었다. "리즈, 망할 목사가 또 뉴욕에 와 있어."

"근심 걱정이 가득해 보이는 것도 당연하네요. 정말 고생이 심하겠어요." 사실 그녀는 버스 사건에 대해 불평을 늘어놓고, 그더러 똑바로 앉고 똑바로 처신하라고 한마디할 참이었지만 도저히 말이 나오지 않았다.

"그 작자가 메모를 남겨놨더군. 오전에 거기로 가야 해. 또 망할 하숙집을 구해놨다니."

"뭐라고 말할 계획인가요?"

로비가 일어나 창문을 향해 돌아섰다. 의자에서 일어나면 창문이나 옷장이나 서류함 앞으로 간신히 몸을 돌릴 만큼의 공간밖에 없었다. 기분 좋은 날이었다면 그의 몸무게에 대해 다정하게 한마디할 수도 있었을 텐데.

"망할 계획 따위는 전혀 없어. 뭔가 약속을 해야겠지."

그럴 줄 알았어요, 하고 그녀는 생각했다. 로비가 곤란한 상황을 벗어나기 위해 쓰는 술책은 뻔했다. 노인네와 힘차게 악수를 하며 "목사님" 하고 부르리라. 그리고 어깨를 똑바로 편 채 노인의 시가 "탁월하기 이를 데 없다"고 칭찬을 늘어놓으면서 그곳을 벗어나기 위해 아무 약속이나 늘어놓으리라. "그래봐야 다시 곤란에 처하게 될 거예요." 그녀는 온화하게 말했다.

로비가 느닷없이 기분 좋게 웃었다. "하지만 한동안은 우리를 귀찮게 하지 않겠지."

"그냥 전화로 얘기하거나 편지를 써요."

"왜?"

그는 다시 곤란에 처하고 말 무책임한 생각(그는 무사안일주의라고 불렀다)에 흡족해하는 것이 분명했다. 그는 목사의 하숙집이 있는 업타운까지 지하철로 기나긴 여행을 한 뒤 마지막 두 블록만 품위 유지를 위해 택시를 타고 갈 것이다. 그리고 한 시간 동안 지루하게 앉아 노인에게 되는 대로 말을 늘어놓으리라. (그는 그걸 용기라고 불렀다.)

그녀는 기운을 북돋워주어야겠다 싶었다. 내가 아니라 그가 가야 하니. "독립해서 사업을 해보겠다는 어리석은 도전도 했잖아요."

그가 다시 웃으며 책상을 돌아 걸어와 그녀의 머리를 쓰다듬었다. "우리 둘이 꽤 잘 해내고 있어. 안 그래, 리즈?"

"어련하겠어요."

그는 이제 문제에 대해 생각하기 시작했다. 머리를 똑바로 들고 목소리에 힘을 실었다. "누가 명시 선집에 그의 시 하나를 넣고 싶어 한다고 이야기해야겠어."

"돈은 절대 주지 말아요. 우리보다 그 노인네가 더 부자예요."

그는 옷장으로 가서 코트를 꺼냈다. 좋은 코트였다. 그런데도 아무렇게나 팔에 걸치더니 모자를 뒤로 비스듬히 쓴 뒤 책상에서 서류 가방을 집어 들었다. "노인네의 시는 전부 여기 들어 있지, 영감탱이한테 낭독을 해주면 시간을 좀 죽일 수 있을 거야."

"멋진 여행 되길 빌어요."

그가 다시 그녀의 머리를 쓰다듬고 문으로 걸어갔다. "여기 일은 알아서 처리해."

"노력해보죠."

그녀는 그를 따라 밖으로 나가 자기 방을 향해 돌아섰다. 그가 접견실을 반쯤 가로지르다가 우뚝 멈추더니 돌아보지 않고 입을 열었다. "리즈?"

"네?"

그가 잠시 생각했다. "할말이 있었는데…… 중요한 건 아냐."

"점심때 볼까요?"

"12시 30분쯤에 돌아올게."

닫힌 문 너머로 엘리베이터를 향해 힘차게 걸어가는 그의 발소리가 들려왔다. 누가 이 끔찍한 낡은 건물에서 듣고 있을까 봐 일부러 씩씩하게 걷는 것이리라.

그녀는 한동안 책상 앞에 가만히 앉아 담배를 피우며, 벽을 연초록으로 칠하는 것을 상상했다. 야근할 생각만 있다면 그녀가 직접 칠할 수도 있었다. 페인트 한 통이면 이 방을 칠하고 건물 앞면까지 다 칠할 수 있으리라. 씁쓸하게 중얼거리면서 담배를 끄고 스스로를 다독였다. 이곳에서 이렇게 오래 일했으니 언젠가는 백만 달러짜리 고객을 잡아 방음 처리까지 되어 있는 제대로 된 사무실 건물로 옮겨갈 수 있을 거야.

책상 위에 놓여 있던 우편물은 끔찍했다. 치과 청구서, 오리건 주의 고객이 보낸 편지, 광고 편지 두 개, 아버지가 보낸 편지. 두툼한 봉투는 원고가 분명했다. 그녀는 '송금 부탁드립니다'라고 적혀 있는 치과 청구서와 광고 편지를 던져버리고 원고와 고객 편지를 밀친 뒤 아버지의 편지를 뜯었다.

아버지는 편지를 '세상에서 가장 예쁜 딸에게'로 시작하고 '사랑 듬뿍 아빠가'로 마무리하는 독특한 버릇이 있었다. 편지를 읽어보니 사료 가게는 잘 안 되며, 캘리포니아에 사는 언니는 또 임신했고, 늙은 길 부인이 그녀의 안부를 물었으며, 아버지는 어머니가 돌아가신 후 무척 외로움을 느끼고 있었다. 그리고 그녀가 잘 지내기를 바란다는 말이 적혀 있었다. 그녀는 편지를 쓰레기통 속의 치과 청구서 위로 던져버렸다.

오리건 주의 고객은 석 달 전에 보낸 원고가 어찌되었는지 알고 싶어 했다. 두툼한 대형 봉투에는 손으로 깔끔하게 쓴 원고가 들어 있었다. 저자인 앨런타운의 젊은이는 당장 원고를 팔아 출판사 수표로 원고료를 받고 싶다고 했다. 그녀는 대충 원고를 넘기며 각 페이지에서 서너 단어만 읽었다. 반 정도 그렇게 넘기다 멈추고 한 페이지 전체를 읽어본 뒤 몇 장을 넘겨 다시 전체 페이지를 읽었다. 그녀는 노트의 빈 페이지를 펼쳐 원고의 한 문단을 베끼며 생각했다. 잘 고치면 쓸 만하겠어, 남자를 여자로 바꾸는 거야. 이렇게 메모했다. “여자 주인공. 헬렌이라는 이름을 버릴 것.” 헬렌은 소설에 나오는 여자 등장인물의 이름이었다. 그녀는 노트와 원고를 책상 한쪽에 놓은 뒤 책상 상판을 젖혀 타자기가 올라오도록 했다. “로버트 삭스 문학 에이전시 소설 담당 엘리자베스 스타일”이라고 적혀 있는 편지지를 꺼내 타자기에 끼웠다. 젊은이의 이름과 주소를 타자기로 쳤다. 보통우편, 앨런타운이라고 치는데 바깥쪽 문이 여닫히는 소리가 들렸다.

“안녕하세요.” 그녀는 고개도 들지 않고 소리쳤다.

“안녕하세요.”

그녀는 고개를 들었다. 새된 젊은 여자 목소리였던 것이다. 키가 크고 토실토실한 금발 여자가 접견실을 가로질러 왔다. 마치 무슨 일이 일어나든 감탄할 준비가 되어 있는 듯 보였다.

“나를 만나러 왔나요?” 엘리자베스는 여전히 타자기에 손을 얹은 채 물었다. 하느님이 내게 고객을 보내준 것이라면 문학적으로 보여도 손해될 건 없을 거라는 생각에서였다.

“삭스 씨를 만나러 왔습니다.” 금발은 엘리자베스의 사무실 문가에서 기다렸다.

“중요한 일로 외출하셨답니다. 약속은 하고 오신 건가요?”

금발은 엘리자베스의 권위가 미심쩍은지 주저하다가 말했다. “꼭 그런 건 아니에요. 저는 오늘부터 이곳에서 일하기로 했답니다.”

나한테 할말이 있다더니 저거였군, 이 겁쟁이, 하고 엘리자베스는 생각했다. "그렇군요. 들어와서 앉지그래요."

금발이 수줍어하며 들어왔다. 주눅든 기세는 아니었다. 이런 소식은 저 여자가 아니라 그가 직접 전했어야 했는데. "삭스 씨가 이곳에서 일하라고 하던가요?"

"그게……." 금발은 엘리자베스를 믿고 다 말해야겠다고 결심한 듯 설명했다. "월요일 5시쯤 이 건물의 사무실마다 들어가서 일자리를 구한다고 했답니다. 그러다 여기로 오게 되었는데 삭스 씨가 사무실 구경을 시켜주시고는 이곳에서 일해도 좋다고 하셨죠." 그녀는 자신의 말을 곰곰이 생각해보다 덧붙였다. "그때 삭스 씨 말고 다른 분은 안 계셨어요."

"네, 당연히 그랬겠죠." 엘리자베스는 생각했다. 월요일부터 알고 있었으면서 여태 말을 안 했다니, 오늘이 무슨 요일이지? 수요일? 저 여자가 일하겠다고 나타나고서야 알게 되다니. "이름이 뭔가요?"

"대프니 힐입니다." 금발이 온순하게 대답했다.

엘리자베스는 메모지에 '대프니 힐'이라고 쓴 뒤 가만히 바라보았다. 중요한 결정을 내리는 것처럼 보이기 위해서이기도 했고, '대프니 힐'이라는 글자가 어떻게 보이는지 궁금해서이기도 했다.

"삭스 씨 말씀으로는……." 금발이 말꼬리를 흐렸다. 높은 톤의 목소리를 가진 그녀는 긴장한 탓인지 자그마한 갈색 눈을 크게 깜박거렸다. 밝은 금빛 머리를 정수리에 틀어 올린 솜씨를 제외하고는 전체적으로 어설프고 서툴러 보였다. 첫 근무를 위해 잔뜩 차려입은 모양새였다.

금발이 말문을 닫은 듯하자 엘리자베스는 물었다. "삭스 씨가 뭐라고 했나요?"

"전에 고용한 여자분이 마음에 들지 않으니 오늘 와서 인수인계를 받으라고 하셨습니다. 여자분한테는 어제 미리 말해놓겠다고 하셨는데요."

"그렇군요. 타자를 칠 줄 아나요?"

"그럭저럭요."

엘리자베스는 타자기에 끼워진 편지로 고개를 돌리고 말했다. "그럼 밖으로 나가서 저기 책상에 앉아요. 전화가 울리면 받고요. 할 일이 없으면 책을 읽든지 해요."

"네, 스타일 양."

"방문은 꼭 닫아줘요." 엘리자베스는 금발이 나가며 조심스레 문을 닫는 것을 지켜보았다. 저 여자한테 하고 싶었던 말이 목구멍에 걸려 있었다. 점심때 로비에게 조금이라도 풀어야지.

이게 무슨 의미지, 하는 생각에 느닷없이 공황이 밀려왔다. 윌슨 양은 거의 나만큼이나 오래 이곳에서 일했잖아. 로비가 자기 식으로 사무실을 단장하기로 한 것일까? 차라리 책장을 하나 사지. 대체 누가 저 대단한 아가씨한테 윌슨만큼 능숙하게 전화 응대를 하고 편지를 쓰도록 가르쳐야 할까? 바로 나야. 그녀는 마침내 결정했다. 늘 그랬듯 이런 아름답고도 충동적인 의사 결정을 번복하도록 로비를 설득해야겠어. 이 끔찍하고 좁은 사무실을 위해 내가 어떤 희생을 했는데. 여기에 매이지만 않았어도 난 부자가 됐을 거야. 어쨌든 닷새쯤 후에 벽을 페인트칠하는 걸 대프니가 도울 수는 있겠군. 대프니가 유일하게 할 줄 아는 일이 페인트칠인지 누가 알겠어.

그녀는 타자기의 편지로 관심을 돌렸다. 새 고객에게 보내는 격려의 편지. 쓸 내용은 이미 공식화되어 머릿속에 담겨 있었다. 그녀는 어설프고 아마추어 같지만 일말의 주저함도 없는 동작으로 타자기를 쳐댔다. "친애하는 버턴 씨. 귀하의 원고를 읽고 상당한 관심이 생겼습니다. 구성이 치밀하고……." 이 대목에서 잠깐 멈추고 원고를 집어 아무 페이지나 펼쳤다. "레이디 몬터규라는 인물은 대단히 탁월합니다. 물론 출판 시장에서 보다 높은 가격을 받기 위해서는 전문 편집자의 손길과 뛰어난 판매 전략이 필요합니다. 우리 에이전시에서 이를 얼마든지 제공할 수 있으나 그 비용은……."

"스타일 양?"

엘리자베스는 비버보드 칸막이임을 개의치 않고 말했다. "힐 양, 할말이 있으면 들어와요."

잠시 후 힐 양이 문을 열고 들어왔다. 바깥 책상을 보니 핸드백이 놓여 있고, 그 옆에 립스틱과 콤팩트가 늘어서 있었다. "삭스 씨는 언제 돌아오시지요?"

"오후가 되어야 돌아올 겁니다. 중요한 고객을 만나러 갔지요. 왜요, 전화가 왔나요?"

"아뇨, 그저 궁금해서 물어봤습니다." 힐 양은 문을 닫고 무거운 걸음으로 자기 자리로 돌아갔다. 엘리자베스는 타자기의 편지로 눈을 돌렸다가 의자를 돌려 축축한 발을 창문 아래 난방기에 얹었다. 그리고 책상의 맨 아래 서랍을 열어 추리소설 페이퍼백 재판본을 꺼냈다. 발을 난방기에 댄 채 추리소설을 읽기 시작했다.

비가 오는데다 우울과 심란함이 너울댔다. 거기에다 로비도 12시 45분은 되어야 올 모양이라, 그녀는 레스토랑의 좁은 의자에 불편하게 앉아 또 다른 별 볼 일 없는 인간들이 드나드는 꼴을 보며 기다리는 동안 스스로에게 마티니 한 잔을 대접하기로 했다. 어둑하고 음울한 레스토랑은 손님으로 북적였고 빗속에서 들어오는 발들 때문에 바닥이 축축했다. 엘리자베스와 로비는 근처에 사무실을 마련한 이후로 일주일에 두세 번은 이곳에서 점심을 먹었다. 그들이 이곳에 온 첫날은 여름이었고, 엘리자베스는 새까만 원피스에(지금도 기억하는 옷이지만 이제는 너무 말라서 입을 수 없었다) 자그마한 하얀 모자를 쓰고 하얀 장갑을 끼고 있었다. 그때 그녀는 창창한 앞날이 펼쳐지리라는 기대에 행복해했다. 그녀와 로비는 탁자 너머로 손을 맞잡고 열광적으로 이야기했다. 일 년만, 길어야 이 년만 저 낡은 건물에서 지내다 돈이 모이면 업타운으로 진출하리라. 새로 문을 연 로버트 삭스 에이전시에 정직하고 훌륭한 작가들이 줄줄이 찾아와 베스트셀러가 될 원고를 건네리라. 편집자들은 세련된 업타운 레스토랑에서 그들과 점심을 먹고, 식전 술 한 잔은 유별난 일도 되지 않으리라. '로버트 삭스 문학 에이전시 소설 담당 엘리자베스 스타일'이라고 새겨진 편지지를 아직 주문하지 않은 때였다. 그날 점심을 먹으며 두 사람은 편지지 위쪽에 인쇄될 문구를 그렇게 하기로 결정했다.

엘리자베스는 마티니를 한 잔 더 주문할까 하다가 통로의 사람들 사이로 허둥지둥 걸어오는 로비를 발견했다. 레스토랑 안쪽에 있는 그녀에게 손을 흔들고 있었다. 이런 형편없는 레스토랑에 있으면서도 자신이 오찬 약속에 늦은 중역처럼 보이도록 타인의 시선을 의식하는 티가 역력했다.

다른 사람들을 등진 채 테이블에 앉은 그는 얼굴에 지친 기색이 역력하고 목소리는 나직했다. "마침내 만났군." 그는 비어 있는 마티니 잔을 보고 놀라는 기색이었다. "나는 아직 아침도 못 먹었는데."

"목사랑 보낸 시간이 힘들었나 봐요?"

"끔찍했지. 올해 시집이 출판되기를 원한다더군."

"뭐라고 했어요?" 엘리자베스는 날카로운 목소리를 내지 않으려고 애썼다. 시간은 충분해, 나한테 대답할 만한 기운이 들면 그때 물어보면 되지, 하고 생각했다.

"모르겠어. 머저리 노땅한테 무슨 말을 했는지 알게 뭐야." 그가 의자에 주저앉았다. "최선을 다하겠다느니 뭐라느니 했겠지."

진짜 골칫덩이를 자초했다는 뜻이로군, 하고 엘리자베스는 생각했다. 만약 그가 잘 처리했다면 세세히 말해주었을 것이다. 그녀는 기운이 빠져 어깨를 늘어뜨리고 문으로 드나드는 사람들을 멍하니 바라보았다. 뭐라고 말해야 할까? 어떻게 해야 로비를 이해시킬 수 있을까?

"왜 그렇게 침울해 보여?" 로비가 불쑥 물었다. "아침도 못 먹고 지옥 같은 업타운에 갔다 온 건 나잖아."

"나도 힘든 아침을 보냈어요." 엘리자베스의 말에 로비가 고개를 들고 가만히 기다렸다. 그녀는 말했다. "새 직원이 불쑥 나타났거든요."

로비는 얼굴이 발그레해진 채 눈을 가늘게 뜨고 가만히 기다렸다. 그녀가 말하는 것을 듣고 나서 사과를 하거나 화를 내거나 농담으로 얼버무리려 들 것이 뻔했다.

엘리자베스는 그를 가만히 바라보며 생각했다. 이 사람은 로비야. 이 사람이 무엇을 하고, 무슨 말을 하고, 주중에 매일 무슨 넥타이를 맬지 나는 하나하나 알고 있지. 십일 년이나 알고 있었고, 십일 년 동안 어떻게 그를 이해시킬 수 있을지 고민하고 있지. 십일 년 전에 우리는 여기 앉아 서로 손을 맞잡고 있었어. 그는 우리가 성공하리라 말했지. "에이전시를 새로 연 후 여기에서 함께 점심을 먹던 일이 생각나네요." 그녀가 차분하게 말하자 로비는 어리둥절한 표정이었다. 그녀는 더욱 분명하게 설명했다. "우리가 함께 첫출발을 한 날이었죠. 짐 해리스 기억해요?" 로비가 입을 살짝 벌린 채 고개를 끄덕였다. "짐 해리스가 소개해준 친구들 덕에 우리는 큰돈을 벌 수 있는 상황이었죠. 그런데 당신이 짐과 대판 싸웠고 짐을 다시는 볼 수 없게 되었어요. 그의 친구들도 우리를 찾아오지 않았고요. 이제 우리는 당신의 친구인 목사님을 고객으로 두고 있고, 당신 사무실 벽에는 짐의 멋진 사진이 걸려 있죠. '감사를 담아'라고 서명까지 되어 있는 사진 말이에요. 짐이 부자가 되었다면 우리는 그 작자한테 돈을 빌리려고 알랑대야 할 신세고요."

"엘리자베스." 로비는 상처받은 척해야 할지 그녀의 말을 누가 들을까 봐 살피는 척해야 할지 혼란스러워했다.

"심지어 우리 동네 드러그스토어 직원조차도." 엘리자베스는 한동안 그를 응시했다. "대프니 힐이라니, 하느님 맙소사."

"그렇군." 로비는 의미심장한 미소를 지으며 말했다. "대프니 힐." 그는 웨이트리스가 지나가는 것을 보고 몸을 돌렸다. "아가씨!" 웨이트리스를 소리쳐 부르고 엘리자베스에게 말했다. "한 잔 더 마시도록 해. 기운을 북돋워보자고." 웨이트리스가 바라보자 그가 말했다. "여기 마티니 두 잔." 그리고 엘리자베스를 돌아보며 다시 예의 그 미소를 지었다. "술로 아침을 대신해야겠군." 그가 손을 뻗어 엘리자베스의 손을 잡았다. "있지, 리즈. 그 일로 마음이 쓰였던 거였군. 나도 참 눈치 없지. 목사 일을 잘못 처리했다며 그러는 줄 알았지 뭐야. 있지, 대프니는 문제없어. 분위기를 밝게 해줄 사람이 있으면 좋겠다 싶었을 뿐이야."

"벽을 새로 칠하면 되잖아요." 그녀의 단조로운 어조에 로비가 가만히 쳐다보았다. 그녀가 말했다. "아무것도 아니에요."

그는 상체를 내밀며 진지하게 대꾸했다. "있지, 대프니가 그렇게 맘에 들지 않는다면 내보내면 그만이야. 그게 뭐 대수라고 그래. 우리 둘은 함께 해왔잖아." 그가 허공을 향해 추억에 잠긴 미소를 지었다. "나도 그 시절이 기억나. 기적을 불러일으킬 참이었지." 그가 목소리를 낮추고 애정이 담긴 눈길로 엘리자베스를 바라보았다. "지금도 기적을 불러일으킬 수 있다고 믿어."

엘리자베스는 자기도 모르게 깔깔 웃었다. "당신은 계단을 더 조용히 내려가야 해요. 관리인의 부인이 당신을 복도에 스키를 놓아둔 남자로 오해했대요. 할망구가 스키 때문에 다리가 부러질 뻔했거든요."

"놀리지 마. 엘리자베스, 대프니 힐 같은 여자 때문에 이토록 심란해하는 모습을 보니 마음이 아파."

"어련하겠어요." 엘리자베스는 문득 로비가 굉장히 재미있는 사람처럼 느껴졌다. 그를 비웃고 있으면서도 생각했다. 계속 이런 즐거운 기분이면 좋을 텐데. "아침 대신 마실 술이 오네요."

"아가씨, 점심도 주문하고 싶군요." 로비가 웨이트리스에게 말했다.

그가 격식을 차려 엘리자베스에게 메뉴판을 건네고 웨이트리스에게 말했다. "치킨 크로켓과 감자튀김." 엘리자베스는 말했다. "나도 같은 걸로." 그녀는 메뉴판을 도로 건넸다. 웨이트리스가 떠나자 로비는 마티니 한 잔을 엘리자베스에게 내밀며 말했다. "이게 필요한 것 같아, 나의 오랜 친구." 다른 잔을 들며 그녀를 바라보았다. 그가 예의 애정이 넘치는 나직한 목소리로 말했다. "당신과 우리가 맞이할 미래의 성공을 위해 건배."

엘리자베스는 달콤하게 미소 짓고 술을 맛보았다. 로비는 단번에 쭉 들이켤지, 전혀 그럴 필요가 없다는 듯 천천히 마실지 고민하고 있었다.

"단번에 비우면 속이 상할 거예요, 자기. 아침도 안 먹었잖아요."

그는 우아하게 맛만 보고 술잔을 내려놓았다. "그럼 이제 대프니에 대해 진지하게 이야기해보자고."

"내보내기로 한 것 아니었나요?"

그는 겁에 질린 표정이었다. "자기가 그러고 싶다면 당연히 그래야지." 그가 뻣뻣하게 말했다. "하지만 아가씨를 고용했다가 자기가 질투한다고 하루 만에 해고하는 건 아무래도 보기 좋지 않잖아."

"질투하는 게 아니에요. 내가 언제 질투한다고 했어요?"

"사무실에 예쁜 여자를 고용할 수도 없는 거야?"

"얼마든지 할 수 있죠. 타자를 칠 수 있다면요."

"대프니는 잘할 거야."

"로비." 엘리자베스는 더 말하려다 입을 다물었다. 이 이상 저

이를 놀리고 싶지 않아. 지금 이런 기분이 아니라 조금 전의 그 기분을 항상 느낄 수 있으면 좋을 텐데. 그녀는 그를 유심히 바라보았다. 그의 붉은 얼굴, 회색이 되어가는 숱 적은 머리, 탁자 위로 보이는 떡 벌어진 어깨. 그녀가 보고 있다는 것을 알기에 그는 고개를 쳐들고 딱딱히 굳은 표정을 지었다. 내가 경외심에 사로잡혀 있다고, 남자니까 나를 압도할 수 있다고 생각하는 거야. "그럼 그냥 두도록 해요." 엘리자베스는 말했다.

"어쨌든 말이야." 로비는 웨이트리스가 앞에 접시를 놓도록 상체를 뒤로 젖혔다가 그녀가 간 후에 말을 이었다. "어쨌든 말이야, 내 사무실에 누구를 고용할지 정하는 사람은 결국 나잖아."

"알아요." 엘리자베스는 진력이 나서 말했다.

"작은 일을 가지고 수선을 떨어서야 무슨 일을 하겠어." 로비는 입꼬리를 늘어뜨리고 그녀와 시선을 맞추려고 하지 않았다. "내 사무실이니 뭐든 내 마음이지." 그가 되풀이했다.

"내가 언젠가 당신을 떠날까 봐 죽도록 두려워하면서." 엘리자베스는 말했다. "점심이나 먹어요."

로비가 포크를 집어 들었다. "고작 질투 때문에 우리의 좋은 관계가 깨진다면 당연히 안타깝겠지."

"신경 꺼요. 나는 절대 떠나지 않을 테니."

"그러길 빌어." 로비는 한동안 부지런히 먹었다. 그러다 갑자기 포크를 내려놓고 말했다. "있지, 일주일만 시험 삼아 놔둬보자고.

월슨 양에 비해 영 형편없다 싶으면 그때 내보내면 되잖아."

"하지만 난……." 엘리자베스는 말꼬리를 흐리다가 말했다. "좋아요. 그녀가 적합한지 판단할 수 있는 좋은 방법일 것 같군요."

"멋진 생각이야. 이제야 마음이 놓이는군." 그가 탁자 너머로 손을 뻗어 이번에는 그녀의 손등을 쓰다듬었다. "나의 오랜 연인, 리즈."

"있죠, 금방 재미난 일이 생겼어요." 그녀는 레스토랑 입구를 바라보고 있었다. "아는 사람을 본 것 같아요."

로비가 몸을 돌려 입구를 쳐다보았다. "누구?"

"당신은 몰라요. 고향에서 알던 남자죠. 진짜 그 사람은 아닐 거예요."

"뉴욕에서 아는 사람을 만나는 일이야 다반사지." 로비는 다시 포크를 들며 말했다.

엘리자베스는 생각했다. 로비에게 옛 시절에 대해 이야기해야 해, 겨우 두 잔 마셨는데 왜 이러지, 오랫동안 프랭크를 잊고 살았구나. 그녀가 소리 내어 웃자 로비가 식사를 멈추고 물었다. "왜 그래, 자기? 사람들이 무슨 문제가 있다고 생각할 거야."

"그냥 생각 좀 하고 있었어요." 엘리자베스는 별안간 로비에게 말해야 한다는 의무감과 함께 남편처럼 아주 가까운 사람으로 그를 대해야 한다는 느낌에 휩싸였다. "오랫동안 그 친구를 잊고 지냈거든요. 그런데 지금 수천 가지 기억이 새록새록 떠오르네요."

"옛날 남자친구였어?" 로비는 관심 없이 말했다.

십오 년 전 구애받았을 때 밀려들었던 짜릿한 공포가 이 순간 다시 찾아왔다. 그녀는 대꾸했다. "아, 아뇨. 무도회에 한 번 같이 갔을 뿐이에요. 우리 어머니가 걔 어머니한테 전화를 걸어서, 걔더러 나를 무도회에 초대하게 하라고 말했죠."

"초콜릿 소스를 뿌린 초콜릿 아이스크림 부탁해요." 로비가 웨이트리스에게 주문했다.

"커피만 주세요." 엘리자베스는 말했다. "정말 멋진 소년이었죠." 그녀는 말을 마치고 생각했다. 내가 왜 이렇게 늘어놓지? 그토록 긴 세월 동안 잊고 지냈건만.

"참, 대프니한테 점심을 먹으러 가도 좋다고 말했어?"

"아무 말도 안 했어요."

"그럼 서둘러 들어가자고. 가엾게도 쫄쫄 굶고 있을 거야."

프랭크, 하고 엘리자베스는 생각했다. "진지하게 묻는 건데요, 목사 일은 어떻게 하기로 했어요?"

"나중에 말해줄게. 생각이 정리되면 말이야. 지금은 결정에 확신이 없어."

엘리자베스는 생각했다. 그러다 느닷없이 나한테 떠넘기겠지, 나는 닥친 일에 어찌할 바를 모를 거고, 저 인간은 자기 돈으로 목사의 시를 출판하겠다고 약속해놓고는 뉴욕을 떠나버릴 거야, 나 혼자 처리해야 하거나 누군가에게 고소당하겠지, 어쨌든 프랭크는 이런 곳에 있어서는 안 될 사람이야, 조용한 분위기에 여자들은 모두 아름답고 직원들이 그를 '선생님'이라고 부르는 곳에서 식사하는 것이 어울릴 사람인데. "뭐, 어차피 중요한 일도 아닌데요."

"물론 그렇지." 로비는 대프니 힐에게 돌아가기 전에 마지막으로 못박아두는 것이 좋겠다고 여기는 것이 분명했다. "우리가 함께 싸울 수 있는 한 반드시 성공을 쟁취할 거야. 우리 함께 잘해왔잖아, 리즈." 그가 일어나 몸을 돌려 코트와 모자를 집어 들었다. 양복에 쭈글쭈글 주름이 져 있었는데, 어깨의 불편한 움직임으로 보아 옷이 작은 듯했다.

엘리자베스는 커피를 마저 마셨다. "요즘 나날이 살이 찌네요."

그가 겁에 질린 눈으로 그녀를 돌아보았다. "다시 다이어트를 시작해야 할까?"

그들은 함께 엘리베이터에 올라 각자 모퉁이를 차지하고 섰다. 엘리베이터의 창살 무늬 문 너머 허공을 응시한 채 각자 비밀스러운 생각에 잠겼다. 이 건물에 사무실을 차린 후 하루에 네 번 혹은 여섯 번 혹은 여덟 번 혹은 열 번은 엘리베이터를 타고 오르내렸다. 때로는 행복하게, 때로는 서로 쌀쌀맞게 토라져서, 때로는 폭언을 쏘아대며 맹렬히 다투거나, 깔깔 웃어대며. 엘리베이터 안내원은 엘리자베스의 집주인이나 로비의 아파트 복도 맞은편에 사는 젊은 부부보다도 이들에 대해 잘 알리라. 그런데도 엘리베이터 안내원은 매일 엘리베이터에 오르는 그들에게 예의 바르게 인사만 하고 등을 돌려 엘리베이터를 작동시킨다. 잠시 그들이 싸울지라도 그는 등 돌린 채 그저 미소만 지으리라.

오늘 그는 물었다. “날씨가 여전히 끔찍한가요?” 로비가 대답했다. “어느 때보다 최악이네.” 안내원이 말했다. “비를 막는 법이 제정되어야 해요.” 엘리베이터가 그들이 내릴 층에 도착했다.

“저 사람이 우리를 어떻게 생각할지 궁금해요.” 엘리자베스가 로비를 뒤따라 걸어가며 말했다.

“잠시만이라도 엘리베이터에서 내려 사무실에 앉아 있을 수 있으면 좋겠다고 생각하겠지.” 로비가 사무실 문을 열고 말했다. “힐 양?”

대프니 힐은 안내원 책상에 앉아, 엘리자베스가 점심을 먹으러 가면서 내버려둔 추리소설을 읽고 있었다. “안녕하세요, 삭스 씨.”

“내 책상에서 가져온 건가?” 엘리자베스는 놀라서 생각도 않고 곧장 말했다.

“그러면 안 되나요? 달리 할 일이 없었거든요.”

“할 일을 알려주지, 신참 아가씨.” 로비가 다시 활달한 사업가가 되어 다정하게 말했다. “점심도 못 먹고 기다리게 해서 미안하네.”

“나가서 먹고 왔답니다.”

“잘했어.” 로비는 엘리자베스를 힐긋 보며 말을 이었다. “몇 가지 사항을 미리 정해두면 좋을 것 같군.”

엘리자베스는 날카롭게 말했다. “앞으로는 허락 없이 내 방에 들어가지 마요."

"알겠습니다." 대프니는 화들짝 놀라 대답했다. "책을 돌려드릴까요?"

"됐어요." 엘리자베스는 방으로 들어가 문을 닫았다. 로비의 목소리가 들렸다. "스타일 양은 자기 물건에 손대는 걸 싫어한다네, 힐 양." 그러더니 "내 방으로 좀 들어오지 않겠나"라고 말하는 것이었다. 방이 진짜 분리라도 되어 있는 줄 아나 보네, 하고 엘리자베스는 생각했다. 로비가 빠르게 걸어가고, 대프니가 천천히 쫓아가고, 문이 닫히는 소리가 들렸다.

엘리자베스는 한숨을 쉬며 생각했다. 이게 진짜 벽인 척해야 해, 로비도 그럴 테니. 버턴 씨에게 보내는 미완성 편지를 그대로 끼워둔 타자기에 메모가 놓여 있었다. 그녀는 메모를 들어 칸막이 너머 새 직원의 목소리조차 들리지 않을 정도로 집중해서 읽었다. 윌슨 양의 메모였다.

스타일 양, 새 직원이 온다는 사실을 아무도 알려주지 않았습니다. 그토록 긴 세월을 여기에서 일했는데 그 정도는 미리 알려주어야 마땅하다고 생각합니다. 새 직원은 알아서 일을 익힐 수 있으리라 생각되는군요. 삭스 씨에게 봉급을 집으로 보내달라고 전해주세요. 아시겠지만 주소는 파일에 있습니다. 로버트 헌트라는 분이 전화를 걸어 애디슨 하우스 호텔에 묵고 있으니 전화해달라는 메시지를 남겼습니다. 삭스 씨에게 봉급을 꼭 부치라고 전해주세요. 두 주간 일했고, 또 해고 통지를 미리 하지 않았으니 일주일 치를 추가로 지불해야 합니다. 앨리스 윌슨 드림.

엘리자베스는 생각했다. 엄청 화가 났겠지, 너무 분노한 나머지 봉급을 받을 때까지 기다리지도 못한 거야, 대프니한테서 해고 소식을 듣고 나와 똑같은 생각을 했겠지, 저 인간은 절대 봉급을 부치지 않을 거야. 로비의 목소리가 들렸다. "끔찍한 직업이지. 생각할 때마다 마음이 아파." 프리랜서 작가에 대해 말하고 있나 보지, 보나마나 대프니는 자기 인생사를 팔고 싶어 하겠고.

그녀는 문으로 나가 로비의 방문을 노크했다. 로비가 "누구세요?" 하고 말하면 "엘리베이터 안내원이 잠시 앉아 있고 싶다고 찾아왔어요" 하고 대답해야지. 하지만 로비는 이렇게 말했다. "들어와요, 리즈. 장난치지 말고."

"사장님." 그녀는 문을 열며 말했다. "윌슨 양이 왔다가 메모를 남겨두었네요."

"참, 깜박했어요." 대프니가 말했다. "말할 시간도 없었지만요. 윌슨 양이 봉급을 꼭 부쳐달라고 했답니다."

"일이 이렇게 되어 유감이야." 로비가 말했다. "어제 알려주었어야 했는데. 이렇게 알게 하다니 정말 안타까워." 방에 있는 유일한 손님용 의자에 대프니가 앉아 있었다. 로비는 주저하다 말했다.

"여기 앉게, 엘리자베스."

엘리자베스는 그가 몸을 일으킬 때까지 기다린 후에 말했다. "괜찮아요, 사장님. 다시 일하러 가봐야 하거든요."

로비가 윌슨 양의 메모를 주의깊게 읽고 말했다. "힐 양, 윌슨 양에게 봉급과 일주일 치 추가분을 보내겠다는 편지를 작성하도록 해요."

"받아쓸 도구가 없는데요." 대프니가 말했다. 엘리자베스는 로비의 책상에서 메모장과 연필을 집어 건넸다. 대프니는 메모장의 첫 페이지에 엄숙한 문장을 하나 썼다.

"헌트가 누구지? 자네 옛 남자친구?" 로비가 엘리자베스에게 물었다.

말해주지 말아야 해, 하고 엘리자베스는 생각했다. "아버지의 오랜 고향 친구일 거예요."

"전화를 해주는 게 좋겠군." 로비가 메모를 돌려주며 말했다.

"그럴 생각이에요. 사장님이 윌슨 양에게 직접 편지를 써서 상황을 설명하는 편이 좋지 않을까요?"

로비는 당혹스러운 표정을 짓더니 말했다. "힐 양이 오늘 오후에 알아서 할 수 있을 거네."

엘리자베스는 일부러 대프니를 돌아보지 않고 말했다. "좋은 생각이네요. 힐 양에게 할 일이 생겼으니."

그녀는 조용히 문을 닫고 나가 사생활이 존재한다는 환상에 동참하기 위해 자기 방문을 닫았다. 그녀의 통화를 로비가 유심히 들을 것이 분명했다. 로비와 대프니가 로비의 책상을 사이에 두고 조용히 앉아 있는 기이한 광경이 떠올랐다. 포동포동한 두 얼굴이 진지한 표정으로 칸막이를 보며 엘리자베스가 아버지의 옛 친구와 통화하는 소리에 귀를 기울이리라.

그녀가 전화번호부에서 호텔 번호를 찾고 있는데 로비의 목소리가 들렸다. "우리 모두 진심으로 미안해한다고 전하게. 하지만 상황이 여의치 않았다고 등등 되도록 기분을 풀어주려고 애써보게. 여기에서 새로 일자리가 생기는 대로 제일 먼저 연락하겠다고 꼭 말하고."

엘리자베스는 전화기의 다이얼을 돌리며 로비의 방이 갑작스러운 침묵에 잠기기를 기다렸다. 호텔 직원에게 로버트 헌트 씨를 바꿔달라고 한 뒤, 상대방이 전화를 받자 그녀는 목소리를 낮추어 말했다. "로버트 삼촌? 저 베스예요."

그가 열광적으로 답했다. "베스! 목소리를 들으니 정말 좋구나. 네가 너무 바빠서 전화를 못 할 거라고 숙모가 걱정했거든."

"숙모가 거기 계세요? 잘됐네요. 두 분 어떻게 지내세요? 아버지는요?"

"모두 잘 지내. 너는 어떻게 지내니, 베스?"

그녀는 목소리를 낮게 유지했다. "저야 더할 수 없이 잘 지내죠, 로버트 삼촌. 여기에는 얼마 만에 오신 거예요? 얼마나 계실 거예요? 언제 만날 수 있을까요?"

그가 껄껄 웃었다. "숙모가 한쪽에서 이야기를 해대고, 네가 다른 쪽에서 이야기를 해대는구나. 네 말이 하나도 안 들린단다. 그래, 잘 지내니?"

"잘 지내고말고요."

"베스, 정말 만나고 싶구나. 집에서부터 계속 연락했는데."

"너무 바빴어요. 그래도 만나고 싶어요. 여기에는 언제까지 계시나요?"

"내일까지. 딱 이틀 여행 온 거란다."

그녀는 재빨리 계산하는 와중에도 당혹스러운 어조로 말을 이어갔다. "아, 이런. 왜 미리 알려주지 않으셨어요?"

"모두가 너한테 안부 전한다더라고 숙모가 말하라는구나."

"정말 아쉽네요." 죄책감 어린 목소리가 점점 격렬해져갔다. "어떻게 해야 삼촌이랑 숙모를 뵐 수 있을지 모르겠어요. 내일 아침은 어떨까요?"

"글쎄." 그가 천천히 말했다. "내일 처형을 만나러 롱아일랜드로 갈 생각이란다. 그러면 처형이 돌아갈 때 우리를 기차역까지 데려다줄 거야. 오늘밤 너랑 만나면 좋겠다고 생각했는데."

"아, 하느님. 도저히 취소할 수 없는 저녁 약속이 있답니다. 고객과의 약속이라서요. 죄송해요."

"걱정 말렴. 우리는 쇼를 보러 갈 생각인데, 너도 같이 가면 좋겠다 싶었단다." 그가 소리쳤다. "여보, 우리가 보러 가는 쇼가 뭐랬지?" 그가 잠시 기다리다가 말했다. "네 숙모도 기억이 안 난다는구나. 호텔에서 표를 끊어줬거든."

"같이 갈 수 있으면 얼마나 좋을까요. 너무나 아쉽네요." 두 분이 그녀를 신경써서 표를 한 장 더 샀는데도 낯선 도시에서 단둘이 기쁜 척하며 저녁을 먹어야 한다는 생각이 들었다. 나를 위해 이 밤을 준비해놓았구나. "하필이면 절대 취소할 수 없는 사람과 약속이 잡혀 있다니. 우리 회사에서 가장 중요한 고객이라 대하기가 여간 까다로운 게 아니거든요."

"이해한단다."

침묵이 너무 길게 이어져 엘리자베스는 허둥지둥 말했다. "아버지는 좀 어떠세요?"

"잘 지내. 모두가 잘 지내. 너희 아버지는 네가 이제 돌아왔으면 하는 것 같더구나."

"외로우신가 보네요." 그녀는 목소리에서 감정이 드러나지 않도록 조심했다. 얼른 통화를 끝내 헌트 부부와 아버지와 귀향에 대한 암시에서 벗어나고 싶었다. 노인이 그녀가 알았던 사람들과 그녀의 아버지에 대해 지루한 일화를 늘어놓는 동안 그녀는 생각했다. 나는 이제 뉴욕 사람이야, 나 혼자 뉴욕에 살고 있고 저 인간들을 굳이 기억할 필요도 없어, 내가 전화를 걸어준 것만 해도 로버트 삼촌은 황송해해야 해.

그녀는 별안간 그의 말을 뚝 끊고 말했다. "삼촌이랑 통화하게 되어 정말 기뻐요. 죄송하지만 이제 일하러 가봐야 해요."

"아무렴." 그가 미안한 어조로 말했다. "그래, 베스, 편지 쓸 거지? 숙모가 너한테 사랑한다고 전해달라고 하네."

그녀는 생각했다. 저 인간들이 나를 붙잡고 늘어지는구나, 편지와 '사랑'과 안부 따위로 나를 끌고 가려고 하는구나.

"조만간 고향에 들르렴."

"형편이 되면 갈게요. 그럼 안녕히 계세요."

"그래, 너도 잘 지내렴"이라는 대꾸에 이어 뭔가 할말이 떠오른 듯 그가 "아, 잠깐만, 베스" 하고 말했다. 그녀는 듣고도 그대로 전화를 끊었다. 더이상은 들어줄 수가 없었다.

옆방에서 로비의 목소리가 다시 시작되었다. "전화 응대법 등등에 대해서는 잘 알리라 생각되는데."

"그럭저럭요." 대프니가 대답했다.

엘리자베스는 타자기에 꽂힌 채 영원히 말려 있을 것 같은 버턴 씨의 편지를 마저 완성하기로 했다. 로비와 대프니 힐의 이야기 소리가 이어졌다. 고객의 이름에 대해, 안내원 책상에 있는 단추가 둘인 내선 전화기에 대해. 두 사람이 방에서 나가 안내원 책상의 내선 전화기를 사용해보는 소리에 그녀는 생각했다. 사무실 놀이를 하는 어린애들이라니. 이따금 로비의 묵직한 웃음소리가 들리면 화들짝 놀란 듯한 대프니의 느린 웃음소리가 이어졌다. 버턴 씨에게 비용을 설명하는 데 집중하려고 온갖 시도를 해보았지만 그녀는 어느새 로비와 대프니가 사무실을 둘러보는 기척에 촉각을 곤두세우고 있었다. 한번은 두 사람이 나직한 속삭임이 아니라 크게 말하는 소리가 들렸다. 로비가 남자다운 목소리로 말했다. "조용하고 아담한 레스토랑이지." 그리고 목소리가 조심스럽게 낮아지자 그녀는 생각했다. 어디에서 이야기하는 거지? 그녀는 듣고 있다는 티를 내지 않으면서 기다렸다. 이윽고 대프니가 안내원 책상에 자리를 잡고 로비가 자기 방으로 돌아가는 소리가 들렸다. 그 순간 엘리자베스가 말했다. "사장님?"

잠깐 침묵이 이어지더니 그가 그녀의 방문을 열고 들어왔다. "내가 사무실에서 고함치는 거 싫어한다고 했을 텐데."

그녀는 잠시 마음을 가라앉힌 후에야 다정한 어조로 말할 수 있었다. "오늘 저녁에 같이 식사하기로 한 것 기억하시죠?" 그들은 일주일에 네다섯 번은 함께 저녁을 먹었다. 로비나 엘리자베스의 집 근처에 있는 자그마한 식당이나 점심을 먹었던 레스토랑에서 자주 먹었다. 로비가 입꼬리를 축 늘어뜨리며 살짝 접견실을 돌아보자 그녀는 살며시 목소리를 높였다. "오늘 저녁 사장님과 긴히 논의할 게 있어서 촌닭들을 일부러 따돌렸던 거예요."

로비가 빠르고 나직한 목소리로 대꾸했다. "사실, 리즈, 오늘 저녁에 취소할 수 없는 약속이 있다네." 몇 분 전 들은 그녀의 통화 내용을 그대로 반복하고 있다는 사실을 깨닫지 못한 채 그는 짐짓 짜증난 표정으로 말을 이었다. "중요한 고객과의 약속이라 깰 수가 없어." 엘리자베스의 놀라는 표정에 그가 말했다. "오늘 오전에 목사하고 만났을 때 저녁을 같이 하기로 했지 뭐야. 말한다는 걸 깜박했군."

"그 약속은 꼭 지켜야죠." 엘리자베스는 태연히 말했다. 이어 로비를 가만히 주시했다. 그는 책상 모서리에 초조하게 걸터앉아서 아무 의미 없이 연필을 돌려댔다. 어서 나가고 싶지만 너무 빨리 나갈까 봐 걱정하고 있었다. 지금 나랑 숨바꼭질이라도 하자는 거야? 하는 생각이 문득 들었다. "영화라도 보러 가지그래요?"

로비가 애석하다는 듯 웃었다. "그럴 수 있으면 얼마나 좋겠어."

엘리자베스는 팔을 뻗어 그의 손에서 연필을 가져왔다. "가엾게도, 지금 너무 긴장하고 있잖아요. 어디 가서 느긋하게 쉬어요."

로비는 걱정스레 이마를 찌푸렸다. "왜 그래야 하지? 여긴 내 사무실이잖아."

엘리자베스는 부드러운 어조로 말했다. "몇 시간만 나가서 쉬다 와요, 로비. 진지하게 하는 말이에요. 이런 상태로는 일을 하려야 할 수가 없어요." 사소한 핀잔 정도는 괜찮겠다 싶어 덧붙였다. "오늘 저녁에 끔찍한 노땅을 만나야 한다면서요."

로비가 입을 벌렸다 다물더니 이내 다시 입을 열었다. "날씨가 이렇게 나쁠 때는 머리가 제대로 안 돌아가. 비 때문에 미쳐버리는 것 같아."

"나도 알아요." 그녀는 일어났다. "모자를 쓰고 코트를 입어요. 서류 가방과 회사 일은 그냥 두고 가요." 그녀는 그를 문으로 밀며 말을 이었다. "두 시간쯤 영화라도 보고 와요. 그러면 백만장자가 된 기분으로 목사랑 이야기할 수 있을 거예요."

"이런 날씨에 또 나가기는 싫은데."

"일을 쉬고 면도나 해요." 엘리자베스가 방문을 열자 대프니 힐이 바라보았다. "머리도 깎고요." 엘리자베스는 그의 뒤통수를 만지며 말했다. "힐 양과 나는 사장님 없이도 잘 지낼 거예요. 그렇지, 힐 양?"

"그럼요." 대프니가 대답했다.

로비는 불안해하며 사장실로 들어가 잠시 후 축축한 코트와 모자를 들고 나왔다. "왜 나가라는 건지 도통 모르겠군." 그가 말했다.

"왜 여기에 있으려는 건지 도통 모르겠네요." 엘리자베스는 현관문까지 그를 배웅하며 말했다. "이런 기분일 때는 어떤 일도 제대로 할 수 없어요." 그녀가 현관문을 열자 그가 걸어나갔다. "나중에 봐요."

"나중에 봐." 로비는 복도를 걸어갔다.

엘리자베스는 그가 엘리베이터에 타는 것까지 지켜본 다음 문을 닫고 대프니 힐을 돌아보았다. "윌슨 양에게 보낼 편지는 완성했나요?"

"지금 하는 중이랍니다."

"완성하면 나한테 가져와요." 엘리자베스는 방으로 들어가 문을 닫고 책상 앞에 앉았다. 그리고 생각했다. 프랭크, 프랭크였을 리 없어, 그였더라면 '안녕'이라거나 뭐라고 말했을 거야, 내가 그렇게 많이 변한 것도 아닌데, 정말 프랭크였다면 여기에서 뭘 하고 있었던 걸까? 어차피 그를 찾을 수도 없으니 그만두자.

그녀는 책상 구석에서 전화번호부를 집어 프랭크의 이름을 찾아보았지만 나오지 않았다. 페이지를 계속 넘겨 H에 이르자 손가락으로 목록을 주르르 훑으며 제임스 해리스를 찾아냈다. 전화기를 당겨 번호를 돌린 뒤 기다렸다. 남자가 전화를 받자 그녀는 말했다. "짐 해리스 씨 되시나요?"

"그렇습니다."

"엘리자베스 스타일이에요."

"안녕하세요. 잘 지내시나요?"

"선생님께서 언제 연락 주시나 목이 빠지게 기다렸답니다. 정말 오랜만이에요."

"그러게 말입니다. 어쩌다 보니 그만……."

"전화드린 이유는 다름이 아니라, 프랭크 데이비스 기억하세요?"

"기억하죠. 어찌 지내고 있나요?"

"저도 그걸 물으려고 전화드린 거예요."

"아, 이런……."

그녀는 잠시 기다린 뒤 말을 이었다. "언제 그 유명한 스탠딩 디

너파티에 초대해주시면 좋겠네요."

"그럼요. 연락드리죠."

아, 안 돼, 하고 그녀는 생각했다. "오랜만에 이야기하니 정말 좋네요. 있죠." 느닷없이 기막힌 아이디어가 떠올랐다는 듯한 어조로 말했다. "그냥 오늘밤에 만나면 어떨까요?" 그가 뭐라고 말하려고 했지만 그녀는 내처 말을 이었다. "너무너무 보고 싶어 미칠 지경이에요."

"있죠, 제 여동생이 와 있답니다."

"그럼 같이 만나면 좋겠네요."

"글쎄요."

"잘됐어요. 먼저 우리집에서 한잔해요. 여동생도 데려와요. 옛 시절의 멋진 추억을 나누는 거예요."

"일정을 확인하고 나중에 전화드리죠."

"지금 사무실에서 나가는 참이에요." 엘리자베스는 단호히 말했다. "오후 내내 외근을 해야 해서요. 우리 7시에 만나요."

"그러죠."

"오늘밤에 만난다니 너무나 기쁘네요. 그럼, 나중에 봐요."

전화를 끊은 그녀는 손을 수화기에 얹은 채로 생각했다. 마음씨 좋은 해리스, 상대가 빠르게 말해버리면 결코 말을 자르지 못하지, 뉴욕의 온갖 덤터기는 다 쓰고 살걸. 그녀는 기분이 좋아 깔깔 웃어 내다 뚝 그쳤다. 대프니가 노크했던 것이다.

"들어와요."

대프니가 문을 조심스레 열더니 머리를 들이밀었다.

"편지를 다 썼습니다, 스타일 양."

"이리 가져와요." 엘리자베스는 덧붙였다. "기대되네요."

대프니가 들어와 팔을 길게 뻗어 편지를 내밀었다. "썩 잘 쓰지는 못한 것 같아요. 하지만 생애 처음으로 저 혼자 편지를 써본 거랍니다."

엘리자베스는 편지를 힐끗 보았다. "괜찮아요. 앉아요, 대프니."

대프니는 의자 끝에 조심스럽게 걸터앉았다. "깊숙이 앉도록 해요. 내가 가진 손님용 의자는 그거 하나뿐인데 부러지면 큰일이니까."

대프니는 눈을 휘둥그레 뜨며 의자 깊숙이 앉았다.

엘리자베스는 조심스럽게 핸드백을 열어 담뱃갑을 꺼낸 뒤 성냥을 찾아 뒤적였다.

"잠시만요, 제가 가져올게요." 대프니가 열렬히 말하더니 후다닥 대기실로 나갔다가 성냥갑을 가지고 돌아왔다. "그냥 가지세요. 저는 많거든요."

엘리자베스는 담배에 불을 붙인 뒤 성냥갑을 책상 가장자리에 내려놓았다. "자." 그녀가 입을 떼자 대프니가 상체를 내밀었다. "전에 어디에서 일했나요?"

"이곳이 제 첫 직장이랍니다. 막 뉴욕에 왔거든요."

"어디 출신이죠?"

"버펄로입니다."

"그럼, 성공하기 위해 뉴욕에 온 건가요?" 엘리자베스는 질문을 던지고 생각했다. 여기는 내 차지야, 친애하는 대프니, 나는 이미 성공했지.

"글쎄요. 오빠가 사업하는 데 아버지 도움이 필요하다고 해서 온 가족이 온 거랍니다. 겨우 두 달 전에 이리로 이사했죠."

날 돌봐줄 가족이 있었다면 로버트 삭스와 일하지 않았을 텐데, 하고 엘리자베스는 생각했다. "어떤 교육을 받았죠?"

"버펄로에서 고등학교를 나왔습니다. 한동안 직업학교도 다녔죠."

"작가가 되고 싶나요?"

"아뇨. 저는 삭스 씨와 스타일 양처럼 에이전트가 되고 싶습니다."

"좋은 직업이죠. 많은 돈을 벌 수 있어요."

"삭스 씨도 그러더군요. 정말 친절한 분이세요."

대프니는 점점 용기를 얻어갔다. 엘리자베스의 담배를 바라보며 의자에 한결 편안하게 앉아 있었다.

엘리자베스는 불현듯 피곤이 몰려왔다. 대프니를 가지고 놀 기운이 없었다. 그녀는 신중하게 말했다. "점심 식사 때 삭스 씨와 힐 양 이야기를 했죠."

대프니가 미소를 지었다. 자그마한 발 위에 위태롭게 놓인 거대한 몸뚱이만 제외하면 미소를 지으며 앉아 있는 대프니의 모습은 매력적이었다. 작은 갈색 눈과 지나치게 많은 머리숱에도 불구하고 상당한 매력이 엿보였다. 엘리자베스는 생각했다. 나는 너무 말랐어. 그러고는 기쁜 어조로 말했다. "윌슨 양 편지는 다시 쓰는 것이 좋겠네요, 대프니."

"네."

"이렇게 써요. 되도록 빨리 업무에 복귀하라고요."

"여기로요?" 대프니는 살며시 경계를 드러내며 물었다.

"여기로요." 엘리자베스는 미소를 지었다. "삭스 씨가 솔직히 말할 용기가 없었답니다. 삭스 씨와 나는 사업 파트너일 뿐만 아니라 아주 친한 친구 사이죠. 삭스 씨는 종종 우리의 우정을 이용해 골치 아픈 일을 나한테 떠넘겨버려요."

"삭스 씨는 아무 말씀도 없었는데요."

"그랬을 거예요. 당신이 여기 머무를 것처럼 와 있는 걸 보면 말이죠."

대프니는 겁에 질렸다. 엘리자베스는 생각했다. 너무 멍청해서 울지도 못하는구나, 상세한 설명을 해주지 않으면 납득하지 못할 거야. "당연히 나도 이런 말을 하고 싶지 않아요. 힐 양이 다른 직장을 찾도록 도와주면 내 마음도 조금은 편해질 것 같네요."

대프니는 고개를 끄덕였다.

"내 말이 도움이 될 거예요. 삭스 씨가 점심때 한 말에 따르면, 남자들은 어떤 사항에 대해 대단히 까다롭죠. 외모 말이에요."

대프니가 자신의 풍만한 가슴을 내려다보았다.

엘리자베스는 말했다. "힐 양도 이미 깨달았을 것이고 내가 말하면 실례겠지만, 혹시 모르니 좋은 인상을 주는 법에 대해 설명할게요. 일자리를 구했을 때는 실크 원피스 말고 사무실에 적합한 옷을 입으면 더 편하게 일할 수 있을 거예요. 실크 원피스를 입으면 막 버펄로에서 온 티가 나거든요."

"정장 같은 걸 입으라는 말씀인가요?" 대프니는 악의 없이 천천히 물었다.

"차분한 복장이면 뭐든 괜찮아요."

대프니는 엘리자베스를 위아래로 살폈다. "스타일 양 같은 옷 말인가요?"

"정장이면 적합할 거예요. 머리도 단정히 빗고요."

대프니는 정수리를 살며시 만졌다.

"더 차분해 보이도록 말이에요. 아름다운 머리카락을 갖고 있긴 하지만, 대프니, 더 단정하게 묶는다면 사무실에 더 적합해 보일 거예요."

"스타일 양처럼요?" 대프니는 엘리자베스의 흰머리를 바라보며 물었다.

"어떤 머리든 괜찮아요. 대걸레처럼 보이지만 않으면 되겠죠." 엘리자베스는 날카롭게 책상으로 돌아앉았다. 잠시 후 대프니가 일어났다. "이거 가져가도록 해요." 엘리자베스는 윌슨 양 편지를 내밀었다. "내가 말한 대로 다시 써요."

"네, 스타일 양."

"편지를 마치는 대로 돌아가도록 해요. 편지는 책상 위에 올려놓고, 힐 양의 이름과 주소도 써놓아요. 삭스 씨가 오늘 치 봉급을 보내줄 거예요."

"그러든지 말든지 상관없어요." 대프니가 불쑥 말했다.

엘리자베스는 고개를 들어 대프니를 가만히 응시했다. "삭스 씨의 결정을 비난할 권리가 당신에게 있다고 생각하나요?"

몇 분 동안 엘리자베스는 대프니가 어떻게 행동하는지 지켜보았다. 문이 조용히 닫히고 대프니가 책상으로 걸어간 뒤 무거운 침묵만 이어졌다. 책상에 앉아 생각을 하나 보다 싶었다. 마침내 핸드백이 나직이 딸깍 하고 열리더니 열쇠와 종이를 뒤적이는 기척이 들렸다. 엘리자베스는 생각했다. 콤팩트를 꺼내 보는 거야, 자기 외모가 내 말대로인지 확인하려고, 로비가 정말 그런 말을 했다면 어떤 식으로 말했을지, 내가 과장하거나 에둘러 말한 것은 아닌지 고민하겠지, 뚱땡이 돼지라고, 세상 최고의 추녀라고 말했다고 할걸 그랬어, 눈치 못 챘을 거야, 지금 뭐하고 있지?

대프니가 "젠장" 하고 말하는 것이 또렷이 들렸다. 엘리자베스는 그녀가 나가는 기척을 놓치지 않으려고 의자 끝에 걸터앉았다. 하지만 타자 치는 소리만 조용히 이어졌다. 대프니는 윌슨 양에게 보내는 편지를 작성하고 있었다. 엘리자베스는 천천히 고개를 저으며 웃었다. 여전히 책상 가장자리에 놓여 있던 대프니의 성냥으로 담배에 불을 붙이고, 여전히 타자기에 끼워져 있는 버턴 씨 편지를 멍하니 바라보았다. 한 팔을 의자 등받이에 걸치고 담배를 입에 문 채 손가락 하나로 천천히 타자를 쳤다. "지옥으로나 꺼져버려, 버턴." 그리고 종이를 타자기에서 와락 뽑아 쓰레기통에 던졌다. 오늘 할 일은 다했어, 아까 말을 할 때 대프니의 얼굴을 본 것만으로 충분해, 하고 그녀는 스스로에게 말했다. 책상을 보니 답장을 기다리는 편지들이 놓여 있었다. 전문 편집자로서 비평을 써야 하고 불평 편지에 친절한 답장을 써야 했다. 그녀는 생각했다. 집에 가자, 목욕을 하고 집을 청소하고 짐과 그의 여동생한테 대접할 음식을 준비해야지, 대프니가 떠날 때까지만 있는 거야.

"대프니?" 그녀는 소리쳤다.

주저하는 듯하다가 대답이 들렸다. "네, 스타일 양?"

"아직 멀었나요?" 엘리자베스는 이 순간 자신이 낼 수 있는 가장 친절한 어조로 말했다. "윌슨 양 편지야 일 분이면 충분할 텐데."

"갈 준비를 하는 참이었어요."

"이름과 주소 꼭 남기도록 해요."

대기실에서 아무 소리도 들리지 않자 엘리자베스는 다시 목소리를 높여 닫힌 문을 향해 말했다. "내 말 들었나요?"

"삭스 씨가 알고 있답니다." 현관문이 열리는 소리가 났다. 대프니가 말했다. "안녕히 계세요."

"잘 가요." 엘리자베스는 말했다.

그녀는 집 근처 모퉁이에 택시를 세웠다. 택시비를 내고 나니 핸드백에는 십 달러 지폐 한 장과 동전 몇 개가 남아 있었다. 집에 이십 달러가 있었다. 로비한테 더 달라고 하기 전까지는 그것이 전 재산이었다. 그녀는 재빨리 계산해보고 접대를 위해 집에 있는 돈 중 십 달러를 쓰기로 했다. 저녁 식사는 짐 해리스가 살 것이다. 그럼 택시비와 비상금으로 십 달러 정도 남는다. 내일 로비에게 돈을 달라고 해야겠다 싶었다. 핸드백에 있는 돈으로는 술을 사기로 하고 모퉁이의 주류 판매점에 들어가 750밀리리터짜리 호밀 위스키 한 병을 구입했다. 남은 술은 다음에 로비가 왔을 때 주면 될 터였다. 그녀는 술병을 옆구리에 끼고 식료품점으로 들어가 진저에일• 한 병을 집어 든 뒤 망설이다가 감자칩 한 봉지, 크래커 한 상자, 그 위에 얹을 간肝 소시지를 골랐다.

그녀는 접대하는 데 익숙하지 않았다. 그녀와 로비는 이따금 고객을 만나거나 오랜 친구한테 초대받았을 때 말고는 단둘이 저녁을 조용히 보냈다. 결혼한 사이가 아니었기에 로비는 그녀를 어딘가로 데려갔다가 당혹스러운 상황에 처할까 봐 걱정했다. 그들은 작은 레스토랑에서 식사했고, 드물게 술을 마실 때면 집이나 외딴 술집을 이용했으며, 극장은 집 근처에 있는 곳만 갔다. 엘리자베스가 어쩔 수 없이 누군가를 집에 초대해야 할 때면 로비는 오지 않았다. 로비의 넓은 집을 파티장으로 이용한 적이 딱 한 번 있었다. 뭔가 중요한 일을 축하해야 했다. 십중팔구 고객과 관련된 일이었으리라. 파티는 끔찍했고 손님들이 불편해했기에 두 번 다시 파티를 열지 않았다. 이후에는 한두 명만 초대했다.

그 결과, 엘리자베스는 "우리집에서 한잔해요" 하고 호탕하게 말하긴 했으나 막상 사람들이 올 때가 되자 대단히 당혹스러웠다. 꾸러미를 팔과 턱 사이에 낀 채 집을 향해 계단을 오르는 동안 온갖 걱정이 밀려들었다. 술은 언제 마시고, 크래커는 어떻게 나눠주고, 코트는 어디에 두고.

그녀는 집의 몰골에 경악했다. 아침에 급하게 출근하느라 제대로 정돈하지 못했다는 사실을 잊고 있었던 것이다. 또한 그 집은 엘리자베스에게 맞게 만들어지고 꾸며진 곳이었다. 다시 말해, 집을 품위 있게 꾸밀 능력이 없는 불행하고 절망적인 젊은 여성이 매일 아침 부랴부랴 출근하고, 의자 하나와 책 하나와 재떨이 하나로 고독하고 끔찍한 저녁을 보내고, 밤마다 뜨거운 잔디밭과 강렬한 햇살을 꿈꾸기에나 적합한 곳이었다. 서너 사람이 술잔을 쥐고 편안하게 앉아 도란도란 이야기 나누는 장소로 변신시키기란 애당초 불가능했다. 초저녁에 전등 하나만 켜서 구석을 어둡게 만들면 아늑하고 편안해 보이겠지만, 앉을 곳이 안락의자 하나였고 손을 얹을 곳이라고는 광을 내다 만 듯한 회색 목재 보조 탁자 하나뿐이었다.

● **진저에일** _ 생강 맛을 첨가한 탄산음료.

게다가 안락의자는 딱딱한 싸구려였고 여기저기서 회색 페인트 조각이 떨어져 내렸다.

꾸러미를 든 엘리자베스는 한동안 문가에 서서 애정 어린 손길로 이 집을 어떻게 변신시킬 수 있을지 열심히 상상해보려고 했다. 하지만 계단을 내려오는 발소리에 얼른 안으로 들어와버렸다. 일단 들어오자 어떤 상상도 할 수 없었다. 그녀의 발은 광택 없는 바닥을 딛고 있었고 문손잡이는 손가락 얼룩으로 지저분했다. 로비의 지문이리라.

좁은 부엌을 가리고 있는 유리문을 열고 꾸러미를 내려놓았다. 부엌은 한쪽 벽을 막아 만들었다. 찬장 아래 자그마한 스토브가 놓여 있고, 냉장고 위에 싱크대가 설치되어 있고, 그 위에 놓인 선반 두 개에 그녀의 그릇 세트가 자리해 있었다. 접시 두 개, 컵과 컵받침 두 조, 유리잔 네 개. 또한 그녀는 자그마한 냄비 하나와 프라이팬 하나와 커피포트 하나를 갖고 있었다. 자잘한 집기들은 모두 몇 년 전 싸구려 잡화점에서 구입했다. 그녀는 이곳을 자신과 로비를 위해 소소한 파티를 열고 작은 파이나 쿠키도 구울 수 있도록 작지만 완벽한 부엌으로 꾸미고자 계획했었다. 노란색 앞치마를 두르고 어설프지만 재미난 실수를 저지르리라 상상하며. 뉴욕에 왔을 때만 해도 그녀는 꽤 뛰어난 요리사였는지라 고기나 감자를 튀기는 정도는 손쉽게 할 수 있었다. 하지만 제대로 된 스토브를 떠나 긴 세월이 흐르는 동안 아는 것을 다 잊고 이따금 재미 삼아 퍼지•를 만드는 것이 전부가 되었다. 요리는 유능하고 행복한 여자가 되는 데(어머니의 진지한 표현을 빌리자면 "남자의 마음을 사로잡는 데") 필요한 품위 있고 정직한 기술이었다. 하지만 그녀가 알았던 다른 모든 것과 마찬가지로 요리 또한 일상생활에서 밀려나 가끔 기분 전환 삼아 흉내내는 추억으로 전락했다.

유리잔 네 개를 꺼내 씻어야 했다. 칸막이 없는 선반에 놓아둔 채 쓰지 않아 먼지가 잔뜩 쌓여 있었다. 냉장고를 확인했다. 한동안은 냉장고에 버터와 달걀을, 찬장에 빵과 커피를 구비해놓았지만 아침 식사를 한 번 해먹은 뒤에 곰팡이가 피거나 상하기 일쑤였다. 걸핏하면 늦잠을 자는 바람에 아침 식사를 준비할 시간이 나지 않았던 것이다.

이제 겨우 4시 30분이었다. 집안을 정돈하고 목욕을 하고 옷을 차려입을 시간은 있었다. 제일 먼저 손쉽게 바꿀 수 있는 부분부터 손대기로 했다. 테이블에서 먼지를 털고, 재떨이를 비우고, 먼지막이 커버를 치우고, 침대 시트를 정리했다. 작은 양탄자 세 장을 들어 먼지를 털고 바닥을 청소할까 싶었지만 욕실을 힐긋 보니 기가 꺾였다. 손님들은 분명 욕실을 들락거릴 터였다. 하지만 바닥과 욕조와 심지어 벽까지 상태가 엉망이라 청소가 필요했다. 그녀는 수도꼭지에서 뜨거운 물을 틀어 걸레를 빨아 욕실을 청소했다. 바닥은 마지막으로 닦았다. 애초에 수건이 조금밖에 없는 보관함에서 깨끗한 수건들을 꺼내 걸고 욕조에 물을 받는 동안 방 청소에 돌입했다.

● **퍼지** _ 설탕과 버터, 우유, 초콜릿으로 만드는 물렁한 사탕.

닥치는 대로 청소했지만 방의 몰골은 여전했다. 비 내리는 오후의 빛깔에 젖어 집은 여전히 삭막한 회색이었다. 계단을 뛰어 내려가 밝은색의 꽃을 사 올까 잠시 고민했으나 돈이 부족했다. 어차피 손님들은 잠시만 있을 터였다. 술과 음식이면 어떤 집이든 아늑해 보이리라.

목욕을 마치고 나니 거의 6시였다. 보조 탁자의 전등을 켜도 될 것 같았다. 그녀는 맨발로 방을 가로질렀다. 뜨거운 물 때문에 살짝 곱슬곱슬한 머리카락과 몸에 바른 오드콜로뉴 향을 의식하자 시원하고 산뜻한 기분이었다. 흥분이 밀려왔다. 오늘밤을 행복하게 보내리라, 성공을 맞이하리라, 멋진 일이 일어나 인생이 완전히 바뀌리라. 이런 느낌에 휩싸인 그녀는 진홍색 실크 원피스를 골랐다. 젊어 보이는 디자인이라 흰머리만 없다면 삼십 대가 아니라 이십 대처럼 보일 터였다. 묵직한 금목걸이를 고르고 생각했다. 고급스러운 검은 코트를 입어야지, 그러면 비가 내린다 해도 여전히 기분이 좋을 거야.

옷을 차려입는 동안 집에 대해 생각했다. 아무리 생각해도 방법이 없었다. 노란색 커튼이나 그림도 도움이 되지 않을 것이다. 새집이 필요했다. 커다란 창이 달린 널찍하고 쾌적한 집, 연한 색 가구 위로 온종일 햇볕이 드리우는 집. 새집을 구하려면 더 많은 돈이 필요하고 새로운 일자리가 필요한 만큼 짐 해리스가 반드시 그녀를 도와야 했다. 오늘밤은 앞으로 둘이 함께 보낼 짜릿한 저녁들의 첫

날에 불과하리라. 그와의 멋진 우정이 그녀에게 새 직장과 볕 잘 드는 새집을 선사하리라. 그녀는 새 인생을 계획하는 동안 짐 해리스의 거대한 얼굴과 가느다란 목소리를 잊었다. 그는 낯선 사람이었다. 피부가 까무잡잡하고 용감한 그는 방을 가로지르는 그녀를 영리한 눈으로 응시하리라. 그녀를 사랑하리라. 햇살과 따뜻한 정원과 푸른 잔디밭을 꿈꾸며 고뇌하는 조용한 남자이며…….

오래된 좋은 회사

콩코드 부인은 큰딸 헬렌과 거실에서 바느질을 하고 수다를 떨며 추위를 물리치려고 애썼다. 헬렌이 손보던 스타킹을 내려놓더니 정원 쪽 유리문으로 다가갔다. "빨리 봄이 왔으면 좋겠어요." 때마침 초인종이 울렸다.

콩코드 부인이 말했다. "어머, 어쩌나. 손님이라니! 카펫이 온통 실투성이인데." 그녀는 의자에서 일어나 자질구레한 물건들을 치우기 시작했고, 헬렌은 현관으로 갔다. 문을 열고 미소를 짓자 웬 여자가 손을 내밀며 빠르게 말했다. "헬렌이지요? 나는 프리드먼 부인이에요. 혹시 방해를 한 건 아닌지 모르겠군요. 당신과 당신 어머님을 어서 만나고 싶어서 이렇게 찾아왔답니다."

"안녕하세요. 어서 들어오세요." 헬렌이 문을 활짝 열자 프리드먼 부인이 들어왔다. 그녀는 머리가 검고 키가 작았으며, 세련된 표범 무늬 코트를 걸치고 있었다. "어머니는 댁에 계신가요?" 그녀가 막 묻는데 콩코드 부인이 거실에서 나왔다.

"제가 콩코드 부인이랍니다." 헬렌의 어머니가 말했다.

"저는 프리드먼 부인입니다. 밥 프리드먼의 어머니죠."

"밥 프리드먼?" 콩코드 부인이 되물었다.

프리드먼 부인이 미안하다는 듯 미소 지었다. "아드님이 보비 이야기를 이미 한 줄 알았답니다."

"아, 그럼요." 헬렌이 불쑥 끼어들었다. "찰리가 편지에서 항상 언급하던 군인이잖아요, 어머니." 그녀는 프리드먼 부인을 향해 말을 이었다. "찰리와 워낙 떨어져 있다 보니 얼른 연결이 안 된 거랍니다."

콩코드 부인이 고개를 끄덕였다. "그럼요. 이리로 들어오세요."

프리드먼 부인은 콩코드 모녀를 따라 거실로 들어가 바느질거리가 놓여 있지 않은 의자에 앉았다. 콩코드 부인은 거실을 따라 휘익 팔을 저었다. "지금 거실이 엉망이랍니다. 이따금씩 딸이랑 이런저런 물건을 만드는데, 지금은 부엌에 달 커튼을 짓는 중이었죠." 그녀는 바느질중이던 천을 들어올리며 말했다.

"어머, 멋지군요." 프리드먼 부인이 예의를 차려 말했다.

"아드님 이야기를 해주세요. 누군지 곧바로 알아듣지 못했다니.

밥 프리드먼과 찰스는 군대에 있다는 생각이 너무나 강해서 그 모친이 같은 도시에 있을 줄은 상상도 못 했답니다."

콩코드 부인의 말에 프리드먼 부인이 소리 내어 웃었다. "저도 마찬가지였답니다. 밥이 편지에서 동료의 모친이 우리집에서 겨우 몇 블록 떨어진 곳에 산다고, 가서 만나보라고 하더군요."

"이렇게 찾아와주셔서 정말로 기쁩니다." 콩코드 부인이 말했다.

헬렌이 말을 받았다. "아드님이 아주 잘 아는 사람처럼 느껴진답니다. 찰리가 늘 편지에서 밥의 이야기를 했거든요."

프리드먼 부인이 핸드백을 열었다. "심지어 찰리가 저한테 편지도 보냈답니다. 한번 보시겠어요?"

"찰스가 부인께 편지를 보냈다고요?" 콩코드 부인이 물었다.

"짧은 편지예요. 제가 보비한테 보내준 파이프용 담배가 마음에 들었다고 하더군요. 그래서 지난번에 보비한테 소포를 보낼 때 찰리 것도 한 통 따로 챙겨 보냈답니다." 그녀는 편지를 콩코드 부인에게 건네고는 헬렌에게 말했다. "아가씨에 대해서 아주 잘 안답니다. 보비가 상세히 설명해주었거든요."

"어머, 밥이 크리스마스 선물로 부인께 일본도를 보냈다는 이야기도 들었어요. 크리스마스트리 아래에 놓으면 무척 근사해 보일 거예요. 어떤 소년에게서 그 칼을 살 때 찰리가 도와줬다고 하더군요. 이미 아시겠지만요. 그때 소년과 싸움이 날 뻔했다죠."

"싸울 뻔한 쪽은 보비였답니다. 찰리는 영리하게도 싸움을 말렸고요."

"아뇨, 싸움을 벌이려고 한 건 찰리였다고 하던데요."

헬렌과 프리드먼 부인은 깔깔 웃어댔다.

"아무래도 편지를 비교해보면 안 될 것 같네요. 같은 일을 두고 서로 다르게 묘사한 모양이에요." 그리고 프리드먼 부인은 콩코드 부인을 돌아보았다. 그녀는 편지를 다 읽고 헬렌에게 건네고 있었다.

"부인에 대한 칭찬을 많이 들었다고 따님께 말하려던 참이었답니다." 프리드먼 부인이 말했다.

"우리도 부인 이야기를 많이 들었답니다." 콩코드 부인이 말했다.

"찰리가 밥에게 부인과 두 따님의 사진을 보여주었다네요. 작은 따님 이름이 낸시였던가요?"

"네, 낸시 맞답니다." 콩코드 부인이 대꾸했다.

"찰리가 가족을 무척 그리워하더군요." 프리드먼 부인이 헬렌을 돌아보며 물었다. "나한테까지 편지를 보내다니 참으로 다정하지 않나요?"

"담배가 정말 마음에 들었나 보네요." 헬렌은 잠시 주저하다 편지를 프리드먼 부인에게 돌려주었다. 부인은 편지를 핸드백에 넣었다.

"언젠가 찰리를 꼭 만나고 싶답니다. 아주 잘 아는 사람처럼 느껴지거든요."

"그애도 부인을 만나고 싶어 할 겁니다." 콩코드 부인이 말했다.

"어서 돌아와야 할 텐데." 프리드먼 부인이 말했다. 세 사람은 침묵에 잠겼다. 이윽고 프리드먼 부인이 활기차게 입을 열었다. "같은 도시에서 여태 모르고 지내다가 멀리 떨어져 있는 아들들 덕분에 만나다니, 참으로 신기한 인연이지 않나요?"

"도시에서는 친구를 사귀기가 쉽지 않죠." 콩코드 부인이 말했다.

"여기에서 얼마나 오래 사셨나요?" 프리드먼 부인이 변명하듯 미소를 지었다. "물론 부군을 압니다. 제 여동생의 아이들이 부군이 계신 고등학교에 다니거든요. 부군께서 무척 훌륭한 선생님이라고 하더군요."

"그래요? 그이는 평생 이곳에서 살았답니다. 저는 서부 출신인데, 결혼하면서 여기로 옮겨왔죠."

"그럼 이곳에 정착해 친구를 사귀기가 그렇게 어렵지는 않았겠군요."

"네, 쉽게 적응했지요. 물론 친구들 대부분은 남편의 동창이지만요."

"보비가 콩코드 씨한테 배울 기회가 없었다니 아쉽네요. 그럼……." 프리드먼 부인이 일어났다. "부인을 만나게 되어 정말 기뻤답니다."

"이렇게 찾아와주셔서 정말 감사합니다. 찰스한테 편지를 받은 것 같은 기분이에요." 콩코드 부인이 말했다.

"편지는 정말 반갑죠. 저도 보비의 편지를 목이 빠지게 기다리거든요."

프리드먼 부인과 콩코드 부인이 문을 향해 걸어갔고 헬렌이 일어나 뒤를 따랐다.

"저희 남편이 찰리에게 무척 관심이 많답니다. 찰리가 입대 전에 법을 공부했다면서요." 프리드먼 부인이 말했다.

"부군이 변호사세요?" 콩코드 부인이 물었다.

"그룬월드 프리드먼 화이트 법무법인의 프리드먼이 바로 그이랍니다. 찰리가 전역하고 나면 그이가 일자리를 구해줄 수 있을 거예요."

"대단히 친절하시군요." 콩코드 부인이 말했다. "찰스가 들으면 무척 안타까워할 거예요. 저희 남편의 오랜 친구인 찰스 새터스웨이트 밑에서 일하기로 오래전부터 약속이 되어 있거든요. 새터스웨이트 해리스 법무법인이라고 혹시 아시나요?"

"남편은 알 겁니다."

"오래된 좋은 회사지요. 남편의 할아버지가 동업자셨죠."

"아드님한테 편지를 쓸 때 안부 전해주세요." 헬렌이 말했다.

"그럼요. 오늘 일에 대해 자세히 쓸 거랍니다. 정말 반가웠어요." 프리드먼 부인이 콩코드 부인을 향해 손을 내밀었다.

"저도 무척 기뻤답니다." 콩코드 부인이 말했다.

"찰리에게 담배를 또 보내겠다고 전해줘요." 프리드먼 부인이 헬렌에게 말했다.

"잊지 않고 알리겠습니다." 헬렌이 말했다.

"그럼, 안녕히 계세요." 프리드먼 부인이 말했다.

"그럼, 안녕히 가세요." 콩코드 부인이 말했다.

인형

훌륭한 요리사와 공연단을 갖춘 고급 레스토랑이었다. 사람들이 나직이 웃으며 들어와 코스 요리를 즐겼다. 레스토랑과 공연단과 일행이 보증한 수준보다 청구 금액이 항상 더 비쌌지만 아무도 이의를 제기하지 않았다. 품격과 만족을 보장하는데다 여자 둘만 가더라도 완벽한 격식을 갖춘 접대와 흥미진진한 저녁을 누릴 수 있는 곳이었다. 윌킨스 부인과 스트로 부인이 카펫 깔린 계단을 조용히 내려왔을 때 웨이터들은 딱 한 번 힐긋 쳐다보았고, 손님들도 거의 돌아보지 않았다. 수석 웨이터가 점잖게 다가와 상냥하게 고개를 숙이고는 홀을 향해 몸을 돌렸다. 뒤쪽 구석의 서너 테이블만 비어 있었다.

"저렇게 구석에 앉아도 괜찮을까, 앨리스? 다른 자리가 빌 때까지 기다려도 괜찮아. 아니면 다른 곳으로 갈까?" 오늘 식사 초대를 한 윌킨스 부인이 스트로 부인에게 물었다.

"상관없어." 스트로 부인은 덩치가 다소 컸으며, 모자에 꽃을 잔뜩 달고 있었다. 그녀는 근처 테이블에 놓여 있는 푸짐한 음식을 사랑스럽다는 듯이 바라보았다. "어디에 앉든 뭐 대수겠어. 레스토랑이 참 근사하네."

윌킨스 부인은 수석 웨이터에게 말했다. "어디든 괜찮아요. 너무 구석은 곤란하겠지만요."

주의깊게 듣고 고개를 끄덕인 수석 웨이터가 테이블 사이를 우아하게 걸어 한참 구석으로 안내했다. 그 테이블은 공연자용 문과 주방문 근처였고, 레스토랑의 여주인이 맥주를 마시며 앉아 있는 테이블하고도 가까웠다. "다른 적당한 곳은 없나요?" 윌킨스 부인이 수석 웨이터에게 눈살을 찌푸리며 물었다.

수석 웨이터는 어깨를 으쓱하더니 다른 빈 테이블들을 가리켰다. 하나는 기둥 뒤였고, 다른 하나는 단체 손님에게 적합한 자리였고, 마지막 하나는 소규모 오케스트라 뒤쪽이었다.

"여기도 괜찮은걸, 젠." 스트로 부인이 말했다. "여기로 하겠어요."

윌킨스 부인은 여전히 망설이고 있었지만 스트로 부인은 의자를 빼내 한숨을 쉬며 앉았다. 그리고 옆의 빈 의자에 장갑과 핸드백을 내려놓더니 코트의 목깃 단추를 풀었다.

"자리가 별로야. 아무것도 안 보일걸." 윌킨스 부인이 맞은편 의자에 앉으며 말했다.

"괜찮아. 무대가 훤히 보이는데 뭘. 듣는 데도 문제없고. 다른 자리가 더 나을 것 같아?" 스트로 부인이 마뜩찮은 어조로 물었다.

"아냐, 앨리스." 윌킨스 부인은 웨이터가 건네는 메뉴판을 받아 탁자 위에 놓고서 재빨리 훑어보며 말했다. "여기 음식이 꽤 맛있어."

"새우 캐서롤•…… 프라이드치킨." 스트로 부인이 한숨을 쉬었다. "나 너무 배고파."

윌킨스 부인은 고민 없이 재빨리 주문한 다음, 스트로 부인이 메뉴를 고르도록 도왔다. 웨이터가 떠나자 스트로 부인은 등받이에 편안히 기대고 레스토랑의 다른 부분을 잘 볼 수 있도록 몸을 틀었다. "멋진 레스토랑이야."

"손님들도 훌륭해 보이네. 레스토랑 주인이 바로 저기 앉아 있어. 네 뒤쪽에. 언제 봐도 단정하고 품위 있어 보여." 윌킨스 부인이 말했다.

"유리잔을 깨끗이 씻었는지 잘 확인할 것 같아." 스트로 부인은 테이블로 몸을 돌려 핸드백을 한참 뒤진 끝에 담뱃갑과 성냥갑을 탁자에 올려두었다. "맛있는 음식을 제공하는 깨끗한 레스토랑에 오면 늘 기분이 좋아."

• **캐서롤** _ 오븐에 넣어서 천천히 익혀 만드는 일종의 찜 요리.

"이 레스토랑으로 주인이 돈을 많이 벌었대. 톰과 나는 레스토랑이 확장되기 전에 자주 왔지. 그때도 무척 훌륭했어. 지금은 더 높은 계층의 사람들이 오는 것 같아."

스트로 부인은 앞에 놓인 게살 냉채를 바라보며 깊은 만족감에 젖어 들었다. "과연 그래."

윌킨스 부인은 스트로 부인을 주시하며 무심히 포크를 집어 들었다. "어제 월터한테 편지를 받았어."

"뭐라고 적혀 있던?"

"잘 지내는 모양이야. 우리한테 말하지 않은 것이 많다는 느낌이 들지만."

"월터는 좋은 아이야. 너무 걱정할 것 없어."

별안간 오케스트라 쪽에서 격렬한 음악이 터져 나오는 것과 동시에 실내가 어두워지며 무대에 스포트라이트가 드리워졌다.

"어둠 속에서 먹어야 하다니." 윌킨스 부인이 말했다.

"저 문들에서 빛이 꽤 나와." 스트로 부인은 포크를 내려놓고 몸을 돌려 오케스트라를 바라보았다.

"월터가 반장이 됐대."

"반에서 제일이겠네. 저 여자 드레스 좀 봐."

윌킨스 부인은 스트로 부인이 턱짓한 여자를 은근히 돌아보았다. 공연자용 문에서 막 나온 여자는 머리숱이 많고 눈썹이 짙고 키가 컸다. 형광 녹색의 새틴 드레스는 가슴 부분이 깊이 파여 있고 한쪽 어깨에 불타는 듯한 오렌지색 꽃이 달려 있었다. "내 평생 저런 옷은 처음 봐. 무용수나 뭐 그런 여자일 거야." 윌킨스 부인은 말했다.

"그다지 미인은 아니네. 같이 있는 남자 좀 봐!" 스트로 부인이 말했다.

윌킨스 부인은 다시 돌아보았다가 재빨리 고개를 바로 하고 스트로 부인을 향해 미소 지었다. "꼭 원숭이 같아."

"어쩜 저렇게 작을까. 덩치도 작고 부실해 보이는 금발 남자는 질색이야."

"전에는 여기서 멋진 공연을 했는데. 음악이며 무용수며, 때로는 근사한 젊은 남자가 와서 손님의 신청곡을 부르기도 했지. 한번은 오르간 공연도 했던 것 같아."

"저기 우리 음식이 오는군." 스트로 부인이 말했다. 음악이 점점 나직해지더니 지휘자가 사회자인 양 첫 번째 공연자를 소개했다. 사교댄서 커플이었다. 박수가 시작되자 키가 큰 젊은 남자와 여자가 공연자용 문에서 나와 테이블 사이로 댄스플로어를 향해 걸어갔다. 형광 녹색 드레스의 여자와 원숭이 남자를 지나치며 고개를 끄덕여 인사했다.

"어쩜 저렇게 우아할까?" 윌킨스 부인이 말하는 순간 춤이 시작되었다. "사교댄스를 추는 사람들은 하나같이 근사해 보여."

"몸무게를 신경써야 하니까 그렇지." 스트로 부인이 비평하듯 말했다. "녹색 옷 여자랑 같이 있는 남자 좀 봐."

윌킨스 부인은 다시 고개를 돌렸다. "설마 코미디언은 아니겠지."

"그다지 웃겨 보이지 않는데." 스트로 부인은 접시에 남겨진 버터를 살펴보았다. "근사한 만찬을 들 때마다 월터 생각이 나. 우리가 학교 다닐 때 먹은 음식이 떠올라서 말이야."

"월터는 음식에 꽤 만족해하는 것 같던데. 일 킬로그램도 넘게 쪘대."

스트로 부인이 눈썹을 치켜세웠다. "하느님 맙소사!"

"왜?"

"저 사람 복화술사야. 아무래도 그런 것 같아."

"요즘 인기가 많다더니."

"어릴 때 이후로는 처음 봐. 저기 상자에 작은 인형이 들어 있어. 저걸 뭐라고 부르지?" 스트로 부인은 입을 다물지 못하고 계속 쳐다보았다. "저것 봐, 젠."

녹색 옷의 여자와 남자는 공연자용 문 근처 테이블에 앉아 있었다. 여자가 상체를 숙여 남자의 무릎에 앉은 인형을 살펴보았다. 복화술사를 모방해 만든 기괴한 나무 인형이었다. 복화술사는 금발이었고 인형은 진한 노란색 머리였다. 나무를 깎아 만든 곱슬머리와 구레나룻이 반들거렸다. 복화술사는 작고 못생겼는데 인형은 더욱 작고 더욱 못생겼다. 똑같은 커다란 입하며 응시하는 듯한 눈하며. 정장에다 검은색 신발까지 둘이 똑같이 맞춰 입은 듯했다.

"어쩌다 복화술사가 여기에서 공연하게 된 건지 모르겠네." 윌킨스 부인이 말했다.

녹색 옷의 여자가 탁자 너머로 상체를 내밀어 인형의 넥타이 매무새를 가다듬고 신발끈을 꼭 매주고 코트 어깨 부분의 주름까지 펴주었다. 여자가 몸을 바로 했을 때 남자가 뭐라고 말했지만 여자는 무심히 어깨를 으쓱했다.

"저 녹색 옷에서 시선을 뗄 수가 없어." 스트로 부인이 말했다. 웨이터가 메뉴판을 들고 살며시 다가오는 바람에 그녀는 화들짝 놀랐다. 웨이터는 어서 디저트를 주문하기를 초조하게 기다리며 무대를 바라보았다. 오케스트라는 막간 연주를 마치는 중이었다. 스트로 부인이 초콜릿 아이스크림을 곁들인 사과파이를 선택했을 때 사회자 겸 지휘자가 복화술사를 소개했다. "……와 아버지를 빼닮은 마마듀크!"

"짧아야 할 텐데. 어차피 여기에서는 들리지도 않으니." 윌킨스 부인이 말했다.

스포트라이트 아래에 앉은 복화술사와 인형이 활짝 웃으며 빠르게 말을 늘어놓았다. 허약한 금발 남자와 함박웃음 짓는 인형은 검은 재킷을 걸친 어깨를 서로 딱 붙이고서 조잘조잘 떠들어댔다. 손님들은 인형이 할 농담들을 대부분 알고 있으면서도 말을 마치기 전에 애정 어린 웃음을 터뜨렸고, 잠시 흥미롭게 침묵을 지키다 말이 나오기 전에 또 웃음을 터뜨렸다.

"끔찍해. 저들 둘 다 어쩌면 하나같이 천박한지." 윌킨스 부인이 한바탕 터지는 웃음을 뚫고 스트로 부인에게 말했다.

"초록 드레스의 친구 좀 봐." 스트로 부인이 말했다. 그 여자는 긴장 반 흥분 반으로 상체를 내민 채 말 한 마디 한 마디를 새겨듣고 있었다. 우울한 표정이 완전히 사라지고 다른 사람들처럼 깔깔 웃어댔다. 눈이 반짝반짝 빛났다.

"저 여자는 저게 재미있나 봐." 스트로 부인이 말했다.

윌킨스 부인은 어깨를 움츠리며 몸을 떨었다. 그러고는 체계적으로 아이스크림을 침공해 들어갔다. 그녀가 말했다. "이토록 훌륭한 음식을 제공하는 레스토랑이 왜 디저트에 대해서는 무심한지 모르겠다니까. 늘 아이스크림 아니면 그저 그런 것뿐이야."

"아이스크림이야말로 최고의 디저트지." 스트로 부인이 말했다.

"패스트리나 근사한 푸딩이 있으면 얼마나 좋을까. 레스토랑에서는 고민도 안 해보는 것 같아."

"자기가 만드는 무화과와 대추야자 푸딩처럼 맛있는 푸딩은 본 적이 없어."

"월터가 늘 말하곤 했는데. 그 푸딩이 가장……." 윌킨스 부인의 말은 오케스트라의 요란한 연주에 묻혀버리고 말았다. 복화술사와 인형이 절을 하고 있었다. 복화술사는 허리를 깊이 숙였고 인형은 정중하게 고개를 끄덕였다. 오케스트라가 서둘러 왈츠 음악을 시작했다. 복화술사와 인형은 몸을 돌려 무대에서 내려왔다.

"드디어 끝났네." 윌킨스 부인이 말했다.

"정말 오랜만에 복화술을 봤어." 스트로 부인이 말했다.

초록 옷의 여자가 일어나 복화술사와 인형이 테이블로 돌아오기를 기다렸다. 의자에 털썩 앉은 복화술사는 인형을 무릎에 앉혔다. 여자는 의자 끝에 엉덩이를 걸치고 앉더니 남자에게 뭔가를 다급히 물었다.

"어떤 것 같아?" 남자가 여자를 쳐다보지도 않고 요란하게 말했다. 그가 웨이터를 향해 손을 흔들자 웨이터는 레스토랑 여주인이 앉아 있는 테이블을 뒤돌아보며 주저했다. 잠시 후 웨이터가 복화술사에게 다가가자 여자가 말했다. 오케스트라의 부드러운 왈츠 연주 너머로 여자의 목소리가 또렷이 들렸다. "더 마시지 마요, 조이. 어디 가서 식사나 해요."

남자는 여자가 팔을 붙잡는데도 아랑곳 않고 웨이터에게 주문했다. 그러고는 인형을 향해 부드럽게 말했다. 인형이 입을 벌려 웃으며 여자를 바라보고 다시 남자를 바라보았다. 의자 깊숙이 앉은 여자가 레스토랑 여주인을 힐끔거렸다.

"저런 남자와 결혼하면 끔찍할 거야." 스트로 부인이 말했다.

"뛰어난 코미디언하고는 거리가 멀어." 윌킨스 부인이 말했다.

여자가 다시 몸을 내밀며 잔소리를 늘어놓자 남자는 인형에게 말했고, 인형은 옳다며 고개를 끄덕였다. 여자가 남자의 어깨에 손을 얹자 남자는 돌아보지도 않고 떨쳐버렸다. 여자의 목소리가 다시 높아졌다. "내 말 들어요, 조이."

"잠시만. 이것만 마시고."

"어이, 그만 괴롭히라고." 인형이 말했다.

"뭐하러 또 마셔요, 조이. 나중에 마시면 되잖아요."

"이봐, 술은 이미 주문했어. 술도 안 왔는데 나갈 수는 없잖아."

"돌대가리 할망구 입 좀 다물게 하지그래?" 인형이 남자에게 말했다. "재미 좀 볼라치면 늘 야단법석을 피운다니까. 왜 입 닥치라고 하지 않지?"

"그런 식으로 말하면 안 돼. 옳지 않아." 남자가 인형에게 말했다.

"난 내가 하고 싶은 대로 해." 인형이 말했다. "저 여자가 나를 막을 수는 없어."

"조이, 나는 당신과 이야기하고 싶어요. 저기, 어디 다른 데 가서 이야기해요."

"일 분만 입 닥치고 있어." 인형이 여자에게 말했다. "하느님 맙소사, 그 입 좀 일 분만 다물라고."

근처 테이블에 있던 사람들이 인형의 요란한 목소리에 흥미를 보이며 돌아보았다. 그들은 이미 깔깔 웃고 있었다.

"제발 조용히 해." 여자가 말했다.

"그래, 괜히 소동을 일으키면 안 돼." 남자가 인형에게 말했다. "나는 딱 한 잔만 마실 거고, 그 정도는 저 여자도 개의치 않을 거야."

"술을 가져오시 않을 거예요." 여자가 조바심치며 말했다. "레스토랑에서 갖다주지 말라고 했을 거라고요. 이런 식으로 행동하는데 저 사람들이 술을 주겠어요?"

"내 행동이 어디가 어때서?" 남자가 말했다.

"사고를 치는 건 나야. 이제는 알 때도 됐을 텐데. 그렇게 항상 흥을 깨버리면 너야말로 곤란해질걸. 남자가 너 같은 여자를 언제까지 참아주겠어." 인형이 말했다.

"조용히 해. 다들 듣잖아." 여자가 주위를 초조하게 둘러보며 말했다.

"들으라고 해." 인형이 함박웃음 띤 얼굴을 청중을 향해 돌리고 목소리를 높여 말했다. "남자가 즐거운 시간을 보내겠다는데 여자가 얼음주머니처럼 쌀쌀맞게 굴다니!"

"자, 마마듀크." 남자가 인형에게 말했다. "엄마한테 그렇게 말하면 못써."

"내가 틀린 말 한 것도 아닌데 뭐 어때." 인형이 말했다. "이러는 게 정 싫다면 저 여자더러 다시 길바닥으로 돌아가라고 해."

윌킨스 부인의 입이 쩍 벌어졌다가 도로 다물어졌다. 그녀는 냅킨을 테이블에 놓고 일어났다. 스트로 부인이 멍하니 바라보는 동안, 윌킨스 부인은 문제의 테이블로 걸어가 인형의 뺨을 세게 갈겼다.

그녀가 몸을 돌려 돌아왔을 무렵 스트로 부인은 코트를 입고 서 있었다.

“나가는 길에 계산하자.” 윌킨스 부인은 퉁명스럽게 말하고는 코트를 집어 들었다.

두 사람은 품위 있게 문으로 걸어갔다. 복화술사와 여자는 머리가 뒤틀린 채 옆으로 쓰러진 인형을 한동안 쳐다보고 있었다. 이윽고 여자가 손을 뻗어 나무 머리를 바로 했다.

모호함의 일곱 가지 유형

서점 지하는 엄청나게 컸다. 책이 나란히 꽂힌 높다란 책장이 벽을 따라 늘어서 있었고 끝은 어스름에 묻혀 보이지 않았다. 바닥에도 책 더미가 여럿이었다. 깔끔하고 자그마한 서점 1층에서 나선형 계단이 빙글빙글 내려와 있었는데, 그 발치에 서점 주인이자 판매원인 해리스 씨의 자그마한 책상이 놓여 있었다. 먼지가 켜켜이 앉은 전등 하나가 도서 목록이 흩어져 있는 책상 바로 위에 달려 있었다. 해리스 씨의 책상 주위에 빽빽이 들어선 책장을 비추는 빛은 그 전등이 다였다. 책상에서 멀찍이 늘어서 있는 진열대들은 또 다른 먼지투성이 전등이 담당했는데, 손님이 줄을 당겨 불을 켰다가 돌아나갈 때 다시 끄고 더듬더듬 해리스 씨의 책상을 찾아와서 돈을 지불하고 책을 포장했다. 해리스 씨는 수많은 책장 어디에 누구의 무슨 책이 있는지 정확히 알고 있었다. 지금은 열여덟 살가량의 소년이 손님으로 와 있었다. 소년은 길쭉한 방 깊숙한 곳에 있는 전등 바로 아래에서 책을 꺼내 훑어보고 있었다. 드넓은 지하 서점은 추웠다. 해리스 씨도 소년도 코트를 입은 채였다. 이따금 해리스 씨가 책상에서 일어나 계단 아래 놓인 자그마한 철제 난로에 석탄 한 삽을 퍼넣었다. 해리스 씨가 일어나거나 소년이 보던 책을 도로 꽂고 다른 책을 꺼낼 때를 제외하고 서점은 조용했다. 책들은 어스레한 빛 속에서 침묵을 지킬 뿐이었다.

1층 작은 서점의 문이 열리는 소리가 고요를 흩뜨렸다. 1층에는 베스트셀러와 예술 서적이 진열되어 있었다. 목소리가 해리스 씨와 소년에게까지 들렸다. 1층 서점을 담당하는 여직원이었다. "여기 계단으로 내려가시면 됩니다. 해리스 씨가 도와드릴 거예요."

해리스 씨는 일어나 계단 발치로 걸어가서 손님이 무사히 내려올 수 있도록 전등 하나를 켰다. 책을 책장에 꽂은 소년은 손을 책등에 얹은 채 가만히 서서 귀를 기울였다.

해리스 씨는 계단을 내려오는 여자를 보고 공손하게 물러서서 말했다. "마지막 계단을 조심하십시오. 못 보는 경우가 많답니다." 여자는 조심스럽게 계단을 내려와 주위를 둘러보았다. 그녀가 서 있는 동안 남자가 계단 굽이를 돌아 신중하게 내려왔다. 나지막한 천장에 모자가 닿지 않도록 고개를 숙이고 있었다. "마지막 계단

조심해요.” 여자가 또렷하면서도 부드러운 목소리로 말했다. 남자가 여자 곁에 내려오더니 고개를 들어 그녀가 했던 것처럼 주위를 둘러보았다.

“책이 참으로 많군요.” 남자가 말했다.

해리스 씨는 영업용 미소를 지었다. “무엇을 도와드릴까요?”

여자가 남자를 바라보았다. 남자는 머뭇거리다가 말했다. “책을 좀 살까 합니다. 몇 권 정도요.” 남자가 손으로 온 책장을 가리켰다. “전집으로 말입니다.”

“전집을 찾으신다면…….” 해리스 씨는 말을 하다 말고 다시 미소를 지었다. “……숙녀분은 앉아서 기다리시면 어떨까요?” 그가 여자를 책상으로 안내했다. 남자는 진열대 사이로 초조하게 따라왔다. 혹시 뭔가를 부술까 봐 겁이 나는 양 두 손은 옆구리에 딱 붙인 채였다. 해리스 씨는 여자에게 의자를 내어주고 도서 목록 더미를 한쪽으로 밀친 다음 책상 가장자리에 걸터앉았다.

“무척 재미있는 곳이네요.” 여자가 아까처럼 부드러운 목소리로 말했다. 잘 차려입은 중년 여성이었다. 옷들은 산 지 얼마 되지 않은 듯했지만 그녀의 나이와 수줍은 성격에 차분하게 잘 어울렸다. 남자는 덩치가 크고 건강해 보였다. 차가운 공기에 얼굴이 붉어진 채 긴장한 듯 커다란 두 손으로 양모 장갑을 움켜쥐고 있었다.

“책을 살까 하는데, 좋은 책으로요.” 남자가 말했다.

“특별히 찾으시는 책이 있습니까?” 해리스 씨가 물었다.

남자가 당혹스러운 듯 껄껄 웃었다. "솔직히 말씀드리자면, 바보처럼 들리겠지만 저는 이런 일에 대해 잘 모릅니다. 그러니까 책 말이죠." 아내의 부드러운 목소리와 해리스 씨의 목소리에 비해 그의 목소리는 고요하고 드넓은 서점에서 메아리치는 듯했다. "우리에게 적당한 책을 추천해주시면 고맙겠습니다. 요즘 출간되는 쓰레기 같은 책 말고요." 그가 목청을 가다듬고는 말했다. "디킨스처럼 훌륭한 책으로요."

"디킨스라."

"어렸을 때 디킨스를 읽곤 했죠. 그런 좋은 책을 찾고 있습니다." 남자가 고개를 들었다. 멀찍이 떨어져 있던 소년이 그들에게 다가왔던 것이다. 남자는 계속 말했다. "디킨스를 다시 읽고 싶군요."

"해리스 씨." 소년이 조용히 불렀다.

해리스 씨가 고개를 들었다. "네, 클라크 군?"

소년은 손님과의 대화를 방해하는 것이 미안하다는 듯한 얼굴로 말했다. "엠프슨•을 다시 보고 싶은데요."

해리스는 곧장 책상 뒤의 유리문 책장으로 몸을 돌려 책을 꺼냈다. "여기 있네. 이런 식으로는 책을 사기 전에 다 읽고 말 걸세." 그는 거구의 남자와 그 아내를 향해 미소를 지었다. "언젠가는 이 친구가 이 책을 살 날이 오겠지요. 저는 충격을 받아 서점을 접어버리고 말 겁니다."

소년이 책을 든 채 몸을 돌리자 사내가 해리스 씨를 향해 커다란 몸을 숙였다. "길고 훌륭한 전집을 두 세트 정도 구입할까 합니다. 그리고 작은 전집도 두 세트 정도 사고요."

"『제인 에어』도 한 권 사요. 어린 시절 그 책을 무척 좋아했지요." 남자의 부인이 부드러운 목소리로 말했다. 뒷말은 해리스 씨를 향한 것이었다.

해리스 씨는 대꾸했다. "브론테 자매의 훌륭한 전집을 소개해드리죠. 아름답게 장정되어 있답니다."

남자가 끼어들었다. "보기에도 좋아야 하지만 읽어도 문제없을 만큼 튼튼해야 합니다. 디킨스의 전 작품을 다시 완독할 계획이거든요."

소년이 책상으로 돌아와 책을 해리스 씨에게 건넸다. "여전히 훌륭하네요."

"원할 때면 언제든지 오게. 구하기 힘든 귀한 책이지." 해리스 씨는 책을 들고 책장으로 돌아서며 말했다.

"한동안은 팔리지 않을 것 같아요." 소년이 말했다.

"그 책은 제목이 뭔가요?" 거구의 사내가 호기심 어린 어조로 물었다.

"『모호함의 일곱 가지 유형』이랍니다. 훌륭한 책이죠." 소년이 대답했다.

"제목이 근사하군요." 남자는 해리스 씨에게 말했다. "저런 책을 읽는 걸 보니 무척 영리한 젊은이 같네요."

• **엠프슨** _ 영국의 시인이자 비평가로, 20세기 문학비평에 큰 영향을 끼쳤으며 난해하고 형이상학적인 시로 유명하다.

"훌륭한 책이죠." 소년은 다시 말했다.

"나도 책을 좀 사려고 한단다. 그동안 읽지 못한 책을 이제 읽으려고. 디킨스의 작품을 좋아하지."

"메러디스•도 훌륭하죠. 읽어보신 적 있나요?" 소년이 물었다.

"메러디스라. 책을 봅시다." 남자가 해리스 씨에게 말했다. "보고 싶은 책을 골라보도록 하죠."

"제가 이 신사분을 안내해드릴까요?" 소년이 해리스 씨에게 물었다. "어차피 모자를 가지러 그쪽으로 가야 하거든요."

남자가 아내에게 말했다. "이 청년과 같이 가서 책을 살펴보겠소, 부인. 당신은 따뜻한 이곳에서 기다려요." 해리스 씨가 남자에게 말했다. "잘됐군요. 이 친구는 저만큼이나 책이 어디에 있는지 잘 알지요."

소년이 진열대 사이의 통로로 걸어갔다. 남자는 아무것도 건드리지 않으려고 조심하며 쫓아갔다. 소년이 모자와 장갑을 두고 온 곳에는 여태 전등이 켜져 있었는데 두 사람은 그곳을 그대로 지나쳤다. 소년이 다른 전등을 켜고 말했다. "해리스 씨는 전집의 대부분을 여기에 두지요. 뭐가 있나 볼까요?" 소년은 책장 앞에 웅크리고 앉아 손가락으로 책등을 주르르 스쳤다. "어느 정도 가격대의 책을 찾으시나요?"

"내 맘에 드는 책이라면 알맞은 가격을 기꺼이 지불할 용의가 있다네. 모두 합쳐서 백오십이나 이백 달러 정도로 예산을 잡고 있지.” 남자는 한 손가락으로 바로 앞의 책을 실험하듯 쓰다듬었다.

소년이 그를 올려다보며 웃었다. “그 정도면 좋은 책을 살 수 있겠네요.”

“평생 책을 별로 접하지 못했어. 서점에 들어가 읽고 싶은 책을 뭐든 살 수 있는 날이 오리라고는 상상도 못 했지.”

“멋지네요.”

“책을 읽을 기회가 별로 없었어. 아버지가 일하던 기계 공장에서 자네보다 훨씬 어린 나이에 일을 시작해야 했지. 그 이후로 줄곧 일만 했다네. 그런데 느닷없이 돈이 생긴 거야. 그래서 우리 부부는 평소 꿈꾸었던 것을 해보기로 했지.”

“아내분께서 브론테에 관심이 많으신 것 같더군요. 여기 좋은 전집이 있어요.”

남자가 상체를 숙여 소년이 가리킨 책들을 바라보았다. “나는 이런 일에 대해 잘 모르네. 근사해 보이는군. 전부 다 비슷해 보이지만. 그 옆의 전집은 뭔가?”

“칼라일입니다. 이 사람은 제쳐놓는 게 낫지 싶네요. 선생님이 찾으시는 유형의 작가가 아니거든요. 메러디스는 훌륭하죠. 새커리도요. 새커리를 좋아하실 것 같군요. 위대한 작가죠.”

남자는 소년이 내민 책들 중 하나를 집어 들고는, 커다란 양손에서 손가락 두 개씩만 써서 조심스레 책을 펼쳤다. “괜찮아 보이는군.”

● **메러디스** _ 영국 빅토리아 시대의 시인이자 소설가.

"제가 적어드리죠." 소년이 코트 주머니에서 수첩과 연필을 꺼냈다. "브론테, 디킨스, 메러디스, 새커리." 소년은 소리 내어 하나씩 읽을 때마다 각 전집을 손으로 쓰다듬었다.

남자가 실눈을 떴다. "하나 더 샀으면 하는데. 이 정도로는 이번에 특별히 마련한 책장이 차지 않을 것 같군."

"제인 오스틴. 아내분께서 좋아하실 겁니다."

"자네는 이 많은 책들을 다 읽었나?"

"대부분은요."

남자는 한동안 침묵을 지키다가 말했다. "나는 이른 나이에 일을 시작하는 바람에 책을 읽을 기회가 거의 없었지. 읽어야 할 책이 참 많아."

"이제 행복한 시간을 보내시겠군요."

"자네가 아까 가져갔다가 되돌려준 책은 무슨 책인가?"

"미학 서적이랍니다. 문학비평에 관한 책인데, 무척 희귀하죠. 예전부터 사려고 했지만 돈이 부족해서요."

"대학에 다니나?"

"네."

"다시 읽어야 할 책이 보이는군. 마크 트웨인. 아이였을 적에 이 사람 책을 두 권 읽었지. 하지만 일단 이 정도면 충분한 것 같군." 남자가 일어났다.

소년도 따라 일어나며 미소를 지었다. "읽을 책이 많으시네요."

"나는 독서를 좋아하네. 참으로 좋아하지."

남자는 통로를 따라 곧장 해리스 씨의 책상으로 걸어갔다. 소년은 전등을 끄고 쫓아가다 잠시 멈춰서 모자와 장갑을 집어 들었다. 남자는 해리스 씨의 책상에 이르자 아내에게 말했다. "참 영리한 젊은이야. 책에 대해 모르는 게 없더군."

"갖고 싶은 책을 골랐나요?" 부인이 물었다.

"젊은이가 좋은 작가들을 추천해주었소." 그는 해리스 씨에게로 몸을 돌려 말했다. "어린 친구가 저토록 책을 좋아하는 모습을 보니 놀랍군요. 내가 저 나이였을 적에는 사오 년째 일을 하고 있었죠."

다가온 소년이 손에 든 종이를 해리스 씨에게 건넸다. "이 정도면 신사분께서 한동안 읽을 책이 부족하지 않을 겁니다."

해리스 씨는 목록을 힐긋 보고 고개를 끄덕였다. "새커리 전집이 훌륭하지요."

소년이 모자를 쓰더니 계단 발치에 섰다. "신사분, 책 즐겁게 읽으시길 빕니다. 해리스 씨, 다음에 또 엠프슨을 보러 오겠습니다."

"자네를 위해 웬만하면 안 팔도록 애써보지. 장담은 못 하지만."

"다음에도 여전히 여기 있을 것 같은데요."

"고맙네, 젊은이." 거구의 남자가 막 계단을 올라가는 소년을 향해 소리쳤다. "덕분에 책을 잘 고를 수 있었네."

"천만에요."

"참으로 영리한 젊은이로군요." 남자가 해리스 씨에게 말했다. "교육까지 받으니 멋진 인생을 누릴 수 있을 겁니다."

"저 책을 간절히 꿈꾸는 착한 젊은이죠."

"과연 살 수 있을까요?"

"아마 힘들 겁니다. 여기 이름과 주소를 적어주시면 그동안 제가 계산을 하겠습니다."

해리스 씨는 소년의 깔끔한 목록을 베껴 적으며 옆에 가격을 기입했다. 거구의 남자는 이름과 주소를 쓴 뒤 책상을 손가락으로 두드리며 서 있다 말했다. "그 책을 제가 한번 볼 수 있을까요?"

"엠프슨 말인가요?" 해리스 씨가 고개를 들어 물었다.

"젊은이가 무척 관심 있어 한 책 말입니다."

해리스 씨는 몸을 돌려 책장에서 책을 꺼냈다. 거구의 남자는 다른 책들을 다룰 때 그러했듯 조심스럽게 책을 받아들고 페이지를 넘기며 이마를 찌푸렸다. 이윽고 책을 해리스 씨의 책상에 내려놓았다.

"그 젊은이가 사지 못할 거라면 제가 사도 괜찮을까요?"

해리스 씨는 숫자를 쓰다 말고 고개를 들어 잠시 남자를 바라보더니 목록에 그 책의 이름을 기입했다. 재빨리 총액을 계산하여 적어넣은 뒤 계산서를 거구의 남자에게 내밀었다. 남자가 숫자를 확인하는 동안 해리스 씨는 여자를 돌아보며 말했다. "부군께서 훌륭한 책을 많이 구입하셨답니다."

"기쁘네요. 오랫동안 이런 날을 고대하고 있었거든요."

거구의 남자가 신중하게 돈을 헤아려 해리스 씨에게 건넸다. 해리스 씨는 지폐를 책상 맨 위 서랍에 넣었다. "이번 주말까지 배달해드릴 수 있는데, 괜찮습니까?"

"그럼요. 그만 갑시다, 여보."

여자가 일어나자 남자는 그녀가 앞장서도록 뒤로 물러섰다. 그들을 뒤따라가던 해리스 씨는 계단 발치에서 멈춰 서서 여자에게 말했다. "맨 아래 계단 조심하십시오."

그들이 계단을 오르기 시작했다. 해리스 씨는 그들이 굽이를 돌아 사라질 때까지 가만히 바라보다가 이내 먼지투성이 전등을 끄고 책상으로 돌아갔다.

아일랜드에서 나와 함께 춤을 추어요

젊은 아처 부인은 캐시 밸런타인과 콘 부인과 함께 침대에 앉아 아기랑 놀아주며 담소를 나누고 있었다. 그때 초인종이 울렸다. 아처 부인은 "어머, 세상에!" 하며 일어나 버저를 눌러 아파트 출입문을 열었다. "단독주택에 살았어야 해." 그녀는 캐시와 콘 부인에게 소리쳤다. "사람들이 걸핏하면 우리집 초인종을 누른다니까."

현관문 초인종이 울리자 그녀는 문을 열었다. 웬 노인이 복도에서 있었다. 낡아빠진 검은색 롱코트 차림에 하얀 턱수염을 사각 모양으로 기른 노인이었다. 그가 한 움큼의 신발끈을 내밀었다.

아처 부인이 말했다. "아, 정말 죄송합니다만……."

"부인, 참으로 선량해 보이시는군요. 하나에 오 센트랍니다."

아처 부인은 고개를 저으며 물러섰다. "죄송하지만 안 되겠네요."

"어쨌든 감사합니다, 부인. 정중하게 거절해주셔서요. 이 동네에서 가엾은 노인을 상냥히 대해준 사람은 부인이 처음이랍니다."

아처 부인은 초조하게 문손잡이를 돌리다가 말했다. "대단히 죄송합니다." 하지만 막상 노인이 돌아서자 붙잡았다. "잠시만요." 그리고 허둥지둥 침실로 들어가 소리 죽여 말했다. "노인이 신발끈을 팔아달래." 그녀는 화장대 맨 위 서랍을 열어 핸드백 속의 동전 지갑을 찾아 뒤적였다. "이십오 센트네. 이 정도면 괜찮겠지?"

"그럼. 노인이 오늘 종일 받은 것보다 많을걸." 캐시가 대꾸했다. 그녀는 아처 부인과 동갑이지만 미혼이었다. 콘 부인은 오십 대 중반의 뚱뚱한 여인이었다. 둘 다 이 아파트에 살고 있어 자주 아기를 보러 찾아와 아처 부인과 많은 시간을 보냈다.

아처 부인은 현관문으로 돌아갔다. "여기요." 이십오 센트를 내밀며 말을 이었다. "모두 무례하게 굴었다니 참 유감이에요."

노인은 신발끈을 뽑으려고 했으나 손이 떨리는 바람에 끈 뭉치를 떨어뜨리고 말았다. 노인이 벽으로 털썩 쓰러졌다. 아처 부인은 겁에 질려 내려다보았다. "오, 하느님." 하지만 노인에게 손을 뻗었다. 낡고 지저분한 코트에 손가락이 닿는 순간 망설여졌지만 그녀는 입술을 앙다물고 그의 팔을 단단히 잡아 안으로 이끌었다. "저기, 어서 나와서 도와줘!"

캐시가 침실에서 달려나왔다. "나 불렀어, 진?" 그러다 우뚝 멈추고 두 사람을 가만히 바라보았다.

"어떡해야 하지?" 아처 부인은 노인을 부축한 채 물었다. 노인은 눈이 감겨 있었고 거들어주는데도 간신히 서 있는 듯 보였다. "하느님 맙소사, 어서 다른 팔을 잡아줘."

"의자에 앉혀야 해." 캐시가 말했다. 현관은 세 사람이 나란히 걷기에는 비좁았다. 캐시가 노인의 다른 팔을 잡고 거실을 향해 앞장서서 걸어갔다. "좋은 의자는 안 돼." 아처 부인이 소리쳤다. "낡은 가죽 의자에 앉혀." 그들은 노인을 낡은 가죽 의자에 앉히고 물러섰다. "세상에, 이제 어떡해야 하지?" 아처 부인이 말했다.

"위스키 있니?" 캐시가 물었다.

아처 부인은 고개를 젓다가 불확실한 어조로 말했다. "와인이 조금 있을 거야."

콘 부인이 아기를 안은 채 거실로 들어왔다. "야단났네! 술에 취했잖아!"

캐시가 대꾸했다. "아니에요. 술에 취한 거라면 진이 이 사람을 들이도록 내버려두지 않았죠."

"아기 좀 봐주세요, 블란슈." 아처 부인이 말했다.

콘 부인이 대답했다. "물론이지. 우리는 침실에 들어가 있자, 아가. 침대에 누워 코 자자꾸나."

노인이 몸을 움직이더니 눈을 떴다. 일어나려고 했다.

"거기 가만히 있어요." 캐시가 명령조로 말했다. "아처 부인이 와인을 가져다줄 테니. 와인 마시고 싶죠, 그렇죠?"

노인이 캐시를 향해 시선을 들었다. "고맙습니다."

아처 부인은 부엌으로 갔다. 잠시 고민한 후 싱크대 위쪽에 걸려 있던 유리잔을 물에 헹구고 화이트 와인을 따랐다. 그리고 거실로 가져가 캐시에게 건넸다.

"내가 잡아줄까요, 아니면 직접 마시겠어요?" 캐시가 노인에게 물었다.

"참으로 친절하시군요." 노인이 유리잔을 향해 손을 뻗었다. 캐시는 그가 마시는 동안 같이 잔을 잡고 있었다. 노인이 잔을 물렸다.

"이만하면 충분합니다. 감사합니다. 덕분에 살았습니다." 노인이 일어나려고 했다. "감사합니다" 하고 아처 부인에게 말하고 "감사합니다" 하고 캐시에게 말했다. "이만 가보겠습니다."

"기운을 차린 후에 가세요. 쓰러지기라도 하면 큰일이잖아요." 캐시가 말렸다.

노인이 빙그레 웃었다. "쓰러지면 다시 일어나면 된답니다."

콘 부인이 거실로 돌아왔다. "아기는 침대에 누이니까 금방 잠들었어. 저 사람은 괜찮아졌어? 술에 취했거나 배가 고팠거나 그랬던 걸 거야."

"그렇군요." 캐시는 덕분에 새로운 아이디어가 떠올랐다. "배가 고팠던 거예요. 문제는 그거였는데, 진. 우리도 참 바보지. 가엾은 영감님!" 그녀는 노인에게 말했다. "아처 부인이 한 끼 식사도 주지 않고 내쫓지는 않을 거예요."

아처 부인은 불확실한 표정이었다. "달걀이 있을 거야."

"잘됐어!" 캐시가 맞장구쳤다. "딱 적당하네. 소화가 잘되거든." 그녀는 노인에게 말했다. "영감님한테 특별히 잘 맞을 거예요……." 주저하다 말을 이었다. "한동안 드시지 못했을 테니."

콘 부인이 끼어들었다. "내 생각엔 블랙커피도 좋을 거야. 손 떨리는 것 좀 봐."

"탈진해서 그럴 거예요." 캐시가 단호히 말했다. "따뜻한 부용• 한 컵이면 기운을 차릴 거예요. 위가 다시 음식에 익숙해지도록 천천히 마셔야 하죠." 그녀는 아처 부인과 콘 부인에게 말했다. "오랫동안 음식을 먹지 못하면 위가 쪼그라들거든요."

"제가 괜히 폐를 끼치는군요." 노인이 아처 부인에게 말했다.

"전혀 그렇지 않아요." 캐시가 대꾸했다. "따뜻한 식사를 대접해드릴 테니 기다리세요." 그녀는 아처 부인의 팔을 잡고 부엌으로 걸어갔다. "달걀 프라이를 네다섯 개 하자. 내가 나중에 여섯 개 갖다줄게. 베이컨은 없겠지. 감자튀김도 하자. 감자가 좀 덜 익어도 영감님은 개의치 않을 거야. 저런 사람들은 산처럼 쌓인 감자튀김과 달걀 프라이를 좋아……."

"점심때 먹고 남은 무화과 통조림이 좀 있어." 아처 부인이 말했다. "안 그래도 어떻게 처리하나 고민했는데."

"나는 돌아가서 영감님을 살펴봐야겠어." 캐시가 말했다. "다시

• **부용** _ 고기나 채소를 끓여 만든 육수로, 맑은 수프나 소스에 쓴다.

기절할지도 모르잖아. 자기는 달걀이랑 감자로 요리를 해. 콘 부인이 내켜하면 부엌으로 가보라고 할게."

아처 부인은 커피가 두 잔은 나오도록 원두를 충분히 넣은 커피포트를 스토브에 올렸다. 프라이팬도 꺼냈다. "캐시, 약간 걱정이 돼. 혹시 저 노인이 술에 취한 거라면 어쩌지? 나중에 짐이 알게 되면? 아기도 집에 있는데……."

"말도 안 돼, 진! 자기는 한동안 시골에 가서 살아봐야 해. 시골에서는 여자들이 굶주리는 사람들한테 항상 음식을 나눠주지. 짐한테 굳이 말할 필요 없어. 콘 부인과 나는 입을 꾹 다물 테니 걱정 마."

"정말 술에 취한 게 아닐까?"

"굶주린 사람은 척 보면 알아. 저런 노인이 제대로 서 있지 못하고, 손이 부들부들 떨리고, 어딘가 이상해 보이는 것은 죽을 만큼 배가 고프다는 뜻이야. 문자 그대로, 죽을 만큼."

"아, 저런!" 아처 부인은 부랴부랴 싱크대 아래 수납장으로 가서 감자 두 개를 꺼냈다. "두 개면 충분할까? 우리가 이렇게 착한 일을 하다니."

캐시가 낄낄거렸다. "걸스카우트라도 된 것 같네." 그녀는 부엌 밖으로 나가다가 걸음을 멈추고 돌아보았다. "파이 있어? 저런 사람들은 파이를 좋아해."

"저녁때 먹을 건데."

"아, 그냥 줘. 영감님이 떠난 뒤에 다시 사 오면 되지."

아처 부인은 감자가 익는 동안 식탁에 접시, 잔과 잔 받침, 나이프, 포크, 스푼을 놓았다. 그러다 아차 싶어 모두 거둬들이고 수납장에서 꺼낸 종이봉투를 반으로 찢어 식탁 위에 매끈하게 깔았다. 다시 식탁을 차렸다. 냉장고에 넣어두었던 물병을 꺼내 유리잔을 채웠다. 빵을 세 조각 썰어 접시에 놓고 버터도 작게 곁들였다. 수납장의 상자에서 종이 냅킨을 꺼내 접시 옆에 놓았다가 잠시 후 삼각형 모양으로 접었다. 마지막으로 후추와 소금 병을 식탁에 놓고 달걀 상자를 꺼냈다. 그녀는 문으로 가 소리쳤다. "캐시! 달걀을 어떻게 하면 좋겠냐고 물어봐줘."

거실에서 웅얼웅얼 대화 소리가 들리더니 캐시가 소리쳤다. "반숙으로 익혀달래!"

아처 부인은 달걀 네 개를 집었다가 한 알 더 꺼내 프라이팬에 깨넣었다. 요리가 모두 준비되자 소리쳤다. "다 됐어, 캐시! 영감님을 데리고 와!"

콘 부인이 부엌으로 들어와 감자와 달걀 접시를 보고 아무 말 없이 아처 부인을 응시했다. 이윽고 캐시가 노인을 부축해 들어와 식탁 의자에 앉혔다. "여기요. 아처 부인이 영감님을 위해 좋은 음식을 준비했답니다."

노인이 아처 부인을 바라보았다. "참으로 감사합니다."

"정말 근사한걸!" 캐시가 아처 부인을 향해 잘했다는 듯 고개를 끄덕였다. 노인이 달걀과 감자 접시를 응시했다. 캐시가 말했다.

"자, 본격적으로 시작해볼까. 여기들 앉아요. 내가 침실에서 의자를 가져올게요."

노인이 소금병을 집어 달걀 위에 소금을 살짝 뿌렸다. "맛있어 보이는군요." 노인이 마침내 말했다.

"자, 마음껏 드세요." 캐시가 의자를 들고 들어와 말했다. "배불리 먹는 모습을 보고 싶네요. 커피 좀 드려, 진."

아처 부인이 스토브로 가서 커피포트를 집어 들었다.

"아, 저 때문에 괜히……." 노인이 말했다.

"괜찮아요." 아처 부인은 노인의 잔에 커피를 따랐다. 그리고 식탁에 앉았다. 노인이 포크를 들었다가 도로 내려놓더니 종이 냅킨을 무릎 위에 조심스레 깔았다.

"이름이 뭔가요?" 캐시가 물었다.

"오플래허티랍니다, 부인. 존 오플래허티."

"아, 존 영감님. 나는 밸런타인 양이에요. 이쪽은 아처 부인이고, 저분은 콘 부인이시죠."

"처음 뵙겠습니다." 노인이 인사했다.

"구대륙에서 오신 모양이군요." 캐시가 말했다.

"네?"

"아일랜드 출신 아닌가요?"

"맞습니다, 부인." 노인이 포크로 달걀을 눌러 노른자가 접시 위로 흘러내리는 모습을 바라보았다. "예이츠•를 알았죠." 그가 불쑥 말했다.

"정말요?" 캐시가 상체를 내밀었다. "가만 있자. 그 사람 작가 아니던가요?"

"'부디 가련히 여겨 아일랜드에서 나와 함께 춤을 추어요.'" 노인이 시를 읊조리더니 자리에서 일어났다. 의자 등받이를 잡고 서서 아처 부인에게 정중히 고개를 숙였다. "친절한 마음씨에 다시 한번 감사드립니다, 부인." 그가 돌아서서 현관문으로 걸어갔다. 세 여자가 일어나 따라갔다.

"먹지도 않았잖아요." 콘 부인이 말했다.

노인이 대답했다. "저 숙녀분께서 지적하셨듯 위가 줄어들었답니다. 그렇고말고요." 그가 회상하듯 말을 이었다. "예이츠를 알았죠."

현관문 앞에서 돌아선 노인이 아처 부인에게 말했다. "이렇게 친절히 대해주셨는데 당연히 보답을 해드려야죠." 노인이 바닥에 놓인 신발끈을 가리켰다. "이걸 선물로 드리겠습니다. 친절에 대한 답례죠. 다른 분들과 나눠 쓰도록 하세요."

"아니 저는……." 아처 부인이 말했다.

"꼭 받아주십시오." 노인이 문을 열며 말했다. "작지만, 제가 드릴 수 있는 전부랍니다." 노인이 불쑥 덧붙였다. "어서 주우세요." 그리고 몸을 돌려 코에 엄지를 대고 콘 부인을 향해 말했다. "나는 늙은 여자라면 질색이죠."

"세상에!" 콘 부인이 나직이 뱉었다.

● **예이츠** _ 아일랜드의 시인이자 극작가.

노인이 아처 부인에게 말했다. "제가 흔쾌히 마시긴 했지만 저라면 그렇게 형편없는 화이트 와인을 손님에게 대접하지 않을 겁니다. 우리는 서로 다른 세계에 살고 있어요, 부인."

"내가 뭐랬어?" 콘 부인이 중얼거렸다. "내가 아까부터 계속 말했잖아."

아처 부인이 캐시의 눈치를 보며 머뭇머뭇 노인을 문밖으로 밀려고 했지만, 노인이 그녀보다 빨랐다.

"'아일랜드에서 나와 함께 춤을 추어요.'" 노인이 읊조렸다. 벽에 몸을 기댄 채 손을 뻗어 현관문을 열었다. "그리고 시간은 흘러간다네." 노인이 말했다.

평소 우리는 수호천사의 돌보심 아래 선한 영혼의 보살핌을 받기에 타락 천사의 농락이나 학대에서 벗어나 있다. 하지만 타락 천사에게서 보호하고 막아주던 그들이 우리의 비도덕적인 성향과 기질 때문에 떠나고 나면 우리는 당연하게도 생명의 정수와 자연스러움에서 가장 먼 기질들, 악의와 시기와 복수심에 집어삼켜진다. 선한 영혼들의 빈자리를 채운 타락 천사들이 악의와 폭력을 행사하기 때문이다. 결국 그 증오스러운 기질들은 우리에게 악령들이 간섭하고 유혹하기 쉽게 만든다.

조지프 글랜빌, 『사두키스무스 트리움파투스』

IV

The Lottery and Other Stories

We are never liable to be so betray'd and abused, till, by our vile Dispositions and Tendencies, we have forfeited the tutelary Care, and Oversight of the better Spirits; who, tho' generally they are our Guard and Defence against the Malice and Violence of evil Angels, yet it may well enough be thought, that some Time they may take their Leave of such as are swallow'd up by Malice, Envy, and Desire of Revenge, Qualities most contrary to their Life and Nature; and leave them exposed to the Invasion and Solicitations of those wicked Spirits, to whom such hateful Attributes make them very suitable.

Joseph Glanvil: *Sadducismus Triumphatus*

당연하지요

타일러 부인이 보기에 누구나 분주할 오전 시간에 현관에 나가 빤히 구경하는 건 상당히 예의 없는 짓이었다. 하지만 창문까지 피할 이유는 없었다. 진공청소기를 돌리거나 설거지를 하거나 하다못해 2층에서 침대를 정리할 때면 그녀는 가까이의 남향 창문에 달린 커튼을 살짝 젖히거나 조금 걷거나 블라인드를 움직였다. 제대로 보인 것은 집 앞에 세워진 이삿짐 트럭과 짐을 나르는 인부들의 소소한 움직임뿐이었다. 보아하니 가구는 고급스러운 듯했다.

타일러 부인은 침대 정리를 마치고 점심 준비를 하러 아래층으로 내려갔다. 침실 창문에서 부엌 창문으로 옮겨가는 짧은 시간 동안 옆집 문 앞에 택시가 와 있었고 자그마한 남자아이가 인도에서 이리저리 춤을 추고 있었다. 타일러 부인은 아이를 살펴보았다. 나이에 비해 덩치가 작은 것이 아니라면 네 살쯤이지 싶었다. 막내딸과 어울려 놀면 딱일 나이였다. 그녀는 택시에서 내리는 여자에게 관심을 돌리고 마음을 더욱 놓았다. 근사한 황갈색 정장은 조금 닳은 듯했고, 이삿날 입기에 꽤나 연하다 싶은 색이었다. 하지만 재단이 훌륭했다. 타일러 부인은 껍질을 벗기고 있던 당근을 향해 다행스럽다는 듯 고개를 끄덕였다. 좋은 사람들이 분명했다.

타일러 부인의 막내딸인 캐럴은 집 앞 울타리에 기대선 채 옆집 남자아이를 바라보고 있었다. 남자아이가 춤추는 걸 멈추자 캐럴이 말했다. "안녕." 남자아이가 고개를 들더니 한 걸음 물러서고는 말했다. "안녕." 남자아이의 엄마가 캐럴과 자기 이웃집을 바라보고는 아들을 내려다보았다. 그리고 캐럴에게 말했다. "안녕, 얘야." 타일러 부인은 부엌에서 미소를 지었다. 그러다 느닷없는 충동에 휘말려 손을 종이 수건으로 닦고 앞치마를 벗고는 현관문으로 나갔다. "캐럴. 캐럴, 얘야." 그녀가 부드럽게 소리치자 캐럴이 울타리에 기댄 채 돌아보았다. "왜요?" 비협조적인 어조였다.

"아, 안녕하세요." 타일러 부인은 여전히 남자아이 옆에 서 있는 여자를 향해 인사했다. "캐럴이 누군가와 이야기하는 소리가 들려서……."

"아이들이 친해지는 중이랍니다." 여자가 수줍게 말했다.

타일러 부인은 계단을 내려와 캐럴 근처에 섰다. "새로 이사 오셨나 봐요."

"짐이 다 옮겨지는 날이 온다면요." 여자가 웃더니 의미심장한 어조로 덧붙였다. "이삿날이라니."

"그러게요. 저희는 타일러가家랍니다. 이 아이는 캐럴이고요."

"해리스가예요. 이 아이는 제임스 주니어고요."

"제임스에게 인사해야지." 타일러 부인이 말했다.

"너도 캐럴에게 인사하렴." 해리스 부인이 말했다.

캐럴은 입을 완고히 다물었고 남자아이는 엄마 뒤로 숨었다. 두 여자 다 웃음을 터뜨렸다. "아이들이란!" 한 명이 말하자 다른 한 명이 맞장구쳤다. "어쩌면 이러는지!"

타일러 부인은 의자와 탁자와 침대와 전등을 옮기는 두 인부와 이삿짐 트럭을 손짓하며 말했다. "세상에, 정신없죠?"

해리스 부인은 한숨을 쉬었다. "이러다 미치는 건 아닌가 했답니다."

"우리가 도와드릴 일은 없나요?" 타일러 부인은 제임스를 향해 미소를 지었다. "오후 동안 제임스가 우리와 지내면 어떨까요?"

"그러면 큰 도움이 될 거예요." 해리스 부인은 상체를 돌려 뒤쪽의 제임스를 돌아보았다. "오늘 오후에 캐럴이랑 놀지 않을래, 얘야?" 제임스가 말없이 고개를 젓자 타일러 부인이 아이를 향해 유쾌하게 말했다. "캐럴의 언니 둘이 동생을 데리고 극장에 갈 수도 있어. 제임스 너도 영화 좋아하지?"

"안타깝게도 아니랍니다. 제임스는 극장에 가지 않아요." 해리스 부인이 단호히 말했다.

"아, 당연하죠. 많은 어머니들이 어린아이를 극장에 보내지 않아요, 당연한걸요. 하지만 언니들이 같이……."

"그런 게 아니에요. 우리 가족은 아무도 극장에 가지 않는답니다."

타일러 부인은 '아무도'란 해리스 씨까지 포함하는 것이라 재빨리 인식하고는 침착을 되찾은 다음 태연한 어조로 물었다. "극장에 전혀 가지 않나요?"

해리스 부인이 조심스레 대꾸했다. "그이는 영화가 지적 성장을 막는다고 생각한답니다. 그래서 가족 모두가 극장에 가지 않죠."

"당연한 이야기네요. 그럼 캐럴이 오후에 집에서 제임스랑 놀면 되겠어요. 캐럴도 좋아할 거예요." 그녀는 조심스레 덧붙였다. "해리스 씨가 모래 놀이터도 반대하는 건 아니겠죠?"

"나는 영화 보러 갈래요." 캐럴이 말했다.

타일러 부인은 재빨리 말했다. "아드님과 같이 우리집에서 좀 쉬면 어떨까요? 아침 내내 분주히 돌아다녀야 했을 텐데."

해리스 부인이 이삿짐 인부들을 보며 주저하다 마침내 말했다. "감사합니다." 제임스도 엄마를 따라 타일러가의 대문으로 들어왔다. 타일러 부인이 말했다. "저기 정원에 앉아 있으면 짐을 나르는 광경을 잘 볼 수 있답니다." 그녀는 캐럴을 살짝 밀며 단호히 지시했다. "제임스에게 모래 놀이터를 보여주렴."

캐럴은 퉁명스레 제임스의 손을 잡고 모래 놀이터 쪽으로 이끌었다. "여기야." 그리고 울타리로 되돌아가 기둥들을 발로 찼다. 타일러 부인은 해리스 부인을 정원 의자에 앉히고는 제임스가 쓸 삽을 찾아왔다.

"앉으니 정말 좋군요." 해리스 부인이 한숨을 쉬었다. "때로는 이사가 세상에서 가장 끔찍한 일처럼 느껴진답니다."

"저 집에 살다니 운이 좋으세요." 타일러 부인이 말하자 해리스 부인이 고개를 끄덕였다. 타일러 부인은 말을 이었다. "좋은 이웃을 두게 되어 다행이에요. 잘 맞는 사람이 옆집에 살면 참 좋지요. 설탕을 빌리러 자주 찾아뵐게요." 그녀는 익살맞게 마무리지었다.

"편히 대해 주시면 저야 좋지요. 예전 집에서는 이웃이 대단히 불쾌하게 굴었거든요. 사소한 일로 신경을 긁어댔죠." 타일러 부인은 공감한다는 뜻으로 한숨을 쉬었다. 해리스 부인이 말을 이었다. "예를 들면 라디오를 종일 켜두는 거예요. 그것도 요란하게요."

타일러 부인은 일순 움찔했다. "우리집에서 라디오 소리가 너무 크게 들리면 언제든 알려주세요."

"그이는 라디오 소리를 견디지 못한답니다. 당연히 우리집에는 아예 라디오가 없지요."

"당연하지요."

해리스 부인이 그녀를 바라보며 불편하게 웃었다. "그이가 미쳤다고 생각하시겠지요."

"당연히 아니에요. 많은 사람들이 라디오를 싫어하는걸요. 제 큰조카는 다른 식의……."

"신문도 마찬가지예요." 해리스 부인이 말했다.

타일러 부인은 가슴속에 희미한 불안감이 기웃댄다는 사실을 결국 인정해야 했다. 통제 불능의 위험에 처했으나 그 상황을 피할 수 없을 때 느껴지던 감각이었다. 얼어버린 길에서 차를 몰거나 버지니아의 롤러스케이트장에 갔을 때 같았다. 해리스 부인은 집에 드나드는 인부들을 멍하니 응시하며 말하고 있었다. "영화는 한 번도 본 적이 없지만, 그렇다고 신문도 전혀 안 보고 살았던 건 아니에요. 하지만 그이는 신문이 타락한 대중의 취향에 물들었다고 여기지요. 사실 살면서 꼭 신문을 읽어야 하는 것도 아니랍니다." 그녀가 말하며 타일러 부인을 초조하게 돌아보았다.

"저도 신문을 읽지 않지만 어떤 신문은……."

"오랫동안 《뉴 리퍼블릭》을 구독했죠. 물론 결혼했을 때부터요. 그러다 제임스가 태어나기 전에 신문을 끊었어요."

"남편분께서는 무슨 일을 하시지요?" 타일러 부인은 머뭇머뭇 물었다.

해리스 부인이 자랑스레 고개를 들었다. "그이는 학자랍니다. 논문을 쓰고 있어요."

타일러 부인이 말하려고 입을 열었지만 해리스 부인이 몸을 숙이고 한 손을 내밀며 말했다. "진정으로 평화로운 삶을 살고자 하는 열망을 사람들에게 이해받기란 끔찍이도 힘들어요."

"그럼……. 그럼, 남편분은 쉴 때 뭘 하시나요?"

"희곡을 읽는답니다." 해리스 부인은 제임스가 못 미더운 양 바라보며 말을 이었다. "물론 엘리자베스 시대 이전의 희곡만 보지요."

"당연하네요." 타일러 부인은 모래를 양동이에 담고 있는 제임스를 초조하게 바라보았다.

"사람들은 실로 불친절해요." 해리스 부인이 말했다. "예전 옆집 사람들 말이에요. 라디오만이 아니었어요. 우리집 현관에 《뉴욕타임스》를 일부러 세 번이나 갖다 두었어요. 한번은 제임스가 펼쳐 볼 뻔했답니다."

"세상에나." 타일러 부인이 대꾸하고는 자리에서 일어나 강조하듯 외쳤다. "캐럴, 멀리 가면 안 돼. 점심시간이 다 됐어."

해리스 부인이 말했다. "그럼, 저는 이만 가보겠습니다. 일꾼들이 제대로 하고 있는지 확인해야 하거든요."

타일러 부인은 자신이 너무 무례하지 않았나 생각하면서 물었다. "해리스 씨는 어디 계시나요?"

"시댁에요. 이사할 때면 그이는 항상 시댁에 가 있는답니다."

"당연한 일이군요." 타일러 부인은 대꾸하며 아침 내내 이 말만 한 듯한 기분에 휩싸였다.

"남편이 있는 동안에는 시댁에서도 라디오를 켜지 않아요." 해리스 부인의 설명에 타일러 부인이 대꾸했다.

"당연히 그래야죠."

해리스 부인이 손을 내밀자 타일러 부인은 악수를 했다. 해리스 부인이 말했다. "좋은 친구가 되면 좋겠네요. 말씀하셨다시피, 참으로 사려 깊은 이웃과 함께 살면 여러 면에서 큰 도움이 되지요. 그런데 지금껏 저희 가족은 그런 운이 없었답니다."

"당연해요." 타일러 부인은 대꾸했다가 얼른 정신을 차렸다. "언제 저녁에 같이 브리지를 하면 어떨까요?" 해리스 부인의 표정을 보며 말을 이었다. "아니, 그게 아니라. 아무튼 언제 저녁이나 함께 하도록 해요." 두 사람은 크게 웃었다.

해리스 부인이 말했다. "정말 바보처럼 들리지요. 안 그래요? 오늘 아침 이렇게 친절히 대해주셔서 정말 고맙습니다."

"필요한 게 있으면 뭐든 말만 하세요. 오늘 오후에 제임스를 봐드릴 수도 있어요."

"정말 괜찮으시겠어요?"

"당연한걸요. 캐럴, 얘야."

타일러 부인은 캐럴의 어깨에 팔을 두르고서 집 앞으로 걸어가 해리스 부인과 제임스가 새집으로 들어가는 모습을 바라보았다. 모자가 현관에서 걸음을 멈추고 손을 흔들자 타일러 부인과 캐럴도 손을 흔들었다.

"영화 보러 가면 안 돼요? 제발요, 엄마." 캐럴이 말했다.

"나랑 같이 가자꾸나, 얘야." 타일러 부인이 말했다.

소금 기둥

그녀가 남편과 함께 뉴햄프셔에서 뉴욕행 기차에 올랐을 때 웬일인지 어떤 곡이 계속 머리에 맴돌았다. 거의 일 년 만에 들르는 뉴욕보다 훨씬 오래전에 접한 곡이었다. 뉴욕을 영화에서만 볼 수 있던 열대여섯 살 시절이었으리라. 당시 그녀에게 뉴욕은 노엘 카워드•의 작품에나 나오는 사람들로 가득한 펜트하우스를 의미했다. 뉴욕의 고층 건물과 속도와 사치와 환락이 열다섯 살의 답답한 현실과 복잡하게 뒤엉켰던 시절, 영화에서나 볼 수 있던 닿을 수 없이 머나먼 아름다움이었다.

"이 곡이 뭐죠?" 그녀는 남편에게 묻고는 음을 흥얼거렸다. "옛날 영화에서 들은 것 같은데."

• 노엘 카워드 _ 20세기 영국의 극작가이자 배우, 작곡가. 고도로 세련된 풍속 희극으로 유명하다.

"나도 아는 노래야." 남편도 콧노래를 불렀다. "그런데 가사는 기억이 안 나는군."

그는 편안히 기대앉았다. 코트는 옷걸이에, 여행 가방은 선반에 놓여 있었다. 잡지는 미리 꺼내놓았다. "좀 있으면 생각날 것 같아." 그가 말했다.

처음에 그녀는 창밖을 내다보며 기쁨을 은밀히 맛보다가 이내 짜릿하게 만끽하기 시작했다. 기차를 타고 간다는 기쁨, 아이들과 부엌 바닥에서 매 순간 멀어져 여섯 시간 동안 아무 할 일 없이 무언가를 읽고 낮잠을 자고 식당칸에 간다는 기쁨. 언덕들은 순식간에 뒤로 스쳐지나가고 매일같이 보던 집과는 아주 다른 풍경, 들판과 나무들이 보이는 것까지 못내 사랑스러웠다. "기차 여행은 정말 즐거워요." 그녀가 말하자 잡지를 읽던 남편은 동의하듯 고개를 끄덕였다.

이 주일, 믿기지 않을 만큼 멋진 이 주가 두 사람을 기다리고 있었다. 일정이 미리 정해져 있어 어떤 극장과 레스토랑을 갈지만 고민하면 되었다. 아파트에 사는 친구가 때마침 휴가를 간데다 아이들한테 새 겨울옷을 사주고도 뉴욕으로 여행할 수 있을 만큼 통장 잔고가 두둑했다. 여행 준비는 어떤 장애물도 없이 순조롭게 진행되었다. 초기에 몇 가지 문제가 발생하긴 했으나 일단 마음을 정하면 무엇도 막을 수 없다는 양 모두 해결되었다. 아기의 목감기가 나았다. 배관공이 와서 이틀 만에 일을 마무리짓고 떠났다. 옷이 제때 수선되었다. 도시에서 새 상품을 살펴본다는 핑계를 찾아내고 나니 철물점도 손쉽게 떠날 수 있었다. 뉴욕은 불타거나 전염병이 돌지 않았고, 친구는 제때 떠났으며, 브래드는 주머니에 친구 집 열쇠를 갖고 있었다. 만날 사람들의 연락처를 확실히 확보했고 놓치지 말아야 할 연극 목록과 꼭 사야 할 물건 목록도 준비했다. 기저귀, 옷감, 고급 통조림, 변색 방지 은식기 보관함. 그리고 마지막으로, 기차가 완벽하게 기능을 수행하며 오후 내내 그들을 뉴욕을 향해 합법적으로 결연히 모셔 가고 있었다.

마거릿은 남편을 신기한 듯이 바라보았다. 시골 풍경을 배경으로 질주하는 기차 안에서 그녀만큼 운이 좋은 기차 여행객인 그는 환한 오후 햇살을 받으며 가만히 앉아 있었다. 그녀는 확인할 겸 한 번 더 남편을 바라본 후에 책을 펼쳤다. 곡이 여전히 머릿속을 맴돌았다. 그녀가 콧노래를 부르자 남편이 잡지를 넘기며 나직이 따라 흥얼거렸다.

식당차에서 그녀는 고향의 레스토랑에서 그러하듯 로스트비프를 주문했다. 휴가 동안 군침이 도는 새로운 음식을 맛보겠지만 벌써부터 태세를 전환하고 싶지 않았다. 후식으로 아이스크림을 먹고서 마지막으로 커피가 나오자 이제 한 시간 후면 뉴욕에 도착한다는 생각에 조바심이 났다. 그녀는 코트를 걸치고 모자를 쓰며 한 동작 한 동작 즐거움을 음미했다. 브래드는 여행 가방을 내리고 잡지를 치웠다. 끝없이 이어지는 듯한 지하 구간 내내 두 사람은 객차 끝에서 기다리며 여행 가방을 들었다 놓았다 하면서 초조하게 서성였다.

기차역은 잠시나마 쉼터나 다름없었다. 승객들을 사람과 소리와 빛의 세상으로 서서히 이끌며 폭발적이다시피 생생한 바깥 거리로 나설 준비를 도왔다. 그녀는 인도에 서서 택시를 보기 무섭게 어느 사이 택시를 타고 이동하고 있었다. 어리둥절해하는 사이 업타운에 이르러 또 다른 인도에 내뱉어졌다. 브래드는 택시비를 지불한 뒤 고개를 들어 아파트 건물을 올려다보았다. "바로 여기야." 그는 택시 기사가 짧은 주소만으로 집을 제대로 찾아갈 수 있을지 의심했던 듯했다. 엘리베이터를 타고 올라가 열쇠로 문을 열었다. 처음 와보는 친구의 집은 그다지 낯설지 않았다. 뉴햄프셔에서 뉴욕으로 옮겨온 친구는 세월이 지나도 쉽게 잊을 수 없는 고향을 찍은 사진들을 간직하고 있었다. 편안하고 친숙하게 꾸며진 아파트 덕분에 브래드는 금방 적당한 의자를 찾아내 앉았고, 그녀는 리넨과 담요에 본능적으로 마음을 놓으며 편안함을 만끽했다.

"이곳이 우리가 이 주 동안 살 집이야." 브래드가 말하고 온몸을 쭉 폈다. 두 사람은 이내 자동으로 창가로 걸어갔다. 저 아래에는 예상대로 뉴욕이 있었다. 거리를 따라 늘어선 아파트는 알지 못하는 사람들로 가득했다.

"멋져요." 그녀는 말했다. 저 아래에는 차와 사람들이 있었고 소리가 요란했다. "너무나 행복해요." 그녀는 남편에게 키스했다.

이튿날 두 사람은 도시를 구경했다. 자동판매기로 음식을 파는 식당에서 아침을 사 먹고 엠파이어 스테이트 빌딩의 꼭대기에 올랐다. 브래드가 옥상에서 말했다. "빈틈없이 고쳐놓았군. 비행기와 부딪힌 곳•이 어디인지 전혀 표가 안 나."

두 사람은 옥상에서 건물의 사면을 하나하나 내려다보았지만 충돌 지점이 어디냐고 묻기는 민망했다. 그녀는 모퉁이에서 킥킥거리며 적절하게 이야기를 정리했다. "내 몸의 어디가 부러졌는데 다른 사람들이 부러진 부분을 보고 싶어 하며 자꾸 캐묻는다면 기분이 좋지 않을 거예요."

"당신이 엠파이어 스테이트 빌딩의 소유주라면 전혀 개의치 않을 거야." 브래드가 말했다.

그들은 처음 며칠간은 택시로만 이동했다. 한번은 문이 끈으로 고정된 택시를 타기도 했다. 두 사람은 문을 가리키며 서로 소리 없이 웃었다. 사흗날 무렵, 타고 가던 택시가 브로드웨이에서 펑크가 나는 바람에 그들은 차에서 내려 다른 택시를 잡아야 했다.

"이제 십일 일 남았네요." 어느 날 그녀가 말한 뒤 몇 분밖에 흐르지 않은 듯한데 이렇게 말하게 되었다. "뉴욕에 벌써 엿새나 있었어요."

그들은 만나기로 한 친구들과 만났고 주말에는 롱아일랜드의 별장에서 지낼 계획이었다. 별장의 여주인은 전화로 활기차게 말했다. "이 계절에는 끔찍해 보일 거야. 우리는 일주일 후에 떠나고. 하지만 뉴욕에 왔으면서 우리 별장을 한번 보지도 않고 그냥 가면

• **비행기와 부딪힌 곳** _ 1945년 7월 미국 폭격기가 안개로 인해 항로를 이탈하여 엠파이어 스테이트 빌딩과 충돌해 사십여 명의 사상자가 발생했다.

절대 용서치 않을 거야." 날씨는 좋았지만 서늘했다. 가을이 물씬 다가와 있었다. 상점 진열창에는 짙은 색 옷들이 걸렸으며 이미 털옷과 벨벳류가 여기저기 보였다. 그녀는 매일 코트를 입고 항상 정장을 차려입었다. 기껏 가져온 편안한 옷은 아파트 옷장에 걸려 있었다. 대형 상점에서 스웨터를 한 벌 살까 고민했다. 뉴햄프셔에서야 입을 일이 없겠지만 롱아일랜드에서는 유용할 듯했다.

"쇼핑을 해야 해요. 하루쯤은 말이에요." 그녀가 말하자 브래드가 신음했다.

"나를 짐꾼으로 부려먹을 생각은 마."

"종일 돌아다니고 난 뒤에 쇼핑까지 할 기분은 아니겠죠. 영화라도 보고 오지그래요?"

"나도 쇼핑할 게 있긴 해." 그가 모호하게 말했다. 그녀에게 줄 크리스마스 선물을 의미하는 것이리라. 그녀는 뉴욕에서 선물을 사면 어떨까 하고 막연히 생각했더랬다. 아이들은 마을의 상점에서 볼 수 없는 진귀한 도시의 장난감에 기뻐하리라. 어쨌든 그녀는 말했다. "마침내 도매업자를 만나려나 보네요."

그들은 또 다른 친구를 만나러 갔다. 기적적으로 살 집을 구한 그 친구는 건물 모양새나 계단이나 주변 환경 때문에 놀라지 말라고 경고했다. 셋 다 형편없었다. 좁고 어둑한 계단이 3층까지 이어진 끝에 사는 집이 나왔다. 뉴욕에 온 지 얼마 안 된 친구는 침실 두 개짜리 집에서 살면서 날씬한 탁자와 나지막한 책장에 대한 광적인 수

집욕에 쉽사리 빠져들었다. 그 덕에 집의 어느 부분은 가구가 없어 휑뎅그렁했고 다른 부분은 가구가 비좁게 들어차 불편했다.

"멋진 집이에요." 그녀가 집에 들어서면서 말했다. 하지만 집주인의 대꾸에 민망해지고 말았다. "언젠가는 망할 상황이 끝나고 정말 제대로 된 집에서 살 수 있을 거예요."

그곳에는 다른 손님들도 와 있었다. 그들은 앉아서 다정하게 이야기를 나누었다. 뉴햄프셔나 뉴욕이나 화젯거리는 같았지만 기이하게 고향에서보다 술을 많이 마시면서도 별로 취하지 않았다. 목소리는 더 우렁차고 말은 더욱 현란했다. 반면에 몸짓은 움츠러들었다. 뉴햄프셔에서라면 팔을 저어야 할 대목에서 달랑 손가락 하나만 흔들었다. 마거릿은 자주 말했다. "우리는 이곳에 휴가차 와서 이 주간만 머물 거랍니다." "너무나 흥미진진하고 멋져요." "엄청나게 운이 좋았죠. 마침 친구가 여행을 가서……."

마침내 방이 가득차고 요란해지자 그녀는 창문 근처 구석으로 가서 숨을 돌렸다. 창문은 바로 옆에 서 있는 사람이 두 손에 뭔가를 들고 있느냐 아니냐에 따라 저녁 내내 열렸다 닫혔다 했다. 그녀가 서 있는 이 순간, 창문은 닫혀 있었고 밖의 하늘은 맑았다. 누군가 와서 곁에 서자 그녀는 말했다. "바깥의 소리를 들어보세요. 집안만큼이나 시끄럽네요."

그가 말했다. "이런 동네에서는 항상 누군가가 죽어나가죠."

그녀는 눈살을 찌푸렸다. "아까와는 다르게 느껴지네요. 제 말은, 다른 소리가 나는 것 같아요."

"알코올중독자들이 길 한복판에서 술에 취해 싸우나 보죠." 그는 술잔을 든 채 멀어져 갔다.

그녀는 창문을 열고 상체를 내밀었다. 길 건너편 건물에서 사람들이 창밖으로 소리쳐대고 있었다. 길거리에 서 있는 사람들도 고개를 쳐든 채 외쳐댔다. 길 건너에서 외치는 소리가 또렷이 들렸다. "아주머니, 아주머니!" 그녀는 생각했다. 나를 부르는 게 분명해, 하나같이 이쪽을 쳐다보고 있잖아. 그녀는 상체를 더욱 내밀었다. 고함들이 마구 뒤섞였지만 어째서인지 대충 알아들을 수 있었다. "아주머니, 건물에 불이 났어요! 아주머니, 아주머니!"

그녀는 창문을 꼭 닫고는 방안의 사람들을 향해 몸을 돌려 목소리를 살짝 높여 말했다. "저기요, 밖에 있는 사람들이 이 건물에 불이 났다고 하네요." 그녀는 다른 이들이 비웃을까 봐, 자신이 바보처럼 보일까 봐 지독히도 두려웠다. 마침 브래드가 방을 가로지르다가 얼굴이 빨개져 서 있는 그녀를 바라보았다. 그녀는 다시 말했다. "바로 이 건물에 불이 났대요." 너무 격렬하게 말한 것일까 봐 두려워 덧붙였다. "밖에서 사람들이 그래요." 근처에 있던 사람들이 돌아보았다. 누가 말했다. "건물에 불이 났다고 이분이 그러네요."

그녀는 브래드에게 가고 싶었지만 보이지 않았다. 집주인 역시 보이지 않았다. 주위에는 온통 낯선 이들뿐이었다. 저 사람들은 내 말은 안중에도 없어, 여기에서 나가는 편이 낫겠어. 그녀는 현관으로 가서 문을 열었다. 연기도, 불꽃도 보이지 않았지만 스스로에게 말했다. 여기에서 나가는 편이 좋겠어. 공황 상태에 빠진 그녀는 브래드를 내버린 채 모자도 코트도 없이 계단을 달려 내려갔다. 한 손에는 술잔을, 다른 손에는 성냥갑을 들고 있었다. 계단이 미칠 만큼 길게 느껴졌지만 텅 비어 있어 안전하게 내려갈 수 있었다. 1층 출입문을 열고 달려 나갔다. 어떤 남자가 그녀의 팔을 잡더니 물었다. "모두 밖으로 나왔습니까?" 그녀는 대답했다. "아뇨, 브래드가 여전히 거기 있어요." 소방차가 길모퉁이를 돌아 몰려오고 창밖으로 상체를 내민 사람들이 구경하고 있었다. 그녀의 팔을 쥔 남자가 "저기로 가세요"라 말하고는 손을 놓았다. 불이 난 곳은 친구네 집에서 두 집 건너 이웃이었다. 꼭대기 층 창문 뒤에서 불꽃이 날름거리고 연기가 밤하늘을 향해 솟구쳤으나 십 분 만에 화재는 진압되었다. 소방차들은 겨우 십 분이면 해결될 일 때문에 여기까지 달려온 것에 대해 고난을 각오한 사람의 고통을 드러내며 멀어져갔다.

그녀는 당혹감에 휩싸인 채 천천히 계단을 올라가 브래드를 찾아내서는 집으로 돌아갔다.

"너무나 무서웠어요." 침대에 안전하게 눕자 그녀는 말했다. "완전히 이성을 잃어버렸죠."

"사람들한테 알렸어야지." 남편이 말했다.

"아무도 내 말을 듣지 않았어요. 불이 났다고 계속 말했지만 아무도 관심을 보이지 않았죠. 그래서 잘못 알았나 보다 싶어서 밖으로 나가 상황을 확인해보기로 했어요."

"그 정도로 그쳐서 다행이야." 브래드가 잠기 어린 목소리로 말했다.

"덫에 갇힌 기분이었어요. 불이 붙은 낡은 건물의 꼭대기 층에 있다니 악몽 같았죠. 게다가 이런 이상한 도시에서 말이에요."

"이제 다 지나갔으니 걱정 마."

다음날 그때와 똑같은 불안감이 다시 희미하게 어른거렸다. 그녀는 혼자 쇼핑을 하러 나갔고 브래드는 마침내 철물점을 보러 갔다. 시내로 가는 버스를 탄 그녀는 내릴 때가 되었을 때 사람들이 가득차 문으로 갈 수가 없었다. 통로에 끼인 채 말했다. "내려요." "실례합니다." 그녀가 마침내 풀려나 문 근처에 이르렀을 즈음 버스가 출발하는 바람에 한 정거장을 더 간 다음에 내려야 했다. "아무도 내 말을 듣지 않아." 그녀는 중얼거렸다. "내가 너무 예의 바르게 말해서인가 봐." 상점들은 하나같이 너무 비쌌고 스웨터는 뉴햄프셔의 스웨터같이 익숙해 보였다. 아이용 장난감을 보니 당혹스럽기 짝이 없었다. 뉴욕 어린이 전용이 분명했다. 어른들의 삶을 흉측하게 패러디해놓은 듯했다. 금전등록기, 모조 과일이 든 자그마한 카트, 진짜로 작동되는 전화기(마치 뉴욕에는 진짜로 작동되는 전화기가 부족하다는 듯이), 운반용 상자에 든 작은 우유병 모형. 마거릿은 여점원에게 말했다. "우리는 소에서 짠 우유를 바로 먹죠. 우리 아이들은 이게 뭔지 모를 거예요." 이렇게 과장한 것에 대해 일순 죄책감이 들었지만 그녀를 체포할 사람은 없었다.

그녀는 부모와 똑같이 차려입은 어린아이들이 주르르 늘어선 첨단 문명의 작은 모형 장난감을 따라 나아가는 모습을 상상했다. 갈수록 장난감 금전등록기가 커지며 수백만 번 땡그랑땡그랑 울리는 동안, 아이들은 부모들이 의지하던 쓸모없는 거대한 장난감을 인수받고 현실에 순응할 준비를 갖추리라. 그녀가 아들에게 줄 선물로 택한 스키는 뉴햄프셔에 내리는 눈에는 부적합할 것이 뻔했다. 딸에게 줄 선물로 택한 장난감 수레는 남편이 한 시간이면 뚝딱 만들어낼 수레보다 못했다. 그녀는 장난감 우편함과 조그만 글자가 박힌 작은 축음기와 어린이용 화장품을 보는 둥 마는 둥 하고 상점에서 나와 집으로 향했다.

솔직히 이제 버스가 두려웠기에 모퉁이에 서서 택시를 기다렸다. 발치를 힐끔거리는데 인도에 떨어져 있는 십 센트 동전이 보였다. 줍고 싶었지만 주위에 사람이 너무 많아 몸을 숙이기 곤란했다. 사람들을 비집고 몸을 숙였다가 모두 쳐다볼까 봐 두려웠다. 그녀는 동전을 발로 짚었다. 그런데 그 근처에 이십오 센트와 오 센트 동전이 떨어져 있었다. 누가 동전 지갑을 떨어뜨렸나 보다 생각하며 그녀는 이십오 센트 위로 다른 발을 옮겼다. 자연스러워 보이도록 재빨리 움직였다. 그런데 또 다른 십 센트와 오 센트가 보였고 배수로에 또 십 센트가 있었다. 사람들은 쉴 새 없이 그녀를 양쪽에서 지나쳐 갔다. 급하게 밀쳐대며 쳐다도 보지 않았다. 그녀는 몸을 숙여 동전을 집는 것이 두려웠다. 다른 사람들은 동전을 보고도 그대로 지나쳐 갔다. 그제야 아무도 동전을 줍지 않는다는 사실을 깨달았다. 다들 부끄러운 것이거나 너무 바쁜 것이거나 주위가 사람들로 북적이는 탓이리라. 승객이 내리는 택시를 보고 그녀는 소리쳐 불렀다. 십 센트와 이십오 센트에서 발을 떼고 택시에 올랐다. 택시가 천천히 출발하며 어딘가에 부딪혔다. 그녀는 택시만 점차 망가져가는 게 아니라는 것을 슬슬 깨달아가고 있었다. 버스는 중요하지 않은 용접 부분에 금이 가 있고 의자의 가죽은 얼룩지거나 뜯어져 있었다. 건물 역시 몰락의 기운이 감돌았다. 최고의 상점이라 일컬어지는 어느 곳은 타일 바른 로비에 커다란 구멍이 나 있어 빙 돌아 걸어가야 했다. 건물들 모서리에서 부슬부슬 먼지가 떨어지는 듯했다. 화강암이 아무도 모르는 사이 깎여나가고 있었다. 업타운으로 가는 내내 깨진 창문이 눈에 띄었고 모퉁이마다 동전이 흩뿌려져 있었다. 사람들은 어느 때보다 빠르게 이동했다. 택시 차창의 앞쪽으로 붉은 모자를 쓴 여자를 보기 무섭게 택시 뒤쪽으로 모자가 사라져버렸다. 상점 진열창들이 짧은 순간에 휘리릭 지나가는 바람에 지독할 만큼 현란해 보였다. 사람들은 한 시간이 사십오 분이고, 하루가 아홉 시간이고, 일 년이 십사 일이라도 된다는 양 미친듯이 달려갔다. 음식은 이해할 수 없을 정도로 순식간에 나왔고 사람들은 항상 허기진 양 혹은 어서 빨리 새로운 사람과 새로운 식사를 해야 하는 양 서둘러 먹어댔다. 모든 것이 매 순간 눈에 띄지 않게 조금씩 빨라졌다. 그녀는 한쪽 문으로 택시에 타자마자 집에 도착해 다른쪽 문으로 내렸다. 엘리베이터에 올라타 5층 단추를 누르자마자 도로 내려 목욕을 하고 옷을 입고 브래드와 함께 외출할 준비를 했다. 저녁 식사를 밖에서 먹고 나서 여전히 허기진 채 돌아와 점심 먹기 전에 아침을 먹기 위해서 부랴부랴 잠자리에 들었다. 그들은 뉴욕에서 구 일을 보냈고 이튿날은 토요일이라 롱아일랜드에 갔다가 일요일에 돌아온 뒤 수요일에 집으로, 진짜 집으로 갈 예정이었다. 그 생각을 하기 무섭게 그녀는 롱아일랜드행 기차에 올라 있었다. 기차는 부서지고, 좌석은 찢어지고, 바닥은 지저분했다. 문 한 짝은 열리지가 않았고, 차창은 닫히지가 않았다. 도시 외곽을 지나쳐 갈 때 그녀는 생각했다. 모든 것이 너무도 빠르게 이동하는 바람에 단단한 물질이 견디지 못하고 무너지게 될 거야, 창문은 움푹 꺼지고 벽돌림띠는 떨어지겠지. 그녀는 솔직히 말하기 두렵다는 것을, 자발적으로 택한 죽음의 속도가 점점 빨라지다 결국 파멸로 끝나리라는 사실을 직시하기가 두렵다는 것을 알고 있었다.

롱아일랜드는 뉴욕에서 최근에 떨어져나온 부분 같았다. 뉴욕의 가구로 채워진 별장은 마치 뉴욕과 고무줄로 묶여 있는 것 같았다. 문제는 그 고무줄이 팽팽히 늘어나 있어 언제든 도시의 아파트로 그들을 되튕겨 보낼 것 같다는 사실이었다. 숙박비를 다 지불했는데도 문을 열자마자 나가야 하는 듯했다.

별장의 여주인은 말했다. “오래전부터 매년 이 별장을 빌려 썼지. 안 그랬으면 올해 빌리지 못했을 거야."

브래드는 대꾸했다. "정말 멋진 곳이야. 여기에서 일 년 내내 살지 않는다니 놀랍군."

"한동안은 도시에서 지내줘야지." 여주인이 웃어댔다.

"뉴햄프셔와는 전혀 달라." 브래드가 말했다. 그이도 집이 슬슬 그리워지는 거야, 딱 한 번만이라도 고함을 내지르고 싶겠지, 하고 마거릿은 생각했다. 불 때문에 놀란 이후로 그녀는 많은 사람들과 함께 있는 것이 두려웠다. 저녁에 친구들이 찾아오자 그녀는 스스로를 다독이며 한동안 버텼다. 이곳은 1층이야, 언제든 밖으로 달려 나갈 수 있어, 창문도 모두 열려 있잖아. 하지만 결국은 양해를 구하고 침실로 갔다. 한참 후 브래드가 들어와 그녀가 잠에서 깨자 짜증스레 말했다. "여태 철자 바꾸기 놀이를 했어. 사람들이 완전히 미친 것 같아." 그녀는 잠기운에 젖은 목소리로 "당신이 이겼어요?" 하고 묻고는 답도 듣기 전에 잠이 들었다.

다음날 아침 그녀는 브래드와 산책하러 나갔고, 집주인 부부는 일요 신문을 읽었다. 여주인이 격려하듯 말했다. "집에서 오른쪽으로 세 블록을 가면 우리 동네 해변이 나올 거야."

바깥양반이 끼어들었다. "해변에 뭐하러 가겠어? 이렇게 빌어먹도록 추운 날씨에."

"바다를 감상하면 되잖아." 여주인이 반박했다.

그들은 해변을 향해 걸어갔다. 가을바람만 강하게 불어댈 뿐 길은 텅 비어 있었다. 그러나 여전히 따뜻하게 환영한다고 우기듯이 남아 있는 여름의 흔적이 흉측한 모습으로 인사해왔다. 예를 들자면 길가 집에 사람들이 있었고 간이식당 하나가 외롭게 문을 연 채 핫도그와 루트비어를 용감히 광고하고 있었다. 식당 주인이 차갑고 무심한 얼굴로 그들을 바라보았다. 두 사람은 재빨리 그를 지나쳐 걸어가 집들이 보이지 않는 회색 자갈밭에 들어섰다. 자갈밭 한쪽에는 회색 바다가, 다른 쪽에는 자갈이 섞인 회색 모래언덕이 자리해 있었다.

"여기에서 수영한다고 상상해봐요." 그녀는 부르르 몸을 떨며 말했다. 해변을 보니 즐거웠다. 기이하게 친숙하고 편안해 보였다. 바로 그 순간, 그 곡이 되살아나며 두 가지 기억이 떠올랐다. 이 해변은 그녀가 상상 속에서 꿈꾸었던 곳이었다. 미친듯이 너울대는 파도 옆에서 여주인공이 걸어가는 가슴 아픈 사랑 이야기를 쓰던 시절에 말이다. 그리고 그 음악은 그녀가 끔찍한 일상을 피하기 위해 해변이 나오는 슬픈 이야기를 쓰며 꿈꾸었던 금빛 세상의 상징이었다. 그녀가 소리 높여 웃자 브래드가 물었다. "대체 이 황량한 풍경 어디가 그렇게 재미있는 거야?"

"뉴욕에서 얼마나 멀리 떨어져 있는지 생각한 것뿐이에요." 그녀는 거짓으로 대꾸했다.

하늘과 바다와 모래가 모두 회색이라 무르익은 오전이 아니라 늦은 오후인 것만 같았다. 지겨워진 그녀는 돌아가고 싶다고 생각

했다. 그 순간 브래드가 불현듯 말했다. "저기 좀 봐." 돌아보니 젊은 여자가 모자를 든 채 머리카락을 휘날리며 모래언덕을 뛰어 내려오고 있었다.

"이런 날씨에 몸을 데우려면 저러는 수밖에 없겠지." 브래드가 말했다.

"겁에 질려 보이네요." 마거릿이 말했다.

여자가 그들을 보고 다가왔으나 가까워지자 속도를 늦추었다. 간절히 이야기하고 싶으면서도 막상 가까워지니 바보처럼 보일까 두려워 당혹스러워하는 태도가 낯설지 않았다. 여자는 주저하며 어색한 태도로 두 사람을 번갈아 바라보았다.

"경찰이 어디에 있는지 아시나요?" 마침내 여자가 물었다.

브래드는 자갈투성이 헐벗은 해변을 위아래로 살핀 다음 진지하게 대꾸했다. "이 근처에는 경찰이 없을 것 같은데요. 우리가 도와드릴까요?"

"그건 힘들 것 같네요. 경찰이 필요한 상황이거든요." 여자가 말했다.

마거릿은 생각했다. 저 사람들은 온갖 일을 가지고 경찰을 찾아, 저 사람들, 저 뉴욕 사람들은 인구의 일정 부분을 문제 해결자로 선출하기라도 한 양 온갖 일을 가지고 경찰을 찾지.

"우리가 도움이 되면 좋을 텐데요." 브래드가 말했다.

여자가 다시 주저하다 뿌루퉁한 어조로 말했다. "그게요, 아셔야 할 게 있는데요. 저기에 다리 한 짝이 있어요."

그들은 여자가 설명하기를 예의 바르게 기다렸으나 여자는 그저 "그럼, 이리 오세요" 하고는 따라오라며 손짓했다. 모래언덕이 사라지고 느닷없이 바다가 불쑥 들어와 있는 자그마한 후미 근방으로 여자가 안내했다. 바다 근처 모래사장에 다리 한 짝이 놓여 있었다. 여자가 가리키며 말했다. "저기요." 마치 그들이 그녀의 영토를 억지로 차지하려고 든다는 듯한 어조였다.

그들은 다가갔다. 브래드가 몸을 숙여 신중하게 살폈다. "다리가 맞군요." 밀랍 인형의 일부처럼 보였다. 허벅지와 발목에서 깔끔하게 절단된 새하얀 밀랍 다리처럼 보이는 것이 살며시 무릎을 굽힌 채 모래밭에 놓여 있었다. "진짜 다리야." 브래드의 어조가 문득 달라졌다. "정말 경찰을 불러야겠군요."

그들은 간이식당으로 함께 걸어갔다. 브래드가 전화로 경찰에 신고하는 동안 식당 주인은 냉담하게 들을 뿐이었다. 경찰이 오자 그들 모두 다리가 있는 곳으로 다시 갔고 브래드는 이름과 주소를 경찰에게 알려준 뒤 말했다. "이제 그만 돌아가도 괜찮나요?"

"여기 남아 뭐하시게요? 몸의 나머지 부위가 나타나기를 기다리게요?" 경찰이 묵직한 우스갯소리를 담아 물었다.

별장으로 돌아가 다리에 대해 말했다. 바깥주인은 손님들이 사람 다리 한 짝과 마주친 것이 자기 잘못인 양 사과한 반면, 여주인은 흥미롭다는 어조로 말했다. "벤슨허스트에서 팔이 해변으로 밀려왔다는 기사를 봤는데."

"살해당한 사람 중 하나겠지." 바깥주인이 말했다.

2층에서 마거릿은 불쑥 말했다. "먼저 교외에서부터 시작되는 것 같아요." 브래드가 물었다. "뭐가?" 그녀는 히스테릭하게 대꾸했다. "사람들이 산산조각 나는 것 말이에요."

다리를 발견한 일은 괜찮다고 주인 부부를 안심시키느라 두 사람은 한참 머물다가 늦은 오후에야 뉴욕행 기차에 올랐다. 다시 아파트로 돌아가니 마거릿이 보기에 건물 로비의 대리석이 조금 닳은 듯했다. 이틀밖에 안 됐는데 꽤 큰 금도 새로 난 듯했다. 엘리베이터는 약간 녹이 슬었으며 아파트의 모든 것에 먼지가 살며시 앉아 있었다. 그들은 불편한 기분으로 잠자리에 들었다. 다음날 아침이 되자 마거릿은 얼른 말했다. "오늘은 집에서 쉴래요."

"어제 일로 심란한 건 아니겠지?"

"전혀요. 그냥 쉬고 싶은 것뿐이에요."

얼마간 상의한 끝에 브래드는 혼자 나가기로 했다. 남은 며칠 동안 꼭 만나야 할 사람과 꼭 가야 할 장소가 있었던 것이다. 음식을 자동판매기로 파는 식당에서 아침 식사를 한 후 마거릿은 혼자 아파트로 돌아갔다. 가는 길에 추리소설을 한 권 샀다. 코트와 모자를 걸고 아파트 창가에 앉았다. 저 아래에서 소음이 들려오고 사람들이 오갔다. 고개를 드니 길 맞은편의 집들 위쪽으로 회색 하늘이 펼쳐졌다.

그녀는 스스로에게 말했다. 걱정하지 않을 거야, 그런 일을 계속 생각해봐야 소용없어, 휴가를 망치고 브래드의 기분까지 엉망으로 만들 텐데 걱정해봐야 무슨 이득이 있겠어, 사람들은 괜한 상상으로 걱정하기 마련이라니까.

그 형편없는 음악이 다시 머릿속을 맴돌았다. 사근사근하게 풍겨오는 값비싼 향수까지 곁들여서. 길 맞은편 집들은 고요했다. 아마도 이 시간에 비어 있으리라. 그녀는 음악의 리듬에 맞추어 어느 층의 창문들을 하나하나 바라보았다. 두 창문 사이의 벽을 재빨리 훑고 지나가면 한 소절에 한 층씩 살펴볼 수 있었다. 재빨리 숨을 쉬고서 다음 층으로 내려갔다. 각 층마다 같은 개수의 창문이 있었고, 음악 역시 각 소절마다 박자가 같았다. 다음 층과 다음 소절 역시 마찬가지였다. 그녀는 불현듯 멈추었다. 방금 보고 지나친 창턱이 소리 없이 무너지며 고운 모래로 변해 사르르 떨어진 것 같았다. 다시 바라보니 창턱은 그대로였다. 하지만 이번에는 위쪽과 오른쪽 창턱이 무너지더니 결국엔 지붕 모서리가 바스러졌다.

거리로 시선을 내리깔며 스스로를 다독였다. 걱정할 필요 없어, 머릿속에서 이런 생각을 몰아내야 해. 한참 동안 거리를 내려다보고 있노라니 어지러웠다. 머리를 바로 하고 작은 침실로 들어갔다. 그녀는 여느 훌륭한 주부라면 그러하듯 아침 식사 전에 침대를 정돈했다. 하지만 일부러 담요와 시트를 한 장씩 한 장씩 벗겨낸 다음 다시 정리했다. 모서리를 바로잡고 주름을 하나하나 펴느라 한참 시간을 들였다. "다 끝났어." 완전히 마치자 그렇게 말하고 창문으로 돌아갔다. 길 맞은편을 바라보는 순간, 음악이 다시 시작되었다. 창문에서 창문으로 줄줄이 창턱이 부서지며 떨어져 내렸다. 그녀는 상체를 숙여 자기가 서 있는 창문 턱을 내려다보았다. 전에는 상상도 못 했으나 이제 보니 창턱이 일부 마모되어 있었다. 돌을 만져보니 부스러기가 일며 떨어져 내렸다.

11시였다. 브래드는 지금쯤 휴대용 용접기를 살펴보고 있을 것이고 운이 좋아도 1시 후에나 돌아올 터였다. 그녀는 고향에 편지를 쓸까 생각했지만 종이와 펜을 찾기도 전에 충동이 사라졌다. 낮잠을 자야겠다는 생각이 문득 들었다. 오전이 지나지도 않았는데 낮잠을 자기란 평생 처음이었다. 그녀는 침실로 들어가 누웠다. 침대에 누워 있노라니 건물이 흔들리는 듯했다.

그녀는 마녀에 대항하는 주문이라도 되는 양 다시금 되뇌었다. 걱정할 필요 없어. 그리고 일어나 코트와 모자를 걸쳤다. 담배와 편지를 사러 가야지, 길모퉁이 상점까지만 가면 돼. 엘리베이터에서 갑작스러운 공포가 엄습했다. 너무 빨리 내려갔던 것이다. 로비로 나오자 사람들이 서 있어서 차마 뛸 수가 없었다. 그래서 재빨리 걸어 건물 밖으로 나왔다. 다시 돌아가고 싶은 마음에 한동안 주저했다. 차들이 삽시간에 달려가고, 늘 그렇듯 사람들이 황급히 걸어갔다. 하지만 결국 그녀는 엘리베이터에 대한 공포를 이기지 못했다. 그녀는 길모퉁이로 가서 뛰어가는 사람들을 쫓아 횡단보도로 들어섰다. 경적 소리가 머리 바로 위를 지나가고 고함이 뒤따르며 브레이크 소리가 요란했다. 미친듯이 뛴 그녀는 맞은편 인도에 이르러서야 걸음을 멈추고 뒤돌아보았다. 트럭은 가던 길을 그대로 가느라 모퉁이를 돌고 있었다. 사람들은 멀뚱히 서 있는 그녀를 피해 갈라지며 양쪽으로 오갔다.

그녀는 안심하며 생각했다. 아무도 나를 못 봤어, 나를 본 사람들은 오래전 사라졌어. 그녀는 바로 앞의 드러그스토어로 들어가 담배를 주문했다. 이제 아파트가 거리보다 안전하게 느껴졌다. 계단으로 올라가면 될 터였다. 드러그스토어에서 나와 모퉁이로 향할 때 되도록 건물에 바짝 붙어 걸어갔다. 문으로 나오는 사람들에게 당연히 길을 비켜주어야 하는데도 그러지 않았다. 모퉁이에서 그녀는 신호등을 유심히 보았다. 초록색이었다. 하지만 이내 바뀔 듯했다. 언제나 기다리는 편이 안전하지. 그녀는 생각했다. 또 트럭과 부딪힐 뻔할 수는 없잖아.

사람들이 그녀를 지나쳐 횡단보도로 들어갔다. 신호가 바뀌는 바람에 몇몇이 중간에 멈춰 섰다. 한 여자는 다른 사람보다 겁이 많은지 돌아서서 인도로 달려왔다. 하지만 다른 사람들은 차도 한가운데 그대로 서서는, 양쪽으로 오가는 차량들에 맞춰 상체를 숙이거나 젖혔다. 한 명은 잠시 차가 뜸한 사이에 맞은편 인도로 달려갔고 순간의 차이로 늦어버린 나머지는 그대로 기다렸다. 다시 신호등이 바뀌며 차들이 속도를 늦추자 마거릿은 횡단보도에 발을 디렸다. 하지만 택시가 그녀 쪽 모퉁이를 미친듯이 돌아 나오자 그녀는 겁에 질려 다시 인도에 올라섰다. 택시가 가버렸을 때는 신호등이 바뀔 무렵이었다. 한 번 더 기다리면 돼, 중간에 불이 바뀌면 큰일이야. 그녀는 생각했다. 그녀 곁의 남자가 신호등이 바뀌는 것을 초조하게 기다리며 신발로 바닥을 두드렸다. 여자 둘은 그녀를 지나쳐 횡단보도로 몇 걸음 들어가 기다렸다. 차들이 바짝 다가오자 살짝 뒤로 물러서면서도 내내 수다를 떨고 있었다. 마거릿은 생각했다. 저 여자들을 따라서 길을 건너야겠어. 하지만 두 여자가 그녀 쪽으로 물러섰다. 신호등이 바뀌자 곁에 있던 남자는 횡단보도로 돌진했지만, 앞의 두 여자는 잠시 기다리더니 여전히 수다를 나누며 천천히 걸어갔다. 마거릿은 뒤를 따르려다 그냥 멈추었다. 느닷없이 주위로 사람들이 와글거렸다. 버스에서 내려 길을 건너려고 온 이들이었다. 그녀는 불현듯 한가운데 갇힌 느낌에 휩싸여 사람들을 밀쳤다. 하필이면 불이 바뀌는 바람에 모두 한꺼번에 움직였다. 그녀는 사람들을 팔꿈치로 밀쳐대며 간신히 군중에서 벗어나 건물에 기대어 기다렸다. 지나가는 사람들이 그녀를 보기 시작하는 것 같았다. 나를 뭐라고 생각할까 걱정스러워하다 그녀는 누군가를 기다리는 양 똑바로 섰다. 손목시계를 보고 이마를 찌푸린 다음 생각했다. 내가 얼마나 머저리처럼 보일까, 방금 전 내 행동을 본 사람은 여기 아무도 없을 텐데, 다들 서둘러 가느라 바쁘니까. 다시 인도 가장자리로 돌아갔지만 파란불이 막 빨간불로 바뀌었다. 드러그스토어로 돌아가 콜라를 한 잔 마셔야겠어, 아파트로 가봐야 무슨 소용이겠어.

드러그스토어의 직원은 그녀를 보고도 전혀 놀라지 않았다. 그녀는 의자에 앉아 콜라를 주문했다. 하지만 콜라를 마시는 동안 다시 공황 상태에 빠져들었다. 그녀가 처음 길을 건너려고 했을 때 같이 있던 사람들은 이미 몇 블록은 갔으리라는 생각이 떠올랐던 것이다. 그녀가 망설이는 동안 그 사람들은 신호등을 열두 개는 건넜을 터였다. 그녀가 용기를 모으는 사이에 그들은 꾸준히 전진해 이 킬로미터 정도 움직였거나 다운타운까지도 나아갔으리라. 그녀는 부랴부랴 계산을 하면서, 콜라에 문제가 있어서 이러는 것은 아니라고, 빨리 돌아가봐야 할 뿐이라고, 그게 다라고 설명하려는 충동을 억눌렀다. 그러고는 서둘러 걸어가 길모퉁이에 섰다.

신호등이 바뀌는 순간 그녀는 스스로에게 단호히 말했다. 별일 아냐. 하지만 마음의 준비가 되기 전에 신호등이 또 바뀌었다. 마음을 가라앉히려는 찰나 차들이 모퉁이를 돌아 나오는 바람에 압도당한 그녀는 인도로 물러섰다. 맞은편 모퉁이의 시가 상점을 간절히 바라보았다. 바로 저 너머에 그녀의 아파트 건물이 있었다. 그녀는 의아했다. 사람들은 대체 어떻게 거기로 갈 수 있는 것일까? 이렇게 고민하고 의아해하며 그녀는 길을 잃었다는 사실을 받아들였다. 신호등이 바뀌었고 그녀는 증오 어린 눈길로 멍청한 불빛을 바라보았다. 아무 의미도, 목적도 없이 켜졌다 꺼졌다 켜졌다 꺼졌다 하다니. 그녀는 누가 보고 있지는 않은지 은밀히 좌우를 살피고 조용히 물러섰다. 한 걸음, 두 걸음. 그렇게 횡단보도에서 멀어져 도로 드러그스토어에 들어가서 직원이 자신을 알아보기를 기다렸지만 그런 기색은 전혀 없었다. 그는 아까와 똑같이 무심하게 그녀를 대하며 무덤덤하게 전화기를 가리켰다. 그녀는 생각했다. 내가 누구한테 전화를 거는지 저 사람은 아무 관심도 없어.

하지만 바보가 된 것처럼 느낄 겨를이 없었다. 상대방이 냉큼 유쾌한 어조로 전화를 받아서는 바로 그를 바꿔주었던 것이다. 그가 전화를 받아 응답하는 목소리는 놀란 듯하면서도 사무적으로 들렸기에 그녀는 비참한 어조로 이렇게만 말했다. "지금 모퉁이의 드러그스토어에 있어요. 좀 데리러 와줘요."

"무슨 문제라도 있어?" 그는 그다지 오고 싶지 않은 모양이었다.

"제발 데리러 와줘요." 그녀는 그에게 말하는 것인지 아닌지도 모른 채 검은 송화구에 대고 말했다. "제발 좀 와줘요, 브래드. 제발 부탁이에요."

커다란 신발을 신은 남자들

젊은 하트 부인은 시골에서 첫여름을 보내고 있었다. 결혼 첫해이자 한 집안의 안주인이 된 첫해였다. 곧 첫아이가 태어날 터였고 하녀라고 하기엔 상당히 어울리지 않지만 어쨌든 그 비슷한 사람을 태어나서 처음으로 부리고 있었다. 혹은 부리고 있다고 여기는 것이거나. 젊은 하트 부인은 의사의 지시대로 매일 거의 종일 쉬며 평화로이 스스로를 축하했다. 집 앞쪽에 달린 현관 베란다의 흔들의자에 앉아 있노라면 나무와 정원이 늘어선 조용한 거리 풍경이 보였고, 사람들은 지나가다 그녀에게 상냥히 미소 지었다. 흔들의자에서 고개를 돌리면 그녀 집의 널따란 창문 너머로 어여쁜 거실이 보였다. 거실은 사라사 무명 커튼과 커튼에 어울리는 가구 커버와 단풍나무 가구로 꾸며져 있었다. 고개를 살짝 들어올리면 침실 창문에 달린 새하얀 주름장식 커튼이 보였다. 진짜 존재하는 집이었다. 아침마다 우유 배달원이 우유를 두고 가고 진짜 식물이 뿌리 내린 화사한 화분이 현관 난간에 주르르 놓여 있어 정기적으로 물을 주고 가꾸어야 했다. 부엌에서는 진짜 스토브에서 요리할 수 있었다. 앤더슨 부인은 진짜 하녀인 양 깨끗한 바닥에 남겨진 신발 자국에 대해 항상 투덜거렸다.

"바닥을 더럽히는 건 늘 남자지요." 앤더슨 부인은 신발 자국을 응시하며 말하곤 했다. "여자들은 조심스럽죠. 발을 조용히 내려놓고요. 커다란 신발을 신은 남자들이란." 그리고 걸레로 발자국을 무심히 획획 닦았다.

하트 부인은 괜히 앤더슨 부인이 두려웠다. 하지만 요즘 주부들이 가사 도우미에게 위협을 느낀다는 얘기를 수도 없이 읽고 들은 덕에 처음 그녀를 만나 기가 꺾이고 불편한 마음이 들었을 때 전혀 놀라지 않았다. 더욱이 앤더슨 부인은 통조림 만들기, 황갈색 그레이비소스 만들기, 이스트로 빵 부풀리기에 대한 지식을 가지고 자연스럽고도 공격적으로 권위를 내세웠다. 붉은 얼굴의 앤더슨 부인이 팔꿈치를 다 드러내고 기분 나쁠 정도로 머리를 당겨 묶은 모습으로 처음 집 뒷문에 나타나 집안일을 돕겠다고 했을 때, 하트 부인은 그녀를 무턱대고 고용해버렸다. 당시 집안은 풀리지 않은 짐으로 어질러진데다 먼지도 쌓여 있었고 창문도 지저분했다. 앤더슨 부인은 곧장 부엌으로 들어가 우선 따뜻한 차를 끓여 내왔다. "무리하면 안 돼요." 그녀는 하트 부인의 허리께를 응시하며 말을 이었다. "한창 조심해야 할 시기잖아요."

하트 부인은 앤더슨 부인이 깨끗한 마무리와 정리 정돈과는 거리가 먼 사람이라는 것을 알아차렸을 때 도저히 조치를 취할 용기가 나지 않았다. 앤더슨 부인의 엄지 자국이 온 창문에 찍히고 하트 부인의 오전 중 차 마시기는 정기적 일과가 되었다. 아침 식사를 마친 하트 부인이 바로 주전자를 올려두면 앤더슨 부인은 9시에 오자마자 차를 두 잔 준비했다. "하루를 제대로 시작하려면 뜨거운 차 한 잔은 반드시 마셔야 해요." 그녀는 아침마다 상냥하게 말했다. "그러면 종일 속이 편하지요."

하트 부인은 온갖 집안일을 앤더슨 부인이 대신 해준다는 사실에 대해 마음 편히 자랑스러워하며 더이상은 애써 생각하지 않았다. (그녀는 뉴욕의 여자 친구에게 보내는 편지에 이렇게 썼다. "마치 자기 자식을 돌보듯 나를 매일 지나치다 싶게 보살펴주는 대단한 보배야.") 앤더슨 부인이 매일 아침 충실하게 출근하기 시작한 지 한 달이 넘었을 때에야 하트 부인은 비로소 역겨운 확신과 함께 깨달았다. 슬며시 희미하게 스며들던 불편한 마음에는 이유가 있었다는 것을 말이다.

그날은 화창하고 따뜻한 아침이었다. 일주일 내내 비가 오다 처음으로 날이 갰다. 하트 부인은 특별히 예쁜 실내복을 입었다. 바로 앤더슨 부인이 빨래하고 다린 옷이었다. 하트 부인은 남편에게 아침 식사로 달걀 반숙을 먹인 뒤 함께 정원까지 걸어간 다음 남편이 모퉁이를 돌아 사라질 때까지 손을 흔들어주었다. 남편은 버스를 타고 이웃 도시의 은행으로 출근할 터였다. 집으로 돌아가며 하트 부인은 초록색 덧창에 드리워진 햇살을 찬탄하고는, 이웃과 다정하게 이야기 나누었다. 이웃은 마침 현관 베란다를 청소하러 나와 있었다. 하트 부인은 생각했다. 좀 있으면 우리 아기가 안전하게 울타리를 두른 정원에 나와 놀 거야. 현관문을 열어둔 채 들어오자 햇살이 바닥을 흠뻑 적셨다. 부엌으로 가니 차를 준비한 앤더슨 부인이 식탁에 앉아 있었다.

"좋은 아침이에요. 날씨가 참 좋지 않나요?" 하트 부인이 말했다.

"좋은 아침이네요." 앤더슨 부인이 대꾸하고는 차를 향해 손짓했다. "부인이 집 앞에 계시기에 내가 알아서 준비했답니다. 하루를 제대로 시작하려면 차 한 잔은 꼭 마셔야지요."

"다시는 태양을 못 볼지 모른다는 생각이 슬슬 들던 참이었거든요." 하트 부인은 의자에 앉아 찻잔을 가까이로 옮겼다. "따뜻하고 화창한 하늘을 다시 보니 너무 좋네요."

"차를 마시면 속이 편해지지요. 설탕을 미리 타두었답니다. 지금쯤 속이 무척 불편할 거예요."

하트 부인은 행복하게 말했다. "있죠, 지난여름 이 무렵에 나는 여전히 뉴욕에서 일하고 있었어요. 빌과 결혼하는 날은 결코 오지 않으리라 낙심하고 있었죠. 그런데 지금 나를 보세요." 그녀는 소리 내어 웃었다.

앤더슨 부인이 말했다. “미래는 아무도 알 수 없는 법이죠. 최악의 상황이 펼쳐지면 죽거나 나아지거나 둘 중 하나예요. 예전 이웃이 항상 그렇게 말하곤 했어요.” 그녀가 한숨을 쉬더니 일어나 자기 찻잔을 싱크대로 가져갔다. “물론 우리 중 몇몇은 결코 좋은 결과를 맞이하지 못하기도 하고요.”

“그런데 모든 일이 이 주일 만에 달라졌어요.” 하트 부인은 말했다. “빌이 이곳에 일자리를 구했고, 직장의 여자 동료들은 와플팬을 선물로 주었죠.”

“선반에 놓여 있는 것 말이군요.” 앤더슨 부인이 하트 부인의 찻잔을 향해 손을 뻗으며 말했다. “가만히 앉아 계세요. 이처럼 행복한 날이 또 언제 올지 모르니.”

“항상 이렇게 가만히 앉아 있던 때가 있었나 싶어요. 모든 것이 너무나 흥미진진해요.”

“다 부인을 생각해서 그러는 거예요. 난 오직 부인만 신경쓴답니다.”

하트 부인은 예의를 차려 말했다. “매일 아침 찾아와 도와주셔서 얼마나 고마운지 몰라요. 이토록 잘 보살펴주시다니.”

“감사는 필요 없어요. 순산만 하면 돼요. 바라는 건 그게 다예요.”

“부인이 안 계셨다면 정말 어찌할지 몰랐을 거예요.” 오늘은 이만하면 충분해, 하는 생각이 문득 들었다. 시급에 대한 보너스로 매일 아침 앤더슨 부인에게 감사 인사를 배급하면 좋겠다는 생각에 하트 부인은 요란한 웃음을 터뜨렸다. 정말 맞는 말이야, 이제부터 매일 감사 인사를 해야겠어.

"뭐 때문에 웃는 거예요?" 앤더슨 부인이 튼튼한 붉은 양 손목을 싱크대에 댄 채 고개를 살짝 돌려 물었다. "내 말이 그렇게 웃겼나요?"

하트 부인은 재빨리 말했다. "회사에서 같이 일하던 여직원들이 생각났거든요. 지금의 나를 본다면 다들 엄청 질투할 거예요."

"행운이 언제 찾아올지는 아무도 모르는 법이죠." 앤더슨 부인이 대꾸했다.

하트 부인은 손을 뻗어 바로 옆의 노란 커튼을 쓰다듬으며 뉴욕의 원룸과 우중충한 사무실을 떠올렸다. "나도 유쾌하게 하루를 보낼 수 있으면 좋겠네요." 앤더슨 부인이 말했다.

하트 부인은 커튼에서 얼른 손을 놓고는 앤더슨 부인을 돌아보며 동정 어린 미소를 지은 다음 중얼거렸다. "그러게요."

"이게 얼마나 끔찍한지 상상도 못 할 거예요." 앤더슨 부인이 뒷문을 향해 턱짓했다. "그 사람이 또 그랬지 뭐예요. 밤새도록요." 그 무렵 하트 부인은 '그 사람'이 하트 씨인지 앤더슨 씨인지 상황에 따라 판단할 수 있었다. 앤더슨 부인이 매일 귀가할 때 지나는 길과 뒷문을 턱짓한다는 것은 앤더슨 씨를 의미했다. 반면, 하트 부인이 매일 저녁 남편을 맞이하는 앞문으로 앤더슨 부인이 턱짓했을 경우에는 하트 씨를 의미했다. 앤더슨 부인이 투덜거렸다. "덕분에 밤새 한숨도 못 잤어요."

"참으로 안타까운 일이에요." 하트 부인은 재빨리 일어나 뒷문으로 걸어가며 말했다. "행주가 빨랫줄에 걸려 있어요."

"내가 나중에 가져올게요." 앤더슨 부인이 말렸다. "밤새 욕을 해대고 고함을 쳐대니. 이러다 미쳐버릴 것만 같았죠. '안 꺼지고 뭐 하는 거야?'라고 하더군요. 문을 부숴버릴 듯 활짝 열어젖혀서는 온 이웃이 다 듣도록 고함을 쳐댔어요. '안 꺼지고 뭐하는 거야?'"

"저런, 끔찍해라." 하트 부인은 뒷문 손잡이에 손을 얹은 채 말했다.

"삼십칠 년이에요." 앤더슨 부인은 고개를 절레절레 저었다. "그런데 나더러 꺼지라고 하다니." 그녀는 하트 부인이 담배에 불을 붙이는 것을 보고 말했다. "담배를 피우면 안 돼요. 그런 식으로 담배를 계속 피우면 나중에 후회하게 될 거예요. 내가 아이를 못 낳는 것도 그 때문이랍니다. 아이들이 다 듣고 있는데 그 인간이 그딴 식으로 군다면 내가 과연 어떻게 할 것 같나요?"

하트 부인은 스토브로 걸어가 찻주전자를 들여다보았다. "차를 한 잔 더 마셔야겠어요. 앤더슨 부인도 한 잔 더 하실래요?"

"이러니 화병에 안 걸리겠어요?" 앤더슨 부인은 금방 씻은 찻잔을 식탁으로 가져갔다. "바로 조금 전에 이걸 씻었어요. 하지만 이건 새댁의 찻잔이고 여기는 새댁의 집이니 새댁이 원하는 대로 뭐든 할 수 있어요."

하트 부인은 깔깔 웃고는 찻주전자를 식탁으로 가져갔다. 차를 따르는 모습을 앤더슨 부인이 가만히 바라보더니 찻주전자를 치웠다. "또 차를 마시겠다고 하기 전에 얼른 씻어야겠어요." 그녀가 목소리를 낮추었다. "액체를 너무 많이 섭취하면 신장이 망가져요."

"나는 늘 차와 커피를 많이 마시는걸요." 하트 부인은 말했다.

앤더슨 부인은 싱크대에 놓인 채 말라버린 식기들을 바라보더니 커다란 손에 각각 유리잔을 세 개씩 집어 들었다. "오늘따라 씻어야 할 잔이 많네요."

"어젯밤에 너무 피곤해서 설거지를 못 했답니다." 말하고 나서 하트 부인은 생각했다. 게다가 설거지를 하라고 저 여자한테 돈을 주는 거잖아. 그녀는 짐짓 밝은 목소리로 덧붙였다. "그래서 이렇게 다 떠넘겨버리고 말았네요."

"사람들 뒤치다꺼리야 원래 내 일인데요. 항상 누군가가 다른 사람들을 위해 지저분한 일을 도맡아 해야 해요. 친구가 많나요?"

"이 고장에 남편이 아는 사람이 몇 있어요. 다 합해서 여섯 명 정도."

"친구들을 이렇게 집까지 데리고 오다니."

하트 부인은 뉴욕 극장에 대한 즐거운 수다와, 조만간 춤추러 가기로 한 이 지역의 댄스홀과, 이 집에 대한 듣기 좋은 칭찬과, 다른 젊은 주부 둘에게 보여준 육아 용품을 생각하며 한숨을 쉬었다.

그래서 앤더슨 부인이 지금 무슨 말을 하는 것인지 알 수 없었다.

"……바로 자기 마누라 앞에서 그러다니." 앤더슨 부인은 말을 마치고 현관문을 향해 의미심장하게 턱짓했다. "그 사람도 술을 많이 마시나요?"

"아뇨, 그다지 많이 마시지 않아요."

앤더슨 부인은 고개를 끄덕였다. "무슨 말인지 알겠네요. 남자들이 술을 한 잔, 또 한 잔 마시는 꼴을 보면 말리려고 말을 생각하기도 어렵죠. 그러다 남자들이 무슨 일 때문인지 벌컥 화가 나기 시작하면, 우리는 꺼져버리라는 말이나 듣고요." 그녀는 다시 고개를 끄덕였다. "여자가 할 수 있는 일은 없어요. 그저 밖으로 나가는 수밖에. 갈 곳을 확실히 마련해둬야 해요."

하트 부인은 조심스레 말했다. "저, 앤더슨 부인, 모든 남편들이 그렇게……."

앤더슨 부인이 음울하게 말했다. "이제 결혼 일 년차잖아요. 그런 이야기를 해줄 선배 주부도 주위에 없고요."

하트 부인은 피우던 담배 끝에 새 담배를 대어 불을 붙였다. "그이의 음주 습관에 대해서는 전혀 걱정 않는답니다." 그녀는 딱딱하게 말했다.

앤더슨 부인이 깨끗한 접시 더미를 든 채 우뚝 멈추었다. "그런 건 전부 다른 여사들 일이라고요? 과연 그럴까요?"

"대체 왜 그런 말씀을 하시는 거예요? 빌은 더할 수 없이 좋은…….”

“지금 같은 때에는 돌봐줄 사람이 필요해요. 모르고 하는 소리라는 생각은 마요. 누군가에게 모두 털어놓고 싶겠죠. 남자는 다들 아내를 똑같이 대하는 법이에요. 몇몇은 알코올중독이고, 몇몇은 도박으로 돈을 날리고, 또 몇몇은 젊은 여자들 뒤꽁무니나 쫓아다닌다는 게 다를 뿐이죠.” 앤더슨 부인이 느닷없이 크게 웃어댔다. “알고 보면 어떨 때는 그다지 젊지 않은 여자랑 눈이 맞는 경우도 있지만요. 남편이 앞으로 어떻게 변할지 안다면 대부분의 여자들은 결혼 생활을 접어버릴 거예요.”

“성공적인 결혼 생활을 만드는 건 여자의 책임이라고 봐요.”

“식료품점의 마틴 부인 알지요. 남편이 죽기 전에 무슨 짓을 하곤 했는지 지난번 말해주더군요. 남자란 족속이 어떤지 새댁은 상상도 못 할 거예요.” 앤더슨 부인은 뒷문을 생각에 잠겨 바라보았다. “어떤 남자는 다른 남자보다 더 심하기도 하지만요. 마틴 부인이 새댁을 참 좋게 생각하더군요.”

“정말 친절한 분이세요.”

“그 사람에 대해 아무 말도 안 했어요.” 앤더슨 부인이 현관문을 향해 턱짓했다. “내가 잘 알고 하는 소리라고 생각될 만한 장소에서는 절대 험담을 하지 않죠.”

하트 부인은 예리한 눈매와 새된 목소리의 마틴 부인이 다른 사람들의 식료품을 살펴보는 모습을 떠올렸다. (“오늘은 통밀 빵 두 덩이를 샀군요, 하트 부인. 오늘밤 친구가 오나 보죠?") "참으로 좋으신 분 같아요." 그녀는 '내가 이렇게 말했다고 전해주세요'라고 덧붙이고 싶은 마음이 불쑥 들었다.

"마틴 부인이 나쁜 사람이라는 이야기는 아니에요." 앤더슨 부인이 엄숙하게 말했다. "문제가 있다는 것을 굳이 마틴 부인한테 알릴 필요가 없다는 거죠."

"우리 부부는……."

"나는 분명히 말했죠. 하트 씨는 내가 아는 한 절대 바람을 피우지도 않고 술주정꾼도 아니라고요. 때때로 새댁이 꼭 딸처럼 여겨진다고, 어떤 남자도 새댁을 잘못 대하지 못하게 잘 돌보겠다고 말했지요."

"내가 보기에는……." 하트 부인은 다시 말을 시작했으나 두려움이 순식간에 덮쳐왔다. 친절한 이웃들이 겉으로는 다정하게 굴면서 속으로는 그녀를 예의 주시하는 것일까? 커튼 뒤에서 몰래 빌을 살펴보는 것일까? "다른 사람에 대해 떠드는 것은 옳지 않다고 생각해요." 그녀는 절망적으로 말했다. "그러니까 내 말은, 확실히 알지도 못하면서 함부로 이야기하는 것은 부당하다는 거예요."

앤더슨 부인이 느닷없이 또 깔깔 웃더니 청소 용구실로 가서 문을 열었다. "어떤 것도 두려워할 필요 없어요. 지금 이 순간에는요. 오늘 아침에는 거실을 청소할까요? 작은 양탄자들을 햇볕에 말리면 좋겠네요. 난 그저 그 사람 때문에……." 그녀가 뒷문을 턱짓했다. "……속이 상한 거예요. 알겠지만요."

"정말 힘드시겠어요. 실로 안타깝네요."

"마틴 부인은 왜 새댁 집에 들어가 살지 않느냐고 하더군요." 앤더슨 부인이 청소 용구실을 마구 뒤지는 동안 목소리가 먼지로 뒤덮인 듯 웅웅거렸다. "마틴 부인은 새댁처럼 젊은 여자가 막 새 인생을 시작했으니 친구가 항상 곁에 있어야 할 거라고 해요."

하트 부인은 찻잔 손잡이를 움켜쥔 손가락을 내려다보았다. 차를 반만 마신 채였다. 그녀는 생각했다. 지금 다른 방으로 가버리기에는 너무 늦었어, 빌이 허락할 리 없다고 말하면 그만이야. 그녀는 입을 열었다. "며칠 전에 시내에서 마틴 부인을 만났지요. 대단히 근사한 푸른색 코트를 입고 계시더군요." 그리고 손으로 실내복 주름을 펴고는 짜증 어린 어조로 덧붙였다. "멋진 옷을 한 벌 마련할 수 있으면 좋을 텐데."

"남편이라는 인간이 '안 꺼지고 뭐하는 거야?'라고 말하다니." 앤더슨 부인은 한 손에는 쓰레받기를, 다른 손에는 걸레를 든 채 청소 용구실에서 나왔다. "술에 취해서는 온 이웃이 다 듣도록 나한테 욕을 퍼부었죠. '안 꺼지고 뭐하는 거야?'라니. 심지어 여기까지 들렸을걸요."

"진심으로 한 말은 아니었을 거예요." 하트 부인은 결론을 짓듯이 말하려고 애썼다.

"새댁이라면 절대 참지 않았겠죠." 앤더슨 부인이 쓰레받기와 걸레를 내려놓더니 식탁으로 다가와 하트 부인의 맞은편에 앉았다. "마틴 부인은 새댁만 좋다면 내가 빈방에 들어가 지내면 될 거라고 하더군요. 요리는 나한테 전부 맡기면 돼요."

"그러게요." 하트 부인은 상냥하게 말했다. "다만, 그 방을 아기 방으로 쓸 계획이라서요."

"아기야 안방에 데리고 자면 되지요." 앤더슨 부인이 웃으며 하트 부인의 손을 툭 쳤다. "걱정 말아요. 방해하지 않을 테니. 아기를 정 내 방에 두고 싶다면 내가 밤에 일어나 대신 우유를 먹이면 돼요. 잘 돌볼 테니 걱정 마요."

하트 부인은 앤더슨 부인을 향해 유쾌하게 미소 지었다. "물론 저야 그러고 싶죠. 언젠가는 그렇게 되지 않겠어요. 하지만 당연히 빌이 허락할 리 없어요."

"당연히 그렇겠죠. 남자들은 절대 반대하죠. 식료품점에서 마틴 부인에게 말했어요. 세상에 새댁처럼 착한 사람은 없겠지만 그 남편은 청소부 따위랑 절대 한집에서 살 사람이 아니라고요."

하트 부인은 기겁한 표정으로 말했다. "어머, 앤더슨 부인, 자신을 그렇게 표현하시다뇨!"

"나이 많고 알 거 다 아는 여자를 집에 들일 리 없죠. 부인이 보지 못하는 걸 볼 테니."

하트 부인은 찻잔을 단단히 움킨 채 재빨리 상상했다. 카운터에 편안하게 기대어 상체를 숙이고 있는 마틴 부인을. ("멋진 새 식구를 들였다면서요, 하트 부인. 앤더슨 부인이 잘 돌봐줄 테니 한시름 덜었네요!") 버스에서 내리는 빌을 마중하려고 걸어가는 그녀를 얼어붙은 얼굴로 응시하는 이웃들의 모습도 떠올랐다. 뉴욕의 옛 여자 동료들이 함께 편지를 읽으며 질투에 휩싸이는 광경도 그려졌다. ("완벽한 보물이라니까. 이제부터 우리 집에서 함께 살면서 모든 일을 다 할 거야!") 식탁 너머로 다 안다는 듯한 미소를 짓고 있는 앤더슨 부인을 바라보며 하트 부인은 불현듯 자신이 길을 잃었다는 사실을 더할 수 없이 확고히 깨달았다.

치아

자그마한 버스 터미널 앞에서 버스가 무겁게 헐떡이며 기다리고 있었다. 푸른색과 은색의 거대한 몸체가 달빛에 반짝였다. 그 버스에 관심을 기울이는 사람은 서너 명에 불과했다. 늦은 밤 시간이라 인도에는 아무도 없었다. 시내에 딱 하나 있는 극장은 한 시간 전 마지막 상연을 마치고 문을 닫았고 영화 관람객들은 모두 드러그스토어에 들러 아이스크림을 먹고는 집으로 돌아간 뒤였다. 이제 드러그스토어도 영업을 끝내고 어둠에 휩싸여, 심야의 긴 거리에 고요한 문이 하나 더 늘어났다. 시내에서 유일하게 빛나는 불은 가로등과, 길 맞은편 심야 간이식당의 조명과, 버스 터미널 매표소에 딱 하나 켜져 있는 전등뿐이었다. 여자 매표원은 모자를 쓰고 코트를 입은 채 앉아서 뉴욕행 버스가 떠나기만을 기다리고 있었다. 그런 후에는 집으로 돌아가 잠자리에 들 터였다.

버스의 열린 문 옆 인도에 클래라 스펜서가 남편의 팔을 붙잡고 초조하게 서 있었다. "기분이 너무 이상해요."

"자기 괜찮아? 내가 함께 가는 게 좋겠어?" 남편이 물었다.

"아뇨, 물론 아니에요. 괜찮을 거예요." 그녀는 부어오른 턱 때문에 말하기가 힘들었다. 손수건으로 얼굴을 누른 채 남편의 팔을 꼭 쥐고 있었다. "당신이야말로 정말 괜찮겠어요? 늦어도 내일 밤에는 돌아올 거예요. 더 늦어지면 전화할게요."

그가 다정하게 말했다. "아무 문제 없을 거야. 내일 정오면 통증은 깡그리 사라질걸. 문제가 생기면 내가 바로 올 거라고 치과 의사한테 말해."

"기분이 너무 이상해요. 약간 어질어질한 것 같아요."

"약 때문이야. 코데인 진통제하고 위스키만 먹고 종일 아무것도 안 먹었잖아."

그녀는 초조하게 킥킥거렸다. "머리 빗질도 못 하겠더라고요. 손이 어찌나 떨리던지. 어두워서 다행이에요."

"버스에서 잠을 청해봐. 수면제 먹었어?"

"그럼요."

두 사람은 버스 기사가 간이식당에서 커피를 다 마시기를 기다리고 있었다. 유리창 너머로 기사가 카운터에 앉아 쉬고 있는 모습이 보였다.

“정말 기분이 이상해요.”

“있지, 클래라.” 그는 사뭇 무게를 실어 말했다. 근엄하게 말하면 아내가 한층 확신을 갖게 되어 마음을 놓으리라 생각하는 모양이었다. “있지, 당신이 뉴욕에 가서 지머먼에게 치료를 받게 되어 기뻐. 알고 보니 대단히 심각한 상태인데 그것도 모르고 이 고장 돌팔이한테 치료받게 했더라면 나 자신을 절대 용서하지 못했을 거야.”

“그냥 치통일 뿐이에요. 치통이 뭐 대수라고요.” 클래라는 불안해하며 말했다.

“그야 모르지. 염증이거나 다른 무엇 때문일 수도 있잖아. 아무래도 이를 뽑아야 할 거야.”

“그런 말은 하지도 마요.” 그녀는 부르르 몸을 떨었다.

“그게, 상태가 무척 심각해 보여.” 그는 여전히 엄숙하게 말했다. “얼굴이 잔뜩 부었잖아. 하지만 걱정 마.”

“걱정 안 해요. 내가 곧 이齒인 양 느껴지는 것뿐이에요. 그 정도야, 뭐.”

버스 기사가 의자에서 일어나 계산대로 걸어갔다. 클래라가 버스로 다가가는데 남편이 말했다. “차근차근 진료받고 와. 시간 많으니까.”

“기분이 이상해요.”

“내 말 들어. 그 이빨 때문에 벌써 몇 년째 통증이 나타났다 사라졌다 했잖아. 내가 자기를 안 후로 예닐곱 번은 고생을 했어. 이제는 조치를 취할 때가 된 거야. 신혼여행 때도 치통 때문에 고생했잖아." 그가 비난하듯 말을 맺었다.

"그랬나요?" 클래라는 반문했다. "있죠……." 그녀는 웃음을 터뜨렸다. "너무 서두르느라 옷도 제대로 못 챙겨 입었어요. 낡은 스타킹을 신고 아끼는 핸드백에다 온갖 것을 마구 쑤셔넣었네요."

"돈은 충분히 챙겼겠지?"

"거의 이십오 달러나 돼요. 내일이면 돌아올 거예요."

"혹시 더 필요하면 전보 쳐."

기사가 간이식당 출입구에 나타났다. 남편이 말했다. "걱정 마."

클래라는 불현듯 말했다. "있죠, 당신 정말 혼자서 괜찮겠어요? 랭 부인이 아침 식사를 만들어주러 일찍 올 거예요. 너무 힘들다 싶으면 조니를 학교에 보내지 않아도 돼요."

"알아."

그녀는 손가락을 꼽으며 말했다. "랭 부인한테 전화해놨어요. 식탁에 식료품 주문 목록을 놔두었고 점심으로 식은 혓바닥 요리를 먹으면 돼요. 혹시 내가 늦으면 랭 부인이 저녁을 준비할 거예요. 세탁소 직원은 4시쯤에 올 테니 내가 늦으면 당신 갈색 양복을 맡겨요. 맡기는 걸 잊어버려도 괜찮지만 맡긴다면 반드시 주머니를 비워요."

"돈이 더 필요하면 전보 쳐. 아니면 전화를 하든지. 당신 전화를 받을 수 있게 내일은 집에 있을 거야."

"랭 부인이 아기를 보살필 거예요."

"전보를 쳐도 되고."

기사가 거리를 건너 버스 문 옆에 섰다.

"가실까요?" 기사가 말했다.

"갈게요." 클래라는 남편에게 말했다.

"내일이면 기분이 한결 괜찮아질 거야. 겨우 치통이잖아."

"나는 괜찮아요. 걱정 마요." 클래라는 버스에 오르다가 걸음을 멈추었다. 뒤에서 기사가 기다리고 있었다. 그녀는 남편한테 말했다. "우유 배달원. 달걀도 배달해달라고 메모를 써두세요."

"그럴게. 잘 가." 남편이 말했다.

"안녕." 클래라는 인사한 뒤 버스로 들어갔다. 기사는 운전석에 재빨리 앉았다. 버스는 거의 비어 있었다. 그녀는 깊숙이 들어가 기다리고 있는 남편의 바로 앞쪽 차창에 자리를 잡았다. "안녕. 몸조심해요." 그녀는 유리창 너머로 말했다.

"안녕." 남편이 팔을 힘차게 흔들어댔다.

버스가 부릉부릉 신음하더니 출발했다. 클래라는 고개를 돌려 한 번 더 작별의 손짓을 하고는 묵직하고 부드러운 좌석에 등을 기댔다. 그녀는 생각했다. 하느님 맙소사, 어쩌다 이리 되었지! 차창 밖에서는 익숙한 거리가 재빨리 스쳐지나갔다. 시외버스를 타고 집을 떠난다는 독특한 입장이라 그런지 뜻밖에도 거리가 낯설고 어둡게 보였다. 클래라는 분개하며 생각했다. 생전 처음 뉴욕에 가는 것도 아니잖아, 위스키와 코데인과 수면제와 치통 때문이야. 그녀는 코데인이 핸드백에 들어 있는지 다급하게 확인했다. 미친듯이 짐을 싸는 와중 아스피린과 물잔이 놓여 있던 식당 식기대에서 진통제를 얼떨결에 챙긴 모양이었다. 코데인이 이십 달러 남짓과 콤팩트와 빗과 립스틱과 함께 핸드백 속에 들어 있었던 것이다. 립스틱을 보아 하니 이 달러 오십 센트를 주고 산 짙은 색의 새 립스틱이 아니라 거의 다 써가는 낡은 립스틱을 가져온 듯했다. 스타킹은 줄이 나간데다 발가락 부분에 구멍이 나 있었다. 집에서 낡고 편안한 구두를 신을 때만 해도 스타킹의 상태를 전혀 눈치채지 못했다. 그런데 이제는 평소 가장 애용하던 구두 안에서 스타킹이 느닷없이 흉측하게 보였다. 그녀는 생각했다. 내일 뉴욕에서 새 스타킹을 사면 돼, 이를 치료하고 문제를 해결한 후에 말이야. 그녀는 혀를 조심스레 문제의 이에 갖다 댔다가 한순간 극심한 고통을 겪었다.

신호에 걸려 버스가 멈추자 기사가 일어나 다가왔다. "아까 표를 받는 걸 깜박했네요."

"제가 너무 서두르다 그만 안 드렸네요." 그녀는 코트 주머니에서 표를 찾아 건네고 물었다. "뉴욕에는 언제 도착하지요?"

"5시 15분에요. 아침 먹을 시간은 충분할 겁니다. 편도인가요?"

"올 때는 기차를 탈 예정이에요." 그녀는 다른 때라면 굳이 할 필요 없었을 이야기를 했다. 이렇게 늦은 밤에 버스처럼 기이한 감옥에 함께 고립되어 있는 사람과는 더 친밀하게 대화를 나누어야 할 것처럼 느껴졌다.

"저는 버스로 다시 돌아옵니다." 기사의 말에 두 사람은 소리 내어 웃었다. 그녀는 부은 얼굴 때문에 고통스러웠다. 기사가 저 머나먼 앞쪽의 운전석으로 돌아가자 등받이에 평화로이 등을 기댔다. 수면제의 약효가 느껴졌다. 맥박에 맞춰 욱신거리던 치통이 약해지며 버스의 움직임에 섞여 들었다. 그녀의 심장처럼 꾸준히 박동하는 버스의 울림은 점점 커지며 밤새 계속될 터였다. 그녀는 머리를 젖히고 치마로 얌전히 감싼 다리를 올렸다. 그리고 소도시에 작별 인사도 하지 않고 곧장 잠이 들었다.

한 번 눈을 떴는데 버스는 침묵 속에서 어둠을 가르며 나아가고 있었다. 치통은 꾸준히 맥박쳤다. 그녀는 지쳐 체념하며 의자의 차가운 등받이에 뺨을 댔다. 버스 천장에 띠처럼 가느다랗게 이어지는 전등 외에는 아무런 불빛도 없었다. 한참 앞쪽에 다른 사람들이 앉아 있었다. 기사는 어찌나 멀리 떨어져 있는지 망원경 너머의 자그마한 형체처럼 보였다. 운전석에 똑바로 앉아 있는 것으로 보아 깨어 있는 듯했다. 그녀는 환상과 같은 잠 속으로 빠져들었다.

버스가 멈추는 바람에 그녀는 다시 잠에서 깨어났다. 어둠 속을 조용히 나아가다 벌컥 멈춘 충격에 눈을 뜨고 멍하니 바라보았다. 이내 이가 욱신거렸다. 사람들이 복도를 따라 움직이고 기사가 돌아보며 말했다. "십오 분간 정차합니다." 그녀는 일어나 다른 사람들을 따라 나갔다. 하지만 그녀의 눈은 여전히 잠에 취해 있었고 발은 텅 빈 도로 위에 외롭게 빛나고 있는 심야 식당 앞으로 생각도 없이 저절로 움직였다. 식당 안은 따뜻하고 손님들로 북적였다. 비어 있는 카운터 끝자리에 가서 앉았다. 그러고는 자기도 모르게 다시 잠에 빠져들었는데 누군가가 옆에 앉아 그녀의 팔을 만졌다. 그녀가 멍한 눈으로 돌아보자 그가 말했다. "멀리 가시나요?"

"네."

그는 푸른색 양복 차림에 키가 큰 듯했다. 그녀는 눈이 흐리멍덩해 제대로 보이지 않았다.

"커피 드시겠어요?" 그가 물었다.

그녀가 고개를 끄덕이자 남자는 그녀 앞에서 김을 모락모락 뿜고 있는 커피 잔을 가리켰다.

"어서 드세요." 그가 말했다.

그녀는 우아하게 커피를 홀짝였지만 속으로는 잔을 들지 않고 이대로 고개를 숙인 채 커피를 마시고 싶었다. 낯선 남자가 말을 늘어놓았다.

"사마르칸트보다도 더 먼 곳이죠. 해변에서 파도치는 소리가 종소리처럼 울리죠."

"자, 이만 갑시다." 버스 기사가 말하자 그녀는 버스로 돌아갈 기운을 차릴 수 있도록 커피를 벌컥벌컥 마셨다.

좌석에 앉자 낯선 남자가 곁에 앉았다. 버스 안이 너무나 어두웠기에 심야 식당의 불빛이 견딜 수 없이 환하게 느껴져 그녀는 눈을 감았다. 잠이 들 때까지 외로이 치통에 포위되어야 했다.

“밤새 플루트를 연주하는 소리가 들리죠. 별은 달처럼 크고, 달은 호수처럼 거대하지요.”

버스가 출발해 어둠 속으로 들어갔다. 버스 천장의 가느다란 빛의 띠만이 그들을 하나로 모아주고 있었다. 그녀가 앉아 있는 뒷자리와 저 멀리 기사와 다른 승객들이 앉아 있는 앞자리는 저 빛으로 연결되어 있었다. 빛이 그들을 하나로 묶은 것이다. 옆자리의 낯선 남자가 말을 늘어놓았다. “종일 하릴없이 나무 아래 누워 있기만 해요.”

여행길에 오른 버스 속에서 그녀는 아무 의미도 없는 사람이었다. 나무를 지나치고 때때로 잠이 든 집들을 지나쳤다. 그녀는 버스에 있었지만 여기와 저기 사이에 걸린 채 금방 끊어질 듯한 빛의 띠로 기사와 연결되어 아무 노력 없이 앞으로 나아가고 있었다.

“제 이름은 짐입니다.” 낯선 남자가 말했다.

그녀는 너무 깊이 잠이 들어 자기도 모르게 뒤척였다. 어둠이 바짝 스쳐가는 차창에 이마를 기댔다.

그러다 다시 충격에 멍하니 잠이 깼다. 그녀는 겁에 질려 말했다. “무슨 일이죠?”

“괜찮아요. 같이 내려요.” 낯선 남자인 짐이 얼른 대답했다.

그녀는 그를 따라 버스에서 내렸다. 얼핏 보니 아까와 같은 식당처럼 보였다. 하지만 아까처럼 카운터 끝자리에 앉으려고 하자 그가 그녀의 손을 잡고서 테이블로 이끌었다. "세수하고 오세요."

그녀는 화장실로 갔다. 한 여자가 얼굴에 분을 바르며 서 있다가 돌아보지도 않고 말했다. "볼일 보는 데 오 센트예요. 다음 사람이 돈을 낼 필요가 없도록 문이 닫히지 않게 고정되어 있으니 그대로 두세요."

잠금장치에 성냥갑 반쪽이 들어가 있어서 문이 꽉 닫히지 않았다. 그녀는 그대로 둔 채, 짐이 기다리고 있는 테이블로 돌아갔다.

"뭘 원하는 거예요?" 그녀가 묻자 그가 커피와 샌드위치를 가리키며 말했다. "드세요."

그녀는 샌드위치를 먹으며 그의 듣기 좋고 부드러운 목소리를 들었다. "섬을 지나쳐 항해하고 있는데 우리를 부르는 목소리가……."

버스로 돌아가자 짐이 말했다. "제 어깨에 기대 주무세요."

"괜찮아요."

"아뇨, 아까 머리가 차창에 계속 부딪히던데요."

다시 잠이 든 후 버스가 또 멈추자 그녀는 겁에 질려 깨어났다. 짐이 그녀를 데리고 식당으로 간 뒤 커피를 시켰다. 그 무렵 치통도 격렬히 깨어나 있었다. 그녀는 한 손으로 뺨을 누른 채 코트 주머니와 핸드백을 뒤진 끝에 자그마한 코데인 약병을 찾아냈다. 두 알을 먹는 동안 짐은 가만히 바라보았다.

커피를 다 마실 즈음 버스 시동이 걸리는 소리에 그녀는 황급히 걸어갔다. 짐의 팔짱을 낀 채로 어두운 뒷좌석이라는 안식처로 숨어들었다. 버스가 출발하자 코데인 약병을 식당 테이블에 두고 왔다는 사실이 떠올랐다. 이제 그녀는 치통의 처분만 기다려야 했다. 한동안 차창 너머로 식당의 불빛을 응시하다 짐의 어깨에 머리를 기댔다. 그녀가 잠드는 동안 그는 말을 이었다. "모래는 어찌나 새하얀지 눈처럼 보이죠. 하지만 뜨거워요. 심지어 밤에도 발아래에서 뜨거운 열기를 뿜어내요."

마지막으로 버스가 멈추자 짐이 그녀를 데리고 버스에서 내렸고 그들은 한동안 뉴욕에 함께 서 있었다. 한 여자가 터미널에서 그들을 지나치다가 여행 가방을 들고 따라오는 남자에게 말했다. "시간에 딱 맞춰 도착했네요. 5시 15분이에요."

"저는 치과에 갈 거예요." 그녀는 짐에게 말했다.

"압니다. 제가 잘 지켜보겠습니다."

그녀도 모르는 사이 그가 사라졌다. 그녀는 문으로 나가는 푸른색 양복 남자를 찾아보았지만 보이지 않았다.

감사 인사를 했어야 했는데, 하고 멍하니 후회했다. 그리고 터미널의 구내식당으로 천천히 걸어가 또 커피를 주문했다. 카운터의 직원은 기나긴 밤 동안 버스를 타고 내리는 이들을 본 사람답게 동정하는 것도 지친 표정으로 그녀를 바라보았다. "졸린가 보군요?"

"네."

얼마 후 그녀는 버스 터미널이 펜실베이니아 기차역과 이어져 있다는 사실을 알아차렸다. 그녀는 대합실로 들어가 벤치에 자리 잡고 앉아 다시 잠이 들었다.

누군가가 그녀의 어깨를 잡고서 무례하게 흔들며 말했다. "몇 시 기차를 타시죠? 지금 거의 7시가 다 되었답니다." 그녀는 똑바로 앉았다. 무릎에 핸드백이 놓여 있고 다리는 우아하게 꼬고 있었다. 눈앞에 시계가 번쩍거렸다. 그녀는 말했다. "감사합니다." 그리고 일어나 무턱대고 걸어가 에스컬레이터에 올랐다. 누가 바로 뒤에 오르더니 그녀의 팔을 만졌다. 돌아보니 짐이었다. "풀이 어찌나 푸르고 부드럽던지요." 그가 웃으며 말을 이었다. "강물은 너무도 시원했지요."

그녀는 지친 표정으로 그를 응시했다. 에스컬레이터 꼭대기에 이르자 그녀는 눈앞의 거리로 들어섰다. 짐이 옆에 따라붙어 말을 늘어놓았다. "그토록 푸른 하늘은 처음 보았습니다. 그리고 노랫소리가……."

그녀는 재빨리 그에게서 멀어지며 지나가는 사람들이 자기를 보는 것 같다고 생각했다. 모퉁이에 서서 신호등이 바뀌기를 기다리는데 짐이 얼른 다가왔다가 멀어져갔다. 그가 지나쳐 가며 말했다. "보세요." 그의 손에 진주가 한 움큼 들려 있었다.

길 건너 식당이 막 문을 열고 있었다. 그녀는 안으로 들어가 테이블에 앉았다. 그런데 웨이트리스가 얼굴을 찌푸리며 곁에 서 있는 것이었다. "여기에서 자면 어떡해요?" 웨이트리스가 비난하듯 말했다.

"죄송합니다." 그녀는 대꾸했다. 어느새 날이 밝아 있었다. "수란이랑 커피 주세요."

7시 45분에 식당에서 나가며 생각했다. 버스를 타고 바로 다운타운으로 가야겠어, 치과 맞은편의 드러그스토어에서 8시 30분까지 커피를 마시다가 치과가 문을 열자마자 들어가면 제일 먼저 치료받을 수 있을 거야.

버스는 점점 승객들이 늘고 있었다. 처음 온 버스에 타고 보니 빈자리가 없었다. 23가에서 내려야 하는데 26가에서 마침 자리가 났다. 그러다 눈을 떠보니 내릴 곳을 한참 지나친 뒤였다. 다시 버스를 잡아타고 23가로 돌아가는 데 거의 삼십 분이 걸렸다.

23가 모퉁이의 횡단보도에서 신호등이 바뀌기를 기다리는 동안 사람들로 에워싸였다. 다 같이 길을 건너 각자 다른 방향으로 흩어지는데 누가 곁으로 다가왔다. 그녀는 한동안 옆 사람을 쳐다보지도 않고 분노하며 인도만 바라보고 걸어갔다. 치통으로 온몸이 타는 듯했다. 그러다 고개를 드니 그녀의 양옆을 밀치듯 걸어가는 사람들 사이에 푸른 양복은 보이지 않았다.

치과가 있는 사무실 건물은 이른 아침이라 고요했다. 깨끗이 면도하고 단정히 머리를 빗은 문지기가 씩씩하게 문을 열었다. 5시쯤

이면 그는 녹초가 된 채 머리가 살짝 흐트러져 있으리라. 그녀는 성취감을 만끽하며 안으로 들어갔다. 한 장소에서 출발해 다른 장소에 도달하는 데 성공했으며 여정이 끝나는 곳이자 목적지에 다다른 것이다.

청결해 보이는 새하얀 간호사복 차림의 여자가 치과 카운터에 앉아 있었다. 부은 뺨과 지친 어깨를 보더니 말했다. "무척 피곤해 보이시네요. 고생이 많으셨나 봐요."

"치통이 있답니다."

간호사가 살며시 웃었다. 마치 누군가가 들어와 '발이 아파요'라고 말하기를 여전히 기다리는 듯이. 그녀는 전문가답게 햇살 같은 빛을 두르고 일어섰다. "이리로 오세요. 기다리실 필요 없답니다."

치과 의자의 머리 받침과 하얀 원탁과 구부러진 매끄러운 크롬 송곳이 달린 드릴에 햇살이 내려앉았다. 의사가 간호사와 똑같은 친절한 미소를 지었다. 아마도 인간의 모든 질병은 치아에서 비롯되는 것이기에 제때 찾아만 오면 그가 무슨 병이든 고칠 수 있는 것이리라. 간호사가 상냥하게 말했다. "환자분 파일을 가져오겠습니다, 선생님. 바로 모시는 게 낫다고 생각해서 그냥 들어왔답니다."

엑스레이를 찍는 동안 그녀는 카메라의 악의 어린 눈길을 막아낼 것이 자기 머릿속에는 전혀 없다는 생각이 들었다. 아무래도 카메라가 그녀의 머리를 통과해 옆의 벽에 꽂혀 있는 못이나 치과 의사의 커프스 단추나 치과 도구의 작고 가느다란 뼈대를 찍을 것만 같았다.

치과 의사가 애석하다는 듯 간호사에게 말했다. "발치." 간호사가 대답했다. "네, 선생님. 지금 바로 전화하겠습니다."

그녀를 정확하게 이곳으로 데려온 치아가 이제는 정체성의 유일한 근거처럼 느껴졌다. 치아의 사진에는 그녀의 존재가 보이지 않았다. 기록되고 검사되고 만족시켜야 하는 중요한 존재는 치아인 것이다. 그녀는 그저 마지못해 치아를 싣고 온 운송 수단에 지나지 않았다. 치과 의사와 간호사에게 그녀는 딱 그만큼의 관심거리밖에 되지 못했다. 당장 관심과 치료를 요하는 치아를 품고 가져온 사람인 것이다. 치과 의사가 건넨 종이에는 전체 치아 그림이 그려져 있었다. 그녀의 실존적 치아가 검은 펜으로 표시되어 있고, 종이 위쪽에 "아래 어금니, 발치"라고 적혀 있었다.

치과 의사가 말했다. "이 종이를 가지고 곧바로 이 명함의 주소로 가세요. 수술 전문 치과 의사가 잘 치료해드릴 겁니다."

"어떤 치료를 받지요?" 그녀는 이렇게 물었지만 정작 궁금한 것은 따로 있었다. 내 상태가 어떻죠? 뿌리가 어디까지 썩었나요?

치과 의사가 돌아서며 퉁명스럽게 대답했다. "어금니를 뽑을 겁니다. 진작 치료를 했어야죠."

그녀는 생각했다. 내가 너무 오래 꾸물거렸어, 저 사람은 내 이에 싫증난 거야. 그녀는 치과 의자에서 일어나 말했다. "감사합니다. 안녕히 계세요."

"안녕히 가세요." 치과 의사가 말했다. 마지막 순간 그는 완벽하게 통제된 새하얀 이를 환히 드러내며 미소를 지었다.

"괜찮으세요? 통증이 심한가요?" 간호사가 물었다.

"괜찮습니다."

"코데인을 좀 드릴까요? 물론 지금은 약을 안 먹는 편이 낫답니다. 하지만 통증이 너무 심하다면 드셔도 괜찮아요."

"아뇨, 그렇게 심한 것은 아니에요." 그녀는 여기와 저기 사이의 식당 테이블에 두고 온 자그마한 코데인병을 떠올리며 대답했다.

"그럼, 행운을 빌지요." 간호사가 말했다.

그녀는 계단을 내려가 문지기를 지나쳐 거리로 들어섰다. 그녀가 치과에 있었던 십오 분 동안, 그는 아침의 생기를 약간 잃고 아까보다 고개를 조금만 끄덕였다.

"택시를 불러드릴까요?" 그가 물었다.

그녀는 23가까지 타고 온 버스를 떠올리며 대답했다. "네."

문지기가 마치 자신의 발명품인 양 택시를 향해 고개를 숙이고 문으로 돌아갔을 때 도로 건너편의 사람들 사이에서 누군가 그녀를 향해 팔을 흔드는 것만 같았다.

그녀는 의사가 준 명함의 주소를 확인하고 택시 기사에게 조심스레 읽어주었다. "아래 어금니"라고 적혀 치아의 정체성을 분명히 드러내고 있는 종이와 명함을 쥐고서 그녀는 눈을 거의 감다시피 하고 가만히 앉아 있었다. 또 잠이 들려나 보다 싶은 순간, 택시 기사가 별안간 차를 멈추더니 내려서 문을 열어주었다. "다 왔습니다, 손님." 그가 호기심 어린 눈으로 바라보았다.

"이를 뽑을 거랍니다." 그녀는 말했다.

"아이쿠, 저런." 택시 기사가 말했다. 계산을 하자 그가 문을 쿵 하고 닫으며 덧붙였다. "행운을 빕니다."

기이한 건물이었다. 출입구 옆에 돌로 된 병원 간판들이 자리했다. 은근히 전문가 같은 분위기를 풍기는 문지기는 더이상 갈 마음이 없는 사람이라도 들어가도록 만드는 데 능숙해 보였다. 그녀는 그를 지나쳐 곧장 걸어가 엘리베이터 문이 열리기를 기다렸다. 엘리베이터에서 안내원에게 명함을 보여주자 그가 말했다. "7층이군요."

노부인이 탄 휠체어를 간호사가 밀고 들어오는 바람에 그녀는 뒤로 물러서야 했다. 무릎에 담요를 덮은 노부인은 차분하고 편안해 보였다. 노부인이 안내원한테 말했다. "날씨가 좋군요." 그가 대꾸했다. "태양을 보면 좋죠." 노부인이 휠체어에 편안하게 기대자 간호사가 무릎 담요를 바로 편 다음 말했다. "이제 걱정할 필요 없어요." 노부인이 짜증 섞인 어조로 말했다. "누가 걱정한다고 그래요?"

그들은 4층에서 내렸다. 엘리베이터가 다시 올라가더니 안내원이 말했다. "7층입니다." 엘리베이터가 멈추고 문이 열렸다.

"복도를 따라 쭉 가다가 왼쪽으로 꺾으십시오." 안내원이 설명했다.

복도 양쪽으로 닫힌 문들이 주르르 늘어서 있었다. 어떤 문에는

'DDS'라고 적혀 있고, 어떤 문에는 '클리닉'이라고 적혀 있고, 어떤 문에는 '엑스레이'라고 적혀 있었다. 어떤 문에는 안전하고 편안해 보이며 이해하기 쉽게 '여성 전용'이라고 적혀 있었다. 그리고 왼쪽으로 돌자 명함과 같은 이름이 문에 적혀 있었다. 그녀는 문을 열고 안으로 들어갔다. 은행처럼 유리 창구 뒤에 간호사가 앉아 있었다. 대기실 모퉁이에는 종려나무 화분이 있고 편안한 의자와 신간 잡지가 구비되어 있었다. 유리 창구 뒤의 간호사가 "무슨 일이시죠?" 하고 묻는 어조가 마치 치과 계좌의 한도가 초과되었고 치아 두 개의 지불 기한이 지났다고 말하는 듯했다.

그녀가 유리 창구로 종이를 건네자 간호사가 살펴보더니 말했다. "아래 어금니로군요. 안 그래도 전화를 받았답니다. 지금 바로 들어오시겠습니까? 저기 왼쪽 문으로 가시면 됩니다."

금고 문인가요? 라는 말을 꾹 누르고서 그녀는 조용히 문을 열고 들어갔다. 기다리고 있던 또 다른 간호사가 미소를 짓더니, 상대는 당연히 따라와야 하며 자신에겐 앞장설 확고한 권리가 있다는 듯 돌아서서 걸어갔다.

또다시 엑스레이를 찍었다. 간호사가 다른 간호사에게 말했다. "아래 어금니예요." 다른 간호사가 말했다. "이리 오세요."

미로와 같은 복도를 지나 건물의 중심부인 듯한 장소로 들어갔다. 마침내 그녀는 베개가 놓여 있는 침상과 세면대와 의자가 있는 작은 방으로 안내되었다.

“여기에서 기다리세요. 되도록 마음 편히 하시고요.” 간호사가 말했다.

“아무래도 잠이 들 것 같아요.” 그녀가 말했다.

“괜찮아요. 조금만 기다리시면 된답니다.”

그녀는 한 시간 남짓 기다리는 내내 반수면 상태로 있다가 누군가 문 앞을 지나갈 때만 잠시 깨어났다. 이따금 간호사가 보러 왔다가 미소를 지었는데 한번은 이렇게 말했다. “조금만 더 기다리시면 됩니다.” 그러더니 간호사가 느닷없이 돌아와 더이상 친절한 미소 없이 효율적인 태도로 재촉했다. “따라오세요.” 간호사는 단호히 방에서 나가 복도로 향했다.

정신을 차리기도 전에 그녀는 치과 의자에 앉아 있었다. 머리는 수건으로 둘러져 있고 턱 아래에도 수건이 놓여 있었다. 간호사는 그녀의 어깨를 짚고 고개를 숙이고 있었다.

“아플까요?” 그녀가 물었다.

간호사가 웃으며 대답했다. “아뇨. 별로 아프지 않을 거예요. 아시죠?”

“네.”

치과 의사가 들어와 그녀의 머리 쪽에서 내려다보며 미소를 지었다. “그럼 시작할까요.”

“아플까요?” 그녀가 물었다.

의사가 활기차게 대꾸했다. “아뇨. 수술이 고통스럽다면 벌써 병원 문을 닫았겠죠.” 그는 말하면서 수건 아래 놓인 금속 기구를 정리했다. 그녀의 뒤쪽에서 바퀴 달린 거대한 기계가 소리 없이 다가왔다. “병원을 접어도 진작 접었죠. 지금 환자분이 걱정해야 할 유일한 문제는 잠이 든 동안에 비밀을 모두 털어놓지는 않을까 하는 점이랍니다. 조심하셔야 해요, 아시죠. 아래 어금니인가?” 그가 간호사에게 물었다.

“아래 어금니입니다, 선생님.” 간호사가 대답했다.

이윽고 금속 맛이 나는 고무 마스크가 얼굴에 씌워졌다. 그녀가 마스크 너머로 여전히 그를 바라보고 있는데 의사가 건성으로 두세 번 “아시죠”라고 말했다. 간호사가 말했다. “손에 긴장을 푸세요, 부인.” 한참 후 그녀는 손가락에 긴장이 풀리는 것을 느꼈다.

그녀는 생각했다. 우선 멀리 가는 거야, 이걸 기억해. 그리고 금속의 소리와 금속의 맛을 기억해. 분노 역시.

이윽고 음악이 소용돌이쳤다. 혼란스러운 음악이 요란하게 울리며 몇 번이고 반복되었다. 그녀는 양쪽에 문들이 늘어선 끔찍하게 길고 텅 빈 복도를 전속력으로 뛰어가고 있었다. 복도 끝에서 짐이 두 손을 내민 채 깔깔 웃으며 뭐라고 소리쳤으나 요란한 음악 때문에 알아들을 수가 없었다. 그녀는 달리며 말했다. “나는 두렵지 않아.” 바로 옆문에서 누가 팔을 잡아당겼다. 세상이 놀라울 만큼 넓어졌다. 그 기세가 결코 멈추지 않을 듯하더니 그녀를 내려다보는 의사의 얼굴 앞에서 멈추었다. 눈앞에 창문이 나타났다. 간호사가 그녀의 팔을 잡고 있었다.

“왜 막은 건가요?” 그녀는 입안이 피로 가득한 채 물었다. “나는 계속 가려고 했는데.”

“막지 않았습니다.” 간호사가 말하자 의사가 끼어들었다. “아직 정신을 못 차린 거야.”

그녀는 움직이지 않고 가만히 울었다. 눈물이 얼굴을 따라 흘러내리자 간호사가 수건으로 닦아주었다. 입안 말고는 어디에도 피가 없었다. 모든 것이 아까처럼 깨끗했다. 치과 의사는 갑작스레 사라졌다. 간호사가 그녀의 팔을 쥐고 일어나도록 거들었다. 불현듯 걱정이 밀려와 물었다. “내가 무슨 말을 했나요? 뭐라고 했나요?”

간호사가 달래듯 대답했다. “‘나는 두렵지 않아’라고 말씀하셨어요. 막 정신이 들 무렵에요.”

그녀는 간호사의 어깨에 팔을 두르느라 걸음을 멈추며 물었다. “아니, 내가 뭐라도 말했나요? 그가 어디에 있는지 말했나요?”

“아무 말씀도 안 하셨어요. 의사 선생님이 농담을 하신 거였어요.”

“내 이는 어디에 있죠?” 그녀가 별안간 묻자 간호사가 소리 내어 웃으며 말했다. “말끔히 뽑았답니다. 이제 치통에서 해방되신 거예요.”

그녀는 아까 있었던 작은 방으로 돌아와 침상에 누워 엉엉 울었다. 간호사가 종이컵에 위스키를 담아와 세면대 가장자리에 놓았다.

“하느님께서 마실 피를 주셨어요” 하고 그녀가 말하자 간호사가 대꾸했다. "입을 헹구지 마세요. 피가 응고되어야 하니까요."

한참 후 돌아온 간호사가 문가에서 웃으며 말했다. "정신이 드셨군요."

"네?"

"그동안 주무셨거든요. 괜히 깨울까 봐 걱정했답니다."

그녀는 일어나 앉았다. 머리가 어질어질했다. 한평생 이 작은 방에서 지낸 것만 같았다.

"이제 그만 가실까요?" 다시 친절해진 태도로 간호사가 물으며 아까 잡았던 팔을 잡았다. 그 어떤 휘청거리는 사람도 부축할 만큼 힘이 좋았다. 기나긴 복도를 지나 이번에는 창구 뒤에 간호사가 앉아 있는 곳에 이르렀다.

간호사가 유쾌하게 물었다. "다 마치셨나요? 잠시만 기다리세요." 그녀는 유리 창구 옆의 의자를 가리키더니 몸을 돌려 부지런히 글을 적었다. 그리고 돌아보지도 않고 말했다. "두 시간 동안은 입을 헹구지 마세요. 오늘밤 완하제를 한 알 드세요. 통증이 느껴지면 아스피린을 두 알 드시고요. 통증이나 출혈이 심할 경우 즉시 병원으로 연락 주세요. 아셨죠?" 그녀가 다시 환하게 웃었다.

새로 받은 자그마한 종이에는 이렇게 적혀 있었다. "발치." 그 아래에 "입을 헹구지 마세요. 약한 완하제를 드세요. 통증이 있을 경우 아스피린 두 알을 드세요. 통증이 심하거나 출혈이 발생할 경우 병원에 연락하세요."

"안녕히 가세요." 간호사가 유쾌하게 인사했다.

"안녕히 계세요." 그녀가 대꾸했다.

작은 종이를 손에 들고 유리문 밖으로 나와 여전히 잠에 취한 채 모퉁이를 돌아 복도를 걸어갔다. 눈을 약간 떠보니 양편에 문들이 늘어선 기다란 복도였다. 그녀는 걸음을 멈추었다가 '여성 전용'이라고 적힌 문으로 들어갔다. 창문과 고리버들 의자와 번득이는 하얀 타일과 반짝이는 은색 수도꼭지를 갖춘 넓은 방이었다. 네다섯 명의 여자가 세면대 주위에 서서 머리를 빗질하거나 립스틱을 발랐다. 그녀는 가장 가까운 세 번째 세면대로 곧장 가서 종이 수건을 뽑은 뒤 핸드백과 종이를 옆에 내려놓았다. 수도꼭지를 더듬대며 틀어 종이 수건을 푹 적셨다. 물이 뚝뚝 떨어지는 종이 수건으로 세차게 자기 얼굴을 때렸다. 눈앞이 맑아지며 정신이 들었다. 다시 종이 수건을 적셔서 얼굴을 문질렀다. 그녀가 새 종이 수건을 뽑으려고 더듬거리자 옆에 있던 여자가 건네주었다. 웃음소리가 들렸지만 눈에 물이 들어가는 바람에 눈을 뜰 수 없었다. 어떤 여자가 말했다. "점심은 어디에서 먹을까?" 다른 여자가 대답했다. "아래층에서 먹자. 머저리 노인네가 삼십 분 안에 돌아오라고 하지 뭐야."

바쁜 사람들을 막고 있다는 생각에 그녀는 서둘러 얼굴을 닦았다. 다른 사람이 세면대를 쓸 수 있도록 살짝 옆으로 비끼며 거울을 흘긋 보는 순간 아릿한 충격이 찾아왔다. 저 얼굴들 중 어느 것이

자기 얼굴인지 알 수가 없었다!

그녀는 낯선 사람들을 보듯 거울을 응시하며 하나하나 살폈다. 예외 없이 전부 생소해 보였다. 그 누구도 미소를 짓거나 알은척하지 않았다. 그녀는 기묘하게 목이 무감각한 것을 느끼며 생각했다. 내 얼굴이 나를 알아볼 거라고 생각하다니. 한 사람은 크림색 얼굴에 턱이 들어가 있으며 환한 금발이었다. 다른 한 사람은 날카로운 표정에 베일이 달린 붉은 모자를 쓰고 있었다. 세 번째 사람은 창백하고 초조한 얼굴에 갈색 머리를 뒤로 묶었다. 네 번째 사람은 장밋빛 사각 얼굴에 머리도 사각형으로 잘랐다. 또 다른 두세 사람이 사람들 틈으로 비집고 들어와 움직이며 거울을 바라보았다. 그녀는 생각했다. 아무래도 이건 거울이 아니라 유리창인 것 같아, 나는 맞은편 세면대에 서 있는 여자들을 보고 있는 거야. 하지만 머리를 빗고 거울에 매무새를 비춰 보는 여자들은 옆에 있는 사람들이 분명했다. 저 금발은 아니기를 빌며 손을 들어 뺨에 댔다.

그녀는 머리를 뒤로 묶은 창백하고 초조한 여자였다. 그걸 깨닫는 순간 화가 치밀었다. 몸을 돌려 황급히 여자들 사이로 걸어가며 생각했다. 불공평해, 왜 나는 저렇게 창백할까? 예쁜 얼굴도 여럿이었는데 왜 하필 저런 얼굴일까? 뚱해진 그녀는 스스로를 다독였다. 시간이 없었던 거야, 생각할 시간을 그 사람들이 주지 않았어, 나도 예쁜 얼굴일 수도 있어, 금발도 더 나았을 거야.

그녀는 벽으로 가 고리버들 의자에 앉았다. 정말 형편없어, 하고 생각했다. 손을 들어 머리카락을 쓰다듬었다. 잠을 잔 탓에 흐트러져 있긴 했지만 머리를 목덜미에서 널찍한 머리핀으로 고정한 것이 분명했다. 학생 같잖아, 하고 생각하는 순간 거울 속의 창백한 얼굴이 떠올라 다시 생각했다. 학생치고는 너무 늙었어. 그녀는 힘겹게 머리핀을 풀어 앞으로 가져와 살펴보았다. 머리가 부드럽게 얼굴 주위로 흘러내렸다. 따뜻했다. 머리카락이 어깨까지 내려왔다. 머리핀은 은제품으로, '클래라'라고 이름이 새겨져 있었다.

그녀는 크게 소리 내어 말했다. "클래라, 클래라?" 두 여자가 화장실에서 나가며 어깨 너머로 그녀를 보며 미소 지었다. 이제 여자들 대부분은 제대로 머리를 빗고 립스틱을 바른 뒤 서로 이야기를 나누며 바삐 떠나가고 있었다. 나무를 떠나는 새들처럼 삽시간에 모두 사라지고 그녀 혼자 앉아 있었다. 그녀는 머리핀을 의자 옆의 재떨이 겸용 휴지통에 버렸다. 높다란 금속제 휴지통으로 떨어지며 머리핀이 만족스럽게 땡그랑거렸다. 그녀는 머리를 푼 채 핸드백을 열어 물건을 하나하나 꺼내 무릎 위에 놓았다. 머리글자가 없는 평범한 하얀 손수건, 파우더와 루주 칸이 나뉘어 있는 갈색 네모난 귀갑 플라스틱 콤팩트. 루주 칸은 쓴 흔적이 전혀 없었지만 파우더는 반쯤 남아 있었다. 이러니 그렇게 창백해 보였다고 생각하며 콤팩트를 내려놓았다. 장미색 계열의 립스틱은 거의 다 쓴 것이었다. 빗, 개봉한 담뱃갑, 성냥갑, 동전 지갑, 지갑. 동전 지갑은 윗부분에 지퍼가 달린 붉은색 인조가죽이었다. 지퍼를 열어 손바닥에 동전을 쏟았다. 일 센트, 오 센트, 십 센트 동전은 여럿이고 이십오 센트 동전은 하나였다. 모두 구십칠 센트였다. 이걸로는 멀리 갈 수 없겠구나, 하고 생각하며 갈색 가죽 지갑을 열었다. 돈이 들어 있었으나 수표는 보이지 않았다. 지갑에는 현금뿐이었다. 헤아려보니 십구 달러였다. 이걸로는 좀더 멀리 갈 수 있겠다고 생각했다.

핸드백에는 이것들뿐이었다. 열쇠가 없었다. 나는 열쇠도 없는 사람인가? 하고 의아했다. 신분증도, 주소록도, 수표도 전혀 없었다. 핸드백은 연회색 인조가죽이었다. 내려다보니 그녀는 진회색 플란넬 정장에 목에 주름장식이 달린 연어색 블라우스 차림이었다. 굽이 낮은 튼튼한 검은 구두는 한쪽 끈이 풀려 있었다. 신고 있는 베이지색 스타킹은 오른쪽 무릎부터 종아리까지 쭉 올이 나가 있고 그 선이 발끝까지 이어져 구멍이 뚫려 있는 것이 느껴졌다. 재킷 목깃에 핀이 달려 있기에 돌려서 바라보니 푸른색 플라스틱 C 모양이었다. 그녀는 핀을 떼어내 휴지통에 버렸다. 바닥에 땡그랑 하고 떨어지더니 머리핀과 부딪혔는지 금속성의 딸깍 소리가 났다. 그녀의 손은 작았으며 손가락은 짤막했고 손톱은 매니큐어를 바르지 않았다. 금으로 된 얇은 결혼반지를 왼손에 끼고 있을 뿐 다른 보석은 없었다.

화장실의 고리버들 의자에 홀로 앉아 그녀는 생각했다. 스타킹은 벗을 수 있겠구나. 보는 사람이 없기에 신발을 벗고 스타킹을 내렸다. 스타킹 구멍에서 발가락이 해방되자 안도감이 밀려들었다.

종이 수건 휴지통에 숨겨야겠다 싶어 자리에서 일어나자 거울 속에 자기 모습이 또렷이 보였다. 생각보다 더 심각했다. 회색 스커트는 엉덩이 부분이 늘어져 있고 다리는 앙상했으며 어깨는 처져 있었다. 쉰 살처럼 보여, 하지만 얼굴을 보니 서른도 안 된 것 같은데. 창백한 얼굴 주위로 머리카락이 덥수룩이 내려와 있었다. 불현듯 분노가 치밀어 그녀는 핸드백을 뒤져 립스틱을 꺼냈다. 창백한 얼굴에 장미색을 바르자 도드라져 보였다. 립스틱을 바르는 손길이 서투르다는 사실을 깨달았다. 입술을 칠하고 나니 얼굴이 한결 나아 보였다. 콤팩트를 꺼내 루주로 뺨을 발그레하게 칠했다. 양쪽 뺨이 균형이 맞지 않는데다 너무 진하게 발라졌고 입술은 쥐를 잡아먹은 듯했지만, 적어도 얼굴이 더이상 창백하거나 불안해 보이지는 않았다.

그녀는 스타킹을 버리고는 다리를 훤히 드러낸 채 복도로 나가 단호히 엘리베이터로 향했다. 안내원이 그녀를 보고 "내려가십니까?" 하고 묻자 안으로 들어갔다. 엘리베이터는 소리 없이 1층으로 데려다주었다. 전문가적 분위기를 풍기는 근엄한 문지기를 지나 사람들이 오가는 거리로 들어섰다. 그녀는 건물 앞에 서서 기다렸다. 몇 분 후 북적이는 보행자들을 헤치고 짐이 다가와 그녀의 손을 잡았다.

여기와 저기 사이 어딘가에 그녀의 코데인 약병이 있었고, 위층 화장실에 '발치'라고 적힌 종이가 남겨져 있었다. 그곳에서 칠 층 아래인 인도에서, 재빨리 걸어가는 사람들이 이따금 호기심 어린 눈길로 힐긋거린다는 사실을 전혀 인식하지 못한 채 그녀는 머리를 어깨까지 늘어뜨리고 짐의 손을 잡고서 맨발로 뜨거운 모래 위를 달려갔다.

지미가 보낸 편지

그녀는 부엌에서 접시를 쌓으며 생각했다. 때로는 남자 중에 제정신인 사람이 하나라도 있을까 싶다니까, 어쩌면 남자들 전부가 미쳤다는 걸 다른 여자들은 다 아는데 나만 모르는 건지도 모르겠어. 어머니는 내게 알려주지 않았고, 룸메이트는 굳이 언급하지 않았고, 다른 주부들은 내가 안다고 생각하는…….

"오늘 지미한테 편지를 받았어." 그가 냅킨을 펼치며 말했다.

그녀는 생각했다. 마침내 받았군, 결국 지미가 포기하고 편지를 쓴 거야, 이제는 다 잘될 거야, 모든 문제가 해결되고 다시 예전처럼 친하게 지내며……. "뭐라고 썼던가요?" 그녀는 태연한 어조로 물었다.

"몰라. 열어보지 않았거든."

세상에, 여태 안 보고 뭘 했대, 하고 생각하며 그녀는 기다렸다.

"내일 그대로 반송할 거야."

그녀는 생각했다. 나라면 무슨 내용인지 알아볼 텐데, 오 분도 안 되어 편지를 뜯어봤을 텐데, 편지를 갈기갈기 찢어 보내거나 다른 사람한테 부탁해 통렬한 답장을 쓰게 하거나 등등 뭔가 기막힌 방법을 찾아냈을 텐데, 어쨌든 오 분도 안 되어 편지를 뜯지 않고는 못 배겼을 텐데.

"오늘 톰이랑 점심을 먹었어."

마치 그 문제는 종결되었으며, 종결되어야 마땅하며, 두 번 다시 생각할 필요가 없다는 듯한 어조였다. 어쩜 정말 그런 건지도 몰라, 세상에나, 하고 그녀는 생각했다.

"지미의 편지를 읽어보는 게 좋지 않을까요?" 어쩌면 쉽게 해결될 수도 있어, 그이가 그럼 한번 열어볼까 하고 말할지도 몰라, 아니면 집으로 돌아가 한동안 어머니와 지내겠다고 하거나.

"왜?"

그녀는 생각했다. 부드럽게 시작해야 해, 안 그랬다가는 화를 자초하게 돼.

"아, 궁금해서요. 편지에 뭐라고 썼는지 모르면 잠이 오지 않을 것 같거든요."

"열어봐."

내가 정말 여는지 시험해보는 거야, 하는 생각이 들었다. "진지하게 하는 말이에요. 편지에다 화풀이를 하는 건 어리석은 짓이에요. 지미한테 직접 화풀이를 한다면 몰라도. 하지만 화가 난다고 편지를 안 읽는다니 어리석어요."

세상에, 내가 어리석다고 말했어, 그것도 두 번이나, 이제 끝이야. 어리석다고 한 말을 그이가 들었다면 나를 얼마나 들볶아댈까, 나는 밤새 변명을 늘어놓아야겠지.

"내가 왜 읽어야 하지? 그 인간이 뭐라고 말했든 아무 관심도 없는데."

"나는 관심 있거든요."

"열어봐."

그녀는 생각했다. 아 하느님, 아 하느님, 아 하느님, 서류 가방에서 몰래 편지를 빼내야지, 그리고 내일 아침에 편지를 넣어 계란요리를 하는 거야, 하지만 감히 그랬다가는 그이가 팔을 부러뜨리겠지.

"좋아요, 나도 관심 없어요." 나도 그 문제를 종결했다고 그이가 생각하게 만들자. 의자에 편히 앉아 레몬파이를 먹고 다른 이야기를 하게 만드는 거야.

"오늘 톰이랑 점심을 먹었어." 그가 말했다.

부엌에서 접시를 쌓으며 그녀는 생각했다. 어쩌면 진심일지도 몰라, 어쩌면 다 끝내버리려는 것일 수도 있어, 어쩌면 정말 관심이 없는 것일 수도 있고, 설령 관심이 있다 해도 욕실에 들어가 문을 잠그고는 봉투를 뜯지 않은 채 편지를 읽을 방법을 미친듯이 궁리하겠지. 아니 어쩌면 편지를 받고는 그저 아, 지미가 보낸 거군, 하고 말하고는 서류 가방에 던져 넣고 잊어버린 건지도 몰라, 만약 그랬다면 저 인간을 죽이고 말 거야, 지하실에 파묻어버리겠어.

나중에 그가 커피를 마실 때 그녀는 말했다. "존한테 보여줄 건가요?" 존도 보고 싶어 죽을 거야, 내가 지금 이러는 것처럼 존도 안달해대겠지, 하고 그녀는 생각했다.

"존한테 뭘 보여줘?"

"지미의 편지요."

"아, 그럼."

위대한 승리감을 만끽하며 그녀는 생각했다. 정말 존한테 보여줄 생각인 거야, 그이 역시 자기가 여전히 화가 난 건지 아닌지 확인하고 싶은 거야, 존이 이렇게 묻기를 바라겠지, 아직도 지미한테 화나 있어? 그러면 그이는 그렇다고 말하고 싶겠지. 그녀는 넘실대는 승리감 속에서 생각했다. 그이 역시 여태 편지 생각을 하고 있었던 거야. 그녀는 정신을 차리기도 전에 말을 해버렸다. "편지를 개봉하지 않은 채로 반송할 줄 알았는데요."

그가 고개를 들었다. "깜박했군. 그렇게 해야지."

뭐라고 말을 해야 해, 그이가 깜박했다니, 문제는 그이가 진짜로 깜박했다는 거야, 별생각도 하지 않았던 거야, 편지가 뱀이라면 저 인간을 물어버릴 텐데. 그녀는 생각했다. 지하실 계단 아래 묻어버리자, 저 인간 머리를 갈긴 후에 망할 편지를 깍지 낀 양손 아래 놓고, 그럴 가치가 있어, 아무렴, 그럴 가치가 있지.

제비뽑기

6월 27일 아침은 날이 맑고 햇볕이 눈부시게 내리쬐었으며 완연한 여름날답게 싱그러운 온기로 가득했다. 꽃들은 흐드러지게 피어올랐고 풀들은 진초록으로 물들었다. 10시쯤 되자 우체국과 은행 사이의 광장에 마을 주민들이 하나둘 모여들었다. 사람이 워낙 많아 제비를 뽑는 데 이틀이 걸리는 고장에서는 6월 26일에 시작하지만, 이 마을은 인구가 고작 삼백 명이라 제비뽑기에 두 시간도 채 걸리지 않았고 10시에 시작해도 주민들은 점심시간에 맞춰 집으로 돌아갈 수 있었다.

당연하게도 아이들부터 모여들었다. 여름방학을 맞은 지 얼마 지나지 않았기에 아이들 대부분은 아직 제 시간이 자유롭다는 사실을 거북해했다. 처음에는 조용히 모여 있던 아이들이 갑자기 떠들썩하게 장난을 쳤다. 아직도 교실과 선생님과 책과 꾸중이 화제의 중심이었다. 보비 마틴은 주머니를 이미 돌멩이로 가득 채웠다. 다른 아이들도 이내 따라하며 가장 매끄럽고 둥근 돌을 골랐다. 보비와 해리 존스와 디키 들라크루아(마을 주민들은 '델라크로이'라고 발음했다)는 광장 한쪽 모퉁이에 커다랗게 돌더미를 쌓고 다른 아이들이 빼앗지 못하도록 지키고 있었다. 여자아이들은 한쪽에 서서 자기들끼리 이야기를 나누며 어깨 너머로 남자아이를 흘깃거렸고, 아주 어린 꼬맹이들은 흙바닥에서 뒹굴거나 손위 형제자매의 손을 꼭 쥐고 있었다.

이내 남자들이 모여들더니 자식들이 어디에 있는지 살피며 농사와 비와 트랙터와 세금 이야기를 나누었다. 광장 모퉁이의 돌더미에서 멀찍이 떨어져 선 그들은 조용히 농담을 주고받으며 요란하게 웃기보다 미소만 지었다. 남자들이 도착하고 얼마 안 있어 여자들이 빛바랜 실내복과 스웨터 차림으로 들어섰다. 서로 인사한 그들은 짤막한 소문을 주고받고 남편에게로 합류했다. 남편 곁에 선 여자들이 네다섯 번은 소리쳐 부른 다음에야 아이들은 마지못해 다가왔다. 보비 마틴은 붙잡으려는 엄마의 손을 획 피해 돌무더기로 달려가며 깔깔 웃어댔다. 아버지가 날카롭게 부른 후에야 얼른 다가와 아버지와 큰형 사이에 자리를 잡았다.

제비뽑기 의식이 시작되었다. 광장 무도회나 십 대 클럽이나 핼

러윈 파티와 마찬가지로 이 의식 역시 서머스 씨가 진행했다. 그는 지역사회를 위해 헌신할 시간과 기운이 넘쳤다. 얼굴이 동그랗고 쾌활한 성품인 그는 석탄 회사를 운영했다. 마을 사람들이 그를 가엾이 여기는 건 그에게 자식이 없는데다 부인이 잔소리꾼이기 때문이었다. 그가 검은색 나무 상자를 들고 광장에 도착하자 주민들이 웅성거렸다. 그가 팔을 저으며 소리쳤다. "오늘 좀 늦었습니다, 여러분." 우체국장인 그레이브스 씨가 삼발이 의자를 들고 따라오고 있었다. 의자가 광장 중앙에 놓이자 서머스 씨가 그 위에 검은 상자를 올렸다. 마을 주민들은 의자에서 적당히 거리를 둔 채 서 있었다. "누가 도와주지 않으시겠습니까?" 서머스 씨가 말하자 사람들이 망설였다. 이윽고 마틴 씨와 그의 장남인 백스터가 앞으로 나와 의자에서 흔들리지 않도록 상자를 붙잡았고 서머스 씨가 상자 속 종이를 휘휘 저어댔다.

최초의 상자는 오래전 사라졌지만 그래도 지금 의자 위에 놓여 있는 검은 상자는 마을에서 가장 나이가 많은 워너 영감이 태어나기 전부터 사용되던 것이었다. 서머스 씨는 새 상자를 만들자고 주민들에게 종종 이야기했지만 누구도 이 검은 상자로 대변되는 전통을 무너뜨리고 싶어 하지 않았다. 현재의 상자가 그전에 사용된 상자의 조각으로 만들어졌다는 이야기가 있었다. 최초로 이 마을에 정착한 사람들이 쓰던 상자 말이다. 제비뽑기가 끝나면 매년 서머스 씨가 새 상자 이야기를 꺼냈지만 번번이 그 안건은 아무 조치도 없이 흐지부지됐다. 검은 상자는 해마다 조금씩 낡아갔다. 한쪽 표면이 꽤 많이 떨어져 나가 원래의 나무색이 드러나는 바람에 이제는 완전한 검은색 상자도 아니었다. 거기다 군데군데 색이 바래고 얼룩이 져 있었다.

마틴 씨와 그의 장남 백스터가 의자 위의 상자를 단단히 붙잡고 있는 동안, 서머스 씨가 손을 저어 종이를 빈틈없이 섞었다. 의식의 많은 부분이 잊히거나 폐기된 덕분에 서머스 씨는 몇 세대 동안 사용되었던 나무패를 종이로 바꾸는 데 성공할 수 있었다. 마을이 작을 때야 나무패가 유용했겠지만 이제는 인구가 삼백 명이나 되는데다 앞으로 더 늘 가능성이 크니 검은 상자에 다 담을 수 있도록 다른 재질로 패를 바꿔야 한다고 설득했던 것이다. 전날 밤 서머스 씨와 그레이브스 씨는 종이로 제비를 만들어 상자에 담은 뒤 서머스 씨의 석탄 회사 금고에 넣고 자물쇠를 잠갔다. 그리고 오늘 아침 서머스 씨가 광장에 가져올 때에야 금고를 개방했다. 제비뽑기 날이 아닐 때 상자는 여기저기에 보관되었다. 어떤 해는 그레이브스 씨의 창고에, 어떤 해는 우체국 지하실에. 때로는 마틴 씨의 식료품점 선반에 놓이기도 했다.

서머스 씨가 제비뽑기의 시작을 선언하기 전에 번잡한 여러 절차를 거쳐야 했다. 우선, 목록을 작성해야 했다. 집안의 대표자 목록, 집안에 속한 가족 목록, 각 가족의 구성원 목록. 또한 우체국장이 적절한 형식에 따라 서머스 씨가 제비뽑기의 공식 감독인으로서

취임하는 의식을 주재했다. 몇몇 사람이 기억하기로 예전에는 매년 의례적으로 감독인이 단조로운 성가를 일정 시간 암송하는 낭송회 같은 것이 있었다. 감독인이 말로 읊었는지 노래로 불렀는지 모르지만 몇몇은 서서 의식을 진행했다고 생각했고 몇몇은 사람들 사이를 걸어 다니며 했으리라 믿었다. 의식의 이 부분은 한 해 또 한 해 시간이 흐르면서 차츰 사라졌다. 또 예전에는 상자에서 제비를 뽑을 사람을 호명하면서 감독인이 의례를 따져 경례를 했지만 역시 시간이 흐르며 달라져 이제는 상자로 다가오는 사람과 대화를 나누기만 하면 되었다. 서머스 씨는 감독인 역할을 훌륭히 수행해냈다. 깨끗한 하얀 셔츠와 청바지 차림에 한 손을 아무렇게나 검은 상자에 얹고서 그레이브스 씨와 마틴 부자와 쉴 새 없이 이야기를 나누는 모습은 그를 대단히 유능하고 중요한 인물처럼 보이게 했다.

서머스 씨가 마침내 이야기를 끝내고 주민들을 바라보았을 때 허친슨 부인이 어깨에 스웨터를 걸친 채 부리나케 광장으로 들어와 뒤쪽의 군중 사이에 끼어들었다. "오늘이 그날인지 까맣게 잊었지 뭐야." 그녀는 바로 옆의 들라크루아 부인에게 말한 뒤 같이 나직이 웃었다. 허친슨 부인은 말을 이었다. "남편이 장작을 하러 나갔나 보다 했어. 그런데 창밖을 내다보니 아이들이 안 보이잖아. 그제야 27일이라는 게 떠올라서 부랴부랴 뛰어왔지." 그녀는 앞치마에 두 손을 닦았다. 들라크루아 부인이 말했다. "그래도 늦지는 않았네. 아직도 이야기를 안 마쳤거든."

허친슨 부인은 군중 사이로 목을 길게 빼어 앞쪽의 남편과 아이들을 보았다. 그녀는 작별 인사로 들라크루아 부인의 팔을 두드리고는 사람들을 헤치고 나아갔다. 주민들은 기분 좋게 비켜주었다. 두세 사람이 광장 전체에 들리도록 큰 소리로 말했다. "허친슨 부인이 나가십니다." "빌, 자네 집사람이 그래도 늦지는 않았군." 서머스 씨는 허친슨 부인이 남편 곁에 이를 때까지 기다린 후 활기차게 말했다. "테시 없이 시작하려고 했습니다." 허친슨 부인은 빙그레 웃으며 대꾸했다. "그럼 싱크대에 쌓여 있는 접시를 깨끗이 치울걸 그랬나요, 조?" 부드러운 웃음소리가 사람들 사이로 퍼져가는 사이, 허친슨 부인이 지나온 틈새가 도로 메워졌다.

"자, 이제 시작해볼까요." 서머스 씨가 엄숙하게 말했다. "어서 끝내고 일하러 돌아가야지요. 누구 빠진 사람 있습니까?"

"던바요." 몇몇 사람이 말했다. "던바요, 던바."

서머스 씨가 목록을 살피고는 말했다. "클라이드 던바. 그렇군요. 다리가 부러졌다지요. 그럼 누가 대신 제비뽑기를 하나요?"

"제가요." 한 여자가 말하자 서머스 씨가 돌아보았다. "부인이 대신하시는군요. 제비를 뽑을 만한 다 큰 아들은 없나요, 제이니?" 서머스 씨와 다른 주민들 모두 답을 알더라도 감독인이 공식적으로 묻는 것이 관례였다. 서머스 씨가 예의상 흥미를 보이는 태도로 정중하게 기다리자 던바 부인은 안타깝다는 어조로 대답했다. "호레이스는 이제 겨우 열여섯 살이에요. 올해는 제가 남편을 대신하는 편이 나을 듯합니다."

"좋습니다." 서머스 씨는 들고 있던 목록에 메모를 했다. 그리고 물었다. "왓슨네는 아들이 올해 제비를 뽑나요?"

군중 사이에서 꺽다리 소년이 손을 들었다. "여기 있습니다. 제가 어머니와 저를 대표해 제비를 뽑을 겁니다." 그가 초조하게 눈을 깜박이며 꾸벅 인사를 하자 군중 사이에서 몇 사람이 말했다. "훌륭한 아들이야, 잭." "이렇게 어엿한 아들이 있으니 자네 어머니는 얼마나 뿌듯하겠어."

서머스 씨가 말했다. "그럼, 모두 왔군요. 워너 영감님도 오셨나요?"

"여기 있네." 목소리가 들리자 서머스 씨는 고개를 끄덕여 인사했다.

목청을 가다듬은 서머스 씨가 목록을 보자 군중 사이에 불현듯 침묵이 내려앉았다. 서머스 씨가 소리쳤다. "모두 준비됐습니까? 자, 이제 각 집안 대표를 부르겠습니다. 성이 불린 사람은 앞으로 나와 상자에서 제비를 뽑으세요. 모두 다 뽑을 때까지 종이를 펼치지 말고 손에 꼭 쥐고 계세요. 아시겠죠?"

무수히 반복된 일이라 사람들은 지시 사항을 대충 흘려들었다. 대부분은 고개도 돌리지 않고 조용히 서서 입술을 혀로 축였다. 서머스 씨가 한 손을 높이 올리고서 말했다. "애덤스." 군중 사이에서 빠져나온 한 남자가 앞으로 나왔다. "안녕하십니까, 스티브." 서머스 씨가 인사하자 애덤스 씨도 대꾸했다. "안녕하세요, 조." 그들은 초조하고 뻣뻣한 미소를 서로에게 보냈다. 애덤스 씨가 검은 상자로 팔을 뻗어 접힌 종이를 꺼냈다. 그리고 종이의 한쪽 모서리를 꽉 쥔 채 돌아서서 서둘러 자리로 돌아갔다. 그는 가족에게서 약간 떨어져 서서 손을 내려다보지 않았다.

"앨런." 서머스 씨가 호명했다. "앤더슨. ……벤담."

"자고 나면 또 제비뽑기 날이 되는 것 같아요." 들라크루아 부인이 뒷줄에 있던 그레이브스 부인에게 말했다. "바로 지난주에 제비를 뽑은 것만 같은데."

"시간이 그렇게 쏜살같이 흐르다니." 그레이브스 부인이 대꾸했다.

"클라크. ……들라크루아."

"우리 차례네요." 들라크루아 부인은 남편이 앞으로 나가는 동안 숨을 죽였다.

"던바." 서머스 씨가 말하자 던바 부인이 침착하게 걸어갔다. 한 여자가 말했다. "잘 뽑아요, 제이니." 다른 여자가 말했다. "저기 가는군."

"다음은 우리 차례예요." 그레이브스 부인은 남편이 상자 옆에서 걸어 나와 서머스 씨에게 진지하게 인사하고 제비를 뽑는 것을 주시했다. 이쯤 되자 군중 속 여기저기에서 남자들이 커다란 손에 접힌 종이쪽을 쥐고서는 초조하게 뒤집고 또 뒤집었다. 던바 부인은 제비를 꼭 쥔 채 두 아들과 함께 서 있었다.

"하버트. ……허친슨."

"가요, 빌." 허친슨 부인이 말하자 주위의 사람들이 웃음을 터뜨렸다.

"존스."

애덤스 씨는 바로 옆에 있는 워너 영감에게 말했다. "북쪽의 어느 마을에서는 더이상 제비뽑기를 하지 말자고 논의하는 모양이더군요."

워너 영감이 코웃음을 쳤다. "어리석은 미치광이들. 요즘 젊은 놈들은 입만 열면 불평불만이라니까. 조만간 동굴에서 원시 생활을 하자고, 더이상 일하지 말자고 주장해댈 거야. 어디 한번 그렇게 살아보라고 해. '유월에 제비를 뽑아야 곡물이 금방 익는다'고 옛 어른들이 말씀하셨지. 제비뽑기를 안 하면 별꽃과 도토리로 끼니를 때우게 될 거야. 매년 해왔다고." 노인은 성마른 어조로 덧붙였다. "새파랗게 젊은 조 서머스가 모두와 농담을 해대는 꼴을 보는 것만으로도 속이 상하건만."

"어떤 곳에서는 이미 제비뽑기를 없앴다고 하더라고요." 애덤스 씨가 말했다.

"그래봐야 문제만 생겨." 워너 영감은 단호히 말했다. "요새 젊은 것들이란."

"마틴."

보비 마틴은 아버지가 앞으로 나아가는 모습을 바라보았다.

"오버다이크. ……퍼시."

"어서 마쳤으면 좋겠구나. 어서 마쳤으면 좋겠어." 던바 부인이 큰아들에게 말했다.

"거의 다 끝나가요." 아들이 대답했다.

"어서 아버지한테 달려가 알릴 준비해." 던바 부인이 말했다.

서머스 씨가 자기 이름을 부르더니 신중하게 앞으로 나와 상자에서 종이를 뽑았다. 그리고 소리쳤다. "워너."

"칠십칠 년간 제비뽑기에 참여했지." 워너 영감은 군중 사이로 나아가며 말했다. "일흔일곱 번째야."

"왓슨." 꺽다리 소년이 어색한 걸음으로 나아가자 누군가가 말했다. "긴장 풀어, 잭." 서머스 씨는 말했다. "천천히 하게, 젊은이."

"자니니."

숨죽인 듯한 긴 침묵이 이어졌다. 이윽고 서머스 씨가 제비를 공중에 쳐들고서 말했다. "펴봅시다, 여러분." 한동안은 누구도 움직이지 않았다. 그러더니 일제히 종이를 펼쳤다. 불현듯 여자들 모두가 동시에 떠들어댔다. "누구야?" "누구래?" "던바야?" "왓슨이야?" 그러더니 사람들이 말하기 시작했다. "허친슨이야. 빌이 뽑았어." "빌 허친슨이 걸렸어."

"아버지한테 어서 알리렴." 던바 부인이 큰아들에게 말했다.

사람들은 허친슨 가족이 어디에 있는지 둘러보았다. 빌 허친슨은 손에 든 종이를 가만히 응시하고 있었다. 별안간 테시 허친슨이 서머스 씨에게 소리쳤다. "그이를 재촉하는 바람에 제대로 못 뽑았잖아요. 내가 다 봤어요. 공평하지 않아요!"

"깨끗이 받아들여, 테시." 들라크루아 부인이 소리쳤다. 그레이브스 부인이 말했다. "우리 모두 똑같이 뽑았어."

"입 닥쳐, 테시." 빌 허친슨이 아내를 말렸다.

서머스 씨가 선언했다. "자, 여러분. 지금까지 순조롭게 진행되긴 했지만 시간을 맞추려면 좀 서둘러야 합니다." 그는 다음 목록을 살폈다. "빌, 허친슨 집안을 대표해서 뽑았죠? 허친슨 집안에는 몇 가족이 속해 있지요?"

"돈과 에바가 있어요. 걔네들도 제비를 뽑아야 해요!" 허친슨 부인이 소리쳤다.

서머스 씨는 상냥하게 대꾸했다. "여자는 남편 집안에 속한답니다, 테시. 잘 아시잖아요."

"이건 공평하지 않다고요." 테시가 말했다.

"아닙니다, 존. 제 딸은 당연히 사위 집안에 속하지요. 그래야 공평하죠. 걔네들을 제외하고 우리 집안에는 한 가족뿐입니다." 빌 허친슨이 유감스럽다는 듯이 말했다.

"그럼 당첨된 집안은 당신 집안입니다." 서머스 씨는 설명하듯 말했다. "그리고 당첨된 가족 역시 당신 가족입니다. 그렇지요?"

"네." 빌 허친슨이 대답했다.

"아이가 몇이나 되죠, 빌?" 서머스 씨가 공식적으로 물었다.

"셋입니다. 빌 주니어와 낸시, 그리고 꼬마 데이브. 그리고 테시와 제가 있죠."

"좋아요. 해리, 제비를 다 거둬들였습니까?"

서머스 씨의 질문에 그레이브스 씨는 고개를 끄덕이며 종이 더미를 들어 보였다. 서머스 씨가 지시했다. "상자에 넣어요. 빌의 제비도 받아 넣고요."

"처음부터 다시 해야 해요." 허친슨 부인은 되도록 차분하게 말하려고 애썼다. "단언하지만, 정말 공평하지 않았어요. 그이한테 선택할 시간을 충분히 주지 않았다고요. 여기 모두들 봤잖아요."

그레이브스 씨가 종이 다섯 장을 골라 상자에 넣고 나머지는 그대로 땅바닥에 버렸다. 종이들이 산들바람에 나풀나풀 날아올랐다.

"모두들, 제 말 좀 들어봐요." 허친슨 부인이 주변 사람들에게 말했다.

"준비됐나요, 빌?" 서머스 씨가 묻자 빌 허친슨이 아내와 아이들을 힐끗 보고는 고개를 끄덕였다.

"명심하세요. 제비를 뽑은 뒤 다른 사람이 다 뽑을 때까지 펼쳐보지 마세요. 해리, 꼬마 데이브를 좀 도와주겠어요?" 그레이브스 씨가 손을 잡자 꼬맹이는 기꺼이 따라서 상자로 갔다. "종이 하나를 고르렴, 데이비." 서머스 씨가 말하자 데이비는 상자에 손을 넣고 깔깔 웃음을 터뜨렸다. "딱 한 장만 골라야 해, 데이비." 서머스 씨가 말했다. "해리, 제비를 대신 쥐고 있어요." 그레이브스 씨는 아이의 손을 잡아 꼭 쥔 주먹에서 접힌 종이를 빼내어 쥐었다. 꼬마 데이브는 옆에 서서 의아한 듯 그를 올려다보았다.

"다음은 낸시 차례란다." 서머스 씨가 말했다. 낸시는 열두 살이었다. 그녀가 스커트를 흔들며 앞으로 걸어가 상자에서 제비를 우아하게 뽑는 동안 학교 친구들은 무겁게 숨을 쉬었다. "빌 주니어." 서머스 씨가 호명했다. 얼굴이 붉고 발이 지나치게 큰 빌리는 종이를 꺼내려다 상자를 넘어뜨릴 뻔했다. "테시." 서머스 씨가 부르자 그녀는 일순 주저하며 주위를 반항적으로 둘러보았다. 그러다 입술을 앙다물고 상자로 걸어갔다. 재빨리 제비를 뽑아 등뒤로 가져갔다.

"빌." 서머스 씨가 부르자 빌 허친슨은 상자로 다가가 마지막 남은 종이를 찾느라 상자 안을 더듬거렸다.

군중은 조용했다. 소녀 하나가 속삭였다. "낸시가 아니면 좋겠어." 나직한 소리가 군중 전체에 들렸다.

"전에는 안 이랬는데. 옛 사람들은 이러지 않았어." 워너 영감이 다 들리도록 말했다.

"좋아요." 서머스 씨가 선언했다. "종이를 펴보세요. 해리, 꼬마 데이브 대신 펴주세요."

그레이브스 씨가 종이를 펼쳐 들어올렸다. 텅 빈 종이를 보고는 모두들 안도의 한숨을 내쉬었다. 낸시와 빌 주니어가 동시에 종이를 펼쳤다. 둘 다 활짝 웃고 커다란 웃음소리를 내며 제비를 머리 위로 쳐들고 군중을 향해 몸을 돌렸다.

"테시." 서머스 씨가 말했다. 그녀가 주저하자 서머스 씨는 빌 허친슨을 바라보았고 빌이 종이를 펼쳐 사람들한테 내보였다. 텅 비어 있었다.

"테시로군요" 하고 서머스 씨가 말하더니 목소리를 낮추었다. "부인의 종이를 우리한테 보여줘요, 빌."

빌 허친슨은 아내에게 다가가 제비를 억지로 빼앗았다. 종이에 검은 점이 찍혀 있었다. 전날 밤 서머스 씨가 석탄 회사 사무실에서 굵은 색연필로 표시한 것이었다. 빌 허친슨이 종이를 들어올리자 군중들이 술렁였다.

"좋아요, 여러분. 빨리 끝내도록 합시다." 서머스 씨가 말했다.

의식의 대부분이 사라지고 최초의 검은 상자도 없어져버렸지만 마을 주민들은 돌을 사용해야 한다는 것만은 여전히 기억했다. 아이들이 미리 쌓아놓은 돌더미가 준비되어 있었다. 상자에서 나온 종잇조각들이 흩날리는 바닥에 돌들이 놓여 있었다. 들라크루아 부인은 두 손으로 들어야 할 만큼 커다란 돌을 고르고는 던바 부인을 돌아보며 말했다. "어서, 서둘러야 해."

던바 부인은 양손에 작은 돌멩이들을 쥔 채 쌔근대며 말했다.

"나는 달릴 수가 없어요. 먼저 가세요. 좀 있다 따라갈게요."

아이들은 이미 돌을 챙겨두었다. 누군가 꼬마 데이비 허친슨에게 자갈 서너 개를 쥐여주었다.

테시 허친슨은 이제 텅 빈 공간의 한가운데 서 있었다. 마을 주민들이 점점 다가오자 그녀는 두 손을 절망적으로 내밀며 말했다. "이건 공평하지 않아요." 돌멩이 하나가 그녀의 옆머리를 강타했다.

워너 영감이 재촉했다. "어서, 어서, 모두 다 던져야 해." 스티브 애덤스는 군중들 맨 앞에 있었고 바로 그 옆에 그레이브스 부인이 자리했다.

"이건 공평하지 않아요. 옳지 않다고요!" 허친슨 부인이 비명을 지르고, 모두 그녀를 향해 돌을 던졌다.

V

The Lottery and Other Stories

에필로그

……그녀는 배 위에 발을 디뎠네.
뱃사람은 보이지 않았으나
돛은 아, 호박단이며
돛대는 아, 금박이어라.

그녀가 오 킬로미터, 오 킬로미터, 오 킬로미터
겨우 십오 킬로미터 갔을 때
그의 얼굴에 우울이 짙어지며
그의 눈에 어둠이 드리웠다네.

그들이 오 킬로미터, 오 킬로미터, 오 킬로미터
겨우 십오 킬로미터 갔을 때
그녀는 그의 발굽 달린 발을 알아채고는
비통한 울음을 터뜨렸네.

'아, 그대의 혀에서 울음을 거두시오.'
그가 말하네. '그토록 눈물 흘리니
내 그대에게 이탈리아의 강기슭에서
자라난 백합을 보여드리리.'

'아, 태양이 달콤하게 빛나는
즐거운 언덕 위로 데려다주리까?
아, 그대가 결코 누리지 못했을
천상의 언덕으로 데려다주리니.'

'아, 당신은 어떤 산인가요?' 그녀는 물었네.
'서리와 눈으로 뒤덮인 황량한 산이던가요?'
'아, 저기 지옥의 산을 보시오.' 그가 울부짖었네.
'당신과 내가 갈 곳일지니.'

그는 손으로 중간 돛대를 때리고,
무릎으로 앞 돛대를 걷어차네.
찬란한 배가 두 동강 나며
그녀는 바다 속으로 가라앉았다네.

「제임스 해리스, 유령 신랑」 중에서
(『차일드 발라드•』 243번)

- **차일드 발라드** _ 「차일드 발라드」는 19세기 말 미국의 학자이자 교육자인 프랜시스 제임스 차일드가 잉글랜드와 스코틀랜드의 민요 305곡을 수집하여 발행한 저서이다. 셜리 잭슨은 그 중 243번 곡인 「제임스 해리스, 유령 신랑」에서 영감을 얻어 단편 「유령 신랑」을 집필한 것으로 판단되며, 그 외에도 많은 단편에서 그 영향이 엿보인다.

작가 정보

셜리 잭슨
Shirley Hardie Jackson

셜리 잭슨은 인간의 평범한 행동 속에서 악의와 광기를 짚어내는 데 능한 작가다. 장편과 단편을 가리지 않고 인간에게 숨겨져 있는 야만성을 전달하는 데 꾸준히 힘썼다. 비슷한 주제를 다루는 작가들은 많지만, 무심한 어투로 잔인하리만큼 독자의 불안을 고조시키는 수법이나 암암리에 인간의 악의를 읽어 내리는 가시 돋친 문체는 누구도 따라갈 수 없는 잭슨만의 특징이다. 잭슨은 고립되고 오래된 저택에 사는 수상한 거주자들의 이야기인 고딕 미스터리에 뛰어난 작품들을 남겨, 고딕 호러의 대가라는 평을 받는다.

셜리 잭슨은 1916년 샌프란시스코 교외의 중산층 집안에서 태어났다. 전업주부의 전형적인 삶에 만족했던 그녀의 어머니는 어릴 때부터 감수성이 남달랐던 잭슨을 이해하지 못했다. 잭슨은 자신의 딸이 요조숙녀로 성장하기를 바란 어머니의 기대와 간섭에 반발한 나머지 병적인 공상과 상상의 세계에 빠져들었다. 로체스터 대학에 입학했다가 자퇴하고 1937년 시러큐스 대학에 입학한 것도 어릴 적부터 발전한 그녀의 정신병적 기질이 원인이 되었을 거라는 말도 있다.

셜리 잭슨은 문학비평가인 스탠리 에드거 하이먼과 시러큐스 대학에서 만나 1940년 결혼해 2남 2녀를 두었다. 하이먼은 시러큐스 대학 잡지에 실린 셜리 잭슨의 단편을 보고 그녀의 천재성을 실감했던 나머지, 결혼 후에는 상습적으로 처방약을 복용하며 줄담배를 피우는 잭슨을 보고 나쁜 습관을 고치게 하기는커녕 독려했다. 인습을 타파하는 뛰어난 작가의 괴벽으로 생각했던 것이다. 모순적이게도, 셜리 잭슨은 누구의 제재도 받지 않고 니코틴과 약물 중독에 빠져든 끝에 1965년 마흔여덟의 젊은 나이로 사망한다.

"마녀로 활동하고 있는 유일한 동시대 작가"

사후 오십 년이 되어가는 지금까지도 셜리 잭슨은 미국 현대문학에서 논란을 몰고 다니는 작가 중 하나이다. 오락성에 가치를 두고 단순히 장르 소설을 쓴 작가로 볼 것인가, 장르의 틀을 넘어 뛰어난 주제 의식과 문학성까지 이룩해 낸 작가로 볼 것인가는 아직도 평론가들 사이에서 논쟁거리이다. 현대 사회의 어두운 면을 꼬집는 날카로움, 단순해 보이지만 결말을 확인하지 않고는 못 견디게 만드는 이야기를 그리는 힘을 가지고 있으나, 셜리 잭슨은 특유의 기괴한 필치 때문에 당대부터 쉽사리 문학성을 인정받지 못했다.

셜리 잭슨은 첫 장편소설 『벽을 통한 길The Road Through the Wall』을 출판한 1948년, 저명한 시사 잡지 《뉴요커》에 발표한 단편 「제비뽑기」로 세상에 이름을 널리 알렸다. 영문학 역사상 가장 충격적인 살인 축제를 다룬 이 단편에서 셜리 잭슨은 서정적이고 평화로운 마을 풍경을 그리다가 아무렇지 않게 살인을 시작하는 마을 사람들의 모습을 보여주는데, 이는 문명사회의 이름 아래 여전히 존재하고 있는 '희생양'에 대한 인간의 본능을 암시하고 있다.

「제비뽑기」는 최근에 와서는 현대 사회에 대해 뛰어난 통찰력을 발휘했다는 평을 받으며 영문학 교과서에 빼놓지 않고 포함된다. 당시 지나치게 선정적이라는 비난의 편지가 《뉴요커》에 빗발쳐 잡지사 업무가 마비되었던 일화를 생각하면 놀라운 일이다.

자신의 작품을 둘러싸고 어떤 논란이 일든 셜리 잭슨은 가치관을 굽히지 않는 작가였다. 자신이 천착하던 일상적인 악, 평범한 악에 대한 단편들을 꾸준히 썼으며, 그 외에는 생계를 위해 육아 등을 소재로 자신의 일상을 재미있게 그린 단편들을 주부 잡지에 연재할 뿐이었다.

셜리 잭슨이 평범한 중산층 자녀에서 지식인으로 성장하며 갖게 된 높은 자의식이나 굽히는 법 없는 성격은 그녀가 살았던 노스 베닝턴 마을 주민과의 관계에서도 드러난다. 남편 스탠리 에드거 하이먼이 버몬트 주의 베닝턴 대학에 교수로 발령받아 이동하게 된 노스 베닝턴은 편견이 심한 마을이었다. 유대계 지식인인 남편을 가진데다 스스로도 특이한 태도를 지녔고, 『보이지 않는 인간The Invisible Man』(조영환 옮김, 민음사, 2008)을 쓴 흑인 작가 랠프 엘리슨과도 교류가 있었던 잭슨은 당연히 노스 베닝턴에서 심한 텃세를 겪었다. 굽히는 법 없는 성격 탓에 마을의 누구와도 사귀지 않은 셜리 잭슨은 자신의 대다수 작품의 배경으로 노스 베닝턴을 이용하기에 이른다. 잭슨이 작품 속에 이름을 명시한 것은 아니지만, 작품 곳곳에 노스 베닝턴임을 암시하는 지리적 요소가 있을뿐더러 몇몇 작품은 노스 베닝턴이 배경이라고 직접 밝히기도 했다.

셜리 잭슨은 평생 동안 편견과 차별을 증오하며 살았다. 반면 마을 사람들과 융화하지 못하는 자신의 상황에 공포를 느끼기도 했다. 특히 고립에 대한 공포가 강했는데, 그러면서도 굽히지 않는 자존심을 가지고 자신이 느꼈던 공포에 환상적인 상상력을 결합한 작품들을 많이 남겼다. 그녀의 두 번째 장편 소설인 『행저맨The Hangsaman』(1951)은 아버지의 억압 속에서 자라 사람을 사귀는 법을 배우지 못한 소녀가 상상 속에서 친구를 만들어냈다가 현실에서 혼란에 빠지는 내용으로, 셜리 잭슨 특유의 병적인 날카로움과 의식 세계의 혼란이 잘 나타난 수작이다.

우울증을 앓았던 전적이 있을뿐더러 신경증을 달고 살았던 셜리 잭슨이 '마녀'나 '악마' 같은 환상적인 존재들에 관심을 가진 것은 어쩌면 당연한 수순일지도 모른다. 타로 점에 능한 것은 물론 악마의 목소리를 듣는 척도 잘했던 그녀를 두고 마을에서는 '마녀'라는 소문이 돌았다. 1949년에는 AP 기자인 W.G. 로저스가 "잭슨은 펜이 아니라 빗자루로 글을 쓴다"고 주장하기도 했으며, 후에 「제비뽑기」가 실린 첫 보급판 책에는 "빗자루를 살무사의 피에 담가 썼다"는 문구가 담기기도 했다.

셜리 잭슨에게 초자연적인 존재에 대한 열정이 있던 것은 확실하며 정상과 비정상의 경계를 아슬아슬하게 오가는 그녀의 작품들이 장르 소설로서 가치가 높은 것도 당연한 결과다. 그러나 그녀가 쓴 작품들은 장르의 틀로만 해석하기 어려운 문학성을 지니고 있다. 그녀는 그녀에 대한 선입견과는 달리 '마녀' 등의 오컬트 요소를 작품 전면에 내세우기보다 상징으로 활용하는 데 능했는데, 1949년 출간한 단편집 『제비뽑기』에서는 사실상 남성 중심 사회의 편견이 총집합되어 일어난 일이었던 '마녀재판'과 희생양의 은유를 적절히 뒤섞어 주제를 강화하기에 이른다. 특히 이 책에 수록된 단편 「마녀The Witch」 속 소년과 할아버지의 대화는 단순히 짓궂은 이야기로 볼 수도 있지만 이 할아버지가 단편집 전체에서 '악'을 상징하는 인물이라는 점이 의미심장하다.

결국 적의의 대상이 되기 쉬운 약자들, 차별의 대상들을 상징하는 것이 잭슨에게는 바로 '마녀'라는 존재였다. 초자연적인 요소를 다룰 때에도 이 태도는 여전하여, 손에 꼽히는 호러 소설이자 뛰어난 고딕 미스터리인 『힐 하우스의 유령』(1959)에서도 전개의 중심에 있는 것은 '속할 곳'을 잃은 여자 주인공의 공포이다.

자신이 겪은 공포 속에서 새로운 공포를 끄집어내어 독자들을 홀리는 셜리 잭슨은 『신들의 전쟁』(장용준 옮김, 황금가지, 2008) 등의 작품을 쓴 훌륭한 SF 작가인 닐 게이먼, 호러의 거장 스티븐 킹, 『나는 전설이다』(조영학 옮김, 황금가지, 2005)를 쓴 리처드 매드슨, 『머더리스 브루클린』

(조영학 옮김, 황금가지, 2007)을 쓴 조너선 레섬, 『좀비』(공경희 옮김, 포레, 2012)를 쓴 조이스 캐럴 오츠 등의 뛰어난 장르 작가들에게 영향을 미쳤다. 또한 호러와 심리 서스펜스 장르에 혁신적인 작품들을 남긴 셜리 잭슨의 공헌을 기려 2007년부터 셜리 잭슨 상이 제정되었는데 이 상은 그 해에 발표된 호러 작품이나 어두운 심리 서스펜스 작품 중 가장 뛰어난 작품을 쓴 작가에게 수여된다.

셜리 잭슨과 고딕 미스터리

고딕 미스터리는 18세기 낭만주의 사조에 이르러 탄생한 장르이다. 이성보다 맹목적인 신앙을 중시한 중세가 지나고 인간의 이성을 강조하는 시대가 찾아오면서 세계는 어느덧 인간의 이성을 유일하게 신뢰하며 절대시하는 계몽 시대로 접어들었다. 하지만 곧 형식과 규범에 얽매인 계몽 시대에 반발하여 이성보다 감정과 상상력을 중시하는 낭만주의 사조가 나타났다. 낭만주의 예술가들은 중세 시대의 황금기나 다름없던 '고딕 시대'(중세 후기, 12세기에서 15세기)에 이성 중심의 시대 반대편에 서 있는 시대라는 새로운 의미를 부여했다. 당시의 영국 작가 호러스 월폴이 자신의 작품에 중세 시대와 고딕 건축물을 배경으로 이용한 것도 같은 맥락이다. 월폴은 1765년 '고딕적인' 것에 자신의 상상력을 결합해 쓴 『오트란토 성』(하태환 옮김, 황금가지, 2002)으로 고딕 미스터리의 시작을 알렸다.

셜리 잭슨의 고딕 미스터리는 월폴의 시대부터 공식으로 정립된 '고딕 시대풍의 고립된 분위기', '그런 저택에 사는 사람들', '초자연적인 요소'를 활용하면서 문학성 또한 놓치지 않는 것이 특징이다. 최초의 고딕 미스터리 작가라고 할 수 있는 월폴이『오트란토 성』에서 초자연적인 요소를 다채롭게 활용해 온갖 신비로운 일들을 보여주다 천국과 지옥이라는 절대적인 세계의 존재를 인정하는 데 그친다면, 셜리 잭슨은 인간의 상상력을 직접적으로 보여주는 초자연적인 요소를 전면에 두지 않고도 고딕 미스터리의 재미를 일깨우며 인간의 문명사회가 얼마나 부질없고 야만스러운지 폭로하는 데까지 나아간다. 이는 유명한 페미니스트 작가인 샬럿 퍼킨스 길먼이 쓴 고딕 미스터리 단편「누런 벽지The Yellow Wallpaper」(1892)를 떠올리게 하는 면이 있다.「누런 벽지」에서 남편에 의해 고립된 저택으로 이사 와 갇히다시피 생활하는 아내는 '훌륭한 아내는 언제나 남편의 의견에 따른다'는 당시의 명제에 저항하는 모습을 보인다. 고딕 미스터리가 필연적으로 갖고 있는 고립과 폐쇄적인 분위기가 반대로 억압을 폭로하는 역할을 하는 것이다.

셜리 잭슨은 고딕 미스터리를 작가의 상상력을 즐기는 대중소설 이상으로 끌어올린다. 사실주의 문학의 거장 헨리 제임스가 외딴 저택에서 아이들을 가르치다 유령을 목격하는 가정 교사의 이야기『나사의 회전』을 통해 인간의 감각과 이성이 얼마나 믿을 수 없는 것인지를 폭로했듯이, 현실 사회의 어두운 면을 보여주는 훌륭한 매개로 고딕 미스터리의 요소들을 이용하며 주제를 강화한다.

그녀의 대표작 중 하나인『힐 하우스의 유령』은 장르 문법을 따라 재미를 놓치지 않는 작품이면서 현실의 악을 폭로하는 셜리 잭슨의 솜씨 또한 극에 이른 고딕 미스터리다. 유령 실험을 하기 위해 외딴 저택에 모인 실험자들은 폴터가이스트 현상 등을 겪으며 극한 혼란에 빠진다. 집에서 가출해 실험에 참가한 여주인공은 실험자들 간의 커져가는 갈등 속에 공포를 폭발하게 되는데, 따돌림당하는 위치에 놓여 극심한 압박을 느끼는 여주인공의 심리 묘사가 백미인 이야기이다.

스티븐 킹은 『힐 하우스의 유령』을 『나사의 회전』과 함께 지난 백 년간 등장한 초자연적 소설 중 가장 훌륭한 작품으로 꼽는다. 이 작품은 1963년, 1999년 두 차례에 걸쳐 영화화되었는데 로버트 와이즈가 감독한 1963년 작품이 훨씬 훌륭하다는 평가가 대다수이다. 마틴 스코세이지 감독은 '가장 무서운 호러 영화 11' 목록에 이 1963년 작품 〈더 헌팅The Haunting〉을 올렸다.

/

작 품   목 록

단행본

The Road Through the Wall (1948)

The Lottery and Other Stories (1949, 단편집) - 『제비뽑기』(엘릭시르, 2014, 미스터리 책장 시리즈)

Hangsaman (1951)

The Bird's Nest (1954)

The Sundial (1958)

The Haunting of Hill House (1959) - 『힐 하우스의 유령』(엘릭시르, 2014, 미스터리 책장 시리즈)

We Have Always Lived in the Castle (1962) - 『우리는 언제나 성에 살았다』(엘릭시르, 2014, 미스터리 책장 시리즈)

The Magic of Shirley Jackson (1966, 사후 출간, 남편 스탠리 에드거 하이먼이 편집한 단편집)

Come Along with Me (1968, 사후 출간, 단편집)

Just an Ordinary Day (1995, 사후 출간, 단편집)

해 설

●

"셜리 잭슨은 펜이 아니라 빗자루로 글을 쓴다."

– W.G. 로저스

주디 오펜하이머가 집필한 셜리 잭슨의 전기 『사적인 악마들Private Demons』은 무정한 문장으로 시작한다. "그녀는 어머니가 원한 딸이 아니었다." 오펜하이머는 계속해서, 젤다 피츠제럴드가 갓 태어난 딸에게 한 말을 스콧 피츠제럴드가 『위대한 개츠비』의 여주인공 데이지에게 거의 그대로 선사했던 유명한 문장, "아름답고 어린 바보, 그거야말로 이런 삶에서 여자가 바랄 수 있는 최상의 모습이겠지"를 인용한다. 어린 나이에 결혼해 곧장 임신한 셜리 잭슨의 어머니 제럴딘이, 새로운 상류층 사교계 생활을 즐길 새도 없이 어쩔 수 없이 낳게 된 딸에게 그나마 바랐던 최선의 소망이었겠으나 셜리 잭슨은 그 소망마저도 무참하게 깨뜨리는 존재였다는 것이다.

1916년 12월 14일 레슬리 잭슨과 제럴딘 벅비 잭슨 부부 사이에서 태어난 맏딸 셜리 잭슨은, 여성스러움과 아름다움에 대한 통상적인 기준을 끊임없이 들이밀던 어머니와 맞서 책과 상상력의 세계로 도피하는 고집스럽고 무뚝뚝한 아이였다. 어머니는 어린 그녀에게 "넌 실패한 피임의 결과물이다"라는 말을 아무렇지 않게 했다. 딸에게 의도적으로 잔인하게 군 것이라기보다 그 발언이 아이에게 얼마나 끔찍한 상처로 남을지 전혀 인지하지 못한 것에 가까웠다. 어머니의 무지와 나름대로 퍼붓던 강압적인 사랑은 평생 동안 셜리 잭슨을 고통스럽게 옭아매는 짐이자, 어머니가 평생에 걸쳐 착용을 요구하던 코르셋 같은 강박으로 남았다. 셜리 잭슨은 어머니를 증오하는 동시에 어머니에게서 사랑받기를 간절히 원했고, 어머니를 상처 입힐 수 있는 글쓰기의 재능에 드높은 자부심을 가졌다. 『힐 하우스의 유령』의 엘리너가 끝내 벗어나지 못했던, 죽은 어머니의 벽 두드리는 소리는 아마 평생 셜리 잭슨이 들었던 환청이었을지도 모르겠다.

다행히도 셜리 잭슨은 그 소리를 혼자 견디는 게 아니라 글로 써내려감으로써 스스로를 해방시키려 했다. 주디 오펜하이머의 표현을 빌면, 셜리 잭슨은 "가정적이고 친숙한 광경을 채색하여, 그 안에 충만한 악의를 꺼내 보인다. 좀더 정확하게 말하자면, 독자로 하여금 언제나 그녀에게는 너무나 명백하게 보였던 악의를 기어이 관찰하게 만든다. 심지어 그녀의 어린 시절 고향 캘리포니아 주의 화창한 공간 벌링게임에서조차 그 악의는 만연해 있다. 우리는 표면적 품위, 집에서 구워낸 비스킷, 윤이 나는 마루 이면에서 씩 웃고 있는 해골의 존재감을 느낄 수 있다. 이

것이야말로 이 이야기들을 그토록 심란하게 만드는 요인이다. 셜리는 단 한 번도 이국적인 장소나 기상천외한 캐릭터를 추구할 필요가 없었다."

모순 속의 삶

셜리 잭슨의 작품에서 보이는 가장 중요한 특성은 거리감이다. 이를테면 비슷하게 차가운 악의를 정면으로 응시했던 작가 퍼트리셔 하이스미스가 타인을 향해 언제나 냉혹한 관찰자—전능한 신과 같은 위치에 스스로를 올려둔 채—의 입장을 견지했던 것과, 셜리 잭슨이 나약하고 이기적이며 잔인하고 상처받기 쉬운 인간의 모습을 섣부른 연민 없이 바라보는 것 사이에는 큰 차이가 있다. 독자들은 셜리 잭슨의 주인공들이 보이는 모순과 불일치를 '해석'하기 쉽지 않거나 '공감'하기 어렵다는 점 때문에 불만을 느낄 수도 있다. 그러나 작품 속 혼란스러운 양가성과 모순을 재빨리 비난하거나 조롱하기 전에, 작가가 얼마나 정직하게 그 모순을 응시하여 풀어놓았느냐를 판단하는 것은 또 다른 문제이다. 셜리 잭슨만큼 자신의 상처에 비추어 타인의 상처까지 관찰하는 힘을 잃지 않은 작가는 드물다.

셜리 잭슨을 짓누른 어머니의 그림자는 평생에 걸쳐 다른 얼굴로 곳곳에 등장했기 때문에 그녀는 적어도 자신이 받았던 모욕을 잊지 않고 작품 속에 녹여 넣을 수 있었다. 이를테면 그녀가 결혼 뒤 정착했던 노스베닝턴 마을 사람들은 수많은 '제럴딘'들이었다. 셜리 잭슨은 그들에게 받는 그대로, 어쩌면 그 이상으로, 오만한 자긍심과 다소 비열하기까지 한 편견을 고스란히 되돌려주면서도 한편으로는 이러다가 영영 공동체로부터 추방당할까 두려워했다. 그녀는 반사적으로 자신의 가정을 외부 세계와 독보적으로 다른 어떤 '성'으로 만들고자 노력했고, 그 '성'이 의미가 있을지에 대한 사람들의 의혹과 불신을 비웃는 동시에 그들이 그녀를 선망하기를 열망했다. 세상에 속하기를 간절히 원하면서도 또한 속되고 무례하며 참견하기 좋아하는 사람들을 강력하게 밀어내던 셜리 잭슨은, 바로 그녀 자신의 모순 덕분에 스스로와 대상을 동시에 관찰하는 거리감을 끝까지 고수할 수 있었다.

셜리 잭슨의 단편집 『제비뽑기』는 그 같은 중층적 모순의 파노라마를 펼쳐놓는 걸작이다. 맨 먼저 등장하는 단편 「취중 대화」에서 파티를 즐기는 남자에게 고등학생 소녀는 멸망하는 미래에 대한 근심을 진지하게 털어놓는다.

> "세상이 어떻게 멸망할지 계속 상상하고 있어요. (중략) 엠파이어 스테이트 빌딩보다도 교회가 먼저 무너질 거예요. 강가의 높다란 아파트들이 안에 사람이 있는 채로 서서히 물에 잠기겠죠. 그때 학교에서는 라틴어 수업을 하느라 카이사르를 읽고 있을 거예요. 끝까지 읽지도 못하겠죠. 어쩌면 우리가 라틴어 수업에서 카이사르의 책을 읽은 마지막 사람들이 될지도 몰라요. (중략) 사무실 건물은 산산이 무너져 돌더미가 될 거예요. 정확히 언제 멸망할지 알 수 있다면 얼

마나 좋겠어요."(본문 17쪽)

남자는 소녀의 말에 진심으로 귀 기울이지 않지만, 찜찜한 여운을 떨쳐내지 못한다. 물리적인 멸망이 닥쳐오기 전에 우리가 이미 내면적으로 그리고 정신적으로 부서져가며 침몰하고 있는 건 아닐까 하는 자각에서 완전히 벗어나지 못하는 것이다. 그에 대한 두려움을 드러내지 않기 위해 아등바등거리는 것이 우리의 소위 평온한 일상이며, 태연함을 가장하며 두려움을 애써 외면하고 밝고 즐거운 쾌락을 추구하려는 태도는 무지에 지나지 않음을 예언하는 따돌림받는 소녀의 목소리. 인간은 스스로 죽어가면서도 자신의 악의를 포기하지 못한다는 냉정한 예언. 셜리 잭슨의 모든 소설에 울려 퍼지는 이 목소리는 단편집 『제비뽑기』에 실린 다양한 작품들에서도 선명하게 드러난다.

악마 연인으로부터의 불길한 예감

『제비뽑기』에는 특히 흥미로운 인물이 지속적으로 등장하는데, 바로 스코틀랜드에서 채집된 오래된 시 「악마 연인The Daemon Lover」(이 단편집에서는 같은 제목의 단편과 함께 '유령 신랑'으로 번역되었다. 이 시는 '제임스 해리스', '목수' 등의 제목으로도 알려져 있다)에서 영감을 받아 만들어진 인물이다. 이 인물은 수록된 거의 모든 단편에 등장하여 흐름을 휘젓는다. 참고로 『제비뽑기』는 출간될 때마다 제목이 조금씩 바뀌었는데, 그중 하나가 『제비뽑기—제임스 해리스의 모험The Lottery: Or, the Adventures of James Harris』이다. '제임스 해리스'는 결코 전면에 등장하지 않고 스쳐가듯, 혹은 꿈속에서 어렴풋이 보았던 존재처럼 언급되지만, 곰곰이 들여다보면 주인공의 어떤 행동을, 의식을, 갈등을, 파괴와 악의를 촉발시키는 촉매제로써 단편집을 관통한다. 그는 제임스 또는 지미 또는 제이미 해리스라는 이름으로, 혹은 푸른색 양복을 입은 키 큰 남자로 불쑥불쑥 등장한다. 앞서 언급한 첫 단편 「취중 대화」에서 남자와 소녀(집주인의 딸)가 부엌에서 멸망에 관한 대화를 주고받는데도 "여주인은 푸른색 양복 차림의 키가 큰 품위 있는 남자와 진지한 대화에 빠져 있었다". 주변에서 일어나는 일에 대해 여주인의 주의를 흐트러뜨리는 남자, 주변에 나타난 불길한 징조를 방조하고 있는 남자가 제임스 해리스다. 그리고 이 푸른 양복의 키 큰 남자는 이후 단편들에서 좀더 분명한 형태를 내보인다.

단편집 수록작 중 가장 직접적으로, 제목에서부터 아예 이 남자의 존재를 명시하는 작품은 「유령 신랑」이다. 무명의 여주인공은 결혼을 약속했지만 식 당일 아침 행방이 묘연한 연인 제이미 해리스를 찾아 헤매며 "여기에 해리스라는 분은 없는데요. (중략) 남자를 잘못 만났거나요"라는 동정 어린 조롱을 받는다. 뭇사람들의 냉담한 무관심과 조롱을 뒤로하고 여주인공은 점점 더 망상의 세계로 한 걸음 내딛는다. 그녀는 제이미가 사라져버렸다는 걸 거듭 주입받으면서도 "나는 숙녀예요. 남자를 행복하고 만족스럽고 생산적으로 만들어줄 확고한 인생관과 자존심과 애정과 섬세함을 갖추고 있죠, 보기보다 더 큰 힘이 있어요"라는 자기최면의 환상에서 나오려 하지 않는다.

그런가 하면 「어머니가 만드셨던 것처럼」에서 깔끔한 독신 남성 데이비드는 이웃집 여자 마샤를 불쑥 찾아온 직장 동료 제임스 해리스, 남성적 매력이 더 강력하고 위압적인 이 침입자에게 쫓겨나다시피 한다. 「빌리지의 주민」의 또 다른 외부의 침입자 해리스는 클래런스 양으로 하여금 그녀가 무용수라고(실상 그 꿈을 저버린 지 오래인데도) 거짓말하게 만드는 동력이 된다. 「이탈자」의 해리스 부인은 아침 일찍부터 월폴 부인에게 전화를 걸어 월폴 부인의 개가 자신의 닭을 죽였기 때문에 개도 마땅한 처벌을 받아야 한다고 강요하는 낯선 위협이다. 「꽃으로 둘러싸인 정원」의 해리스 부인은, 위닝 부인으로 하여금 새로운 친구 매클레인 부인으로부터 등을 돌리게끔 충동질하는 첫 번째 자극으로 작용한다. "그런 신발을 신다니 기막히지 않아요. 내 생전 그런 신발은 처음 봤어요!" 「마녀」에서 푸른색 양복을 입은 "유쾌한 얼굴을 한 초로의 노인"은 소년의 폭력적인 상상력을 부추기는 끔찍한 이야기를 들려주어 엄마를 불안하게 만들고 사라진다.

「엘리자베스」에서 꿈과 야심을 잃은 채 시들어가는 편집자 엘리자베스는 초라한 레스토랑에서 옛 남자친구 프랭크를 본 것 같다고 생각한다. 십오 년 동안 잊고 지냈던 프랭크의 존재를 인식하자마자 그녀는 갑자기 "프랭크는 이런 곳에 있어서는 안 될 사람이야, 조용한 분위기에 여자들은 모두 아름답고 직원들이 그를 '선생님'이라고 공손하게 부르는 곳에서 식사하는 것이 어울릴 사람인데"라고 상상하고, 오래전 관계가 끊어진 작가 제임스 해리스에게 불쑥 전화를 걸어 저녁 식사에 초대한

다. 언뜻 제임스 해리스는 프랭크의 대체품인 것처럼 보이지만 사실 엘리자베스에게 프랭크건 제임스건 아무 상관 없다. 다만 '여기'가 아니라면 아무래도 좋은 것이다. 그녀는 "짐 해리스의 거대한 얼굴과 가느다란 목소리"를 일부러 잊으려 하면서 그가 "피부가 까무잡잡하고 용감한 남자"이며 "낯선 타인", 그녀에게 성공과 돈과 멋진 우정을 선사할 구원자라는 새로운 정체성을 구축한다. 「모호함의 일곱 가지 유형」에서 무시무시하고 차가운 지하 세계를 연상시키는 서점의 주인 해리스 씨는 책을 둘러싼 사람들의 열등감을 조용히 부추기면서 그 자신은 아무래도 좋다는 초연한 태도를 취한 채 물러선다. 「당연하지요」에서 타일러 부인은 영화도 라디오도 신문도 거부하는 '학자' 해리스 씨, 모습을 드러내지 않은 채 부인을 대변인으로 삼으며 이웃까지 불편하게 만들고 "진정으로 평화로운 삶"을 추구한다고 하면서 이웃의 평화를 깨버리는 해리스 씨 때문에 "미묘한 불안감"에 휩싸인다. 「아일랜드에서 나와 함께 춤을 추어요」에선 (푸른 옷은 입지 않았지만) 초라한 아일랜드 출신 이방인 노인이 주부들의 자족적인 평화를 뒤흔들고 사라지며, 「커다란 신발을 신은 남자들」에서도 행복한 미래를 꿈꾸는 새댁에게 곧 닥쳐올지 모를 남편의 외도와 폭력의 암시를 늘어놓는 잡화점 여주인이 멋진 푸른색 코트를 입고 있다.

「유령 신랑」에 이어 제임스 해리스의 본질적인 모습이 명백하게 드러나는 또 다른 단편은 「치아」다. 대도시에서 갈피를 못 잡는 여자 클래라에게 다가온 푸른 양복의 사내 짐은 다정한 위로와 함께 "달처럼 큰 별"

과 "호수처럼 거대한 달"과 "푸르고 부드러운 풀"에 대해 속삭이고 진주한 움큼을 넌지시 보여주며 그녀를 유혹한다. 그녀는 점점 더 남편을 잊고, 자신의 이름과 얼굴마저 망각하면서 짐이 들려주는 환상 속의 세계로 진입한다. 「지미가 보낸 편지」에서 지미가 보낸 편지를 좀처럼 읽으려 하지 않는 둔감한 남편 때문에 안절부절하던 주부는 급기야 "저 인간 머리를 갈겨서는 망할 편지를 깍지 낀 양손 아래 놓"는 광경을 상상하며 격분한다.

전설과 발라드에 등장하는 악마 연인 제임스 해리스가 셜리 잭슨의 단편들에서 반영되는 방식은 어떠한가. 그는 먼저 존재하면서 동시에 존재하지 않는, '악마'라는 애초의 뜻과 가장 부합되는 인물로 등장한다. 주로 고독한 여성들의 환상 속에서만 존재하는 그가 그녀들의 고립을 더 증폭시키기도 하지만 또 외로운 삶을 버텨나갈 수 있는 유일한 지지대라는 사실도 부인할 수 없다. 환상 때문에 그녀들은 붕괴하지만 또 그 환상마저 없다면 더 일찍 삶에서 패배했을 것이다. 이를테면 도시에서 길을 잃고 점점 더 자신의 정체성까지 상실해가는 두 여자를 비교해보자. 대도시가 붕괴하는 멸망의 예감에 점점 광기에 휩싸이는 「소금 기둥」의 마거릿이, 악마 연인 짐의 유혹에 굴복하며 자유의 환상 속으로 자진해서 걸어 들어가는 「치아」의 클래라보다 더 행복하다고 말할 수 있을까? 뉴욕 한복판의 거리를 오가는 사람들이 자신을 힐끗거리며 훔쳐보아도 클래라는 개의치 않고 "맨발로 뜨거운 모래 위를 달려" 나가며 (마거릿을 갖지 못한) 자신만의 평화를 얻는다.

또한 제임스 해리스는 파국을 미처 예측하지 못하는 무감각한 이들 사이를 재빨리 스쳐지나가며 막연한 불안을 전염시킨다. 그가 일으킨 사소한 파문에 사람들은 동요하고, 정확한 상황 파악을 하진 못하지만 대신 자신의 가면이 벗겨져 내렸다는 걸 어렴풋이 인식한다. 다만, 단편집 2부의 중심축인 아이들의 경우는 악마와 스쳐갔다 하더라도 그다지 개의치 않으며 자신의 세계를 고집스럽게 고수하거나 잔혹한 쾌락에 열광할 뿐이다. 아이들은 제임스 해리스와 아주 가까운 존재들이다. 그 아이들이 어른으로 성장하고 난 뒤에야, 사회화를 거치고 생존하기 위해, 공동체에서 요구하는 일정한 위치를 차지하기 위해 애쓰면서 비로소 불길한 예감에 반응할 수 있게 되는 것이다.

(참고로 셜리 잭슨 본인의 현실 속 '제임스 해리스'를 찾는다면, 시인 딜런 토머스를 꼽을 수 있다. 딜런 토머스는 단 한 번 셜리 잭슨과 남편 하이먼의 집에서 열린 파티에 참석한 적이 있다. 온갖 기행으로 유명세를 떨친 이 천재 거장 시인에게 셜리 잭슨은 매혹되었으며, 단둘이 가졌던 한 시간가량의 만남을 '승리의 비밀'로 간직했다고 한다.)

영원한 악몽, 「제비뽑기」

셜리 잭슨의 작품 목록을 통틀어 그녀의 진면목을 알 수 있는 단 하나의 작품을 꼽으라면, 대부분의 사람들은 장편소설이 아닌 단편 「제비뽑기」에 손을 들 것이다. 그전까지 셜리 잭슨은 여성 잡지 독자들에게는 따스하고 유쾌한 에세이스트로 알려져 있었고 문학평론가들 사이에서는 조금 더 진지하게 판타지와 어두운 현실을 자유롭게 오가는 작가로 받아들여졌던 잘 알려지지 않은 작가였다. 하지만 1948년에 쓴, 단 아홉 페이지밖에 되지 않는 단편「제비뽑기」를 통해 그녀는 20세기 영문학에 영원히 어두운 인장을 새기게 되었다.

당시 셋째 아이를 임신중이던 셜리 잭슨은 평소처럼 둘째 아이 조앤을 태운 유모차를 끌고 잡화점에 물건을 사러 내려가던 길에「제비뽑기」를 구상하기 시작했고, 돌아오는 길에 머릿속에서 이야기를 끝냈으며, 집에 들어서자마자 아기를 요람으로 옮겨둔 뒤 저녁 식사 준비를 하기 전까지 몇 시간 동안에 단편을 완성했다. 그녀는 언제나 명예와 부를 열망했지만 그 기폭제가「제비뽑기」가 될 것이라고는 전혀 생각하지 못했다.

「제비뽑기」가 1948년 6월 26일 주간지《뉴요커》에 실렸을 때 상상을 초월할 만큼 격렬한 광풍이 일었다. 항의 편지와 전화 때문에《뉴요커》의 업무가 마비될 지경이었다. 사람들은 "이런 이야기를《에스콰이어》에선 볼 수 있겠지만《뉴요커》에서 볼 거라고는 생각도 못했다. 오늘부로 구독을 정지하겠다"라며 격분했고, 인간을 어떻게 이렇게 다룰 수 있냐면서 모멸감을 표했다. (이 분노는 인간성에 대한 신뢰라곤 찾아볼 수 없는 작가의 냉담한 어조에 개인적으로 모욕감을 느낀 탓이 아니었을까 추측된다.) 그들은 "작가로부터 개인적인 사과를 받고 싶다"고 요구했으며, "이 이야기의 유일한 목적이라면 독자에게 메스꺼운 영향을 미치겠다고 작심한 거 아니냐?"라고 물었고, 심지어《뉴요커》지면의 붉은색 디자인을 트집 잡으며 "당신들 스탈린의 수하 빨갱이지?"라고도 했고, 단편 속

제비뽑기 행사가 행해지는 곳에 가보고 싶다며 외부인도 참관 가능하냐고 묻는 멍청한 질문도 수두룩하게 쏟아졌다.

많은 이들은 2차세계대전이 끝난 지 몇 년밖에 지나지 않아 여전히 너무나도 예민하고 뜨거운 문제였던 반유대주의를 연상했다. 이런 전기적 사실은 어떨까. 셜리 잭슨의 남편 스탠리 하이먼은 유대인이었다. 그가 대학 강단에 서면서 셜리 잭슨과 그들의 자녀들이 정착했던 노스 베닝턴은 뉴잉글랜드풍의 작은 마을이었고, 마을 구성원들의 폐쇄적이고 배타적이며 차별적인 시선은 잭슨 가족의 혈통뿐 아니라 비관습적이고 자유분방한 삶의 양식을 인정하지 않았다. 셜리 잭슨은 '우리 중의 하나'가 아닌 사람에게 보내는 뼈아픈 차별과 의혹과 악의에 가득한 시선을 누구보다 잘 알 수 있었고, 그녀는 바로 그 점 때문에 마을을 증오하는 동시에 사랑했다. 그 고요하고 불쾌한 분위기로부터 창작의 소재를 수없이 발견할 수 있었기 때문이다. 분명, 「제비뽑기」를 읽은 독자 중 그 마을 사람들만큼 배신감과 모욕감을 크게 느낀 사람들도 또 없었을 것이다.

하지만 이게 비단 유대인만의 문제였을까. 남북전쟁이 한 세기 가까이 전에 끝났음에도 여전히 진행중이던 흑백 갈등(「당신 먼저, 친애하는 알퐁스」, 「꽃으로 꾸며진 정원」), 억압적인 남성 혹은 매력적인 여성에 대한 편견(「도러시와 할머니와 해군들」, 「엘리자베스」, 「커다란 신발을 신은 남자들」), 재력과 연령에 대한 섣부른 차별(「아일랜드에서 나와 함께 춤을 추어요」, 「리넨에 둘러싸여 보내는 오후」, 「찰스」) 역시 「제비뽑기」의 자장 안에 포함시킬 수 있지 않은가. 남들과 어떻게든 다르다는 이유로 차별

받고 외면받고 조롱받는 모든 이들을 건드리고, 또한 그들을 배척하던 이들을 쿡쿡 찔러대는 냉소적인 단편 「제비뽑기」 앞에서, 사람들은 무서워했고 경악했고 분노했다. 그러면서도 이 악몽 같은 이야기에서 눈을 떼지는 못했다.

이것은 모두에게 어떤 아픈 부분을 연상시키는 이야기였다. 말하자면 단편 「제비뽑기」에는 악마 제임스 해리스가 직접 등장하지 않지만 이 단편 자체가 독자들에게 제임스 해리스 같은 역할을 수행한다. 무지에서 오는 배타적 편견은 손쉽게 악의로 변질되고, 일단 악의를 목격한 사람들은 다음 희생자가 되지 않기 위해 더욱 앞장서서 편견을 증폭시키는 법이다. 「제비뽑기」를 둘러싼 대소동도 그런 두려움의 일종이었을 것이다. 「제비뽑기」의 핵심 사건인 희생 제의가 악의 기운을 몰아내는 푸닥거리가 아니라 악의를 집결시키는 마녀의 주문으로 작동하고 있다는 것을, 2차세계대전과 이후의 나날이 '제비뽑기' 제의의 연장선상임을 독자들은 너무나 확실하게 감지했을 것이다. 참고로, 스탠리 하이먼에 따르면 셜리 잭슨은 『제비뽑기』가 남아프리카 공화국에서 판매 금지당한 것을 두고 '그들은 최소한 이 이야기의 의미를 이해했다'면서 자부심을 가졌다고 한다.

미리 경고해두지만, '단편집'이라고 해서 『제비뽑기』를 수월하게 읽어갈 수 있다고 기대하는 건 금물이다. 한 편 한 편 읽을 때마다 당신은 머리가 지끈지끈하고 속이 메슥거리며 책으로부터 최대한 멀리 도망치고 싶어질 것이다. 결국엔 다시 돌아와 그다음 장을 펼칠 수밖에 없겠지만. 그렇지 않다면 셜리 잭슨의 목소리는 당신을 계속 따라다닐 테니까.

언제나 승리는 그녀의 몫이었다. 『우리는 언제나 성에 살았다』의 메리캣이 자신만의 고립된 세계를 완벽하게 구축하고, 『힐 하우스의 유령』의 엘리너가 처음으로 소속감을 느꼈던 귀신 들린 집을 떠나기를 거부하며 유령 중의 한 명이 되길 선택한 영웅적인 행위처럼, 셜리 잭슨은 결코 당신을 떠나지 않는다. 이제 당신이 제비를 뽑을 차례다.

김용언(북 칼럼니스트)

제비뽑기
The Lottery and Other Stories
/

1판 1쇄 2014년 12월 29일 / **1판 5쇄** 2023년 9월 27일

지은이 셜리 잭슨 / **옮긴이** 김시현

책임편집 김세화 / **편집** 임지호 이현 이송 / **아트디렉팅** 이혜경 / **본문조판** 백주영 / **그림** 신은정
저작권 박지영 형소진 최은진 서연주 오서영
마케팅 정민호 서지화 한민아 이민경 안남영 김수현 왕지경 황승현 김혜원 김하연
브랜딩 함유지 함근아 고보미 박민재 김희숙 정승민 배진성
제작 강신은 김동욱 이순호 / **제작처** 영신사

펴낸곳 (주)문학동네 / **펴낸이** 김소영
출판등록 1993년 10월 22일 제2003-000045호

주소 10881 경기도 파주시 회동길 210
문의 031-955-2637(편집) 031-955-2696(마케팅) 031-955-8855(팩스)
전자우편 editor@elmys.co.kr / **홈페이지** www.elmys.co.kr
인스타그램 @elixir_mystery / **트위터** @elixir_mystery

ISBN 978-89-546-3427-4 (03840)

엘릭시르는 출판그룹 문학동네의 장르문학 브랜드입니다.

잘못된 책은 구입하신 서점에서 교환해드립니다.
기타 교환 문의: 031-955-2661, 3580